RACHEL LACEY

Auf vier Pfoten ins Glück

Zu diesem Buch:
Merry Atwater würde alles tun, um ihre Organisation *Triangle Boxer Rescue* vor dem finanziellen Ruin zu retten. Auch wenn das bedeutet, mit dem stursten – und attraktivsten – Mann zusammenzuarbeiten, dem sie je begegnet ist. T. J. Jameson sucht für sein Sommercamp händeringend eine Tiertherapeutin, die mit den Kindern Zeit verbringt. Schnell fliegen die Funken zwischen ihr und dem raubeinigen Tierarzt. Aber eine feste Beziehung ist so ziemlich das Letzte, was Merry sich gerade wünscht, während T. J. auf der Suche nach einer Frau ist, mit der er sein Leben teilen und eine Familie gründen kann. Am liebsten hätte er jemanden, der mit Hunden nichts am Hut hat, denn seit einem schrecklichen Erlebnis in seiner Jugend hat T. J. panische Angst vor den Vierbeinern. Doch ehe er sich's versieht, hat der attraktive Veterinär nicht nur Merry und ihre Boxer engagiert, sondern auch eine Promenadenmischung bei sich zu Hause aufgenommen …

Über die Autorin:
Rachel Lacey lebt mit ihrem Mann, ihrem Sohn und einem Hund im sonnigen Kalifornien. Sie reist gern und arbeitet mehrmals die Woche ehrenamtlich im Tierheim.
Weitere Informationen unter: www.rachellacey.com

Die Romane von Rachel Lacey bei LYX:

1. Kein Plan für die Liebe
2. Auf vier Pfoten ins Glück

RACHEL LACEY

AUF VIER PFOTEN INS GLÜCK

Roman

Ins Deutsche übertragen von
Katrin Mrugalla und Richard Betzenbichler

LYX
EGMONT

Die Originalausgabe erschien 2015 unter dem Titel *For Keeps (Love to the Rescue)* bei Forever, an imprint of Grand Central Publishing, New York, NY, USA.

Deutschsprachige Erstausgabe April 2016 bei LYX
verlegt durch EGMONT Verlagsgesellschaften mbH,
Gertrudenstraße 30–36, 50667 Köln

Dieses Werk wurde vermittelt durch die Literarische Agentur
Thomas Schlück GmbH, 30827 Garbsen.

1. Auflage
Redaktion: Antje Steinhäuser
Umschlaggestaltung: www.buerosued.de
Umschlagmotiv: Tetra Images – Mark de Leeuw, Getty Images
Satz: Greiner & Reichel, Köln
Printed in Germany (670421)
ISBN 978-3-8025-9652-0

www.egmont-lyx.de

MIX
Papier
FSC® C083411

Für meinen Boxer Lacy,
ebenfalls von einer Rettungsorganisation.
Du bist einmalig.

1

Merry Atwater tat etwas, was sie seit Ewigkeiten nicht mehr getan hatte: Sie schloss die Augen, faltete die Hände und betete. Sie wollte tatsächlich mit Gott sprechen. Ob der alte Knabe ihr zuhörte? Sie glaubte es eigentlich nicht, aber sie war nun einmal maßlos verzweifelt.

Als sie die Augen wieder öffnete, hatten sich die Zahlen auf dem Schirm ihres Laptops natürlich nicht verändert. Sie hatte auch nicht geglaubt, dass Gott das Konto des *Triangle Boxer Rescue* ausgleichen würde, aber ließ er nicht manchmal Wunder geschehen? Sie musste jedenfalls der Wahrheit ins Auge sehen: Die Organisation zur Rettung von Boxern, in die sie die letzten sechs Jahre ihre ganze Kraft gesteckt hatte, war komplett pleite.

»Was soll ich nur tun?« Grübelnd stützte sie das Kinn in die Hände.

Ralph, ihr sechsjähriger Boxer, rückte auf der Couch näher. Er legte ihr den Kopf in den Schoß und blickte zu ihr auf, mit sehnsüchtigen braunen Augen. Hinter ihm lagen ihre beiden Pflegehunde Chip und Salsa, zwei Welpen, übereinander. Alle miteinander füllten sie fast die ganze Couch aus, aber das störte Merry nicht im Geringsten. Sie genoss es, eine mit lauter glücklichen Hunden gefüllte Couch zu haben, besonders weil sie wusste, dass sie jeden von ihnen vor einer ungewissen Zukunft im Tierheim gerettet hatte. Nun konnten sie sich alle an einem sicheren Ort ihres Lebens freuen.

Sie hatte das *TBR* damals als zweiundzwanzigjährige, frisch ausgebildete Krankenschwester in der kleinen Stadt Dogwood,

North Carolina, gegründet, weil sie geradezu süchtig danach war, den Hunden zu helfen, die sie so sehr lieben gelernt hatte. Seit damals hatte sie so viel Zeit und schwer verdientes Geld wie möglich für die Rettung verlassener und misshandelter Hunde aufgewendet.

Und am Anfang war sie auch erfolgreich gewesen. Bis vor ein paar Jahren hatte sie monatlich regelmäßig tausend Dollar von einem unbekannten Wohltäter erhalten. Erfolglos hatte sie versucht herauszubekommen, wer hinter den milden Gaben steckte, und schließlich war sie von ihnen richtig abhängig geworden. Aber dann, vor sechs Monaten, war der Geldfluss versiegt, das Konto ihrer Organisation war leer gefegt, und sie hatte ihre Kreditkarte bis zum größtmöglichen Betrag belastet, um das Minus auszugleichen.

Zerstreut zog sie mit einem Finger das Zickzackmuster auf ihrer Pyjamahose nach. Es war fast neun Uhr, und sie beschloss, es jetzt gut sein zu lassen. Morgen stand ihr eine Zwölf-Stunden-Schicht bevor, und dafür brauchte sie ihren Schlaf.

In dem Moment wurde leise an die Tür geklopft. Ralph hob den Kopf und bellte müde, Chip und Salsa ließen sich von der Couch fallen und landeten auf wackligen Beinen.

Merry hielt die Luft an. Hatte Gott ihr Gebet schließlich doch erhört? Stand ein Retter vor der Tür, der *TBR* vor dem finanziellen Ruin rettete?

Wahrscheinlich eher nicht, aber sie war nun einmal eine Frau, für die ein halb leeres Glas immer halb voll war.

»Einen Moment«, rief sie und sperrte die beiden Welpen hinter der Gittertür in der Küche weg. Mit Ralph ging sie zur Tür und sah durch das Guckloch. Sie wollte nicht einfach so aufmachen, nachdem sie schon im Pyjama steckte.

Draußen stand eine Frau in einem lila Tanktop und Jeansshorts. Ihre lockigen Haare klebten an ihren Wangen, nass vom

Regen, der außerhalb der überdachten Terrasse vom Himmel strömte. Irgendwie kam sie Merry bekannt vor. Vielleicht war es eine Nachbarin.

Merry machte die Tür auf. Ralph bellte kräftig und fixierte den verwahrlosten Hund an der Seite der Frau. Der schien eine Labradormischung zu sein, mit nassem, bernsteinfarbenem Fell und dem glasigen Blick, den Merry schon allzu oft gesehen hatte.

Ralph wurde mit einem schnellen Handzeichen angewiesen, den unbekannten Neuankömmling nicht zu begrüßen. Also blieb er auf dem Holzfußboden sitzen und wedelte mit dem Schwanz.

»Hallo«, sagte die Frau und streckte ihre regennasse Hand aus. »Kelly Pointer, ich wohne ein paar Häuser weiter.« Sie deutete in die Richtung, in der die Straße in einer Sackgasse mündete.

Genau. Merry hatte sie schon gesehen, wenn sie mit ihren Hunden Gassi ging. Sie schüttelte Kelly die Hand. »Kann ich etwas für Sie tun, Kelly?«

»Na ja, ich habe gehört, dass Sie sich um Hunde kümmern.« Kelly zeigte auf das Tier zu ihren Füßen. Das stand zitternd und mit eingekniffenem Schwanz da, und sofort wurde Merry schwer ums Herz.

Gott hatte ihre Bitten nicht erhört, im Gegenteil, eine weitere Last war zu den übrigen hinzugekommen.

»Ja«, antwortete sie zögernd. »Ich leite *Triangle Boxer Rescue*.«

Sie warf Ralph einen strengen Blick zu, aber der saß immer noch brav zu ihren Füßen. Er legte den Kopf auf die Seite und sah ihre Besucherin mit einem Blick an, der jedes Herz zum Schmelzen bringen musste.

»Diesen Stromer habe ich aufgelesen. Er hat sich in der

Nachbarschaft herumgetrieben, und ich hatte Angst, dass er angefahren wird. Ich hoffe, dass Sie ihn nehmen können.«

Merry betrachtete den Herumtreiber ein bisschen genauer. Der durchnässte Labradormischling mied ihren Blick. Er sah drein, als würde er sofort abhauen, wenn sich ihm auch nur die geringste Chance bot. »Haben Sie schon im Tierheim von Dogwood nachgefragt, ob er von irgendjemandem vermisst wird?«

»Oh, nein, ich habe ihn einfach hergebracht, weil ich dachte, Sie könnten ihn nehmen.« Die Nachbarin hielt ihr ein dünnes weißes Seil entgegen, das sie zu einer Leine und einem provisorischen Halsband gebunden hatte.

»Hören Sie, eigentlich mache ich so etwas …« Merry griff nach der Leine und blickte auf das erbarmungswürdige Tier hinunter, das da auf ihrer Terrasse stand. Es war nicht das erste Mal, dass jemand mit einem Streuner vor ihrer Tür aufkreuzte und auf Rettung hoffte, einfach, weil sie in der Tierhilfe tätig war. Es würde auch nicht das letzte Mal bleiben.

Sie fand immer, dass das ein bisschen unüberlegt und rücksichtslos war. Kelly hatte schließlich selbst ein Haus, in dem der Hund gut aufgehoben wäre, warm und im Trockenen. Merry hätte ihr gerne bei der Suche nach einer Heimat für den Streuner geholfen. Aber nein, ihr Haus war offensichtlich der Sammelpunkt für alle ungewollten und ungeliebten Hunde der Gegend, ob es ihr nun gefiel oder nicht.

»Viel Glück mit ihm – er wirkt doch ganz süß, oder?« Kelly steckte die Hände in die Hosentaschen und wandte sich zum Gehen.

»Danke, aber ich glaube, ich muss ihn morgen ins Tierheim geben.«

Kelly machte große runde Augen. »Wieso das? Ich habe gedacht, Sie würden ihn behalten und sich um ihn kümmern.«

»Meine Organisation ist dafür da, Boxern zu helfen. Das da ist wirklich kein Boxer. Und ich habe schon zwei Pflegehunde, dazu noch meinen eigenen. Ich glaube nicht, dass ich noch einen halten kann.« Die Worte kamen ohne Zögern über Merrys Lippen, und irgendwie glaubte sie auch daran. Aber dann schaute sie auf den Hund, der wie ein Häufchen Elend auf ihrer Terrasse stand, und ihr wurde auf der Stelle klar, dass sie sich wohl nicht an diese Worte würde halten können.

Kelly zuckte mit den Schultern. »Schade. Ich hoffe, die finden da einen Platz für ihn.« Mit diesen Worten ging sie weg, hinaus in den Regen.

Merry schaute auf den Hund, der auf jeden Fall für diese Nacht bei ihr bleiben würde. »Na, gleich kommst du erst mal rein.« Der Labrador stand durchgeweicht auf der Terrasse und roch ziemlich intensiv nach nassem Hund. Merry band ihn am Geländer fest. »Bin sofort wieder da.«

Sie trat ins Haus und steckte Ralph zu den anderen beiden. Den Neuen konnte sie ihnen an diesem Abend nicht vorstellen, sie wusste ja noch gar nichts von ihm, und außerdem hatte sie fest vor, ihn nicht zu behalten. Sie musste ihn auf jeden Fall nach einem Mikrochip absuchen und die Tierheime in der Umgebung informieren. Wenn das zu nichts führte, konnte sie immer noch ein anderes Tierheim für ihn suchen. Aber auf Dauer konnte sie ihn wirklich nicht behalten, mehr als drei gingen einfach nicht.

Und außerdem – wenn Gott es auch vergessen zu haben schien: Sie war pleite. Vor langer Zeit schon hatte sie kapiert, dass sie einfach nicht alle Hunde dieser Welt retten konnte. Diese bittere Pille hatte sie schlucken müssen, und daran musste sie sich immer wieder erinnern, wenn sie nicht in Schuldgefühlen versinken wollte.

Sie kam mit einem Handtuch auf die Terrasse zurück und

trocknete das durchnässte Fell, so gut es ging. »Jetzt kannst du reinkommen.«

Der Hund, ein Weibchen im Übrigen, drückte die Beine durch und wollte sich nicht bewegen. Merry ließ sich nicht beeindrucken. Sie setzte sich auf die oberste Stufe und starrte in die Sommernacht hinaus. Trotz der späten Stunde war es immer noch schwülwarm.

»Das Leben war in letzter Zeit wohl nicht besonders gut zu dir, oder?«, sagte sie mit leiser Stimme. »Ich weiß, wie man sich da fühlt. Aber es wird schon wieder werden. Fürs Erste hast du schon mal ein trockenes Bett heute Nacht.«

Sie redete immer weiter und sah dabei hinaus in den Regen, der vor dem Terrassendach in Strömen fiel. Schließlich wagte die Streunerin doch einen zögernden Schritt zu ihr hin.

Merry streckte die Hand aus, kraulte ihr die Brust und murmelte freundliche Worte. So gewann sie langsam ihr Vertrauen. Schließlich stand sie auf und zog behutsam an der Leine. Der Hund folgte ihr ins Haus.

Die Boxer in der Küche bellten und sprangen herum, sie wollten ihre Besucherin kennenlernen. Aber das kam überhaupt nicht infrage. Der Neuling an ihrer Seite war noch viel zu angespannt und ängstlich.

Merry kauerte sich neben ihr nieder, sie sollte sich an sie und die neue Umgebung gewöhnen. Sie stellte ihr Futter und Wasser hin und nahm sie mit nach draußen, damit sie ihr Geschäft erledigen konnte. Dann führte sie den immer noch verängstigten Hund zu dem Korb im Gang, der für frisch Angekommene bestimmt war.

Für diese Nacht sollte das genügen.

T. J. Jameson lehnte am Rezeptionstresen der Praxis und beobachtete, wie sich das Stirnrunzeln der hübschen Brünetten verstärkte. So wie es aussah, hatte sein Kumpel David Johnson gerade ihre Kreditkarte zurückgewiesen. David Johnson war der Besitzer der Tierklinik von Dogwood. T. J. war draußen in Creedmore gewesen, bei einem Pferd mit Koliken, und hatte auf dem Weg nach Hause bei seinem Freund vorbeigeschaut. Er hoffte, dass der ihm eine neue Hundetherapeutin empfehlen konnte, seine bisherige hatte den Job gerade hingeschmissen.

Die Brünette pustete sich eine Locke aus der Stirn und durchsuchte ihre Brieftasche. Sie war angezogen wie eine typische Vorstadtbewohnerin, mit engen Jeansshorts, einer lila Bluse und Flipflops mit Pailletten. Zu ihren Füßen saß ein Hund. T. J. stellte sie sich in langen Wranglerjeans vor und mit Cowboystiefeln, und das Bild gefiel ihm viel besser. So gekleidet hätte er den Blick kaum von ihr abwenden können.

Sie schaute herüber, und ihre Blicke trafen sich. Ihre Augen waren von einem tiefen Haselnussbraun und glitzerten – vor Sorge.

Sie drehte sich wieder zu David. »Probieren Sie mal die da!«, sagte sie und gab ihm eine blaue Kreditkarte.

David zog sie durch den Kartenleser. »In letzter Zeit haben Sie eine Menge für die Pflegehunde mit Ihrer privaten Kreditkarte bezahlt.«

»Der da ist eigentlich kein Pflegehund. Ich behalte sie nur für ein, zwei Tage, bis sich herausstellt, wem sie gehört.«

Hinter T. J. ging die Tür auf, und ein Teenager in viel zu weiten Jeans und einem T-Shirt mit dem Aufdruck »Toll, oder?« kam herein und sprach dabei ohne Pause in sein Handy. Er führte einen braun-weiß gefleckten Hund an der Leine, eine ziemliche Promenadenmischung. Der wollte sofort auf den Hund der Brünetten losgehen, bellte und kläffte und zerrte an der Leine.

»Hör auf!«, schrie der Teenager und versuchte, den Hund an das andere Ende des Wartezimmers zu ziehen.

Bei T. J. stellten sich die Härchen am Unterarm auf. Ganz klar, dieses Tier war kein Schoßhündchen. Früher oder später würde es zubeißen. Unbewusst fuhr er sich mit der Hand über die Kehle und tastete nach den Narben dort, die längst schon verblasst waren.

Er richtete den Blick wieder auf die Brünette, die ihren Hund außer Sichtweite hinter den Rezeptionsschalter gezogen hatte und gerade die Zahlungsbestätigung unterschrieb.

»Danke, Dr. Johnson. Ich komme dann nächste Woche mit den Welpen für die zweite Runde Impfungen.« Sie wandte sich zur Tür, dicht gefolgt von dem braunen Hund.

Sofort wurde der Hund des Teenagers wieder wild, und dieses Mal konnte der ihn nicht halten. Mit ein paar Sprüngen kam er quer durch die Lobby geschossen, und schon war er bei der Brünetten und ihrem Tier.

Zorniges Bellen erfüllte den Raum, und T. J.s Adrenalinspiegel schoss in die Höhe. Die Brünette erstarrte, und ihr Hund drückte sich voller Angst an ihre Beine.

T. J. zog sich der Magen zusammen, wenn er sich vorstellte, wie sie sich verteidigen musste, verletzt wurde und Blut ihre schöne Bluse versaute. Nein. Das durfte nicht geschehen.

»He!« T. J. stellte sich dem aggressiven Tier in den Weg.

Das kam zum Stehen und knurrte ihn mit gebleckten Zähnen an. Wieder stellten sich T. J. die Haare auf. Er breitete die Arme aus, als wolle er ein störrisches Kalb zurücktreiben, und ging einen Schritt auf den Hund zu.

Der legte die Ohren an und knurrte zornig weiter.

»Brutus, halt!« Der Teenager schnappte sich das Ende der Leine und zerrte den Hund, der immer weiterkläffte, in ein leeres Behandlungszimmer.

T. J.s Herz klopfte heftig. Er spürte die alten Narben am Hals, böse Erinnerungsstücke an die Nacht, in der ihm fast die Kehle durchgebissen worden war. Immer noch hatte er das geifernde Bellen von damals in den Ohren, spürte die Zähne, die sich in seinen Hals gruben, sein eigenes warmes Blut, wie es ihm über die Haut rann.

»Heilige Scheiße!«

Er drehte sich um und sah der Brünetten in die weit aufgerissenen Augen. Ohne dass es ihm richtig bewusst war, was er tat, legte er ihr die Hand auf die Schulter. »Ist alles in Ordnung?«

Sie nickte. »Sie haben verdammtes Glück gehabt, dass er sie nicht gebissen hat!«

Ja, das war ihm durchaus klar, klarer wohl als den meisten anderen. Er trat zurück und hängte seine Daumen in die Gürtelschlaufen. »Besser, es hätte mich erwischt als Sie.«

»Er war wohl kaum hinter mir her, eher hinter meinem Hund. Aber ich hätte schon reagiert.« Sie öffnete die rechte Hand und zeigte ihm eine kleine schwarze Spraydose.

T. J. zog die Stirn in Falten. »Tränengas?«

»Zitronensäure. Bei Hunden wirkt das ähnlich, aber es ist für sie nicht so schädlich.« Sie steckte die Dose wieder ein. »Und, in Ihrem eigenen Interesse … wenn Sie das nächste Mal auf einen aggressiven Hund treffen, wedeln Sie nicht mit den Armen herum, das macht die Sache nur schlimmer. Trotzdem – vielen Dank! Die meisten Leute hätten nicht einmal versucht, mir zu helfen. Sie sind unser Held!«

Sie schenkte ihm ihr bezauberndstes Lächeln, drehte sich um – und schon war sie aus der Tür, den Hund an ihrer Seite.

T. J.s offener Mund klappte zu, er fühlte sich eher verwirrt als heldenhaft. Langsam drehte er sich zu David um, der immer noch hinter dem Rezeptionstresen stand. »Wer war das denn?«

David lächelte und grinste ihn ein wenig spöttisch an. »Merry Atwater. Sie ist Krankenschwester und hätte dich wieder zusammenflicken können, wenn es nötig geworden wäre.«

T. J. stöhnte. Gut zu wissen. »Der Junge mit dem bösartigen Tier – ist das ein Kunde von dir?«

»Sein Vater, aber der ist gerade nicht da. Brutus ist nicht immer so. Aber die Familie will ihn einfach nicht kastrieren lassen. Wenn er auf einen anderen Hund trifft, reagiert er zunehmend unberechenbar.«

»Brutus heißt der also – das könnte einem ja eine Warnung sein.« T. J. hatte nie einen Hund besessen und wollte auch jetzt keinen, aber wenn es je dazu käme, würde er sich an einen erfahrenen Züchter halten. Er würde auf die Vorfahren achten und darauf, dass er vernünftige Eigenschaften hatte. Es war ihm unbegreiflich, dass manche Leute völlig unbekannte Tiere aufnahmen, über deren Herkunft sie nichts wussten und die dazu offensichtlich oft noch Verhaltensprobleme hatten.

Er war schon häufiger Zeuge geworden, wenn solche Tiere durchdrehten. Er hatte gesehen, dass ganze Viehherden von streunenden Hunden angegriffen wurden. Er selbst war ja beinahe umgekommen, zu Tode gebissen von einem wilden Köter. Hunde wie Brutus waren wirklich ein Problem.

»Als Erstes braucht er einen Maulkorb«, sagte David. »Dann muss ich mit den Haltern reden. Aber warum bist du eigentlich hier?«

»Ich hatte gehofft, dass du mir vielleicht helfen kannst.«

David stand auf, um in den hinteren Raum zu gehen, und bat T. J., ihm zu folgen. »Wie denn?«

»Die Hundetrainerin, die ich für das Sommercamp engagiert hatte, hat plötzlich gekündigt.« Er war stinksauer deswegen. Es hatte monatelang gedauert, alles zu organisieren, und jetzt, eine Woche vor Beginn, musste er wieder von vorne anfangen.

»Dann lass die Kinder mehr mit den Pferden arbeiten«, meinte David mit einem Achselzucken.

»Grundsätzlich ginge das schon. Aber die Hunde waren als wichtiger Teil des Camps eingeplant, besonders wegen Noah.« Und der einzige Grund für das ganze Projekt war ja, dass er seinem Neffen helfen wollte. Bei Noah war vor ein paar Jahren hochfunktionaler Autismus diagnostiziert worden. Noah war ein aufgewecktes, blitzgescheites Kind, aber er hatte massive Probleme, mit Gleichaltrigen Kontakt aufzunehmen, und das hatte zu Schwierigkeiten in der Schule geführt.

T. J.s Schwester war alleinerziehende Mutter, und sie hatte alle Hände voll zu tun, dafür zu sorgen, dass der Alltag einigermaßen funktionierte. Geld nahm sie von ihm nicht an, so sehr er es ihr auch aufzudrängen versuchte. Deshalb hatte er beschlossen, dieses Jahr auf seiner Farm ein Sommercamp zu organisieren. Da sollte Kindern wie seinem Neffen geholfen werden, man konnte seine Pferde dafür therapeutisch nutzen, und außerdem sollte es noch Hundetherapeuten mit ausgebildeten Tieren geben.

Mit Hunden kam Noah besser zurecht als mit seinen Artgenossen, den Menschen. Für ihn war ein Camp ohne Hunde einfach nicht vorstellbar.

»Da hätte ich schon eine Idee.« David griff in einen Drahtkäfig und überprüfte den Infusionszugang eines Cockerspaniels. »Merry Atwater, die Dame, die uns eben verlassen hat. Sie leitet eine Rettungsorganisation für Boxer. Wenn ich mich recht erinnere, ist eines ihrer Tiere ein zertifizierter Therapiehund. Vielleicht könnte sie einspringen.«

»Meinst du wirklich?« T. J. rief sich das Bild der Brünetten noch einmal ins Gedächtnis. Mit ihren perfekt manikürten Fingernägeln schien sie kaum zu Dreck und Pferden auf seiner Farm zu passen.

David nickte. »Sie ist ein herzensguter Mensch. Außerdem, unter uns gesagt, ihre Organisation steckt gerade in finanziellen Schwierigkeiten. Wenn du ihr im Gegenzug für ihre Hilfe eine größere Spende zukommen lässt, machst du sie sicher mehr als glücklich.«

»Ich weiß nicht recht. Wie der Typ für eine Farm hat sie nicht ausgesehen.« Alles konnte er gebrauchen, nur keine Tussi, die bei ihm herumlief und jammerte, weil ihre teuren Schuhe dreckig wurden und ein Fingernagel eingerissen war.

Aber das Camp sollte nun einmal nächste Woche beginnen, und im Moment hatte er keine andere Wahl.

»Sie ist ganz anders, als sie wirkt.« David ging zurück in das Wartezimmer, wo er aus einem Stapel auf dem Rezeptionstresen eine Visitenkarte zog. »Du kannst sie ja anrufen und dir anhören, was sie dazu sagt.«

Merry presste die Lippen aufeinander und versuchte, den schmollenden Hund im Korbkäfig auf der anderen Seite der Küche zu ignorieren. Sie hatte jedes Heim in der Gegend angerufen, es hatte sich aber kein Besitzer gefunden. So, wie das Tier aussah, hatte es wahrscheinlich in letzter Zeit gar kein Herrchen gehabt. Das Fell war matt, verdreckt und voller Kletten, die Krallen seit Langem nicht geschnitten, und die Rippen standen deutlich hervor.

Merry war einfach nicht in der Lage, das Tier ins Heim zu bringen, sie konnte es aber auch nicht behalten. Zum einen war es nicht einmal ein Boxer. Außerdem war ihr kleines Haus mit Ralph, Chip und Salsa schon an der Grenze seiner Kapazität. Und dass sie pleite war, konnte man auch nicht einfach außer Acht lassen.

Damit war sie zurück bei der E-Mail auf dem Bildschirm. Eine Tracy Jameson hatte ihr geschrieben, dass sie ihren Namen von David Johnson, ihrem Tierarzt, bekommen habe. Sie suchte jemanden, der als Hundetherapeut mitsamt Hunden bei einem Kindersommerlager einspringen konnte. Dafür sollte es einen Tausend-Dollar-Scheck für *Triangle Boxer Rescue* geben.

Verlockend. Sehr verlockend.

Schließlich war Ralph ein geprüfter Therapiehund. Einmal in der Woche nahm Merry ihn mit in die Kinderabteilung des Krankenhauses in Dogwood. Er würde genau zu dem Sommercamp passen.

Dem Hund würde es mit Sicherheit besser gefallen als ihr selbst. Für Merry klang das Wort »Sommercamp« eher nach Dreck, Schweiß und Anstrengung. Mit ihren angesparten Urlaubstagen aus dem Krankenhaus hätte sie sich lieber zum Spendensammeln für ihr Heim aufgemacht, als in der Hitze auf der Farm dieser Frau zu schmelzen.

Auf der anderen Seite klangen gerade im Moment tausend Dollar ziemlich unwiderstehlich.

Aber zuerst musste anderes erledigt werden. Sie musste entscheiden, was mit dem Neuzugang in der Küche passieren sollte. Merry ging zu seinem Korb und sah der armen Namenlosen in die Augen. »Vielleicht sollte ich Zettel in der Nachbarschaft aufhängen. Kommst du mit?«

Der Hund sah auf, mit traurigen, ganz leeren Augen, sodass Merrys Herz wieder zu schmelzen begann. So ein Tier konnte man einfach nicht ins Heim geben. Dort würde es nicht eine Woche überstehen. Merry öffnete die Tür des Käfigs und lockte die verschüchterte Hündin. Sie holte Leckerlis aus einem Schrank und setzte sich ihr gegenüber auf den Boden. Für jedes Schwanzwedeln bekam sie eine Belohnung, wurde gelobt und gestreichelt.

Nach diesem Schub fürs Selbstwertgefühl konnte man Namenlos anleinen. Merry griff sich die Flugblätter, die sie schon vorher ausgedruckt hatte, dazu eine Rolle Klebestreifen, und schon war sie bereit zum Aufbruch.

»Du brauchst noch einen Namen.« Jeder neue Pflegehund bekam einen Namen von ihr, aber bei dem hier konnte sie sich einfach zu keinem durchringen.

Bei jeder Laterne, an die sie in der Nachbarschaft einen ihrer Zettel klebte, blieb der Hund geduldig stehen. Aber es sah nicht danach aus, als würde sich in dieser Gegend einer melden, zu dem er gehört hatte und der ihn zurückhaben wollte.

Stumpf starrte Namenlos auf ihrem Gang vor sich hin und vermied jeden Blickkontakt mit ihr. Sie zeigte keine Gefühlsreaktion, und ihr Schwanz hing schlapp zwischen den Beinen. Gut, das war ein Fortschritt im Vergleich zu dem eingeklemmten Schwanz am Vortag. Aber selbst das süßeste Schmeicheln brachte sie nicht dazu, mal wieder mit ihm zu wedeln.

»Hundi, Hundi!« Diese hoch und schrill gerufenen Worte waren die einzige Warnung, bevor ein kleines Mädchen mit ausgestreckten Armen auf sie zulief.

Merry griff die Leine fester und versuchte, sich zwischen Kind und Tier zu stellen. Zu spät, es umhalste schon stürmisch den Hund und quietschte vor Vergnügen.

»Violet!« Mit diesem Schrei stürzte eine Frau die Garagenauffahrt hinunter, hin zu ihrem Liebling. »Oh Gott!«

Merry war angespannt wie eine Feder, bereit jederzeit einzugreifen, wenn es notwendig werden sollte. Aber nein – der Schwanz von Namenlos wedelte ohne Pause, gleichmäßig und friedlich. Sie wirkte ganz ruhig, fast glücklich.

»Gott sei Dank mag Ihr Hund Kinder«, seufzte die Mutter.

Das war eine Untertreibung. Merry hätte den ihr unbekannten Hund niemals mit einem fremden Kind zusammenkommen lassen. Aber jetzt, wo es passiert war, war alles anders: Namenlos schien geradezu verzückt zu sein.

Ungeschickt patschte das Mädchen mit seinen kleinen Händen auf dem Kopf des Tiers herum, ließ es dann los und lief zu einem lilafarbenen Dreirad, das in der Auffahrt herumlag. Die Mutter winkte noch kurz und ging dann hinter ihr her. Namenlos hatte das kleine Mädchen immer noch im Blick und wedelte weiter mit dem Schwanz.

Merry schaffte sie hastig nach Hause, und als sie die Wohnung betraten, klingelte das Handy. Sie warf einen Blick auf das Display: »Hallo, Liv.«

»Hallo, Merry. Ich habe deine Nachricht erhalten, und – leider nein, ich kann gerade keinen Hund nehmen. Mich hätten sie beinahe aus der Wohnung geworfen wegen meiner kleinen Pflegehunde.«

»Ach komm, bitte! Meiner wäre schon ausgewachsen. Und außerdem ist er stubenrein und bellt kaum. Mit dem hast du es ganz leicht.«

»Tut mir leid, nein.« Olivia Bennett hatte sich tatsächlich nie offiziell als Partnerin für *Triangle Boxer Rescue* angeboten. Sie war eine Freundin von Cara Medlen, und die war vor ein paar Monaten nach Massachusetts gezogen. So hatte Merry eine sichere Pflegestelle verloren, und die beste Freundin noch dazu. Beide Stellen hatte Olivia für einige Zeit eingenommen.

»Weißt du niemanden, der gerade einen Hund sucht? Es ist ein Labradormischling, ein Weibchen, sehr schüchtern und scheu, aber völlig gutartig.«

»Ich werde mich umhören, aber auf die Schnelle … nein.«

»Na gut, okay, trotzdem vielen Dank.« Merry führte den Hund wieder in die Küche. Nachdem ihr der Tierarzt bestätigt hatte, dass er gesund war, hatte sie ihn mit Ralph zusammengebracht, und das hatte prima geklappt. Namenlos hatte den Schwanz eingezogen und den Kopf unterwürfig gesenkt, nachdem Ralph sie begrüßt hatte. Für den Anfang war das ganz gut, trotzdem wagte Merry es noch nicht, Namenlos mit den beiden Welpen zusammenzubringen. Man wusste einfach nicht, wie die reagieren würden.

Jetzt schliefen sie gerade oben im Schlafzimmer. Wenn Namenlos länger bleiben sollte, mussten sie irgendwann alle miteinander bekannt gemacht werden. Aber vielleicht fand sie ja einen Platz für ihn, bevor das wirklich notwendig wurde.

Sie klappte ihren Laptop auf, um nachzusehen, ob irgendwelche Antworten gekommen waren. Nein, gar keine – aber die E-Mail von dieser Tracy Jameson wartete immer noch darauf, beantwortet zu werden.

Eigentlich wollte sie wirklich nichts mit einem Sommercamp zu tun haben, aber vielleicht … vielleicht brachte es doch etwas. Sie schrieb Tracy eine Kurzantwort und schlug ihr ein Treffen vor, bei dem sie alles bereden könnten. Dann klappte sie den Laptop zu und bereitete für sich und die Hunde das Abendessen vor.

Am nächsten Tag brachte sie erst einmal ihre übliche Zwölf-Stunden-Schicht im Dogwood Krankenhaus hinter sich. Ziemlich ausgelaugt fuhr sie noch schnell zum Bojangel Drive-In, um sich ein Avocado-Sandwich zu besorgen, und machte sich dann auf den Weg zu Tracys Farm.

Wie viele andere Orte in der Gegend war Dogwood in den letzten zehn Jahren förmlich aus allen Nähten geplatzt. Das lag am Triangle-Forschungspark, einer Ansammlung von pharmazeutischen Unternehmen und allen möglichen High-Tech-Firmen. Und dann fand man sich nach einem hochmodernen Gewerbegebiet plötzlich auf einer der uralten Landstraßen wieder, die sich seit Jahrzehnten nicht verändert hatten.

Auf so einer fuhr Merry jetzt zwischen verfallenden Scheunen und Getreidefeldern einige Meilen weit durch offenes Gelände. Sie öffnete die Fenster und ließ die frische Luft in ihre

Lungen strömen. Sie liebte es, auf dem Land zu sein, Kühe und Pferde auf den grünen Wiesen zu sehen und alle Gerüche aufzusaugen. Die Ärmel hochzukrempeln und schmutzig zu werden – das war natürlich weit weniger attraktiv. Aber wenn es ihrem Projekt helfen würde, könnte sie das durchaus auf sich nehmen.

Tracys Farm lag am Ende der Straße, ein schlichtes, zweistöckiges Backsteingebäude. Tracy hatte ihr vor ein paar Minuten die Nachricht geschickt, dass sie sich ein bisschen verspäten würde. Also fuhr Merry ums Haus herum, blieb im Wagen sitzen und aß ihr Sandwich zu Ende. Es schmolz regelrecht im Mund, sie spülte es mit einem Schluck Eistee hinunter – und seufzte zufrieden.

Hinter der Scheune grasten zwei Pferde auf einer saftig grünen Weide, ein drittes stand friedlich im Schatten eines Baums. Merry wusste ziemlich wenig über Pferde, gerade so viel wie von der Lektüre von »Black Beauty« hängen geblieben war. Aber bei denen hier spürte jeder sofort: Das waren herrliche Tiere, gepflegt, mit glänzendem Fell, das sich über kraftvollen Muskeln spannte und in der untergehenden Sonne glänzte.

Sie lehnte sich ein wenig in ihrem Sitz zurück, um sie zu beobachten. Das größere der beiden, ein männliches Tier, schwenkte eifrig seinen Schweif hin und her und wehrte die Fliegen ab, von sich und dem Tier neben ihm, einer Stute. Wow! Ein Kavalier auf Hufen. Kurz darauf rauschte ein Ford 350T Pick-up mit röhrendem Motor auf den Hof und hielt direkt neben ihrem Honda CR-V. Sie war schwer beeindruckt: Für eine Frau war das ein heißes Fahrzeug.

Merry klopfte sich ein paar Sandwichkrümel von der Bluse und stieg aus. Während sie um ihren SUV herumging, wurde die Fahrertür des anderen Wagens geöffnet.

Das Erste, was sie sah, waren bestickte Cowboystiefel aus

Leder, mindestens Herrengröße 12! Sie ließ ihren Blick weiter aufwärts wandern, an Jeans entlang. die mit sehr männlichen Muskeln ausgefüllt waren. Der Typ, der in ihnen steckte, schwang sich aus der Fahrerkabine. Mit einem Finger tippte er lässig an seinen Cowboyhut.

Schau an! Das war doch tatsächlich der selbst ernannte Lebensretter aus Dr. Johnsons Praxis. Was um alles in der Welt trieb der hier?

Sie war nie ein großer Freund von Cowboys gewesen, aber der hier war eins ganz bestimmt, nämlich ziemlich sexy. Unter dem Hut war von seinem dunklen Haar nicht allzu viel zu sehen. Die Krempe beschattete Stirn und Augen, aber dass er ihr tief in die ihren sah, spürte sie. Sein knackig enges, blaues T-Shirt steckte in den Jeans und umhüllte einen muskulösen Oberkörper.

So einer konnte locker als Model für das Titelbild eines Katalogs für Westernkleidung posieren. Meine Güte, was für ein Anblick! Aber ganz bestimmt keine *Tracy* Jameson.

»Sie sind Merry Atwater!« Die Stimme entsprach absolut dem Aussehen – tief und weich.

»Ja. Aber wer sind Sie?«

Er gab ihr die Hand. »T. J. Jameson. Vielen Dank, dass Sie den langen Weg hierher auf sich genommen haben. Aber ich dachte, Sie sollten sich wenigstens einen Eindruck von dem Ort verschaffen, bevor Sie sich entscheiden.«

»T. J. also. Aber wo ist Tracy?«

Er lächelte amüsiert: »Tracy Allen Jameson III. heißt es in voller Länge. Meinen Großvater nannten sie Tracy, mein Vater nennt sich Trace, und ich bin eben T. J.«

»Dann sind *Sie* also Tracy!?« Sie verschluckte sich fast an ihrer Zunge.

»Jawohl, Madam. Aber sagen Sie bitte T. J. zu mir.«

Merry atmete tief durch. Tracy war also ein Mann. Und nicht bloß irgendeiner, sondern ein extrem gut aussehender, dem aus allen Poren Testosteron entströmte.

Auf einmal war das Sommercamp ganz schön heiß geworden, aber auf andere Weise, als sie es erwartet hatte.

2

T. J. lehnte sich mit den Ellbogen auf die oberste Holzstange des Koppelzauns und schaute zu seinen Pferden hinüber. Er zeigte auf den hübschen Fuchs, der beim Tor stand: »Das ist Tango, und die braune Stute bei ihm ist Twilight. Sie kommen beide von der Farm meiner Eltern und sind dort auch aufgewachsen. Der Palomino dort hinten ist Peaches. Die reitet mein Neffe.«

Er beobachtete Merry, um ihre Reaktion zu sehen. Seine Pferde kamen immerhin aus einem der besten Zuchtställe in North Carolina. Es waren außerordentliche Geschöpfe, und wenn sie hier wirklich einen Monat mit ihm arbeiten sollte, musste er sicher sein, dass sie sich dieser Tatsache bewusst war. Ihr lockiges Haar bewegte sich leicht im Wind, als sie sich den beiden Pferden zuwandte. Heute war sie nicht gekleidet, um Eindruck zu schinden: Sie trug eine Schwesternjacke aus dem Krankenhaus und Gesundheitsschuhe mit Gummisohlen, aber selbst damit gelang es ihr, irgendwie klasse auszusehen.

»Sie sind einfach wunderschön!«, sagte sie.

Das war sie auch. Auf diese mädchenhaften Typen stand er überhaupt nicht, aber einer wirklich schicken Lady konnte er etwas abgewinnen. Ihre grazilen, aber durchaus kurvenreichen Formen wurden durch die Schwesterntracht heute mehr verhüllt als betont, aber er konnte sich noch gut an die knappen Jeansshorts vom Vortag erinnern. Was ihn aber am meisten gefangen nahm, waren ihre Augen, die Pupillen wie Teiche, goldene und ein wenig grün gefleckte Oberfläche, warm und voller Leben und Gefühl, sodass er alles andere vergaß, wenn er in ihre Tiefen blickte.

»Ist die Arbeit mit Tieren Ihr Beruf?«, wollte sie wissen.

»Ja, gewissermaßen. Ich bin Veterinär für Großtiere, das heißt, ich arbeite mit Kühen, Pferden, Schafen, mit allem, was es an Vieh so gibt.«

»Also, mit solchen Tieren kenne ich mich überhaupt nicht aus, aber dass Ihre Pferde einfach prachtvoll sind, das sehe ich.«

»Können Sie reiten?«

Sie sog die Unterlippe ein und schüttelte den Kopf. »Nein. Was haben Sie mit den Pferden vor, was sollen die Kids mit ihnen machen, und wie passe ich in das Konzept?«

»Ein Kumpel von mir hat Erfahrung mit Pferdetherapie, die Kids bewegen und führen die Tiere, arbeiten mit ihnen und reiten sie. Das bringt enorm viel fürs Selbstbewusstsein und trainiert außerdem die motorischen Fähigkeiten. Wir möchten, dass sie für ein paar Stunden ihre Probleme und Schwierigkeiten vergessen können.«

»Sind das Kinder mit Entwicklungsstörungen, oder haben sie auch körperliche Einschränkungen?«

»Beides. Bis jetzt wollen vier teilnehmen. Noah, mein achtjähriger Neffe, ist Autist. Dann gibt es einen Jungen mit Wahrnehmungsstörungen, ein Mädchen mit zerebralen Störungen des Bewegungsapparats und eins mit Downsyndrom. Sie sind alle in der zweiten oder dritten Klasse.«

»Das ist eine großartige Idee, und ich nehme mal an, dass Ihr Neffe der Hauptgrund ist, warum Sie das Ganze machen. Ihr Pferdetherapiecamp haben Sie dann doch eigentlich zusammen. Warum dazu noch ich, warum Hunde?«

»Na ja, eigentlich habe ich nur zwei Pferde dafür.« Er sah zur Weide. »Tango ist zu lebhaft für Kinder. Also bleiben nur Twilight und Peaches. Außerdem sind Hunde der entscheidende

Teil bei der Sache, besonders wegen Noah. Hunde scheinen die einzigen Wesen zu sein, die ihn aus seinem Schneckenhaus locken, das schaffen weder Pferde noch Menschen.«

»Okay, verstanden. Sie haben noch gesagt, dass Sie an Therapiehunden Interesse haben. Ich hätte einen, Ralph, ein sechsjähriger Boxer, und er ist absolut phänomenal. Ich arbeite einmal pro Woche mit ihm im Krankenhaus von Dogwood, auch mit Kindern.«

»Und Sie sind geprüfte Hundetherapeutin?«

»Ich bin zertifiziert als Hundeführerin von Ralph. Außerdem leite ich eine Boxer-Rettungsorganisation. Ich könnte mir vorstellen, dass man zuverlässige Pflegehunde mit den Kindern zusammenbringt, und sie daran beteiligt, die Tiere zu trainieren. Jedes Kind bekommt ein Tier zugeordnet und übt mit ihm die Grundlagen der Hundeerziehung, Gehorsam, Hund-Herrchen-Bindung, solche Sachen. So könnte man die Hunde auch noch auf die spätere Übernahme in eine Familie vorbereiten.«

T. J. schüttelte den Kopf. »So habe ich mir das nicht vorgestellt. Tierheimhunde zusammen mit diesen Kindern?«

Merry reckte das Kinn vor. »Das sind Hunde aus dem Tierheim, die wir vermittelt haben, Hunde mit einer vollständigen Verhaltensprüfung, sodass gesichert ist, dass sie mit Kindern arbeiten können. Außerdem würden sie ständig von mir beaufsichtigt.«

»Ich weiß nicht recht ...«

Sie unterbrach ihn sofort. »Ich habe zurzeit zwei bei mir zu Hause, die wären absolut perfekt. Welpen, noch lange kein Jahr alt, vollkommen harmlos. Aber die könnten eine Menge Gehorsamstraining brauchen. Mir gehen noch eine Menge anderer Hunde durch den Kopf, die prima für das Programm geeignet wären. Ein oder zwei könnte man ja während des Camps hier auf der Farm unterbringen.«

»Wie bitte?« Irgendwie war das Gespräch vollständig aus dem Ruder gelaufen.

»Sie erwarten, dass ich eine Menge Zeit aufwende. Ich muss vom Krankenhaus freinehmen. Dafür können Sie doch sicher eine gewisse Gegenleistung erbringen? Wie wär es, wenn Sie zusätzlich Ihre Spende für *Triangle Boxer Rescue* erhöhen würden?«

Er hob abwehrend die Hände. »Also, nein, da liegt nun ein komplettes Missverständnis vor. Ich brauche Therapiehunde, keine aus dem Tierheim. Außerdem gibt es hier keinen Zwinger oder so etwas, wo man sie unterbringen könnte.«

Sie trommelte mit den Fingern auf den Koppelzaun und betrachtete die Pferde. »Hundekäfige könnte ich besorgen. Ihnen entstehen keine Kosten. Sollte es medizinische Probleme geben, zahlt meine Organisation. Sie müssten nur für Futter und Wasser sorgen.«

»Käfige? Sie wollen sie in solchen Drahtverschlägen im Hinterhof einsperren?«

Ihre Nasenflügel bebten. »Natürlich nicht. Aufhalten werden sich die Hunde bei Ihnen im Haus. Die Käfige sind nur zu Trainingszwecken da.«

»Im Haus?« T. J. nahm kurz den Hut ab und fuhr sich mit den Fingern durch die Haare. Auf der Farm war er mit Hunden aufgewachsen. Sie liefen überall im Freien herum, zwischen Scheunen und Ställen, ernährten sich von Essensresten und schliefen in Hundehütten hinter dem Haus – aber doch nicht im Haus!

Er hatte das Gespräch einfach nicht mehr im Griff. Keinesfalls würde er Merrys Tierheimhunde bei sich aufnehmen – weder im Haus noch außerhalb. Der Zwischenfall im Wartezimmer von Davids Praxis am Tag zuvor hatte ja gezeigt, wie unvorhersehbar solche Hunde reagieren konnten.

»Passen Sie mal auf. Ich habe kein Interesse, hier Hunde aufzunehmen. Ich brauche Therapiehunde, keine aus dem Tierheim. Sie sollen nämlich mit den Kindern arbeiten. Wenn Sie zufällig an einen weiteren herankommen, dann können Sie gerne mit ihm und Ihrem Ralph im Camp arbeiten – das wäre perfekt.«

Sie verschränkte die Arme vor der Brust. »Ich habe nur den einen.«

Die beiden starrten sich einen Moment lang stumm an.

»Gut, dann danke ich Ihnen, dass Sie sich die Mühe gemacht haben, hier herauszukommen. Aber ich muss mich wohl nach jemandem umsehen, der für diese Aufgabe besser geeignet ist.«

Sie funkelte ihn aus ihren schönen Augen an, die jetzt vor Zorn blitzten. »Dann machen Sie das mal! Und – viel Glück mit Ihrem Sommercamp.«

Damit drehte sie sich um und stapfte so entschieden davon, dass der Staub hinter ihr aufwirbelte.

Merry kochte vor Wut – was für ein arroganter Mistkerl. Als sie ihn noch für eine Frau gehalten hatte, war er ihr deutlich sympathischer gewesen. Der hatte Nerven, rümpfte die Nase über ihre Pflegehunde, als wollte sie seine Hätschelkinder als Köder im Ring für Hundekämpfe hernehmen, statt Therapiehündchen von ihnen tätscheln zu lassen. Idiot! Dabei brauchte sie das Geld so dringend. Außerdem hatte sie darauf gehofft, dass sie einen ihrer Pflegehunde auf Dauer bei ihm unterbringen konnte, dann hätte sie einen Pflegeplatz für Namenlos gefunden. Sie trommelte auf das Lenkrad und schaltete das Radio ein, das auf ihren Top-40-Lieblingssender eingestellt war. Countrymusik würde es in ihrem Auto nicht geben – die konnte sie wirklich nicht ertragen.

Als sie schließlich zu Hause ankam, stand sie noch immer unter Strom. Die letzte Stunde Tageslicht mit ihren Hunden hatte sie leider verpasst, wegen des Besuchs bei diesem Knallkopf. An den Tagen, an denen sie arbeiten musste, bezahlte sie der Nachbarstochter ein bisschen Geld dafür, dass sie die Tiere nach draußen ließ. Das war auch heute so, also hatten sie wenigstens nicht wegen dieses blöden Ausflugs leiden müssen.

Mit hängenden Schultern betrat sie das Haus, angespannt und erschöpft zugleich. Ralph, Chip und Salsa warteten in der Küche schon auf sie und fiepten und wälzten sich vor Freude über ihre Rückkehr. Ihre Krallen veranstalteten einen regelrechten Stepptanz – Klickediklack – auf dem Linoleum, bis sie zwischen ihnen auf die Knie sank und sich mit feuchten Küssen überschütten ließ. Als sie damit fertig waren, ließ Merry sie zur Hintertür hinaus und ging zu Namenlos, die ruhig in ihrem Korb lag,

Mit dem bekannten herzzerreißenden Blick schaute sie zu ihr auf, ihr Schwanz schaffte nur einen einzigen schwachen Schlag auf den Boden des Korbs. Merry hob sie heraus und setzte sie ab. »Weißt du, es ist schon zum Heulen mit dir.«

Namenlos ließ sich mit einem Seufzer zum Steinerweichen auf dem Boden nieder.

»Heute habe ich gedacht, dass ich dich in einer ruhigeren Pflegestelle unterbringen kann, aber es ist nichts draus geworden.« Sie fuhr langsam mit dem Finger durch das weiche Fell des Tiers. »Nachdem du nun immer noch da bist, muss ich dich endlich allen vorstellen, okay?«

Ralph und Namenlos hatten sich am Tag zuvor schon kennengelernt, und dabei hatte es keine Probleme gegeben. Ralph war ruhig und bestens erzogen, und es hatte noch bei keinem neuen Pflegehund Schwierigkeiten mit ihm gegeben. Chip und Salsa waren noch ganz jung und hatten noch keinen Reviertrieb entwickelt. Für sie würde Namenlos einfach eine neue gute Freundin sein.

Namenlos selbst war der Unsicherheitsfaktor. Bisher hatte sie keinerlei Aggression gezeigt, aber sie schien wenig kontaktfähig. Man wusste nicht, wie sie reagieren würde, wenn sie auf einmal drei neuen Artgenossen begegnen würde, besonders wenn zwei davon hyperaktive Welpen waren.

Merry begann damit, Namenlos an die Leine zu legen, um einen kleinen Spaziergang in der Nachbarschaft zu unternehmen. So hatte der Hund die Möglichkeit, sich die Beine zu vertreten, die Spannung des Tages abzubauen und ein wenig zur Ruhe zu kommen.

Als sie zurück waren, holte sie die anderen Hunde von draußen ins Haus und trennte die Küche vom Gang durch die Gittertür. Merry legte die Leine aus der Hand, ließ sie aber am Halsband von Namenlos befestigt, damit sie jederzeit wieder die volle Kontrolle übernehmen konnte, falls es nötig sein sollte.

Namenlos hob den Kopf und schaute durch die Gittertür auf die anderen drei. Chip und Salsa warfen sich aufgeregt immer wieder gegen das Gitter, Ralph hielt sich hinter ihnen, mit ausdauernd wedelndem Schwanz und aufgestellten Ohren, voll freundlichem Interesse.

Namenlos näherte sich vorsichtig und beschnüffelte Chip. Salsa drängte sich heran und presste das Gesicht gegen Namenlos' Schulter. Sie machten Männchen, hechelten und drückten ihre Schnauzen durch das Gitter, um sich gegenseitig zu beschnüffeln. Namenlos zog den Schwanz ein und zeigte die gewünschten Unterwerfungsgesten.

Merry saß dabei und beobachtete alles – und es sah sehr gut aus. Bei anderen Pflegehunden, die nicht miteinander auskamen, hatte sie die Tiere getrennt halten müssen. Sie konnten sich dann nicht gemeinsam frei im Haus bewegen. Aber wenn sich die Hunde gut verstehen würden, hätte sie mehr Zeit, einen geeigneten Platz für Namenlos zu finden.

Nachdem sich die Kleinen etwas beruhigt hatten, zog sie die Gittertür ein wenig zur Seite. Während die Hunde sich beschnüffelten, schickte sie eine SMS an ihre beste Freundin. *Du fehlst mir. Wann bist du mal wieder hier?*

Die Antwort kam sofort: *Nächsten Monat. Mädelsabend im Red Heels?*

Merry musste grinsen. Wie viele Abende hatten sie nicht schon gemeinsam mit einer Menge Martinis im Red Heels verbracht? *Ich zähle die Tage. Übernachtest du bei mir?*

Das wäre klasse. Danke.

Ich kann dir ein paar Pflegehunde mit nach Hause geben.

Ha! Matt bringt mich um. Ich habe schon drei und dazu noch Caspar und Sadie.

Merry seufzte. Wie sehr sie Cara doch vermisste!

Sie sah Namenlos an Salsas Hintern schnüffeln, dann ging sie ihre E-Mails durch. Linda fragte nach einem Termin für die Kastration ihres Pflegehunds. Der Hund von Trista brauchte Medikamente gegen seinen Herzwurm, und der von John wartete immer noch auf die Operation seines Kreuzbandrisses – und auf dem Konto von *Triangle Boxer Rescue* war noch die Riesensumme von fünf Dollar.

Es war zum Verzweifeln. Sie brauchte nicht nur weitere Geldquellen für die jetzigen Hunde, sondern auch für die, die in Zukunft dazukommen würden. Außerdem hatte sie Cara nichts von dem Schlamassel erzählt, in dem sie steckte, und sie wollte das alles unbedingt wieder in Ordnung gebracht haben, bevor ihre Freundin sie besuchte. Merry hatte *Triangle Boxer Rescue* gegründet, aufgebaut und zum Erfolg geführt. Jetzt brauchte ihre geliebte Organisation eine Wiederbelebungsaktion, und zwar sofort!

Das Ganze war mehr als nur ein finanzieller Notstand. Wenn *TBR* untergehen sollte, war das auch eine persönliche Niederlage, das Scheitern der einzigen Sache in ihrem Leben, die sie wirklich auf die Reihe bekommen hatte. Wie schrecklich und gleichzeitig erniedrigend! Für die Hunde war es noch schlimmer – für die war es eine Frage von Leben und Tod.

Mit einem Auge bei den Hunden wechselte Merry zum Esstisch und klappte ihren Laptop auf. Sie sandte E-Mails an alle Tierhandlungen in der Gegend, die sie kannte, und bat, Spendensammlungsaktionen für sie zu organisieren. Das brachte immer ein paar neue Zusagen für die Übernahme von Pflegehunden, ein bisschen Geld kam auch herein und vor allem – es machte eine Menge Spaß.

Eine ihrer Freundinnen hatte letzthin erwähnt, dass sie über Facebook einigen Erfolg hatte verbuchen können. Merry loggte sich auf die *TBR*-Seite ein, die sie eröffnet hatte: Sie hatte einhundertzweiunddreißig »Likes«. Das war gar nicht schlecht, wenn man berücksichtigte, dass sie selbst die sozialen Netzwerke kaum nutzte. Die Seite gab es nun ungefähr seit einem Jahr, und sie hatte sich fast gar nicht darum gekümmert.

Was sollte sie posten? Fast eine Minute lang trommelte sie nervös mit dem Finger neben der Tastatur auf den Tisch. Dann stellte sie ein Foto von Jake, dem Hund mit der Knieoperation, ins Netz und schrieb dazu: *Jake braucht eine Knieoperation, um seinen Bänderriss zu kurieren. Das ist eine sehr schmerzhafte Verletzung, und er soll wiederhergestellt sein, bevor er seinen endgültigen Platz bekommt. Für die OP müssen wir 600 Dollar zusammenbringen. Bitte besucht unsere Website und spendet alle massenhaft, damit Jake wieder herumrennen kann!*

Dann lehnte sie sich zurück und lächelte. Bei einhundertzweiunddreißig Followern sollten sich doch ein paar finden, die großzügig waren.

Fünf Minuten später kam die Nachricht von Paypal, dass eine Spende eingegangen war. »Jaaa!« Sie stieß die Faust in die Luft.

Die Spende war von Cara.

Merrys Gesicht verfinsterte sich wieder. Natürlich schätzte sie auch das Geld ihrer Freundin – schließlich brauchte sie jeden Cent –, aber sie hatte von ihr doch schon so viel Unterstützung erhalten. Neue Helfer mussten her, neue Geldquellen sollten sprudeln, um die Lücke zu schließen, die entstanden war, seit der anonyme Wohltäter seine Zahlungen eingestellt hatte.

Andererseits – es waren ja erst fünf Minuten vergangen.

Nie hatte sie sich überlegen müssen, wie sie genügend Geld auftreiben könnte, immer war das Geld von selbst eingetrudelt. Das würde sie jetzt lernen, sie musste es einfach.

Alle Hunde hatten sich inzwischen beruhigt. Namenlos war zu ihrem Korb gegangen und hatte sich auf der Matte daneben zusammengerollt. Merry hielt es für das Beste, sie erst mal in Ruhe zu lassen.

Morgen musste sie ins Krankenhaus zur Arbeit. Aber dann hatte sie vier Tage frei, und in der Zeit wollte sie das Kennenlernen endgültig abschließen.

Und – Namenlos brauchte endlich einen Namen, verdammt noch mal!

Am nächsten Morgen fuhr Merry im Dogwood Hospital mit dem Aufzug zur Kinderabteilung im dritten Stock, wo sie die nächsten zwölf Stunden verbringen würde. Die Handtasche kam in den Spind, und sie machte sich auf zur Übergabe, bei der sie von der Oberschwester der Nachtschicht alle notwendigen Informationen erhielt.

Zum Glück war es eine ruhige Nacht gewesen, und so war die Besprechung schnell beendet. Auf der Station suchte sie im Dienstplan, welche Patienten ihr zugeteilt waren. Charlene war die Nachtschwester, die für drei von Merrys Schützlingen zuständig gewesen war. Das war prima, denn sie war sehr sorgfältig bei ihren Aufzeichnungen und überhaupt eine sehr gute Krankenschwester.

Merry erwischte sie noch auf halbem Wege und rief ihr ein »Guten Morgen« zu.

Die Kollegin lächelte. »Auch dir einen guten Morgen. Für wen bist du zuständig?«

»Die drei-null-fünf, die drei-null-acht und die drei-zehn.«

Charlene zeigte zum Raum 310 hin. »Mach dich auf was gefasst. 310 ist erst eine Woche alt und leidet unter postnatalem Entzugssyndrom. Er wurde diese Nacht eingeliefert.«

Merry überlief ein Schauder. Gerade diese Babys gingen ihr immer total nahe. Und wenn sie es mit solch einem armen Säugling zu tun bekam, hätte sie gern auf irgendjemanden eingeschlagen. Und am liebsten immer auf die Mutter. »Wie schlimm ist es?«

»Heroin. Das arme Ding hat praktisch die ganze Nacht lang geschrien. Die Mutter sitzt wegen Kaufhausdiebstahl im Knast. Der Sozialdienst kümmert sich um den Fall.«

Merry schluckte schwer und ging mit Charlene zunächst in Raum 305. Drinnen lag die vierjährige Tori friedlich im Bett und schlief. Sie schmiegte sich an ein Püppchen in einem knallrosa Tutu. Die Mutter im Ruhesessel daneben schenkte den Schwestern ein schwaches Lächeln.

»Morgen, Alice«, flüsterte Merry.

Charlene erklärte den beiden, wie es der Kleinen jetzt ging. Ein gemeiner Darmvirus hatte ihre Einweisung ins Krankenhaus veranlasst, sie war in der Nacht zuvor völlig dehydriert angekommen. Nun sollte ihre intravenöse Versorgung bei der nächsten Runde von Merry abgenommen werden. Wenn sie dann wieder selbstständig Flüssigkeiten zu sich nehmen konnte, wäre es möglich, sie am Nachmittag zu entlassen.

Merry prüfte Puls, Atmung und den Sitz der Nadel in der Armbeuge und bemühte sich nach Kräften, Toris Schlaf nicht zu stören. Dann wurden die neuesten Messergebnisse online in die Patientendatei eingegeben. Das kleine Mädchen war noch so erschöpft, dass sie nicht einmal bemerkte, wie ihr Blutdruck gemessen wurde. Merry winkte Alice freundlich zu, als sie mit Charlene das Zimmer verließ.

Als Nächstes war Peter im Zimmer 308 dran. Bei dem kleinen Jungen war sein gebrochener Arm mithilfe einer Operation eingerichtet worden. Er war schon wach und sah seine Comics an. Merry unterhielt sich nebenbei mit ihm über Baseball, während sie die üblichen Kontrollen durchführte. Jetzt kam Zimmer 310.

Man hörte dort nichts außer dem gleichförmigen Piepen des Instruments, das jeden einzelnen der wertvollen Schläge des kleinen Herzens von Baby Jayden registrierte, aufgenommen durch ein Kabel, das mit einem Pflaster am winzigen Fuß angeklebt worden war. Merry näherte sich leise dem Kinderbett.

»Schließlich ist er doch noch eingeschlafen«, flüsterte Charlene von der Tür her. Sie verließ das Zimmer, weil sie durch den Piepser ins Schwesternzimmer gerufen wurde.

Mit einem tiefen Seufzer atmete Merry aus, als sie das Würmchen dort liegen sah, ganz allein in einem sterilen Krankenzimmer. Er lag auf dem Rücken, gewickelt und mit einem blau gestreiften Käppchen auf dem Kopf. Die Brust hob und senkte sich heftig, die Wangen waren gerötet.

Unbewusst trat ihr das Bild eines anderen Babys vor die Augen, ganz ähnlich gewickelt, das Gesicht aber totengrau. Wie immer traf sie der Schmerz wie ein Faustschlag, und sie musste die Faust an den Mund pressen, um nicht aufzuschreien.

Kein Laut kam von ihren Lippen, als es ihr gelang, das Bild zu verdrängen, und sie beginnen konnte, Jaydens Zustand zu untersuchen. Er verzog schmerzlich sein Gesicht, ein zartes Wimmern war zu hören, die Unterlippe zitterte leicht. Ein Winzling, so klein, so unschuldig. Er hätte niemals den Schmerzen eines Heroinentzugs ausgesetzt sein sollen.

Mit einem leisen »Shshsh« strich sie ihm mit einem Finger über die Brust, und er drückte sich dagegen, in Erwartung seiner nächsten Mahlzeit. Sie zog das MedLink-Handy aus ihrer Tasche und rief Jessie an, ihre Hilfsschwester. Sie sollte ihm sein nächstes Fläschchen bringen. Eigentlich hatte sie das dringende Bedürfnis, ihn aus dem Bettchen zu heben und ein wenig zu knuddeln, aber sie konnte sich zurückhalten.

Zu vielen der Babys hier hatte sie eine innere Beziehung, aber sie in den Arm zu nehmen und an die Brust zu drücken, ihren süßen Geruch einzuatmen – das hatte sie sich noch nie erlaubt.

Jetzt rief jedenfalls die Pflicht. Ihr vierter Patient mit einem Schädeltrauma würde bald aus der Notaufnahme kommen. Bis alles erfasst war, konnte es dann noch gut eine Stunde dauern.

Jessie kam mit dem Fläschchen und hob das Neugeborene hoch. Merry fühlte den Schmerz in ihrer Brust nachlassen, als sie sah, wie es sicher in ihren Armen gehalten wurde, gehegt und gepflegt und ernährt.

Sie erlaubte sich keinen weiteren Blick und ging geradewegs zum Schalter im Eingangsbereich, um die Aufnahme von Noah Walton vorzubereiten. Sie rief den Onlinebericht auf: Acht Jahre, Schädeltrauma, Autist, Mutter: Amy Jameson.

Merry runzelte die Brauen. T. J. hatte einen achtjährigen autistischen Neffen namens Noah. Merry überprüfte die angegebenen Notfallkontakte der Mutter. Tatsächlich – da stand T. J. Jameson.

Wie wahrscheinlich war es wohl, dass er schon heute seinen Neffen besuchen würde?

»Verdammter Mist!«, murmelte sie und merkte, wie sich ein rasender Schmerz in ihrem Kopf zusammenbraute.

Zielstrebig stiefelte T. J. eilig über den abgenutzten Linoleumboden der Kinderabteilung des Krankenhauses von Dogwood. Ziel: Zimmer 311. Noah war auf dem Spielplatz seiner Schule auf den Kopf gestürzt und hatte das Bewusstsein verloren. Der Notarzt hatte ihn schnellstens mit dem Rettungswagen ins Krankenhaus gebracht.

Das war vor zwei Stunden passiert, und T. J. war leider der Letzte von allen, die angekommen waren. Er hasste es, so spät bei seinem Neffen zu sein, es war bei seinem Job aber unvermeidlich. Er war bei einer Kuh gewesen, die kalbte, und das Ganze war ziemlich kompliziert geworden – eine Steißgeburt. Mittendrin hatte Amy angerufen. Solche Schwierigkeiten beim Kalben waren nicht selten, aber ohne Geburtshilfe war es möglich, dass Kuh und Kalb starben. Diesmal war alles gut gegangen, beide hatten überlebt und waren gesund, und das war das bestmögliche Ergebnis.

T. J. trat ins Krankenzimmer, und sein Herz krampfte sich zusammen, als er Noah im Bett liegen sah, bleich, mit geschlossenen Augen und ohne seine gewohnte Brille. Amy saß links neben ihm, hielt seine Hand in der ihren und sah mit geschwollenen und geröteten Augen auf ihn hinunter. Die Großeltern saßen auf der Besuchercouch und unterhielten sich flüsternd.

Alle Köpfe im Raum drehten sich zu ihm, als er hereinkam und sofort an das Bett seines Neffen trat. »Wie geht es ihm?«

»Er hat eine Gehirnerschütterung«, erwiderte Amy. »Er wird schon wieder, aber sie wollen ihn ein paar Tage zur Beobachtung dabehalten. Sie befürchten, dass er es uns nicht sagt, wenn es ihm schlechter gehen sollte.«

»Wie ist das passiert? Wo waren seine Lehrer?« T. J. beugte sich über das Bett und nahm die kleine Hand seines Neffen in seine. Noahs Vater hatte sich aus dem Staub gemacht, sobald bei seinem Sohn die ersten Anzeichen von Autismus sichtbar geworden waren. T. J. hatte versucht, seine Stelle einzunehmen, damit Noah eine männliche Bezugsperson hatte.

»Niemand hat ihn stürzen sehen. Eins der Kinder sah ihn dann auf dem Boden liegen.«

»Das klingt völlig abwegig. Er ist doch nie auf den Klettergerüsten herumgestiegen.«

Amy nickte. »Ich weiß, aber heute hat er es offensichtlich getan.«

»Er wird wieder gesund. Er ist ein kräftiger Kerl.« Trace Jameson, der Großvater, trat ebenfalls an das Bett, ein kräftiger, groß gewachsener Mann in weißem Button-down-Hemd, Jeans und abgetragenen Lederstiefeln.

Die Tür ging auf, und die Krankenschwester, die hereinkam, brachte T. J.s Blut aus völlig unpassenden Gründen in Wallung. Merry Atwater. Meine Güte, was für ein seltsamer Zufall!

Sie warf ihm rasch einen Blick zu, und es gelang ihr, nicht allzu überrascht auszusehen, oder sie überspielte ihren Schreck ziemlich gut. »Hallo, T. J.« Ein freundliches Nicken in seine Richtung, und schon wandte sie sich an Amy. »Hat sich irgendetwas verändert?«

Amy schüttelte den Kopf. »Sie beide kennen sich?«

»Wir haben uns gestern kennengelernt«, sagte Merry. Sie kontrollierte souverän den Infusionsschlauch, fühlte Noahs Puls und maß seinen Blutdruck.

Heute trug sie einen blauen Kittel, der über und über mit Ballons bedruckt war. Noah liebte Ballons, deshalb versuchte

T. J. seinen Neffen dazu zu bringen, die Augen zu öffnen und sie anzuschauen.

»Haben Sie Kühe oder Pferde?«, fragte Amy.

»Nein, wieso?«, fragte Merry verwundert zurück.

»Na ja, T. J. ist Großtierveterinär. Ich hätte mir vorstellen können, dass Sie sich deswegen getroffen haben.«

»Nein, wir haben über das Sommercamp gesprochen, das er organisiert.«

Amys Augen leuchteten, und sie wollte schon weitersprechen, als T. J. sie unterbrach: »Wie steht es denn mit Noah? War er seit dem Sturz die ganze Zeit ohne Bewusstsein?«

Merry schüttelte den Kopf. »Jetzt schläft er, er ist nicht mehr bewusstlos. Er ist nach den ganzen Prozeduren in der Notaufnahme völlig erschöpft hier in der Kinderabteilung angekommen.«

Diese Augen! Ihr Ton war ganz sachlich und höflich, aber ihr Blick brachte ihn beinahe dazu, sich wegen ihrer Auseinandersetzung gestern zu entschuldigen, obwohl es gar nichts gab, wofür er sich hätte entschuldigen müssen.

Er brauchte doch nur jemanden mit Therapiehunden für sein Camp!

Amy ließ sich nicht ablenken. »Sie helfen T. J. also bei seinem Camp?«

»Nein, das wird wohl nichts«, antwortete Merry. »Ich bin bald zurück, um noch einmal nach Noah zu sehen. Wenn Sie mich vorher brauchen, drücken Sie einfach die Ruftaste.«

Amy nickte, und Merry verließ das Zimmer.

Als sie draußen war, sah Amy ihren Bruder seltsam an. »Was geht denn da vor zwischen euch beiden?«

»Sie war draußen auf der Ranch wegen eines Jobs im Camp, aber es ist nichts geworden. Ich will jemanden mit Therapiehunden, aber sie leitet eine Hunderettungsorganisation. Sie hat sich eingebildet, sie könnte ihre Pflegehunde einsetzen, und die Kinder helfen dabei, die zu erziehen und zu trainieren.«

»Das klingt doch super«, meinte Amy. »Und was ist dann passiert?«

»Ich will nicht, dass die Kinder mit einem Rudel halb wilder Pflegehunde spielen.« Da konnte schließlich so manches passieren, und das Risiko wollte er nicht auf sich nehmen.

»Wieso? Sie arbeitet schließlich die ganze Zeit hier mit Kindern, und ich kann mir nicht vorstellen, dass sie irgendetwas zulässt, was sie in Gefahr bringen würde. Noah würde es bestimmt total gut gefallen, beim Erziehen eines Hunds mitzuhelfen.«

»Hund?« Ein dünnes Stimmchen kam vom Bett, und Noah blinzelte unter halb geschlossenen Lidern zu ihnen hoch.

»Hallo, Kumpel. Wie geht's dem Kopf?« T. J. lehnte sich an das Bett, dessen Matratze nachgab, als seine Mutter sich dazusetzte und nach der Hand ihres Enkels griff.

Noah zuckte mit den Schultern, den Blick auf die sonnengelbe Wand gegenüber gerichtet.

»Tut weh, oder?«

Ein kurzes Nicken, dann zupfte der Junge an der Decke, in die er gewickelt war. Viel sprach er nie, besonders dann nicht, wenn er aufgeregt war, daran war T. J. gewöhnt. Er selbst war auch eher mundfaul, aber er machte sich sofort Sorgen, wenn der Junge sich ganz in sich zurückzog und gar nichts mehr sagte.

»Weißt du, ich bin auch auf den Kopf gestürzt, als ich ungefähr so alt war wie du jetzt«, erzählte T. J. »Wochenlang hatte ich deinen Großvater genervt, bis er nachgab und ich endlich King reiten durfte. Der warf mich ab wie einen Sack Kartoffeln, und ich bin mit dem Kopf am Zaun gelandet.«

»Stimmt genau«, sagte Trace und kam ebenfalls ans Bett seines Enkels. »Ein sturer kleiner Teufel, so war dein Onkel. Deine Mutter war übrigens genauso. Scheint in der Familie zu liegen.«

Noah strich mit dem Finger über die Bettdecke. »Hat es wehgetan?«

»So sehr, dass ich geweint habe.«

Noah drückte sich ins Kissen und sah weg. Seine kleine Hand zupfte noch immer an der Decke herum.

Emmy Lou beugte sich über ihren Enkel. »Wir sind so froh, dass dir nicht mehr passiert ist, mein Kleiner. Ruh dein Köpfchen aus, und sieh zu, dass es dir wieder besser geht.«

Noah nickte vorsichtig und schloss die Augen. Er kam gut zurecht, wenn alle Umstände gleich blieben, Änderungen und Aufregung warfen ihn aus der Bahn, deswegen hatte er jetzt schwer zu kämpfen. Dass er wegen seiner Umgebung nicht noch mehr durcheinander war, zeigte, wie schlecht es ihm ging.

Sobald Noah eingeschlafen war, gingen T. J. und Amy in die Cafeteria, um einen Kaffee zu trinken und ein Sandwich zu essen. Sie hatte Nachtschicht in Finnegan's Pub gehabt und schlief normalerweise, während Noah in der Schule war.

»Ein Sturz auf den Kopf? Ich kann mir das einfach nicht erklären.« Sie rieb sich die müden Augen und nahm dankbar einen tiefen Schluck Kaffee.

»Mir geht es genauso«, sagte T. J. Noah hatte Probleme, seine Bewegungen zu koordinieren. Deshalb vermied er eigentlich alles, was mit Klettern, Schwingen und Schaukeln zu tun hatte. Er hatte Angst, die Balance zu verlieren. »Meinst du, die anderen Kinder könnten ihn auf das Gestell getrieben haben?«

»Nein, warum sollten sie?«

»Vor ein paar Wochen hat er eine Gruppe von Jungs erwähnt, und ich hatte den Eindruck, dass er sie irgendwie beeindrucken wollte. Nenn mich zynisch, aber es wäre doch furchtbar, wenn sie irgendwie ihre Spielchen mit ihm treiben würden.«

»Nein, das kann ich mir nicht vorstellen. Er hat sich zum Beispiel mit einem Jungen aus der Schule angefreundet. Der wohnt direkt in der Nachbarschaft.«

»Ehrlich?« Das waren gute Nachrichten. Noah hatte eigentlich keine Freunde. In der Schule war er still und in sich gekehrt, ein Symptom seines Autismus. Während er sich mit sozialen Beziehungen schwertat, hatte er schulisch keine Probleme und kam beim Unterricht in der zweiten Klasse der Grundschule von East Dogwood ohne Weiteres mit.

»Ja, so ist es. Aber ich werde ihn natürlich über die Sache noch genauer ausfragen, wenn es ihm erst einmal besser geht.«

Als sie zu Ende gegessen hatten, stand T. J. auf und nahm seine Schwester in den Arm. »Es wird schon gut ausgehen. Er wird sicher wieder.«

Sie nickte. Er wünschte sich so sehr, ihr mehr helfen zu können. Sie wollte die Erziehung von Noah allein und selbstständig schaffen, und das war ganz und gar nicht einfach. Sie war immer für ihn da, von Anfang an, seit bei ihm das Asperger-Syndrom diagnostiziert worden war. Später wurde die Diagnose spezifiziert: hochfunktionaler Autismus. Sie arbeitete sich auf, um das Geld für ein Dach über dem Kopf, Essen auf dem Teller und für die Therapien heranzuschaffen, die er benötigte.

Er bewunderte sie und hatte einen Heidenrespekt vor ihr.

Als sie zurück ins Zimmer kamen, saß Merry auf einem Stuhl neben Noahs Bett und sah mit ihm ein Buch aus seinem Rucksack an. T. J. erkannte es sofort, denn er hatte es ihm geschenkt, es war eine Art bebilderte Katalogisierung der Legofiguren: Sein Neffe war völlig in die Legowelt vernarrt und baute die verrücktesten und kompliziertesten Konstruktionen.

»Lego-Super-Ringer! Der sieht ganz schön verwegen aus. Hast du den?«, fragte ihn Merry.

Noah nickte. Mit unsicheren Fingern blätterte er das Buch

auf seiner Brust um. Seine Augen blitzten auf, als er auf eine Figur zeigte.

»Mensch, eine Lego-Krankenschwester!« Merry presste überrascht eine Hand auf die Brust. »Schau, sie hat braune Haare wie ich. Hast du die auch?«

Noah schüttelte den Kopf und zuckte mit den Schultern, dann blätterte er weiter.

»Ein Ninja, ein Pharao, sogar ein Zombie. Die von Lego haben wirklich von allem eine Figur. Welche magst du am liebsten?«

Noah langte nach dem Buch, aber sie schlug es zu und lächelte ihn an.

»Sag es mir, ohne nachzusehen.«

»Seite vierzehn, der Cowboy.« Die Antwort kam wie aus der Pistole geschossen.

»So einer wie dein Onkel«, sagte Merry und richtete den Blick auf T. J.

Ihm wurde innerlich seltsam warm, als läge etwas zwischen ihnen in der Luft. Er stellte sich vor, wie sie auf Twilight im Galopp über die Felder ritt mit einem Cowboyhut, unter dem ihre Haare hervorflatterten. Sie würde verdammt sexy auf seinem Pferd aussehen.

Ihre Augen wurden ganz groß, als spüre sie, in was für eine Richtung ihn seine Fantasie trug.

T. J. wandte den Blick ab, und schon war die Verbindung wieder aufgelöst. Später am Nachmittag aber, als er auf Tango ausritt, brannte der Blick dieser braunen Augen weiter wie Feuer in seinem Inneren.

3

Merry saß auf der Kante ihres Betts und starrte das Foto in ihren Händen an. Tyler lächelte sie unter dem Glas hervor an, seine süßen Babywangen rosa und voller Leben. Seine Augen hatten noch dieses helle Babyblau. Sie hatte nicht erleben dürfen, ob sie braun geworden wären, wie ihre, oder blau wie die seines Vaters geblieben wären.

Sie fuhr mit dem Finger über eine seiner dünnen braunen Locken, spürte aber nur hartes, kaltes Glas. Ihr Baby, ihr Wonneproppen Tyler. Der Schrei stieg in ihr auf wie Dampf in einem Kessel, in dem das Wasser zu kochen beginnt. Sie warf sich auf das Bett und vergrub das Gesicht in der Tagesdecke, um ihn zu ersticken. Wenn sie ihn hinauslassen würde, wenn sie anfangen würde zu schreien, würde sie vielleicht nie wieder aufhören.

Ralph sprang neben ihr auf das Bett und drückte sich mit dem Rücken gegen sie. Was für ein Segen. Dieser Hund wusste immer, wann sie eine Schulter zum Anlehnen brauchte. Als der Schmerz in ihrer Brust allmählich nachließ, drehte sie sich auf die Seite, und Ralph schmiegte sich schwanzwedelnd an sie. Er vergrub den Kopf an ihrem Hals und atmete tief. Sie legte ihm die Hand auf den Rücken und tat es ihm gleich. Liebenswerter Ralph. Er hatte die Gabe, Menschen das Päckchen, das sie zu tragen hatten, leichter zu machen. Noch nie war es ihm misslungen, ein Lächeln auf das Gesicht eines kranken Kindes zu zaubern.

Es war der verlässlichste Mann in ihrem Leben, nach ihrem Daddy natürlich. Aber Ralph schlug jeden Mann, mit dem sie je zusammen gewesen war. Er war etwas ganz Besonderes, und jeden Tag war sie aufs Neue dafür dankbar, dass ausgerechnet sie ihn vor vier Jahren aus diesem dreckigen Tierheim geholt hatte. Sie hatte ihn gerettet, und diesen Liebesdienst hatte er ihr wieder und wieder gelohnt.

Mit zitternden Fingern stellte sie Tylers Foto auf den Nachttisch und verfluchte den Gott, der ihn nicht gerettet hatte. Verfluchte auch sich selbst, weil es ihr nicht gelungen war, ihn zu retten. Wie viele andere hatte sie gerettet? Aber nicht den einen, der ihr am meisten bedeutet hatte, ihren eigenen Sohn. Ihr fiel das Atmen schwer, und wieder war es Ralph, der sie beruhigte, indem er die Schnauze an ihren Hals presste.

Der kleine Jayden hatte sie heute aus der Bahn geworfen. Es tat ihr in der Seele weh, ihn leiden zu sehen, zu wissen, dass seine Mutter ihm diese Schmerzen eingebrockt hatte und nun nicht einmal für ihn da sein konnte, um ihm durch den Entzug zu helfen. Er hatte heute viel zu oft allein dort gelegen, auch wenn ihn die vom Jugendamt bestellte Pflegemutter ab und zu auf den Arm genommen hatte, genau wie mehrere Krankenschwestern und Hilfskräfte auf der Station.

Aber nicht seine Mutter, und das zerriss Merry schier das Herz.

In dieser Nacht schlief sie mit den Armen um Ralphs Hals, um die Albträume in Schach zu halten. Die Erinnerung, wie Tyler kalt und grau und leblos in seinem Kinderbett lag, ließ sie auch heute noch manchmal mitten in der Nacht schreiend aus dem Schlaf hochfahren. Als sie wach wurde, lagen Chip und Salsa quer über ihren Beinen und hatten sich auf sämtlichen verbliebenen Zentimetern ihres Betts breitgemacht.

Namenlos schlief in ihrem Körbchen am Boden. Immerhin im Schlafzimmer, und das war ein Fortschritt. Als die Frühmorgensonne zum Fenster hereinschien, betrachtete Merry lange die braune Streunerin in der Ecke. Sie brauchte einen Namen.

»Sandy?«, sagte sie laut und musterte das goldene Fell. Der Hund drehte ihr weiterhin den Rücken zu.

»Keks?« Nichts.

»Taffy?« Die Hündin seufzte.

»Amber?«

Die Hündin hob den Kopf und sah Merry aus großen braunen Augen an.

Merry stützte sich auf den Ellbogen. »Amber? Gefällt dir das?«

Die Hündin wedelte zögernd mit dem Schwanz.

»Na gut. Dann heißt du ab jetzt Amber. Ich versuche auch weiter, ein Zuhause für dich zu finden, aber vorläufig kannst du hierbleiben. Ich verspreche dir, dass du nie wieder ohne ein Zuhause sein wirst, okay?«

Wieder wedelte die Hündin mit dem Schwanz.

Inzwischen waren Chip und Salsa aufgewacht und lagen auf dem Rücken, zwickten sich gegenseitig in den Schwanz und quietschten vor Vergnügen. Merry wusste nur zu gut, dass sie ihre Finger nicht dazwischenbringen durfte. Chip jaulte auf, als Salsa zu fest zupackte, und sofort entschuldigte sie sich bei ihrem Bruder mit einem Kuss. Sie brachten sich gegenseitig auf die gute alte Art bei, was Beißhemmung bedeutete.

Träge gähnend wälzte sich Merry aus dem Bett. Auf der Uhr, die auf der Kommode stand, war es acht Uhr zweiunddreißig. Himmlisch. Heute war der erste ihrer vier freien Tage. Mittwoch, Donnerstag, Freitag, Samstag. Zeit, sich zu erholen, neue Kräfte zu tanken und sich mit ihren Hunden zu beschäftigen.

Sonntags, montags und dienstags arbeitete sie Zwölf-Stunden-Schichten im Krankenhaus, dazu gelegentlich eine Sonderschicht. Nie ließ sie sich die Gelegenheit entgehen, durch

Überstunden an mehr Geld zu kommen. Dieses Geld wurde immer sofort für die Hunde eingesetzt.

Heute würden Ralph und sie die Kinderstation besuchen, um die kleinen Patienten aufzuheitern. Normalerweise machte sie das freitags, aber diesen Freitag würde sie bei der Spendenaktion einer Zoohandlung im Ort sein. Hoffentlich würde die Aktion ein bisschen dringend benötigtes Geld in die Kasse spülen.

Ihr Facebookaufruf hatte hundert Dollar eingebracht, alles Spenden von ihren Freiwilligen, was nicht Sinn der Sache war. Ihre Freiwilligen gaben bereits alles. Sie brauchte Geld von außen, um *Triangle Boxer Rescue* am Leben zu erhalten.

Leichte Panik erfasste sie, und sie schluckte. Sie würde das hinbekommen. Garantiert gab es da draußen Menschen, die ihre Hilfsorganisation unterstützen wollten. Sie musste sie nur finden.

Dennoch wurde sie das ungute Gefühl im Bauch einfach nicht los. Wenn es noch schlimmer würde, könnte sie auch ihre eigenen Rechnungen nicht mehr zahlen, und was sollte sie dann tun?

So weit würde es nicht kommen. Sie würde neue Geldquellen erschließen. Versagen war nicht drin – diesmal nicht.

Nach dem Frühstück ging sie lange mit den Hunden spazieren, dann bereitete sie Ralph auf seinen Besuch im Krankenhaus vor. Sie bürstete ihn, putzte ihm die Zähne und schnitt ihm die Krallen. Anschließend verfrachtete sie ihn in ihren Wagen.

Kurz nach elf kamen sie im Krankenhaus an. Ralph sah adrett aus in seiner gelben Weste, die ihn als Therapiehund auswies. Sein rehbraunes Fell glänzte im Neonlicht, den Kopf trug er hoch erhoben. Er war sehr stolz auf seine Arbeit. Für ihn war sie immer der Höhepunkt der Woche.

Merry ging zunächst ins Schwesternzimmer, um Hallo zu sagen und die Liste der Patienten abzuholen, die heute besucht werden sollten. Noah Walton lag noch immer in Zimmer 311. Dorthin wandte sie sich zuerst, weil sie sich erinnerte, dass T. J. Noahs spezielle Beziehung zu Hunden erwähnt hatte.

Als sie ins Zimmer kam, lag der Junge auf der Seite und schlief. Sein Onkel saß neben ihm am Bett, den Blick auf sein iPhone gerichtet. Merry blieb wie angewurzelt in der Tür stehen. T. J. hob den Kopf und sah sie an.

Sofort wurde ihr heiß. Heute trug er ein einfaches schwarzes T-Shirt, das er in seine Jeans gestopft hatte. Seine Füße konnte sie nicht sehen, aber sie nahm an, dass sie in seinen Marken-Lederstiefeln steckten. Verdammt aber auch! Sie hatte nie auf Cowboys gestanden, aber T. J. Jameson machte sie tatsächlich an.

Sie würde sich glatt auf eine kurze Affäre mit diesem Cowboy einlassen, zumal er sie – wenn sie sich nicht völlig irrte – genauso interessiert betrachtete. Aber wie er sich zu ihren Hunden geäußert hatte, war unverzeihlich.

Nun gut. Sie richtete die Aufmerksamkeit auf den schlafenden Jungen. »Ich komme später noch mal vorbei«, flüsterte sie.

T. J. schüttelte den Kopf. Er tippte etwas in sein Handy ein und hielt es ihr hin. *Er schläft nicht. Das ist sein typisches Verhalten, wenn er nicht reden will.*

Sie nickte und setzte sich neben das Bett, Ralph an ihrer Seite.

»Das ist ein schöner Hund«, sagte T. J. »Wie heißt er?«

»Er heißt Ralph.«

Bei dem Wort Hund riss Noah die Augen auf, die sich gleich noch mehr weiteten, als er den Hund neben seinem Bett sitzen sah. Ralph legte den Kopf auf die Seite und blickte den Jungen gespannt an, wobei er vor Vorfreude mit seinem Schwanz wedelte.

»Ralph«, wiederholte Noah, und der Hund schenkte ihm ein freundliches Hundelächeln.

»Er ist ein Boxer. Er arbeitet einmal die Woche hier im Krankenhaus und besucht alle Kinder. Möchtest du ihn mal streicheln?«

Noah setzte sich auf. Einen Moment lang spielte er mit seiner Decke herum, dann streckte er die Hand nach Ralph aus.

»Geh und sag guten Tag«, forderte Merry Ralph auf, und dieser sprang hoch und näherte sich mit vor Glück wie verrückt wedelndem Schwanz dem Bett.

»Hallo, Ralph«, sagte Noah. Er hielt Ralph die Hand hin, und dieser schleckte sie ihm begeistert ab.

Zum ersten Mal sah Merry Noah lächeln. Er schwang die Beine aus dem Bett und legte die Hände zu beiden Seiten an Ralphs Kopf. Endlich sah er wie ein sorgloser Achtjähriger aus. »Was für ein lieber Hund.«

»Er mag dich«, erwiderte Merry.

Noah war selig. Mit seiner runden Brille und seinen glatten braunen Haaren sah er aus wie ein junger Harry Potter. Als er Ralph unter dem Kinn kraulte, strahlte er über das ganze Gesicht. Der Hund schmiegte sich in Noahs Hände und schloss genießerisch die Augen.

Fünf Minuten später lag Ralph mit dem Bauch nach oben in Noahs Bett, und der Junge lachte. Er lachte! Es klang großartig. In T.J.s Augenwinkeln schimmerte es verdächtig feucht beim Anblick seines Neffen, der sich dank Merrys Hund in ein unbeschwertes Kind verwandelt hatte.

Jetzt war ihr klar, wieso Hunde ein solch wichtiger Bestandteil des Camps waren. Vielleicht war es falsch gewesen, so viel an Gegenleistung einzufordern. Vielleicht hätte sie sich einfach auf seine Bedingungen einlassen und nur mit Ralph im Camp arbeiten sollen. Er hätte dort eine Menge Gutes tun können, und der Rest konnte ihr eigentlich egal sein.

In diesem Moment, als sie zusah, wie Noah die Arme um den Hals des Hundes schlang und ihn an sich drückte, hätte sie sofort Ja gesagt, wenn T. J. sein Angebot erneuert hätte.

Was er natürlich nicht tat.

T. J. hustete, um das schmerzhaft enge Gefühl in der Kehle loszuwerden, das ihn gepackt hatte, als er seinen Neffen mit Merrys Hund spielen sah. Genau deshalb hatte er das Camp ins Leben gerufen, damit Noah dieses Glück, diese Normalität erleben konnte, zumindest für ein paar kostbare Wochen dieses Sommers.

Der Junge bettelte seit Jahren darum, einen Hund zu bekommen. Leider würde das wegen Amys Allergien niemals möglich sein.

Noah beugte sich vor, und Ralph leckte ihm den Nacken. T. J. verkrampfte sich und rutschte näher zum Bett. Ein gezielter Biss, und sein Neffe würde um sein Leben kämpfen.

Ralph drehte den Kopf, um Noah einen sabbernden Kuss auf die Wange zu geben, und der Junge lachte. T. J. zwang sich, sich zurückzulehnen und das Bettgestell loszulassen, das er fest umklammert hielt. Er reagierte über. Ein Hund aus guter Zucht mit nachgewiesenem Stammbaum und entsprechender Erziehung würde kaum auf einmal bösartig werden. Sein Neffe war nicht in Gefahr.

Noah flüsterte Ralph so leise ins Ohr, dass es nur der Hund hören konnte. Ralph, der den Blick nicht von Noah abwandte, hörte aufmerksam zu und wedelte wie verrückt mit dem Schwanz.

»Du kannst gut mit Hunden umgehen«, sagte Merry.

»Ich liebe Hunde«, erwiderte Noah und zog Ralph noch enger an sich.

Merry lächelte fröhlich. Heute trug sie Jeans und ein blaues Oberteil, zu dem ein Paar Stiefel perfekt gepasst hätten. Er verfluchte sich, dass er sich die Vorstellung, wie sie auf Twilight ritt, jemals erlaubt hatte. Das war reine Fantasie. Merry Atwater war von der Vorstellung seiner Traumfrau meilenweit entfernt.

Geduldig saß sie viel länger, als er erwartet hätte, neben Noahs Bett und lachte und blödelte mit dem Jungen herum, bis er müde wurde.

»Wusstest du, dass man von hier bis zum Mond vierzig Milliarden Legosteine brauchen würde?«, fragte Noah, als er sich wieder unter seine Decke kuschelte.

»Das sind eine Menge Legosteine.«

»Es gibt über neunhundertfünfzehn Millionen verschiedene Möglichkeiten, sechs Legosteine miteinander zu verbinden«, fuhr er fort. »Das habe ich im Internet gelesen.«

»Du bist ein kluger Bursche.« Merry streichelte ihm die Hand.

»Ich darf heute Nachmittag nach Hause.«

»Das sind tolle Neuigkeiten. Vergiss nicht, es deiner Mom zu sagen, falls deine Kopfschmerzen schlimmer werden oder du seltsame Lichter hinter den Augenlidern siehst, okay?«

Noahs Hand glitt rastlos über die Bettdecke. »Ich habe den letzten Schultag versäumt.«

Merry strich ihm über das Haar. »Das tut mir leid, Herzchen.«

»Deine Mom hat gesagt, du kannst morgen hingehen, dich von deiner Lehrerin verabschieden und deine Sachen holen«, sagte T. J.

»Okay.« Noahs Augenlider sanken herab.

Merry verabschiedete sich rasch, und als sie ging, verschwand mit ihr auch Helligkeit und Energie aus dem Zimmer. Noah schloss die Augen und versank wieder in seinem Halbschlafzustand.

Während sich sein Neffe ausruhte, widmete sich T. J. erneut dem, was aktuell anstand: Therapiehunde für sein Camp rekrutieren. Er hatte jeden Hundetrainer und jede mit Hunden arbeitende Therapieeinrichtung im Umkreis von fünfzig Meilen angerufen, und endlich hatte jemand Interesse gezeigt.

Ein Psychiater namens John Wheeler hatte einen Therapiehund, den er bei einigen seiner Patienten einsetzte, und wollte mehr über T. J.s Camp erfahren. T. J. schickte ihm eine E-Mail mit dem Vorschlag, sich am nächsten Nachmittag zu treffen.

Hoffentlich hatte er Glück, und es klappte mit diesem Trainer nun endlich. T. J. hätte gern mehrere Hunde auf seinem Gelände gehabt, aber niemand schien mehr als einen Therapiehund zu haben, also würde einer reichen müssen. Hauptsache, der Hund war geeignet. Von Promenadenmischungen hatte er für den Rest seines Lebens die Nase voll.

T. J. lehnte sich auf seinem Stuhl zurück und rollte die Schultern. Die Holzstühle mit den geraden Rückenlehnen waren nicht für längeres Sitzen gemacht. Er hatte sich bereiterklärt, den Vormittag über bei Noah zu bleiben, während Amy sich ein wenig dringend benötigten Schlaf gönnte, bevor sie ihre nächste Schicht im Finnegan's antrat.

Wenn sie arbeitete, kam normalerweise ein Babysitter, ein Collegestudent, der mehrere Abende die Woche auf Amys Couch seine Hausaufgaben machte, während Noah oben schlief. Heute Abend würde Noah bei seinen Großeltern bleiben. Trace und Emmy Lou hatten begeistert die Chance ergriffen, ihn zu nehmen. T. J. wusste, dass Noah sinnlos verwöhnt werden, gleichzeitig aber auch die Extraportion Liebe und Zuneigung bekommen würde, die er brauchte, um sich von seiner Gehirnerschütterung zu erholen.

Auch T. J. würde zu seinen Eltern fahren. Eine der Stuten seines Dads musste jeden Tag fohlen, und er hatte T. J. gebeten, sie sich einmal anzusehen. Es war Jewels erste Schwangerschaft, und sie war in letzter Zeit ziemlich nervös gewesen, vermutlich wegen der bevorstehenden Geburt.

Die Tür ging auf, und Amy kam ins Zimmer. Sie stellte ihre Handtasche auf den Boden und setzte sich auf den Stuhl T. J. gegenüber. »Wie geht es ihm?«

»Er hatte gerade Besuch von einem Therapiehund, was ihn aufgeheitert und erschöpft hat.«

Amy strahlte. »Oh, klasse! Ich wusste gar nicht, dass die hier Therapiehunde haben.«

»Eine der Krankenschwestern bringt ihn an ihrem freien Tag her.«

»Merry?«

Er nickte.

Amy sah ihn prüfend an. »Du magst sie, das merke ich doch. Du solltest dir ernsthaft überlegen, sie zu deinem Camp dazuzuholen. Was hältst du von ihrem Hund?«

»Erste Sahne. Noah hat sich tatsächlich mit ihm abgegeben, aber für das Camp ist sie nicht die Richtige. Sie wollte Tierheimhunde mitbringen, die ich im Haus halten sollte.«

Sie lachte. »Sie wollte neue Regeln aufstellen. Das ist nicht erlaubt, nicht wahr, kleiner Bruder?«

Er stand auf und griff nach seinem Hut. »Ihre Regeln passen für mich einfach nicht, das ist alles. Ich fahre jetzt zu Mom und Dad, um nach Jewel zu schauen. Vermutlich sehen wir uns nachher noch, wenn du Noah bringst.«

»Okay. Danke noch mal, dass du heute bei ihm geblieben bist.«

»Das mache ich jederzeit gern wieder.« Er ging aus dem Zimmer und beschloss, lieber die Treppe zu nehmen als den Aufzug, um sich ein bisschen die Beine zu vertreten.

Draußen sog er tief die frische Frühsommerluft ein. Er war auf einer Farm groß geworden und verbrachte die meiste Zeit bei seiner Arbeit mit Tieren im Freien. Wann immer er sich zu lange in einem großen Gebäude wie dem Dogwood Hospital aufhielt, bekam er klaustrophobische Anwandlungen, als würde die abgestandene Luft seine Lungen nicht ausreichend versorgen.

Er setzte den Hut auf, ließ seinen Wagen an und fuhr zur Ranch seiner Eltern, die etwas außerhalb der Stadt lag. Bald gingen die Vororte in hügelige grüne Landschaften mit weit verstreut liegenden Farmen über. Links graste eine Viehherde, und rechts wies ein großes blau-weißes Schild zur Blue Sky Farm.

Hier waren T. J. und Amy aufgewachsen, und wann immer er durch dieses Tor fuhr, schienen die seitdem vergangenen Jahre wie fortgewischt. Über diese Felder war er seit seiner Kindheit geritten und dabei öfter im Gras gelandet, als er zählen konnte. Auch er hatte sich eine Gehirnerschütterung geholt, drüben beim Teich, als King's Blue Sky, der Preishengst seines Vaters, ihn abgeworfen hatte und er im Zaun gelandet war.

Eine schönere Kindheit oder einen besseren Ort zum Aufwachsen hätte er sich nicht wünschen können. Er parkte neben der Scheune und winkte seiner Mutter zu, die gerade mit einem Korb frischer Eier aus dem Hühnerstall kam.

»Bleibst du zum Abendessen?«, fragte sie und beschattete die Augen mit der linken Hand.

Bei der Aussicht auf ein von seiner Mutter gekochtes Essen knurrte ihm der Magen. »Natürlich.«

»Ich mache Spaghetti mit Hackfleischsoße. Das ist Noahs Lieblingsessen.«

»Klingt gut. Wie geht es Jewel heute?«

»Ihre Zitzen sind ziemlich voll, kann sein, dass das Fohlen heute Nacht kommt. Es ist Vollmond, weißt du?«

T. J. lächelte. Seine Mom war manchmal abergläubisch, aber in diesem Punkt hatte sie recht. Nichts brachte ein widerspenstiges Fohlen schneller auf die Welt als der Vollmond. »Ich schaue sie mir gleich mal an.«

»Dein Dad ist gerade bei ihr.«

T. J. trat in die Scheune und wurde von lautem Wiehern aus den zahlreichen Boxen begrüßt. Vielen von diesen Pferden hatte er auf die Welt geholfen, und alle lagen sie ihm am Herzen. Seine Eltern züchteten einige der besten Foundation Quarter Horses in North Carolina.

Die Blue Sky Farm war zurzeit das Zuhause von zwei Hengsten, elf Zuchtstuten und einer wechselnden Anzahl von vor Kurzem entwöhnten Fohlen und Einjährigen. Jewels Fohlen würde das fünfte und letzte dieses Jahres sein. T. J. wäre gern häufiger hier gewesen, hätte gern täglich mit den vielen Pferden gearbeitet. Eines Tages, wenn er Frau und Familie haben würde, die ihn unterstützten, hoffte er, selbst eine Herde aufzubauen.

Sein Vater trat aus dem Büro und tippte sich an den Hut. »Hallo, T. J.«

»Hallo, Dad.« T. J. öffnete die Tür zu Jewels Stall und betrachtete die fuchsfarbene Schönheit. Die Stute hob den Kopf und sah ihn aus ihren warmen, rehbraunen Augen an. Ihr Fell glänzte in den Strahlen der Nachmittagssonne so rubinrot, wie ihr Spitzname, Ruby, es verriet. Sie wieherte und schob den Kopf vor, um seine Handfläche nach einem Mitbringsel zu untersuchen.

Er gab ihr eine Karotte und ließ die Hand über ihre geschwollene Mitte wandern. Unter seinen Fingern spürte er das Fohlen kräftig zutreten, und Jewel schnaubte unwillig.

»Du hast ein großes, kräftiges Baby da drin, Miss Jewel. Das hast du gut gemacht, Mädchen.« Er tastete ihren Rumpf und die untere Wirbelsäule ab. Ihre Bänder waren weich und locker, um dem Fohlen das Hinausgleiten zu erleichtern. T. J. beugte sich hinunter, um ihre Zitzen zu untersuchen. Wie seine Mom gesagt hatte, waren sie voll.

Wieder schnaubte Jewel und scharrte mit dem Huf. Ja, heute Nacht konnte es durchaus so weit sein. Sein Vater hatte vielen Stuten beim Fohlen geholfen, aber Jewel war eine Erstgebärende, und eine nervöse dazu. Vielleicht sollte er vorsichtshalber über Nacht dableiben. Dann hatte er einen Vorwand, die selbst gebackenen Brötchen und Eier seiner Mutter zum Frühstück zu bekommen.

»Auf das hier bin ich echt gespannt«, sagte Trace, der in der Tür der Box stand. Bei Jewels herrlicher Färbung und ihrer guten Abstammung sowie Blues' athletischem Körperbau und seiner Gesundheit würde das Fohlen bestimmt eine Attraktion werden.

»Das wird eine Schönheit«, stimmte er seinem Vater zu.

Da er schon einmal da war, bat ihn sein Vater, sich noch eine andere Stute anzuschauen, die sich auf der Weide geschnitten hatte. Bis er im Stall fertig war, war auch das Essen fertig, und Noah saß bereits am Tisch und starrte in seine leere Schüssel.

»Hallo, Kumpel. Wie geht es dem Kopf?« T. J. raufte ihm zärtlich das Haar und ging dann zum Waschbecken, um sich die Hände zu waschen.

Noah zuckte mit den Schultern. Wenn der Junge wollte, konnte er durchaus reden. Die Schwierigkeit bestand darin, ihn dazu zu motivieren. Wenn es nicht um Lego oder Hunde ging, blieb er meist in seinem Kopf eingesperrt.

Noah zupfte an den ausgefransten Ärmeln seines Hemds herum, was eine nervöse Angewohnheit war. Lieber zupfte er so lange, bis sich der Stoff auflöste, als dass er sich mit jemandem unterhielt.

T. J. hätte Himmel und Hölle in Bewegung gesetzt, um seinen Neffen zum Reden zu bringen, um ihm zu helfen, die Grenzen zu überwinden, die sein Autismus seinen sozialen Kontakten setzte. Der erste Schritt dazu war, einen Therapiehund für sein Camp zu finden.

Merry starrte entsetzt auf die Wunde an Salsas Schulter. Der Welpe zitterte und jaulte und vergrub den Kopf mitleidheischend in Merrys Schoß. Das hier war eine Katastrophe. Nicht die Wunde an sich, mit so etwas hatte sie es in der Arbeit tagtäglich zu tun. Aber finanziell gesehen?

Mist.

Salsa musste genäht werden und brauchte Antibiotika.

»Ach, du armer kleiner Tollpatsch.« Sie küsste Salsa auf die Stirn und hielt sie fest, während sie die Wunde mit einem antiseptischen Mittel säuberte und dann einen Verband um die verletzte Schulter wickelte. Chip und Salsa hatten sich im Hof gebalgt, Salsa hatte einen Purzelbaum geschlagen, einen Keramikblumentopf umgeworfen und sich an einer der Scherben geschnitten.

Amber sah vom Hof aus zu, ruhig und stoisch wie immer, während Ralph und Chip sich eng an Salsa drängten, ihre verletzte Spielgefährtin beschnüffelten und mitleidige Töne von sich gaben. Salsa, die weder ruhig noch stoisch war, stieß ein paar hohe Jaultöne aus und kostete ihre Wunde aus, so gut es nur ging.

»Okay, du. Ein Glück, dass ich für den Tierarzt bereits eine Schnellwahltaste habe.«

Dreißig Minuten später waren sie in Dr. Johnsons Praxis. Salsa, die unentwegt vor sich hin jaulte, wurde nach hinten in ein Behandlungszimmer gebracht, während Merry sich ins Wartezimmer setzte und sich Sorgen machte. Nicht wegen Salsa. Nein, ihr unfallträchtiger Welpe würde keine bleibenden Schäden davontragen.

Aber Merry bekam erst Ende der Woche wieder Geld. Die Kreditkarte der Hilfsorganisation war nach wie vor bis an die Grenze belastet, und ihre eigene war gefährlich nah davor. Noch nie hatte sie in derartigen finanziellen Schwierigkeiten gesteckt, und es machte ihr höllische Angst.

Sie schluckte ihre Angst hinunter und sandte ihrer Vorgesetzten, Diana, eine SMS, um nachzufragen, ob sie in nächster Zeit irgendwelche Extraschichten übernehmen könnte. Sie würde jede Schicht nehmen, die sie bekommen konnte.

Verzweifelt rief sie von ihrem Handy aus die Facebookseite von *Triangle Boxer Rescue* auf und schrieb rasch einen Aufruf, die Leute möchten Geld für Salsas Behandlung spenden. Es war peinlich, bei jeder Tierarztrechnung um Geld betteln zu müssen. Immerhin waren auf der Seite drei neue Nachrichten von Followern.

Begeistert klickte sie die erste an. Eine Frau wollte wissen, wie sie ihren acht Jahre alten männlichen Boxer übergeben könne. Er hatte eine Herzkrankheit, und sie konnte sich nicht länger um ihn kümmern. Merry wurde stocksauer. Am liebsten hätte sie in ihr Handy gegriffen und die Hände um den Hals der Frau gelegt. So eine Unverschämtheit!

Später, wenn sie sich beruhigt hätte, würde sie schauen, ob sich eine Pflegestelle für den bald ohne Frauchen dastehenden Senior finden ließe. So gern sie half – Pflegestellen waren im Moment genauso schwer aufzutreiben wie Geld für Tierarztrechnungen. Der arme Hund. Alt, krank und ungeliebt.

Die nächste Nachricht war von jemandem, der einen Wurf junger Hunde zum Verkauf anbot.

»Mistkerl«, knurrte sie und murmelte gleich darauf eine Entschuldigung, weil die Frau neben ihr sie tadelnd ansah. *Oha.*

Sie löschte die ungehörige Nachricht und schickte dem Absender rasch eine Mahnung, um was es bei *Triangle Boxer Rescue* und der Facebookseite ging. Hunde oder Welpen zum Verkauf anzubieten, widersprach völlig ihren Zielen.

Inzwischen war sie so angewidert, dass sie sich aus Facebook abmeldete. Ungeduldig tippte sie mit dem Fuß auf den Boden. Vergiss die sozialen Medien! Hoffentlich würden sich bei der Spendensammel- und Adoptionsaktion in Perry's Pet Boutique am Freitag ein paar neue Freiwillige und Unterstützer finden.

Eine ihrer Freiwilligen wollte Karikaturen von Hunden und ihren Familien zeichnen, die zugunsten ihrer Organisation verkauft werden sollten, und eine ihrer Pflegefamilien hatte einen Korb mit Hundeleckereien für die Tombola zusammengestellt. Merry hoffte, an diesem Tag mehrere Hundert Dollar an Spenden einzunehmen.

Eine Lösung für ihre langfristigen Probleme war das allerdings nicht. Sie brauchte deutlich mehr Einnahmen, um auszugleichen, was sie verloren hatte, und *Triangle Boxer Rescue* in sichere finanzielle Gewässer zu steuern. Wie hatte sie sechs Jahre lang eine Rettungsorganisation leiten können, ohne zu lernen, wie man regelmäßige Spenden akquirierte? Sie war eine Schande für ihre eigene gute Sache.

Die Tür ging auf, und Dr. Johnson trat ins Wartezimmer. »Wir haben sie zusammengeflickt. Es waren nur zwei Fäden nötig. Die können Sie ihr in einer Woche selbst ziehen.«

»Prima.« Merry folgte ihm in das Untersuchungszimmer und schloss hinter ihnen die Tür. Ja, als Krankenschwester war sie selbstverständlich in der Lage, die Fäden zu entfernen, und alles, was ihr einen Besuch beim Tierarzt ersparte, schlug positiv auf ihrem Konto zu Buche.

»Wir haben ihr ein leichtes Beruhigungsmittel gegeben, damit sie während der Behandlung stillhielt, also wird sie ein paar Stunden lang ein bisschen benommen sein.«

Merry lachte, als sie sich ihren niedlichen, verrückten Welpen unter Drogen vorstellte. »Das dürfte lustig werden.«

Dr. Johnson lächelte breit. »Sie ist ziemlich lebhaft, diese Salsa. Sagen Sie ihr: keine Gymnastikübungen mehr in der Nähe von zerbrechlicher Keramik.«

»Ich werde es versuchen.«

Während Merry darauf wartete, dass der Assistent Salsa herausbrachte, schaute sie schnell noch einmal nach, ob ihr Spendenaufruf auf Facebook irgendetwas gebracht hatte. Hatte er nicht, aber wieder hatte jemand nach einer Möglichkeit gefragt, seinen Hund abzugeben. Zur Hölle mit den sozialen Medien!

Die Tür ging auf, und Salsa kam ins Wartezimmer gestolpert. Sie wedelte wie verrückt mit ihrem Schwanz, aber ihre Augen waren matt, und sie hatte Mühe, sich auf Merry zu konzentrieren.

»Ja, wer kommt denn da! Du armes, liebenswertes Ding.« Merry bückte sich und hob Salsa hoch. Allmählich wurde sie eindeutig zu schwer für Merry. Noch ein Monat, und sie würde allein zum Auto laufen müssen, egal ob sie verwundet war oder nicht.

Sie gingen zum Empfangstresen, wo Merry Salsa absetzte und wartete, bis der Assistent die Rechnung fertig hatte. Salsa legte sich bereits beim ersten Befehl hin, was sehr uncharakteristisch für sie war.

»Das macht insgesamt für Untersuchung, Betäubung, Nähen und Antibiotika 235 Dollar.«

Merry schluckte. »Sind die Prozente für *Triangle Boxer Rescue* schon berücksichtigt?«

»Ja, Ma'am. Und Dr. Johnson gibt Ihnen einen Extrarabatt, weil Sie so häufig kommen.«

Ha! Das war nett, aber bedauerlich.

Zögernd reichte sie ihm ihre Kreditkarte. Sie hatte nie gezögert, mit ihrem eigenen Geld zu bezahlen, wenn es die Situation erforderte, aber diesen Monat war sie weit über ihre Möglichkeiten hinausgegangen. Als der Assistent die Karte durchzog, zuckte sie zusammen.

Das Gerät piepste. Er runzelte die Stirn und versuchte es erneut. Merry rutschte das Herz in die Hose.

»Tut mir leid, Ma'am, aber Ihre Karte wird nicht akzeptiert.«

Mist. »Ähm … Dr. Johnson lässt mich manchmal anschreiben, bis ich wieder Geld habe. Könnten Sie ihn bitte mal fragen?«

Es stimmte. Ab und zu, wenn die Kreditkarte von *Triangle Boxer Rescue* ausgereizt gewesen war, hatte er ihr das Geld gestundet. Tatsache war, dass sie ihm bereits 400 Dollar schuldete. *Verdammter Mist.*

»Merry.« Dr. Johnson trat mit gefurchter Stirn hinter den Empfangstresen. »Wir werden die heutige Summe noch mal anschreiben, aber bis zum Ende der Woche müssen Sie einen Teil abbezahlen, und bis alles abgezahlt ist, können Sie auch keine weiteren Rechnungen auflaufen lassen. Ich helfe gern, und Sie wissen, wie sehr ich schätze, was Sie für die Hunde tun. Aber auch für mich sind das keine leichten Zeiten. Auch ich muss meine Rechnungen und meine Angestellten bezahlen.«

Merrys Wangen brannten. »Natürlich. Bis Freitag werde ich eine Rate zahlen, fest versprochen. Und danke, dass Sie so viel Verständnis haben.«

Sie stolperte mit Salsa im Arm auf den Parkplatz hinaus und verstaute den Welpen auf der Rückbank. Dann stieg sie ein und legte den Kopf auf das Lenkrad. Merry war in einem größeren Trailer aufgewachsen. Meistens hatten ihr Dad und sie abends Spaghetti oder gebackene Bohnen gegessen, um mit dem Geld über die Runden zu kommen. Sobald sie alt genug gewesen war, hatte sie jede Arbeit angenommen, die sie hatte bekommen können, um zum Haushalt etwas beizutragen.

Die Zeiten waren hart gewesen, aber sie hatten immer alles bezahlt.

Und das würde sie jetzt auch nicht anders handhaben.

Mit einer Tausend-Dollar-Spende von T. J. Jameson könnte sie die derzeitigen Schulden von *Triangle Boxer Rescue* tilgen, und es würde noch ein bisschen übrig bleiben, um durch den Rest des Monats zu kommen.

Sosehr ihr das auch widerstrebte, es war Zeit, zu Kreuze zu kriechen und um die Chance zu betteln, sich bei seinem Sommercamp den Hintern aufzureißen.

4

T. J. stieß Tango die Hacken in die Flanke und rutschte im Sattel ein Stück zurück, als das Pferd elegant und geschmeidig wie lange getragenes Leder über das Feld galoppierte. Tangos kastanienbraune Mähne flatterte im Wind, und seine Hufe stampften rhythmisch auf den Boden.

Reiten war für T. J. Stressabbau. Trinken hatte ihm nie viel gegeben, und in letzter Zeit hatte er nur selten mit jemandem das Bett geteilt, also wandte er sich seinem Pferd zu, wenn er die Welt eine Weile vergessen wollte.

Sie hatten den Fluss an der Grenze seines Besitzes erreicht. Tango wurde langsamer und ging schließlich Schritt. T. J. rollte die Schultern und lehnte sich zurück.

Jewel hatte tatsächlich in der vergangenen Nacht gefohlt und seinen Dad und ihn fast die ganze Nacht auf Trab gehalten. Sie war nervös gewesen, was die Geburt zusätzlich verzögert hatte, aber schließlich hatte sie ein entzückendes Stutenfohlen zur Welt gebracht. Das Fohlen hatte die herrliche rotbraune Färbung seiner Mutter.

Tango schritt entspannt mit gesenktem Kopf am Flussufer entlang und schnaubte vor Begeisterung über den nachmittäglichen Ausritt.

T. J. legte den Kopf in den Nacken und sah in den Himmel, der in schönstem Carolina-Blau glänzte. Vor einer Stunde hatte er sich mit John Wheeler getroffen, dem Psychiater mit dem Therapiehund. Der Mann war mit Fliege und polierten Halbschuhen aufgekreuzt. Sein Hund, ein Terrier, hatte sich geduckt, als T. J. sich gebückt hatte, um ihn zu streicheln. T. J. mochte nicht viel über Hunde wissen, aber er wusste, dass das kein gutes Zeichen war.

Was bedeutete, dass er wieder bei Null anfangen konnte, und das, wo das Camp in vier Tagen losging.

Er ritt Tango in einem großen Bogen durch den Wald und um seinen Besitz herum. Twilight und Peaches wieherten laut, als sie Tango kommen sahen. Tango wieherte ebenfalls und beschleunigte sein Tempo.

T. J. lüftete den Hut, um sich über die Stirn zu wischen, dann kniff er die Augen zusammen und betrachtete den silberfarbenen SUV, der neben seinem Pick-up stand. Als Tango und er näher kamen, sah er Merry Atwater mit Ralph zu ihren Füßen an der hinteren Stoßstange stehen. Sie trug einen grünen Strickrock und ein schwarzes Top, und ihre Locken fielen ihr offen und ungebändigt über die Schultern.

Ralph hatte den Blick aufmerksam auf das Pferd gerichtet, das auf ihn zukam. Vermutlich hatte er noch nie ein Pferd gesehen. John Wheelers Hund war wie der Blitz davongeschossen, als sich eins der Pferde dem Zaun genähert hatte. T. J. war gespannt, wie Ralph reagieren würde.

Der Hund rührte sich nicht von der Stelle, ließ Tango aber nicht eine Sekunde aus den Augen. T. J.s Reittier war mit Hunden genauso wenig vertraut wie Ralph mit Pferden. Tango senkte den Kopf und schnaubte, was in der Pferdesprache so viel wie Hallo bedeutete. Ralphs Nackenhaare richteten sich auf, aber er blieb brav sitzen.

»Schon okay«, sagte Merry leise. »Geh und sag Guten Tag.«

Vorsichtig reckte Ralph die Nase vor und beschnüffelte Tango. Wieder schnaubte das Pferd, und Ralph sprang zurück, doch genauso schnell wagte er sich auch wieder vor, fasziniert von dem riesigen Tier vor ihm.

»Merry.« T. J. tippte sich an den Hut.

»T. J.« Sie sah zu ihm hoch und kniff, geblendet von der Sonne, die Augen zu, die den gleichen moosgrünen Farbton hatten wir ihr Rock. Bedrohlich faszinierend.

»Was führt Sie hier raus?«, fragte er.

»Nun, ich habe gerade einen Hausbesuch nicht weit von hier entfernt gemacht, und da dachte ich, ich schaue mal vorbei und frage, ob Sie bereits einen Trainer für Ihr Camp gefunden haben.« Sie lehnte noch immer an ihrem SUV, den einen in Sandalen steckenden Fuß über Kreuz neben den anderen gestellt.

»Wieso? Haben Sie Interesse?«

Sie zuckte mit den Schultern. »Ich mag Ihren Neffen, und er schien sich prima mit Ralph zu verstehen.« Sie sah auf den Hund hinunter. Ralph und Tango beschnüffelten sich gerade gegenseitig. Ralphs Schwanz wedelte so schnell hin und her, dass man ihn kaum noch als solchen erkennen konnte.

»Ja, das stimmt.«

»Vielleicht war ich beim ersten Mal, als wir miteinander gesprochen haben, ein bisschen zu forsch. Wenn Sie noch Interesse haben, könnten wir uns vielleicht doch noch einigen.«

Ihr Auftreten war lässig, aber in ihrer Stimme klang etwas Angespanntes mit. Merry Atwater schien ihm nicht der Typ Frau zu sein, der leicht nachgab. David Johnson hatte erwähnt, dass ihre Hilfsorganisation ziemlich klamm war. Vielleicht war ihre Lage schlechter, als er gedacht hatte.

»Ich höre«, sagte er.

»Schauen Sie, Ralph ist großartig. Einen besseren Hund werden Sie für die Kinder nicht finden. Wenn Sie noch immer bereit sind, die Summe zu spenden, von der Sie am Montag gesprochen haben, arbeite ich gern mit Ralph in Ihrem Camp mit. Ich kann Ihnen versprechen, dass er die Wirkung haben wird, die Sie sich vorstellen.«

»Nur Ralph.«

Sie nickte. »Wenn Sie das so wollen, ja. Aber würden Sie sich wenigstens anhören, warum ich weitere Pflegehunde mit einbeziehen wollte?«

»Ich höre immer noch.« Er rutschte im Sattel ein wenig nach vorne. Merry war nicht, was er sich vorgestellt hatte, aber er sah jetzt, dass Ralph und sie seinen Erwartungen entsprechen konnten. Die Pflegehunde würde sie ihm allerdings nicht so leicht andrehen können.

»Wussten Sie, dass Ralph ein Tierheimhund war?«, fragte sie.

»Nein.« T. J. sah auf den Hund vor ihm hinunter. Er schien ein perfekter Vertreter seiner Rasse zu sein, mit einem großartigen Körperbau und tadellosem Verhalten, ganz anders als T. J.s Vorstellung von einem Tierheimköter.

»Ich habe ihn gerettet, als er zwei Jahre alt war. Er war vernachlässigt und halb verhungert. Wenn wir einen Hund aufnehmen, wird er einem gründlichen Test unterzogen, bei dem er auf eventuelles aggressives Verhalten geprüft wird. Jeder Hund, der mit Kindern zusammengebracht werden soll, wird noch genauer unter die Lupe genommen. Die Hunde, die ich für Ihr Programm im Kopf habe, sind zurzeit alle in Pflegestellen untergebracht. Zwei von ihnen sind fünf Monate alte Welpen.

Stellen Sie sich vor, was es für das Selbstbewusstsein dieser Kinder bedeuten würde, bei ihrer Erziehung mitzuhelfen. Es ist ein großes Erfolgserlebnis, wenn man einem Hund einen neuen Befehl beibringen kann. Ich glaube, das ist für das, was Sie erreichen wollen, genauso wichtig wie der Umgang mit Ralph. Lassen Sie die Kinder an etwas Größerem und sogar noch Befriedigenderem teilhaben.«

T. J. ließ sich ihre Worte durch den Kopf gehen. »Das klingt in der Theorie zwar gut, aber ich halte es immer noch für zu gefährlich, die Kinder mit Tierheimhunden zusammenzubringen.«

»Sie sollten aufhören, sie als Tierheimhunde zu sehen. Das sind jetzt Pflegehunde. Sie haben alle ein Zuhause. Sie sind gründlich auf Zeichen von Aggression oder sonstigen Verhaltensproblemen untersucht worden und können problemlos beim Camp mitmachen.«

»Ich weiß nicht …«

Merry legte den Kopf auf die Seite. »Ich könnte organisieren, dass Sie alle infrage kommenden Hunde vorher zu sehen bekommen. Kein Hund darf ohne Ihre Zustimmung in das Camp.«

Verdammt, er hasste es, wenn jemand versuchte, ihn zu etwas zu überreden, aber ihre Argumente waren gut.

»Wie wäre es, wenn ich zwei Hunde mitbringe, damit Noah und Sie sie anschauen können?«

T. J. rieb sich den Nacken. »Vermutlich könnte das wohl nicht schaden.«

»Die beiden Welpen, die ich erwähnt habe, sind meine eigenen Pflegehunde. Sie sind entzückend. Die Kinder würden begeistert sein, sie erziehen zu dürfen.«

Das mochte durchaus stimmen. »Sie haben drei Hunde?«

»Vier, aber nur Ralph gehört mir. Die anderen sind Pflegehunde. Drei ist eigentlich meine Obergrenze, aber ich habe diese Woche eine Streunerin aufgenommen, und Pflegestellen sind zurzeit Mangelware.« Sie sah ihn aus diesen großen, unergründlichen Augen an, und T. J. zog sich der Magen zusammen.

»Oh, verdammt – nein. Ich nehme keinen Pflegehund für Sie auf.«

»Wenigstens einen oder zwei? Es wäre ein logistischer Albtraum, die Hunde jeden Tag aus den verschiedenen Pflegestellen hierherzuholen.«

»Hunde kommen mir nicht ins Haus.«

Merry gab nicht nach. »Ich habe den perfekten Hund für Sie. Er ist zwei Jahre alt, völlig stubenrein und sehr brav. Sie würden kaum mitbekommen, dass er da ist.«

»Nein.«

»Lassen Sie mich ihn und die anderen Hunde doch einfach vorbeibringen und Noah und Ihnen vorstellen. Warten Sie ab, was Sie dann davon halten.«

T. J. schwang sich vom Pferd, um ihr direkt gegenüberstehen zu können. »Bringen Sie sie morgen vorbei, aber ich verspreche Ihnen nichts.«

Merry hob das Gesicht. »Okay.«

»Die Trainerin, die ich ursprünglich engagiert hatte, wollte eine Assistentin mitbringen. Sie reden davon, eine Menge Hunde hierherzubringen. Haben Sie einen Assistenten?« Er brauchte einen weiteren Erwachsenen, damit er sicher sein konnte, dass auf die Kinder gut aufgepasst wurde. Vermutlich konnte er seine Mom bitten mitzuhelfen, aber wenn Merry ihre Tierheimhunde anschleppen wollte, musste sie auch jemanden mitbringen, der auf die Hunde aufpasste.

Dies waren Kinder mit speziellen Bedürfnissen, und er musste für ihre Sicherheit auf der Farm garantieren. Außerdem durfte er bei den Eltern keinen Zweifel an seiner Vision aufkommen lassen. Es machte bereits einen schlechten Eindruck, dass seine erste Trainerin hingeschmissen hatte, bevor das Camp losging. Weitere Probleme durfte es mit Camp Blue Sky nicht geben, sonst würde er seine Glaubwürdigkeit verlieren.

Merry verschränkte die Arme vor der Brust. »Wenn Sie wenigstens einen der Hunde in Pflege nehmen, bringe ich noch jemanden mit, der mithilft.«

Wenn er einen Hund in Pflege nahm? Merry Atwater war hartnäckiger, als ihr guttat. »Nein. Wenn Sie Pflegehunde in mein Camp mitbringen wollen, bringen Sie auch einen Assistenten mit.«

Ein Moment lang starrte sie ihn schweigend an. »Gut.«

»Fürs Erste haben wir uns darauf geeinigt, dass Sie und Ralph am Camp teilnehmen, wofür Sie eine 1000-Dollar-Spende für *Triangle Boxer Rescue* erhalten. 500 gebe ich Ihnen jetzt, 500 Dollar nach erfolgreicher Durchführung des Camps.«

Wieder flackerte irgendetwas in ihren Augen auf, etwas Wildes und Verzweifeltes, und wieder überkam ihn das ungute Gefühl, dass sie sein Geld dringender brauchte, als sie zugab.

Was immer es war, sie blinzelte es weg und nickte.

»Das klingt fair.«

»Gut, dann freue ich mich darauf, mit Ihnen und Ralph zu arbeiten. Alles andere entscheide ich, wenn ich die weiteren Hunde gesehen habe.«

Merry streckte ihm die Hand entgegen. »Einverstanden.«

Sie schüttelten sich die Hand, und er versuchte zu ignorieren, wie weich und weiblich sich ihre in seiner anfühlte.

Nachdem sie weggefahren war, stand T. J. noch lange da und streichelte Tangos Hals. Eigentlich hätte er erleichtert sein müssen. Endlich hatte er einen qualifizierten Therapiehund für sein Camp gefunden. Aber er war irgendwie aus dem Gleichgewicht geraten, und er fürchtete, dass seine Verwirrung mit einem menschlichen Tornado namens Merry Atwater zusammenhing.

Merry schlug mit der Faust gegen das Dach ihre CR-V. Ralph legte den Kopf auf die Seite und sah sie an. »Die Sache ist in trockenen Tüchern, meinst du nicht auch?«

Er hechelte zustimmend.

Ihr spontanes Treffen mit T. J. war viel besser gelaufen, als sie gehofft hatte. Die 1000-Dollar-Spende war gesichert – oder zumindest die Hälfte –, und sie war sich ziemlich sicher, dass er auch noch zustimmen würde, ihre Pflegehunde mit in sein Programm aufzunehmen.

Als er sich einverstanden erklärt hatte, sich die Hunde gemeinsam mit Noah anzuschauen, hatte er einen typischen Anfängerfehler gemacht. Ihr Gefühl sagte ihr, dass sich der Junge sofort in alle verlieben würde, und welcher Onkel würden seinem Neffen schon den Wunsch abschlagen können, einen davon behalten zu dürfen? Sie hätte wetten können, dass T. J. das nicht fertigbrächte. Sein Neffe lag ihm sehr am Herzen.

Noch immer lächelnd zog sie ihr Handy heraus und rief Olivia an. »He, kann ich dich um einen ganz großen Gefallen bitten?«

»Nicht, wenn es heißt, dass ich einen weiteren Hund aufnehmen soll«, erwiderte ihre Freundin.

»Es geht zwar um einen Hund, aber er muss nicht bei dir bleiben.«

»Okay.«

»Könntest du morgen zu Carla fahren, Bosley abholen und ihn zu T. J. Jamesons Farm bringen?«

»Klar, aber wieso?«

»Weil sich Carla das Bein gebrochen hat und nicht fahren kann, und ich möchte, dass T. J. Bosley für sein Sommercamp in Erwägung zieht. Außerdem will ich, dass er ihn für die Zeit des Camps für mich in Pflege nimmt. Sein Neffe wird dort sein, und ich hoffe, dass er in Noahs Anwesenheit nicht Nein sagen kann.«

Olivia lachte. »Du hinterhältiges Weib.«

»Alles zum Besten der Hunde. Wenn er Bosley nimmt, kann ich Amber zu Carla geben.«

»Kein Problem, sag mir einfach, wann und wohin ich ihn bringen soll.«

»Ich schicke dir nachher eine E-Mail.« Merry beschloss, den anderen Teil ihrer Vereinbarung mit T. J. vorläufig noch nicht zu erwähnen, nämlich dass sie eine Assistentin mitbringen würde, falls er ihre Pflegehunde akzeptierte. Ihr würde schon eine Möglichkeit einfallen, wie sie Olivia dazu überreden könnte. So wie sie Liv kannte, würde sie es schon deswegen machen, weil sie dann jeden Morgen T. J. anschauen konnte.

Merry jedenfalls wurde bei seinem Anblick immer ganz heiß. Wenn sie ihn anfangs schon für sexy gehalten hatte, war er auf seinem Pferd gleich noch ein paar Punkte auf der Skala nach oben gerutscht. Perfekt, beide – ein makelloses Team aus Mann und Tier.

Sie respektierte das und auch die Art, wie er seine Tiere behandelte. Was die Rettung von Tieren betraf, mochte er andere Ansichten haben, aber seine Pferde behandelte er mit Zuneigung und Respekt. Dazu kam, dass er es sich zum Beruf gemacht hatte, krankem und verletztem Vieh zu helfen. Sie vertraute ihm, dass er gut mit ihren Hunden umgehen würde.

Ihr Telefon klingelte, und sie zog es aus der Handtasche und sah auf das Display. »Hallo, Dad.«

»Hallo, Schätzchen. Ich wollte nur nachfragen, ob du morgen Abend ins Watering Hole kommst?«

»Klar doch. Ich freue mich schon darauf, dich spielen zu hören.« Ihr Dad spielte Geige in einer örtlichen Bluegrass-Band. Freitags spielten sie meist im Watering Hole, dessen Name die Kneipe gut beschrieb: Es war ein Ort, an den die Einheimischen kamen, um nach der Arbeit ein paar Bier zu trinken und zu tanzen.

»Prima. Wir werden ein paar neue Songs ausprobieren. Bring dir einen Tanzpartner mit.«

»Mal sehen, was sich machen lässt. Bis morgen, Dad.« Seufzend beendete Merry die Verbindung. Wie es schien, hatte sich ihr finanzieller Niedergang auch auf ihre Verabredungen mit Männern ausgeweitet. Normalerweise hatte sie immer mehrere Männer an der Hand, die sie anrufen und bitten konnte, Freitagabend mit ihr tanzen zu gehen. Aber während sie damit beschäftigt gewesen war, sich Sorgen um ihre Finanzen zu machen, war einer nach dem anderen in einer festen Beziehung verschwunden.

Und das war wirklich ätzend. War sie denn nicht die Fantasie jeden Mannes? Eine Frau, die nur ein bisschen Spaß haben wollte, ohne Verpflichtungen, ohne Bindung? Offensichtlich nicht.

Nun, auch egal. Dann würde sie morgen eben allein ins Watering Hole gehen, jemand Neuen kennenlernen, die Nacht durchtanzen und sehen, wie sich die Geschichte weiterentwickelte.

Zu Hause absolvierte sie ihre abendliche Routine mit den Hunden, füttern, spielen und üben. Sie hoffte wirklich, dass sie Amber bald in einer ruhigeren Pflegestelle unterbringen konnte. Das arme Ding brauchte jemanden, der sich ausschließlich mit ihr beschäftigte. Die ganze Zeit mit Ralph und den Welpen zusammen sein zu müssen, war eigentlich zu viel für sie. Merry hatte den Verdacht, dass sie Ruhe und Frieden brauchte, um aufblühen zu können.

Salsa wirbelte durch die Küche, bis Merry ihr Korbarrest androhte, um zu verhindern, dass die Nähte wieder aufplatzten. Verrückter Welpe! Ralph und Chip spielten Ziehen mit einem alten Seilspielzeug.

Amber lag an ihrer gewohnten Stelle in der Ecke und sah zu. Merry musste an das kleine Mädchen denken, das Amber vorgestern um den Hals gefallen war. Mehrmals waren sie auf ihren Spaziergängen an Kindern vorbeigekommen, und jedes

Mal war Amber munter geworden und hätte die Kinder gern begrüßt.

Und wenn sie einfach Amber für T. J.s Camp empfahl? Es war ein bisschen verrückt, aber vielleicht war es auch überhaupt nicht verrückt. Merry hatte bereits den ausführlichen Verhaltenstest mit ihr gemacht, den sie mit Bravour bestanden hatte. In ihr schien nicht die geringste Spur von Aggression zu stecken.

Dennoch konnte solch ein Camp für einen Hund wie Amber zu viel sein. Einer plötzlichen Eingebung folgend nahm Merry sie an die Leine und fuhr mit ihr zum örtlichen Supermarkt für Tiernahrung.

Sie ging mit Amber die Gänge auf und ab, vorbei an anderen Kunden und ihren Hunden. Amber ging brav neben ihr her, schüchtern, aber nicht ängstlich. Zwei ältere Kinder fragten, ob sie den Hund streicheln dürften, und Amber wedelte enthusiastisch mit dem Schwanz, als die beiden einen großen Wirbel um sie machten.

Auf dem Weg nach Hause rief Merry ihre Freundin Julia an, die im nahe gelegenen Raleigh ein Trainingszentrum für Hunde leitete. Sie machte für Amber einen Termin für den nächsten Morgen aus, bei dem ihr Verhalten gegenüber anderen Hunden und Kindern noch einmal genauestens überprüft würde. Die Camphunde würden mit Kindern mit Behinderungen arbeiten, und sie mussten hundertprozentig verlässlich sein.

Ihr Instinkt sagte ihr, dass Amber jeden Test bestehen würde, dem man sie unterzog. Mit ihrer ruhigen, zurückhaltenden Persönlichkeit könnte sie perfekt zu Noah passen. Vielleicht würde das Camp für sie einen ähnlichen therapeutischen Erfolg bedeuten wie für Noah.

Am nächsten Morgen stand Merry bereits früh auf, um sich auf die Veranstaltung in Perry's Pet Boutique vorzubereiten.

Sie würde von zehn bis sechzehn Uhr im Laden sein, mit Chip und Salsa und verschiedenen anderen Pflegehunden, die im Laufe des Tages vorbeigebracht werden sollten.

Um neun Uhr war sie unterwegs. Sie brachte Amber zu Julia und fuhr dann weiter zu der Zoohandlung, die Rückbank voll wilder Welpen, den Kofferraum voller Leckereien. Perry kam ihr an der Tür entgegen und nahm ihr die Leinen aus der Hand. »Wer sind diese beiden?«, fragte sie und beugte sich zu den Welpen hinunter, um sich abschlecken zu lassen.

»Chip.« Merry deutete auf den rehbraunen männlichen Welpen. »Und Salsa.« Ihre gescheckte Unruhestifterin.

»Meine Güte, sind die niedlich!« Perry strich sich das graue Haar zurück und richtete sich auf. »Wenn ihr beiden heute nicht adoptiert werdet, verstehe ich die Welt nicht mehr.«

»Hoffen wir es. Sie sind ein bisschen wild, aber sehr liebenswert.« Ausgelassene Kinder außer Rand und Band traf es besser. Ihre erste Familie hatte sich nicht die Mühe gemacht, ihnen auch nur Grundsatzbefehle oder Manieren beizubringen, und sie dann sehr schnell, als sie die beiden gar nicht mehr im Griff hatte, ins Tierheim gebracht.

Inzwischen hatte Merry sie halbwegs gebändigt, aber folgsam waren sie deshalb noch lange nicht. Wie um das unter Beweis zu stellen, sprang Chip an Perry hoch und versuchte, ihr das Gesicht zu küssen.

»Oha!«, sagte Perry lachend und trat einen Schritt zurück.

»Chip, runter«, befahl Merry und zog an der Leine, um ihren Worten Nachdruck zu verleihen.

Er ließ von Perry ab und warf Merry einen beleidigten Blick zu, bevor er sich seiner Schwester zuwandte, als wolle er mit ihr aushecken, was sich sonst noch an Unheil anrichten ließ. Salsa und Chip waren Boxermischlinge, vermutlich Boxadors – halb Boxer, halb Labrador. Sie würden zu großartigen Hunden heranwachsen, aber im Moment, mit ihren schlechten Manieren und der fehlenden Reinrassigkeit, war es nicht einfach, jemanden zu finden, der sie adoptierte.

Merry band sie hinter dem Tisch fest, den Perry für sie hergerichtet hatte. Sie stellte ihnen eine Schüssel mit Wasser hin und breitete eine Decke auf dem Boden aus, auf die sie sich legen konnten. Dann richtete sie den Tisch her. Sie hing das Plakat von *Triangle Boxer Rescue* auf und baute den Korb mit den Leckereien neben der Schale mit den Losen auf. Daneben stellte sie einen Behälter für Spenden, außerdem legte sie Flugblätter über ihre Organisation und einen Stapel mit Anträgen für Freiwillige und Adoptionsinteressierte aus.

Dana kam und baute ihren Karikaturenstand auf. Bis alles fertig war, lief Merrys Adrenalinausstoß auf Hochtouren. Sie liebte Adoptionsveranstaltungen wie diese, wenn sie einen Tag lang ihre Organisation vorstellen und Geld sammeln konnte, vielleicht sogar jemanden fand, der einen Hund adoptierte.

»Ach, was für süße junge Hunde!« Eine Frau näherte sich ihrem Tisch, angezogen von Chips und Salsas niedlichen Gesichtern.

Merry lächelte breit. »Danke. Sie stehen zur Adoption, falls Sie Interesse haben.«

Die nächsten zwei Stunden waren ein beglückendes Chaos. Ein steter Strom von Kunden kam an ihren Tisch, spendete, nahm an der Verlosung teil und ließ Karikaturen von sich und ihren Hunden zeichnen.

Freiwillige kamen mit ihren Pflegehunden vorbei. Um ein Uhr hatte sie vier Pflegehunde im Laden, ihre Welpen nicht mitgezählt. Ein Kunde hatte seinen eigenen Boxer mitgebracht, nur um mit ihnen zu feiern, und Perrys Zoohandlung war voller wedelnder Boxerschwänze.

Olivia kam durch die Tür gewirbelt. Mit ihrem glänzenden

blonden Haar und ihrer zierlichen, in einem rosa Baumwollkleid steckenden Figur sah sie aus wie ein Model. »Wow!«

Merry winkte sie heran. »Hallo, Liv. Komm, hilf mir ein bisschen.«

»Hier ist ja richtig was los. Da musst du ja ordentlich Kohle machen.«

Merry warf einen Blick auf das Spendenglas, in dem sich Einer und Fünfer stapelten. »Nun, da drin dürften so an die hundert Dollar sein. Außerdem haben zwei Leute einen Adoptionsantrag ausgefüllt. Eine Frau hat sich bis über beide Ohren in Tristas Pflegehund Luke, einen der Schützlinge von *TBR*, verliebt.«

»Klasse. Machst du Fotos und postest sie auf Facebook?« Olivia kam hinter den Tisch, um Chip und Salsa zu begrüßen.

»Nein. Die Einzigen, die unsere Facebookseite besuchen, sind offensichtlich unsere Freiwilligen und Leute, die Hunde loswerden wollen.«

Olivia sah hoch. »Bleib dran, dann findest du schon Interessierte. Poste weiter und achte darauf, dass die Facebookadresse auf sämtlichen Werbematerialien ist.«

Merry zuckte mit den Schultern. »Vermutlich hast du recht, aber mit Aktionen wie diesen hier scheine ich viel mehr Interesse zu wecken.«

Irgendwo im Laden bellte ein Hund. Chip stellte die Ohren auf. Er sprang los, und die Leine, die Merry am Stuhl festgemacht hatte, löste sich. Er raste los und stürzte sich in die Menge.

»Chip!« Merry stürzte ihm hinterher.

Chip umkurvte den rehbraunen Boxer eines Kunden, und der Hund knurrte warnend. Luke schnappte nach Chip. Chip brachte sich in Sicherheit, aber Luke und der Hund des Kunden gingen aufeinander los.

Ruhige Gespräche wurden von knurrenden, kämpfenden Hunden unterbrochen. Blut spritzte auf den Boden von Perry's Pet Boutique. Irgendjemand schrie.

Leise fluchend stürzte sich Merry ins Getümmel.

5

Es gelang Merry, den Kopf hoch zu tragen, bis sie aus Perry's Pet Boutique heraus war, aber es kostete sie große Anstrengung. Chip und Salsa, die ihre Verzweiflung gar nicht bemerkten, zogen sie hierhin und dorthin, während sie sich schnüffelnd dem Auto näherten.

»Tja, blöd gelaufen«, sagte Olivia und lächelte sie schief an.

Der Kampf hatte sich leicht beenden lassen, aber Luke hatte mehrere kleine Wunden, und das bedeutete weitere Tierarztrechnungen. Schlimmer noch, Perry hatte die Aktion frühzeitig für beendet erklärt und vorgeschlagen, *Triangle Boxer Rescue* solle seine nächste Aktion woanders durchführen.

Es war nicht das Ende der Welt, aber zusammen mit Dr. Johnsons Ultimatum und ihrem Mangel an Spenden und Pflegestellen war es ein Schritt in die verkehrte Richtung, und das ärgerte Merry maßlos.

»Das bedeutet, wir müssen richtig gut sein, wenn wir Amber und Bosley nachher zu T. J. bringen«, sagte sie. Julia hatte angerufen und Bescheid gesagt, dass Amber beide Daumen hoch für eine Teilnahme am Camp bekommen hatte. Sie war bei sämtlichen Verhaltenstests ruhig und gehorsam geblieben.

Olivia nickte. »Versagen ist nicht erlaubt. Verstanden. Du hast gesagt, er ist süß, nicht wahr?«

»›Süß‹ ist nicht ganz das richtige Wort. Er ist zu – wie soll ich sagen – zu maskulin, um süß zu sein.«

»Das ist jetzt aber nicht die Männerversion von ›Sie hat eine großartige Persönlichkeit‹, oder?«

Merry schnaubte. »Nicht mal ansatzweise. Du wirst schon sehen.«

»Prima. Dann treffen wir uns dort um fünf?«

Merry nickte und packte ihre kleinen Störenfriede auf die Rückbank ihres CR-V. Sie holte Amber ab, fuhr nach Hause und stand dann in ihrem Wohnzimmer, zappelig vor Frust und ohne Möglichkeit, ihn abzubauen.

Ihre beste Freundin Cara wäre in solch einer Situation lange joggen gegangen. Ihr Vater hätte sich eine Zeit lang mit dem Sandsack beschäftigt. Merry hatte nichts außer dem überwältigenden Bedürfnis zu schreien, bis ihre Kehle wund war.

Die Hunde machten einen großen Bogen um sie, denn sie spürten, wie aufgewühlt sie war. Sie rauften in der Küche, während Merry im Wohnzimmer vor Wut nicht aus noch ein wusste. Nur Amber blieb in ihrer Nähe und beobachtete sie schweigend von ihrem Platz in der Ecke aus.

Schließlich ließ sich Merry stöhnend auf den Teppich sinken und seufzte. Sie drängte ihre Wut zurück und sperrte sie tief in ihrem Inneren ein. Sie blieb sitzen, bis sich ihr Puls wieder normalisiert hatte, dann richtete sie den Blick auf Amber. »Wir fahren nachher zu einem Treffen mit einem kleinen Jungen und seinem Onkel. Würdest du gern auf einer Farm leben?«

Ambers Schwanz klopfte auf die Decke.

»Dann zeig ihnen, wie charmant du sein kannst, okay?«

Die Hündin legte das Kinn auf die Vorderpfoten. Ihre braunen Augen spiegelten eine tiefe Traurigkeit wider. Merry hätte sie liebend gern glücklich über die Felder toben sehen, die Zunge zur Seite heraushängend, die Augen funkelnd vor Lebendigkeit.

Sie war nicht in der Lage gewesen, eine Organisation zu finden, die Amber hätte aufnehmen können, deshalb hatte sie die Hündin ausnahmsweise auf die Homepage von *Triangle Boxer Rescue* gestellt. Auf dieser Seite würde kaum jemand nach einem Labradormischling schauen, aber da *TBR* als Rettungsorganisation registriert war, durfte sie Amber auch bei Petfinder.com einstellen, und dort konnte sie jeder finden.

Ob es ihr gefiel oder nicht, Amber war ein *TBR*-Hund, bis Merry für sie ein dauerhaftes Zuhause gefunden hatte, und Merry war für sie verantwortlich, bis es zu einem Happy End kam.

Welches in etwa einer Stunde seinen Anfang nehmen würde, wenn sie die Hündin T. J. und Noah vorstellte.

T. J. nahm Noahs Hand und ging mit ihm nach draußen. Seit der Junge vor einer Stunde gekommen war, hatte er kein einziges Wort gesprochen. Seit Mittwoch hatte er sich zu Hause erholt, dennoch wirkte er erschöpfter denn je.

Vielleicht sollte er Merry bitten, ihn sich einmal anzuschauen, solange sie hier war.

Merry holte gerade einen Hund vom Rücksitz ihres SUV. Sie trug Jeansshorts und ein rosa Oberteil, und selbst auf diese Entfernung ließ sie seinen Puls in die Höhe schießen.

Der Hund, den sie heute mitgebracht hatte, schien – im Gegensatz zu Ralph – ein Mischling zu sein. Er hatte die Farbe von Whiskey, einen schlaff herabhängenden Schwanz und eine Haltung, als wäre er des Lebens überdrüssig. Ebenfalls im Gegensatz zu Ralph sah er genau so aus, wie T. J. sich einen Tierheimhund vorstellte, genau wie die Sorte Hund, der er nicht traute.

Genau, was er *nicht* für sein Sommercamp wollte.

T. J. packte Noahs Hand fester. Nachdem er es sich am Abend zuvor noch einmal hatte durch den Kopf gehen lassen, war er zu dem Entschluss gekommen, bei seinem ursprünglichen Plan zu bleiben: nur Merry und Ralph. Jetzt musste er sich nur noch einen überzeugenden Grund ausdenken, warum dieser Hund nicht am Camp teilnehmen durfte.

Noah befreite sich aus T. J.s festem Griff. »Ist das mein Hund für das Camp?«

Schlagartig, einfach so, war er wieder ein normaler, glücklicher Achtjähriger.

»Das ist ein Hund, den Merry uns für das Camp vorstellen möchte, aber ich habe das Gefühl, Ralph passt besser zu dir.«

Noah lief bereits auf Merry und den Hund zu. T. J. hastete ihm hinterher.

Merry warf T. J. einen Blick zu, der alle seine Nerven in Aufruhr versetzte, dann richtete sie ihre Aufmerksamkeit auf Noah. »Hallo, Noah. Geht es deinem Kopf besser?«

Der Junge nickte, den Blick auf den braunen Hund neben ihr fixiert. »Ich habe gestern ein neues Lego-Set bekommen. Einen Müllwagen.«

»Wie spannend.« Sie lächelte ihn liebevoll an. »Das hier ist Amber. Würdest du sie gern begrüßen?«

Er hockte sich vor die Hündin hin und streckte ihr die Hand entgegen.

»Vorsicht!«, rief T. J. warnend und stellte sich daneben, um seinen Neffen notfalls aus der Gefahrenzone ziehen zu können.

»Gut so, Noah«, sagte Merry. »Lass ihr einfach eine Minute Zeit, um sich an dich zu gewöhnen. Sie ist schüchtern.«

Noah nickte, als wäre das das Selbstverständlichste von der Welt.

Die Hündin streckte den Kopf vor, um an Noahs Hand zu schnüffeln, und ihr Schwanz begann, sich hin und her zu bewegen. Sie machte einen Schritt auf Noah zu. Der Junge kraulte sie unter dem Kinn, und ihr Schwanz bewegte sich schneller. Noah saß inzwischen im Schneidersitz vor ihr und streichelte und liebkoste die Hündin, die vor Zufriedenheit zu seufzen schien. Sie leckte ihm über das Kinn und rollte sich dann neben ihm zusammen, eine Pfote auf seinem Knie.

»Wow!«, sagte Merry ehrfürchtig. »Genau darauf hatte ich gehofft.«

»Ich mag sie«, sagte Noah.

»Und sie mag dich.« Merry setzte sich neben die beiden. »Was meinen Sie, T. J.?«

T. J. hatte noch immer das Bedürfnis, seinen Neffen wegzuziehen und in Sicherheit zu bringen. »Sie scheint nett zu sein, aber sie ist zu schwer einzuschätzen. Ich würde es lieber bei Ralph belassen.«

Noah schüttelte den Kopf. »Ralph ist Merrys Hund. Amber soll *mein* Hund sein.«

Merry lächelte hinterhältig, und T. J. begriff im Nachhinein, dass er in die Falle gelockt worden war. Sie hatte gewusst, dass er in Anwesenheit seines Neffen nicht würde Nein sagen können. Verdammt.

Er schob die Hände in die Vordertaschen seiner Jeans. »Du weißt schon, dass wir nur über Hunde reden, die im Camp mitmachen, nicht wahr? Du kannst weder Amber noch einen der anderen Hunde behalten.«

»Ich weiß, Onkel T. J. Ich möchte, dass sie während des Camps mein Hund ist.«

»Nun, du hast sie ja gerade erst kennengelernt. Merry hat noch ein paar andere Hunde, die wir uns anschauen können, nicht wahr, Merry?« Er wollte keinen ihrer Pflegehunde, aber vielleicht ließ sich ein Kompromiss finden, der Noah glücklich machte. Vielleicht wäre einer der anderen Hunde Ralph ähnlicher.

Merry nickte. »Ja. Meine Freundin Olivia müsste in ein paar Minuten mit einem weiteren Pflegehund hier sein, und wenn

Sie meine Welpen kennenlernen möchten, könnte ich die morgen ebenfalls vorbeibringen.«

»Gut. Lernen wir erst mal alle kennen, bevor wir eine Entscheidung treffen. Ich bin mir noch gar nicht sicher, ob ich überhaupt Pflegehunde im Camp haben möchte.«

»Ich würde wirklich gern helfen, einen Hund zu erziehen.« Noah blickte voller Hoffnung hoch. Sein junges Gesicht strahlte vor Aufregung.

Verdammt. »Ich denke darüber nach, aber wie auch immer, dieser Hund ist, glaube ich, keine gute Wahl.«

»Wieso nicht?« Noah streichelte Amber noch immer und wirkte richtig verliebt in die unpassende Promenadenmischung.

T. J. sandte einen unhörbaren Fluch in Merrys Richtung. »Zum einen, weil wir nichts über ihre Vergangenheit oder ihren Stammbaum wissen, nicht wahr, Merry?«

Sie stand auf. »Nein. Sie ist ein Labradormischling, etwa vier Jahre alt. Keine gesundheitlichen Probleme, nur ein bisschen scheu. Außer bei Noah, wie es scheint.«

»Ich mag sie«, wiederholte Noah.

»Sie ist eine sanfte Seele«, sagte Merry. »Und sie liebt Kinder.«

Ein roter Toyota Prius bog in die Auffahrt, und Merry warf einen Blick über die Schulter. »Da kommt Olivia. Möchtest du noch einen Hund kennenlernen, Noah?«

Er sprang auf, blieb aber an Ambers Seite. Die Hündin saß neben ihm, die Schulter an sein Knie gelehnt, und hechelte in der schwülen Nachmittagsluft von North Carolina.

Sie sahen zu, wie der Prius zum Stehen kam und eine langbeinige Blondine ausstieg. Sie holte einen weißen Boxer von der Rückbank und kam auf die kleine Gruppe zu.

Amber stellte die Ohren auf, blieb aber bei Noah, statt auf den Neuankömmling zuzulaufen.

»Hallo«, sagte sie. »Ich bin Olivia, und das hier ist Bosley.«

Bosley wedelte aufgeregt mit dem Schwanz und zerrte an der Leine, um sie begrüßen zu können.

»Hallo, Liv. Danke, dass du ihn vorbeibringst.« Merry beugte sich hinunter und breitete die Arme aus. Bosley sprang auf sie zu und leckte ihr das Gesicht.

»Gern geschehen«, erwiderte ihre Freundin.

»Bosley ist zwei Jahre alt«, sagte Merry zu T. J. gewandt. »Er ist ein Schatz, sehr pflegeleicht. Gut mit Menschen und mit anderen Hunden. Völlig stubenrein. An den Käfig gewöhnt.«

»Mir ist egal, ob er stubenrein ist. Er kommt mir nicht ins Haus. Das Camp findet hier im Freien statt.«

Noah trat von einem Fuß auf den anderen und ruderte unruhig mit den Armen. Dann legte er die Hand auf Ambers Kopf, und sofort ließ seine motorische Unruhe nach. »Aber während des Camps behalten wir doch einen?«

T. J. warf Merry einen Blick zu, der sie eigentlich vor Scham hätte im Boden versinken lassen müssen, aber sie schob das Kinn vor und warnte ihn mit gefährlich glitzernden Augen, sich seinem Neffen ja nicht zu widersetzen. Olivia, die hinter ihr stand, grinste und zuckte unschuldig mit den Schultern.

»Eigentlich«, sagte Merry, »wäre es wirklich hilfreich, wenn Sie beide bei sich behalten könnten.«

Oh, *verdammt*, nein.

»Geht das, Onkel T. J.? Können wir beide hier behalten?« Noah streichelte jetzt Bosley und wirkte überglücklich mit einem Hund zu beiden Seiten.

»Das sind beides sehr umgängliche Hunde«, fuhr Merry fort. »Bosleys Pflegefrauchen hat sich das Bein gebrochen und könnte ihn nicht jeden Morgen herfahren, also wäre es sinnvoll, wenn er auf der Farm bleiben könnte. Außerdem würde dadurch ein Pflegeplatz frei, und ich könnte einen weiteren

Hund aus dem Tierheim retten. Das wäre für alle Seiten ein Gewinn.«

»Für Sie schon. Aber inwiefern wäre das für mich ein Gewinn?«

»Status als der coolste Onkel auf Erden?«

Noah nickte weise, und T. J. wurde klar, dass er verloren hatte.

»Sie hatten versprochen, einen Assistenten mitzubringen, wenn ich Ihre Pflegehunde im Camp nutze«, sagte er.

Sie kaute auf ihrer Unterlippe herum. »Ja.«

»Ist das da Ihre Helferin?« Er nickte in Richtung Olivia.

Die Blonde riss überrascht die Augen auf. Über diesen Teil der Vereinbarung hatte Merry sie offensichtlich nicht in Kenntnis gesetzt. Olivia passte in Kleid und hochhackigen Sandalen noch weniger auf die Farm als Merry. Was für ein Witz.

»Du könntest deine Schichten im Café doch um die Campzeiten herum legen, oder, Liv?«, fragte Merry, die zumindest über so viel Anstand verfügte, einen schuldbewussten Blick aufzusetzen.

Olivia runzelte die Stirn. »Und was habe *ich* davon?«

Merry verdrehte die Augen. »Niemand will aus reiner Großherzigkeit eine gute Tat vollbringen?«

»Ich vollbringe viele gute Taten«, erwiderte Olivia mit einem hinterhältigen Lächeln, das Merry zum Kichern brachte. T. J. scharrte mit dem Stiefel in der Erde und warf einen Blick über die Schulter auf Tango, Twilight und Peaches, die träge auf der Weide hinter ihnen grasten.

»Wenn du mir mit dem Camp hilfst, komme ich nächstes Mal mit und halte ein Transparent hoch, wenn du vor dieser Hähnchenverarbeitungsanlage demonstrierst. Wie wäre das?«, fragte Merry.

Demonstrieren. Darin hatte er nie einen Sinn gesehen.

Wenn man etwas ändern wollte, ging man direkt zu dem Verursacher, setzte sich mit ihm zusammen und redete von Mann zu Mann. Man änderte wirklich etwas, statt seine Zeit damit zu verplempern, rumzustehen und ein Transparent hochzuhalten.

»Einverstanden«, sagte Olivia.

»Haben Sie irgendwelche Erfahrungen in der Arbeit mit Kindern mit besonderen Bedürfnissen?«, fragte T. J.

Olivia zuckte mit den Schultern. »Eine Frau, mit der ich arbeite, hat eine Tochter mit Entwicklungsverzögerungen. Ich babysitte sie manchmal.«

T. J. schüttelte skeptisch den Kopf.

»Olivia ist außerordentlich verantwortungsvoll und durchaus befähigt, sonst hätte ich sie niemals mitgebracht«, erwiderte Merry. »Ich nehme meine Teilnahme an Ihrem Camp und das Wohlergehen dieser Kinder sehr ernst.«

Empört und stolz zugleich sah sie ihn an. Tatsache war, dass er volles Vertrauen in Merrys Fähigkeiten in Bezug auf die Kinder hatte. Und wenn sie für ihre Freundin bürgte, würde er ihrer Einschätzung in dem Punkt wohl auch trauen müssen.

»Na gut, dann machen wir es so«, sagte er, und damit war sein Schicksal besiegelt.

Noah legte einen Arm um jeden der beiden Hunde und sah zu ihm hoch. Er sah ihm sogar in die Augen, was er nur sehr selten tat. Alles wegen der Hunde. »Dann behalten wir sie beide?«

T. J. sah das Glänzen in den Augen seines Neffen, das Merry dorthin gezaubert hatte. Er konnte nicht derjenige sein, der es ihm wieder nahm. »Einen. Einen werde ich nehmen. Erzählen Sie uns mehr über Bosley.«

»Bosley ist ein reinrassiger Boxer«, begann Merry. »Er wurde von seinem Besitzer abgegeben. Die Familie musste ihn hergeben, weil sie in finanziellen Schwierigkeiten steckte.«

Die Schlinge um T. J.s Hals lockerte sich. Dieser Hund kam nicht aus dem Tierheim. Er war reinrassig, hatte ein liebevolles Zuhause gehabt, war freundlich und pflegeleicht. Hier war die Chance, seinem Neffen gegenüber das Gesicht zu bewahren. »Okay, ich bin einverstanden, dass Bosley beim Camp mitmacht. Ich nehme ihn zu mir, aber nur, bis das Camp vorbei ist. Dann nehmen Sie ihn zurück.«

Merry nickte. »Nur für die Dauer des Camps.«

Noah zupfte an seinem Ärmel herum. »Und was ist mit Amber?«

»Zwei Hunde kann ich nicht aufnehmen. Merry sorgt schon dafür, dass Amber ein gutes Zuhause findet.«

Der Junge schlang die Arme um den Hals der Promenadenmischung, und T. J. zuckte zusammen. Die Hündin schmiegte sich an Noah, ihr Schwanz schlug auf die Tonerde unter ihr. »Aber ich liebe Amber.«

»Sie scheint einen besonderen Bezug zu Noah zu haben«, sagte Merry.

»Sie ist … sie ist …« Ein Mischling. Eine Streunerin. Nicht vertrauenswürdig. »Sie passt nicht ins Camp.«

Merry verschränkte die Arme vor der Brust. »Sie ist genau richtig für das Camp. Sie muss trainiert werden, und zufällig ist sie im Umgang mit Kindern ganz großartig.«

»Bosley ist die bessere Wahl.« T. J. sank der Mut, als er den Gesichtsausdruck seines Neffen sah. »Ich kann nur einen nehmen, Noah.«

»Dann nimm Amber. Bitte.« Noahs flehender Blick traf T. J. genau an seinem wunden Punkt, jenem Teil von ihm, der alles getan hätte, um seinen Neffen glücklich zu machen.

Und ausgerechnet diese zerzauste Promenadenmischung schien Noah ans Herz gewachsen zu sein.

»Na gut, ich probiere es mit ihr. Eine Woche. Aber wenn

sie irgendjemanden auch nur komisch ansieht, holen Sie sie wieder ab.« T. J. schaute auf den Mischling hinunter und schluckte.

Merry nickte. »Einverstanden. Dann machen Amber und Bosley also beide im Camp mit, und Sie behalten Amber bei sich. Wenn Sie meine Welpen auch noch akzeptieren, haben Sie für jedes Kind einen Hund.«

Noah quietschte vor Begeisterung.

T. J. schaute auf die beiden Hunde hinunter, den fröhlichen Boxer und die jämmerliche Promenadenmischung, die sich in seinen Neffen verliebt hatte. So hatte er sich das nicht vorgestellt.

Er pflegte einen Plan zu machen und ihn durchzuführen, doch seine wohl überlegten Pläne hatten sich in dem Moment in Schall und Rauch aufgelöst, als Merry Atwater in sein Leben gestürmt war.

»Das ist fantastisch. Ich kann sie irgendwann dieses Wochenende vorbeibringen. Wäre das okay?« Es gelang Merry, sich den Triumph über ihren Sieg nicht anmerken zu lassen. Am besten wäre natürlich gewesen, er hätte beide Hunde genommen, aber selbst seine Zustimmung, Amber aufzunehmen und ihre Hunde in seinem Camp zuzulassen, war ein Riesenerfolg.

»Ja.« T. J. sah aus wie jemand, der gerade eine Kröte verschluckt hatte.

»Ich bringe das Kerlchen hier jetzt nach Hause. War nett, Sie kennenzulernen.« Olivia winkte zum Abschied und ging mit Bosley zurück zum Wagen.

Noah war wie elektrisiert vor Begeisterung, so lebhaft, wie Merry ihn noch nie gesehen hatte. Ihr wurde ganz warm ums Herz, wenn sie ihn so glücklich sah, so *normal*. Es war wirklich faszinierend, einen Jungen mit derartigen Schwierigkeiten so problemlos kommunizieren zu sehen, nur mithilfe von des Menschen bestem Freund.

»Noah, geh doch schon mal in die Scheune und hol ein paar Karotten für die Pferde«, sagte T. J. »Ich komme gleich nach.«

Noah umarmte Amber, dann lief er voller Energie auf die Scheune zu.

»Das war wirklich faszinierend zu beobachten«, sagte Merry.

Amber sah Noah sehnsüchtig hinterher. Ihr Verhalten hatte sich komplett gewandelt, seit sie ihn kennengelernt hatte, und Merry hätte vor Freude platzen können.

»Ja.« T. J. sah auf Amber hinunter.

»Sie schulden mir was, das ist Ihnen doch klar?« Sie grinste ihn herausfordernd an.

Seine dunklen Augen bohrten sich unter dem Cowboyhut hervor in ihre, und sofort kribbelte es bei ihr an all den richtigen Stellen. »Oh ja, und wie kommen Sie darauf? Denn wie ich das sehe, schulden Sie *mir* etwas, und nicht gerade wenig, dafür dass Sie mich vor meinem Neffen so reingelegt haben.«

Sie warf den Kopf in den Nacken und lachte. »Ist Ihnen das endlich aufgegangen? Ich weiß schon, wie ich bekomme, was ich will, und zwar immer im Interesse meiner Tiere. Und ich weiß es wirklich zu schätzen, dass Sie Amber nehmen. Das ist eine große Hilfe für unsere Organisation.«

»Hmm.« Er hängte die Daumen in die Gürtelschlaufen ein. Irgendwie wirkte er ein bisschen überfahren.

»Ja.« Sie war von seinen Händen abgelenkt gewesen, seinen großen, schwieligen Fingern, rau von Jahren körperlicher Arbeit. Vermutlich würden sie sich sündhaft fantastisch auf ihrer Haut anfühlen.

Oje. Die Röte schoss ihr in die Wangen, und sie schob Ambers Leine in der Handfläche hin und her.

»Und wieso meinen Sie, dass ich Ihnen was schulde?« Er trat

einen Schritt auf sie zu, pure Kraft und Testosteron, das absolute Alphatier. Ihre Knie wurden weich.

»Weil ich Noah nicht erzählt habe, dass Amber zur Adoption freigegeben ist. Dass Sie sie nach dem Camp nicht zurückgeben müssten. Sie könnten sie behalten. Sie wären sein Held.«

»Ich bin bereits sein Held.«

Oh Mann. War er noch einen Schritt näher gekommen, oder hatte sie einen auf ihn zu gemacht? Egal wie es passiert war, sie standen jetzt jedenfalls viel zu nah beieinander. Sie musste den Kopf in den Nacken legen, um ihm in die Augen zu sehen. Er stand so nah, dass sie die honigfarbenen Flecken in seinen Augen sehen und seinen Geruch wahrnehmen konnte, süß wie der Weizen, den er an seine Pferde verfütterte, gemischt mit Heu und *Mann*.

Ihr Herz schlug heftig gegen ihre Rippen. T. J.s Blick wanderte zu ihrem Mund, und instinktiv fuhr sie sich mit der Zunge über die Lippen. Er stieß einen rauen, männlichen Ton aus, dann drehte er sich auf dem Absatz um.

»Rufen Sie mich an, wann Sie den Hund bringen«, sagte er über die Schulter.

Und schon war er fort, hinter Noah in der Scheune verschwunden.

»Du schuldest mir was.«

Merry schnaubte. »Das scheint das Thema des Tages zu sein.«

Olivia kniff die Augen zusammen. »Ernsthaft, das war ein mieser Trick mit diesem Camp. Du hast uns beide über den Tisch gezogen.«

»Mag sein. Alles für den guten Zweck.«

»Ja, für *deinen* guten Zweck.« Olivia trank einen großen Schluck von ihrem Bier und stützte die Ellbogen auf den Tresen. Das Stimmengewirr um sie herum wurde übertönt vom

Gläserklirren und den Klängen einer Gitarre, die gerade gestimmt wurde.

Merry lehnte sich zurück, getroffen von der Schelte ihrer Freundin. »T. J. und du, ihr profitiert auch von der Abmachung.«

»Ich am wenigsten, aber ich mache es trotzdem, weil ich eine gute Freundin bin, und du hast recht, er ist heiß.«

»Bist du wirklich sauer?« Im Grunde kannte sie Olivia gar nicht allzu gut, und sie wollte sie auf keinen Fall vor den Kopf stoßen. Freundinnen hatte sie auch so schon nicht viele vorzuweisen.

»Nein, das ist okay.« Olivia trank ihr Bier aus und schob dem Barkeeper das Glas zu. Innerhalb von Sekunden stand wieder ein volles vor ihr. »Auch wenn ich bei dem heißen Typen nicht den Hauch einer Chance habe.«

»Wieso das?« Merry trank ebenfalls ihr Bier aus und genoss, wie es kalt und prickelnd in ihren Magen floss. Normalerweise trank sie lieber Martinis, aber wenn sie freitags ins Watering Hole ging, dann um das eine oder andere Bier zu trinken und der Band ihres Daddys zuzuhören.

»Weil er bereits dich ins Auge gefasst hat.«

»Glaubst du?«

Olivia sah sie schräg von der Seite an. »Erzähl mir nicht, dass ausgerechnet du das nicht gemerkt hast.«

Allein bei dem Gedanken, wie er sie vorhin angeschaut hatte, wurde Merry heiß. »Doch, habe ich.«

»Merry!«

Sie drehte sich auf ihrem Hocker um und stieß gegen ihren Vater.

Gerry Atwater legte den Arm um ihre Schultern und drückte sie. »Hallo, Schätzchen, wie geht es dir? Irgendwelche neuen Hunde?«

Sie nickte. »Ausgerechnet einen Labradormischling. Aber heute habe ich für sie eine Pflegestelle gefunden. Sie wird künftig von einem Achtjährigen verwöhnt werden.«

»Acht. Ein Alter, in dem man viel Spaß hat.« Er lächelte wehmütig. Für Merry war es wie ein Schlag in den Magen. Tyler wäre diesen Sommer acht geworden.

Noah und er wären vielleicht in dieselbe Klasse gegangen. Vielleicht wären sie sogar Freunde gewesen.

Die Kehle zog sich ihr so stark zusammen, dass sie sich nicht mehr traute zu reden. Sie spielte mit ihrem Bierglas, doch von der Feuchtigkeit am Glas wurden ihre Finger glitschig, und das Glas schnellte plötzlich auf den Rand des Tresens zu.

Olivia fing es auf und warf Merry einen seltsamen Blick zu. »Übrigens, ich bin Olivia.«

»Hallo, Olivia. Ich bin Gerry Atwater, Merrys Dad.«

»Oh!«, erwiderte Olivia begeistert. »Sie spielen heute Abend in der Band, nicht wahr? Das ist so super! In der Highschool habe ich auch in einer Band gespielt.«

»Wirklich? Welches Instrument?«

»Elektrogitarre.« Olivia schlug eine Luftgitarre an.

Gerry strahlte. »Oh, stark! Spielen Sie immer noch?«

Olivia schüttelte den Kopf. »Schon seit Jahren nicht mehr, aber ich gehe gern zu Liveauftritten. Ich bin froh, dass Merry mich überredet hat, heute Abend mitzukommen.«

»Ich werde mein Bestes tun, dass Sie nicht enttäuscht sind.« Er kicherte. »So, jetzt muss ich los. Ich komme in der Pause noch mal vorbei, okay?«

Merry nickte. »Ich bin schon gespannt auf die neuen Songs, Dad. Hals- und Beinbruch.«

»Das solltest du zu einem alten Knacker wie mir lieber nicht sagen, sonst passiert es glatt noch.« Mit einem Grinsen verschwand er in der Menge.

»Alter Knacker, meine Güte!« Merry schüttelte lächelnd den Kopf.

Ihr Dad war erst 48. Als sie geboren wurde, war er gerade erst mit der Highschool fertig gewesen. Nachdem Merrys nichtsnutzige Mutter beschlossen hatte, sie im Stich zu lassen und lieber ihren Träumen hinterherzujagen, hatte Gerry sie ganz allein großgezogen.

Seine eigenen Träume hatte er hintangestellt und stattdessen alle möglichen Jobs angenommen und viele Stunden gearbeitet, um für Merry ein stabiles und liebevolles Zuhause zu schaffen. Sie hatten jeden Cent umdrehen müssen, aber sie waren glücklich gewesen.

»Dein Dad ist echt cool. Wäre toll, wenn mein Dad auch in einer Band spielen würde.« Olivia starrte gedankenverloren in die Tiefen ihres Glases.

»Was macht dein Dad?«

»Er ist Anwalt. Meine Mutter auch.«

»Wirklich? Das ist ja … schockierend.« Merrys Lippen zuckten, dann lachte sie laut auf.

Olivia sah sie trübsinnig an. »Mein Dad ist Strafverteidiger, und Mom arbeitet für die Staatsanwaltschaft. Meine Kindheit war wie ein einziges Gerichtsverfahren. Thema: Für welches Team wird sie spielen? Würde ich für Gerechtigkeit kämpfen wie meine Mom, oder die Unschuldigen verteidigen wie mein Dad?«

Merry runzelte die Stirn. »Aber du wolltest nicht Anwältin werden.«

»Nein.«

»Tut mir leid, das ist echt blöd.«

Olivia zuckte mit den Schultern. »Ich bin Kellnerin im Main Street Café. Meine Eltern sind ja so stolz.«

Merry dachte an ihren Vater, der immer stolz auf sie gewesen war, egal, was sie mit ihrem Leben hatte anfangen wollen. Es war traurig, dass Olivias Eltern nicht auch so hatten sein können. »Nun, das sollten sie auch. Du bist eine Superkellnerin, aber – viel wichtiger – du bist ein guter Mensch. Dir ist wichtig, wie Tiere behandelt werden. Und du weißt genau, wie du die sozialen Netzwerke optimal für deinen Kampf einsetzen kannst. Halverson Foods hatte nicht einen ruhigen Moment mehr, seit du Wind davon bekommen hast, dass sie ihre Hühner misshandeln.«

Olivia verzog den Mund zu einem schiefen Lächeln. »Ja, Olivia Bennett, Facebook-Kämpferin. Wenn ich das bloß in meinen Lebenslauf schreiben könnte.«

»Ernsthaft, was du tust, ist wichtig. Die Leute müssen erfahren, wie Tiere behandelt werden, bevor sie unsere Chicken Nuggets und Cheeseburger werden. Du kannst das gut. Nimm das Kompliment ruhig an.« Merry stieß sie mit der Schulter an, und Olivia lächelte.

»Ja, ich bin die absolute Facebook-Königin.«

»Bist du. Ich sollte wirklich mal Unterricht bei dir nehmen.«

Olivias Lächeln wurde breiter. »Unbedingt. Wie hat es in letzter Zeit mit Spenden ausgesehen?«

Merry trank einen Schluck von ihrem Bier. »Na ja, wir könnten immer mehr Spenden brauchen, aber dieses Jahr lief es schon besonders zäh.«

Die Wahrheit über ihre derzeitige Finanzkrise hatte sie allen verschwiegen, weil sie sich schämte, dass sie ihre Rettungsorganisation so heruntergewirtschaftet hatte. Diesen Monat würde sie dank T. J.s Spende noch einmal davonkommen, aber das gesamte Geld würde für die Tilgung ihrer Schulden beim Tierarzt und auf ihrer Kreditkarte draufgehen.

Was sollte sie im nächsten Monat machen? Schließlich würden auch weiterhin Ausgaben auf sie zukommen, und es gab immer wieder neue Hunde, die gerettet werden mussten.

Olivia nickte. »Ich verstehe. Die wirtschaftliche Situation ist für niemanden einfach. Nun, wir werden uns im Camp ja oft sehen. Ich helfe dir mit deinem Auftritt in den sozialen Netzwerken, okay?«

»Danke. Das weiß ich sehr zu schätzen.«

Ihr Handy klingelte, was sie nur merkte, weil es an ihrer Hüfte vibrierte, während der fröhliche Klingelton vom Lärm in der Bar verschluckt wurde.

Sie zog das Handy aus der Hosentasche und sah auf das Display.

T. J. Jameson.

Was um Himmels willen wollte er an einem Freitagabend um halb neun?

6

Am nächsten Morgen um neun Uhr stand Merry auf T. J.s Veranda. Ihr war etwas beklommen zumute, wenn sie an die Vereinbarung dachte, die sie mit T. J. getroffen hatte. Amber stand neben ihr und vertraute blind darauf, dass Merry in ihrem Interesse handelte.

Als T. J. am Abend vorher angerufen hatte, war er auf der Suche nach einem Ausweg gewesen. Er hatte gewollt, dass Merry Amber aus dem Programm zurückzog, damit er seinem Neffen gegenüber das Gesicht wahren konnte. Sie hatte sich geweigert, schon aus Prinzip. Aber jetzt, wo sie hier vor seiner Tür stand, fühlte sie sich schuldig, weil sie die arme Hündin einem Mann aufs Auge drückte, der sie nicht wollte.

Amber hatte etwas Besseres verdient.

Dennoch konnte sie sich nicht vorstellen, dass T. J. Amber tatsächlich schlecht behandeln würde. Für alle Fälle würde sie den Vormittag über hierbleiben, bis sie ein hundertprozentig gutes Gefühl hatte, wenn sie Amber zurückließ.

Die Tür schwang auf, und T. J. füllte den Türrahmen mit seiner kräftigen Gestalt aus. Heute trug er ein blaues T-Shirt, das er in seine Markenjeans gesteckt hatte. Sein sauberer, erdiger Geruch erweckte in ihr sofort Vorstellungen von einer Balgerei im Heu, von seiner Haut auf ihrer. Und diese Stiefel!

Sie schob die Vorstellung beiseite und sah ihn an. »Guten Morgen, T. J.«

»Merry.« Er sah mit undurchdringlicher Miene auf den Hund neben ihr hinunter.

»Ich habe ihre Sachen im Auto, aber ich dachte, ich bringe sie erst mal rein und lasse Sie beide miteinander bekannt werden.«

T. J. nickte und trat zur Seite. Er stand zu seinem Wort, auch wenn er sichtlich nicht glücklich darüber war. Warum das so war, bekam sie nicht recht zu fassen. Er betete seine Pferde an und arbeitete jeden Tag mit allen möglichen Tieren. Mit großen, dreckigen Farmtieren. Aber Hunde schienen ihn irgendwie aus der Fassung zu bringen, und das konnte nicht nur daran liegen, dass er ausschließlich mit Hunden aufgewachsen war, die nicht ins Haus durften.

»Sind Sie sicher, dass sie brav ist? Keine Zeichen von Aggression?« T. J. stand mit vor der Brust verschränkten Armen da und starrte Amber an. Amber reichte ein kurzer Blick auf ihn, und schon versteckte sie sich hinter Merrys Beinen.

»Sie ist so gehorsam, wie man sich das nur wünschen kann«, erwiderte Merry.

T. J. streckte die Hand nach der Hündin aus, aber sie wandte sich mit eingezogenem Schwanz von ihm ab.

Erst der Hund bei Dr. Johnson, und jetzt Amber. Wieso fühlten sich Hunde bei T. J. so unwohl? An dem Tag, als sie gekommen war, um ihn um einen Job in seinem Camp zu bitten, hatte sie ihn auf seinem Pferd gesehen, und die beiden waren eine völlig harmonische Einheit gewesen.

Sie betrachtete T. J. einen Moment lang, und ihr fiel auf, wie steif er dastand und wie wachsam er schaute. Dazu die wiederholten Fragen über Aggression und Beißen.

Heiliger Bimbam! T. J. Jameson hatte Angst vor Hunden.

Beinahe hätte sie sich vor Lachen gekringelt. Allerdings würde es ihm mit Sicherheit nicht gefallen, dass sie um sein kleines Geheimnis wusste.

»Setzen Sie sich doch einfach mal hin«, schlug sie vor. »Blicken Sie sie eine Weile nicht an, geben Sie ihr die Chance, sich wohlzufühlen, und warten Sie, bis sie auf Sie zugeht.«

Im Moment ragte er wie ein Riese über Amber auf, und seine Anspannung machte ihr Angst. Hunde konnten zwar nicht riechen, wenn sich jemand vor ihnen fürchtete, aber sie spürten es. Sie waren Experten im Verstehen von Körpersprache und konnten den Charakter eines Menschen viel besser einschätzen, als die meisten Menschen das konnten.

T. J. ging ins Wohnzimmer und setzte sich gehorsam auf einen Ledersessel. Merry setzte sich ihm gegenüber auf die Couch und deutete Amber, ihr zu folgen. Die Hündin durchquerte das Wohnzimmer und legte sich Merry zu Füßen.

»So«, sagte Merry und lenkte T. J.s Aufmerksamkeit auf sich, damit er aufhörte, die Hündin anzustarren. »Sie bekommt zweimal am Tag etwas zu fressen. Ich habe eine Tüte mit Futter mitgebracht, damit Sie erst mal was haben, schon in Portionen eingeteilt. Ich kaufe das Futter bei Dr. Johnson. Er gibt Ihnen garantiert Rabatt, wenn Sie mehr brauchen.«

T. J. nickte. »Und sie ist wirklich stubenrein?«

»In der Woche, in der sie jetzt bei mir war, hat es nicht ein einziges Malheur gegeben. Sie ist auch an den Käfig gewöhnt. Wenn ich nicht zu Hause bin, sperre ich sie in den Käfig, damit sie sich sicherer fühlt. Sie können sie nachts in den Käfig sperren, wenn Sie möchten, ich habe sie allerdings immer in ihrem Hundekorb in meinem Schlafzimmer schlafen lassen, und es hat keine Probleme gegeben.«

T. J. sah auf Amber hinunter, und sofort versteckte die Hündin den Kopf hinter Merrys Knöcheln. Das war ein Problem. Sie konnte Amber nicht hier lassen, wenn sie sich mit T. J. so unwohl fühlte.

Um den ängstlichen Mann und den ängstlichen Hund abzulenken, fing Merry rasch ein Gespräch über das Camp an und fragte T. J. über seine Farm aus. Allmählich entspannte er sich wieder, und während er die Einzelheiten des Camps erläuterte, wirkte er auch wieder recht zuversichtlich. Er erzählte ihr von seinen Pferden, dass jedes von ihnen auf der Farm seines Vaters geboren und aufgewachsen war. Seine Liebe und sein Respekt für die Tiere war unverkennbar.

Merry wollte unbedingt etwas dafür tun, dass er diese Liebe auch für Hunde spüren konnte. Es war nicht normal, wenn sich ein Mann wie T. J. derart unwohl fühlte, sobald ein Hund in der Nähe war, ja sogar Angst vor ihm hatte. Sie konnte das beheben, da war sie sich sicher.

»Kommen Sie doch rüber und setzen Sie sich zu mir auf die Couch«, schlug sie vor.

»Wie bitte?« Sein Kopf ruckte nach oben.

»Wegen Amber. Sie hat Angst vor Ihnen. Wir müssen ihr zeigen, dass Sie ein Freund sind.«

»Angst vor mir? Wieso das?«

»Sie wirken ein bisschen einschüchternd auf sie. Kommen Sie.« Sie klopfte neben sich auf die Couch.

T. J. stand auf und kam zu ihr. Als er sich neben sie setzte, strömte seine Körperhitze über sie hinweg, obwohl er sorgfältig genügend Abstand zu ihr hielt. Sie hätte sich in seinen whiskeyfarbenen Augen verlieren können, seinem erdigen Geruch, seinem dunklen Haar, das verwuschelt nach allen Seiten wegstand, als hätte er es sich erst vor Kurzem gerauft.

»So besser?«, fragte er leise.

Viel besser. Ihre Haut kribbelte, weil er ihr so nah war und weil sie ihn gern noch viel näher gehabt hätte.

»Perfekt«, sagte sie.

Amber beobachtete sie, die Schulter an Merrys Bein gelehnt. Dann reckte sie den Kopf vor und schnüffelte an T. J.s Stiefel.

»Sie braucht keine Angst zu haben.« Er klang verblüfft. »Ich bin zwar nicht begeistert, dass sie hier ist, aber ich würde niemals ein Tier schlecht behandeln.«

»Das weiß ich, sonst hätte ich sie nicht hergebracht.« Merry beugte sich hinunter und kraulte die Hündin unter dem Kinn. Ambers Schwanz klopfte einmal schüchtern auf den Holzfußboden. »Nicht wahr, Amber? T. J. wird sich gut um dich kümmern.«

Sie streckte die rechte Hand aus und legte sie ihm auf den Oberschenkel, um ihre Worte für den Hund zu verdeutlichen. T. J. war okay. Er war ein Freund.

Seine abgetragene Jeans fühlte sich weich unter ihren Fingern an, und die Wärme seines Beins drang durch sie hindurch bis an ihre Haut. Unter dem Denimstoff spürte sie harte Muskeln, und verdammt, sie hätte sich das wirklich erst überlegen sollen.

Sie hätte ihn lieber am Arm berühren sollen. An der Schulter. Vielleicht nur an seinem Stiefel.

Ihre Hand war gefährlich nah an anderen – möglicherweise harten – Teilen seiner Anatomie, und seinem feurigen Blick nach zu urteilen war ihm das genauso bewusst wir ihr. *Gütiger Himmel.*

Sie widerstand dem Bedürfnis, die Finger ein bisschen weiter nach oben zu schieben, wandte den Blick von ihm ab und konzentrierte sich auf den Hund zu ihren Füßen. »Siehst du, Amber? Er ist doch gar nicht so Furcht einflößend, oder?«

»Furcht einflößend ist nicht das Wort, das ich benutzen würde.« T. J.s Stimme klang jetzt tiefer, rauer, und, heilige Mutter Gottes, er klang sexy.

Sie musste die Hand von seinem Bein nehmen. *Jetzt.*

Amber kroch ein Stück vor und schnüffelte an seiner Hand. Er kraulte sie ein wenig unter dem Kinn, und sie leckte ihm die Handfläche.

Gut so. Merry brachte ihre Hand in Sicherheit, aber es war zu spät, um die sexuelle Spannung aufzulösen, die zwischen ihnen zu knistern begonnen hatte.

T. J. starrte den Hund zu seinen Füßen an, dann richtete er den Blick auf die Frau neben sich. »Sonst noch irgendwas, was ich wissen müsste?«

Er war sich ziemlich sicher, dass er jetzt ausreichend Bescheid wusste, aber er musste Merry am Reden halten, denn wenn er jetzt aufstehen würde, würde das für sie beide peinlich werden. Er verlagerte das Gewicht und schaffte ein paar dringend benötigte Zentimeter Abstand zwischen ihnen.

»Sie können sie mir jederzeit während des Camps zurückgeben, ohne weitere Erklärung. Der Rest unserer Vereinbarung bleibt davon unberührt.«

»Nun, das ist außerordentlich entgegenkommend von Ihnen.« Er zwang sich, den Blick von diesen unergründlichen haselnussfarbenen Augen abzuwenden, denn sonst würde er nie mehr in der Lage sein, von der Couch aufzustehen.

»Ja, manchmal kann ich richtig nett sein.« Sie trommelte mit den Fingern auf ihren Oberschenkel, den Blick starr auf Amber gerichtet. »Ich will nur, was für die Hunde am besten ist, verstehen Sie?«

»Ich weiß.« Das war bei ihm angekommen, laut und deutlich. Und er respektierte das. Vielleicht würde es ihm gar nicht so sehr gegen den Strich gehen, die Hündin für ein paar Wochen hier zu haben.

Amber schien ziemlich harmlos und gut erzogen zu sein. Außerdem hatte er, wenn sie bei ihm im Haus war, mehr Zeit, sie kennenzulernen und sich zu vergewissern, dass man sich im Umgang mit Noah auf sie verlassen konnte. Er beugte sich nach unten und streichelte Amber, die zu seiner Erleichterung mit dem Schwanz über den Boden wedelte und ihm somit die dringend benötigte Ablenkung von der verführerischen Frau neben ihm lieferte.

Dankbar stand er auf. Amber kam näher und schnüffelte an seiner Hand.

»Sie fängt an, Sie zu mögen«, sagte Merry und stand ebenfalls auf. »Sollen wir noch ein bisschen nach draußen gehen, bevor ich fahre? Sie können sie an die Leine nehmen. Zeigen Sie mir doch Ihre Farm.«

»Gern.« Er wusste es zu schätzen, dass Merry sich Zeit nahm, bis Amber und er sich miteinander wohlfühlten, allerdings vermutete er, dass sie das eher dem Hund als ihm zuliebe tat. Er nahm die Leine, die sie ihm hinhielt, und Amber kam gehorsam an seine Seite.

Es war schwierig, einen Hund nicht zu mögen, der so brav war. Amber würde ihm sicher nicht an die Kehle gehen, aber andererseits war sie noch vor einer Woche eine Streunerin gewesen. Ließ sich ihr Verhalten wirklich vorhersehen?

Während er Merry zur Haustür hinaus und hinüber zur Scheune führte, ging Amber brav bei Fuß. Er war darauf gefasst gewesen, dass sie beim Anblick der Pferde in Panik verfallen würde, so wie der Hund des Psychoklempners. Sogar Ralph waren die Pferde am Anfang nicht geheuer gewesen. T. J. packte die Leine fester. Amber hob den Kopf und starrte.

Die drei Pferde schoben den Kopf über den Zaun und starrten zurück.

»Ganz ruhig, Amber«, sagte Merry und trat ein wenig näher. Offensichtlich traute auch sie der Sache nicht ganz.

Aber die Hündin spitzte die Ohren, dann fing sie an zu rennen und T. J. Richtung Weide zu ziehen. Schwanzwedelnd lief sie auf Twilight zu, und die beiden beschnüffelten sich gegenseitig an der Nase.

»Wow!«, sagte Merry. »Man könnte meinen, dass Amber in ihrem früheren Leben ein Farmhund war. Sehen Sie das?«

Ja, er sah es. Die Hündin liebte Pferde, daran gab es keinen Zweifel.

»Ich wusste, es gab einen Grund, warum ich sie zu Ihnen gebracht habe. Sie wird hier sehr glücklich sein.« Merry seufzte befriedigt und stützte die Ellbogen auf den Zaun.

T. J.s Blick wanderte zu ihrem Hintern hinunter, der hübsch in eine abgeschnittene Jeans verpackt war. Und Himmel, ihre Beine! Meilen zarter Haut.

Er schloss die Augen. Er musste sich unbedingt in den Griff bekommen. Den nächsten Monat musste er fünf Tage pro Woche mit dieser Frau zusammenarbeiten, und wenn er weiterhin so scharf auf sie war, würde das eine einzige Qual werden.

Auf gar keinen Fall würde er sich mit einer rechthaberischen, auf Krawall gebürsteten Schnepfe, die wie eine rosa gekleidete Barbie-Puppe daherkam, einlassen, und genau das war sie nun mal. Er war vor Kurzem dreißig geworden, und es war wichtiger denn je, nach einer Frau Ausschau zu halten, mit der er sein Leben verbringen wollte, einer Frau, die hier mit ihm leben, eine Familie gründen, vielleicht noch ein paar Pferde mehr anschaffen wollte.

Alles an Merry Atwater schrie Herzensbrecherin, von ihren rot bemalten Fingernägeln bis zu ihren rosa, juwelenbekränzten Flipflops.

Merry strich Twilight über die Stirn, und die Stute stieß ihr Gesicht in Merrys Hand, um kräftig gestreichelt zu werden. Merry berührte sie ehrfürchtig, als hätte sie schon lange auf solch eine Gelegenheit gewartet. Sie ließ die Hand nach oben zu Twilights Ohren wandern, und die Stute nickte zustimmend.

Zu sehen, wie sich Merry mit seinem Pferd anfreundete, machte ihre Anziehungskraft nicht unbedingt geringer. Ganz im Gegenteil. Er musste sich auf die Zunge beißen, um nicht vorzuschlagen, dass sie mit Tango und Twiligt einen Ausritt machten. Das wäre eine absolute blöde Idee.

Während Merry Twilight streichelte, streckte Amber den Kopf durch den Zaun und freundete sich mit Peaches an, der kleinen Stute, die Noah ritt.

Als Merry sich zu T. J. umwandte, war ihr Blick sanft und liebevoll. »Sieht aus, als könnte sie sich hier ganz wie zu Hause fühlen, nicht wahr?«

Sie lächelte, und sein Herz fing an zu klopfen. Ja, wie es aussah, würde das auch auf Merry zutreffen.

Merry wachte am Sonntagmorgen vom Schrillen ihres Weckers auf. Draußen war es noch dunkel. Sie vergrub das Gesicht im Kissen, dann tastete sie nach der Nachttischlampe und knipste sie an.

Sonntagmorgen bedeutete, dass sie wieder zur Arbeit musste. Das war nach vier freien Tagen immer eine brutale Umstellung, auch wenn sie ihren Dienstplan für nichts in der Welt hätte ändern wollen. Er passte perfekt zu ihren Lebensgewohnheiten.

Ralph, Chip und Salsa rückten näher an sie heran, um sich ihre morgendlichen Streicheleinheiten abzuholen. Träge fragte sie sich, wie es Amber wohl an ihrem ersten Morgen bei T. J. gehen mochte. Kurz stellte sie sich vor, wie sich die beiden im Bett aneinanderkuschelten, und kicherte in ihr Kissen.

Vermutlich hatte Amber in ihrem Käfig geschlafen. Was in Ordnung war.

Er hatte ihr versprochen, sie anzurufen, falls es irgendwelche Probleme geben sollte, und da er das nicht getan hatte, nahm sie an, dass alles gut lief. Er mochte zwar den Abweisenden spielen, aber er würde sich gut um Amber kümmern. Sie hatte genug von seinem Herzen sehen können, um sich sicher zu sein.

Die nächste Stunde verging wie im Flug. Sie ging mit den Hunden Gassi, duschte, frühstückte und machte sich dann auf den Weg ins Dogwood Hospital, wo um sieben ihre Schicht begann. Die Sonntage hielten immer Überraschungen für sie bereit, da viele ihrer Patienten während ihrer vier freien Tage entlassen worden waren.

An diesem Morgen war nur noch ein bekanntes Gesicht da: der kleine Jayden, nach wie vor im Heroinentzug. Vermutlich würde das Baby noch einige Wochen in ihrer Obhut bleiben, während es von seiner Drogenabhängigkeit entwöhnt wurde, vorausgesetzt, es gab keine Komplikationen bei seiner Genesung.

Merry stand in seinem Zimmer, die Hände in den Taschen ihres Krankenhauskittels vergraben. Meine Güte, es zerriss ihr schier das Herz. Als sie ihn berührte, sah er aus seinen großen braunen Augen zu ihr hinauf.

»Na, du.« Sie lächelte ihn an. Alles in ihr sehnte sich danach, ihn hochzuheben, doch sie lenkte sich damit ab, dass sie seinen Puls und Blutdruck überprüfte. An diesem Morgen war sein Entzugspunktwert zehn, eine leichte Verbesserung zu den Werten der letzten Woche.

Hinter ihr wurde die Tür geöffnet, und Lavinia Thomas, Jaydens Pflegemutter, trat ins Zimmer. Sie trug ein cremefarbenes Kostüm, das ihre dunkle Haut betonte.

»Hallo«, sagte sie und trat neben Merry an das Kinderbett. »Ich bin nur vorbeigekommen, um vor der Arbeit noch ein bisschen Zeit mit ihm zu verbringen. Wie geht es ihm heute?«

»Im Wesentlichen unverändert. Er hat in der Nacht viel geweint, aber frühmorgens scheint es ihm immer recht gut zu gehen.«

»Ach, mein armer Engel.« Lavinia hob ihn hoch und drückte ihn an die Brust. »Es bricht mir das Herz, dass ich ihn nicht mit nach Hause nehmen kann.«

Merry schluckte den Kloß in ihrer Kehle hinunter. »Er spricht gut auf das Methadon an. Wenn alles gut geht, kann er schon Ende des Monats bei Ihnen zu Hause sein.«

»Hörst du das, Jayden?« Lavinia schob die Schläuche zurecht, die aus der Windeldecke des Kleinen herausragten, und setzte sich mit ihm in den Schaukelstuhl. Sanft schaukelte sie vor und zurück, und schon bald fielen ihm die Augen zu.

»Ich komme so in einer Stunde noch mal vorbei. Sind Sie dann noch hier?«, fragte Merry.

»Wahrscheinlich nicht. Ich schaue im Schwesternzimmer vorbei, bevor ich gehe.«

Merry nickte und trat in den Flur. In ihren Augen standen Tränen. *Was zum Teufel soll das?* Jayden würde es gut gehen. Sein Leiden war nur vorübergehend. Er würde zu Lavinia und ihrem Mann nach Hause kommen und geliebt und umsorgt werden, bis … bis was?

Bis seine Junkie-Mutter einen Urintest bestand und ihren Sohn zurückverlangte?

Merry wusste so gut wie alle anderen, dass das Leben nicht immer fair war, wenn es darum ging, wen man als Eltern bekam. Aber aus ihr war auch etwas geworden, und bei Jayden würde es hoffentlich genauso sein.

Allmählich ging der Vormittag in den Nachmittag über. Sie kümmerte sich um einen Neuzugang und zwei Entlassungen, und während der ganzen Zeit schrie Jayden, weil sein armer kleiner Körper den Schmerz des Entzugs durchstehen musste.

So etwas sollte kein Kind erleiden müssen. Sie sah so viel Leid und Schmerz, erlebte täglich so viel Schlimmes. Es machte ihr schwer zu schaffen, miterleben zu müssen, wie ein Baby unter etwas derart Vermeidbarem litt. Sein Schmerz war zu hundert Prozent eine Folge der falschen Entscheidungen seiner Mutter.

Kurz nach fünf ging sie, um nach ihm zu sehen. Jessie, ihre Krankenpflegehelferin, hatte ihn vor einiger Zeit gefüttert und gesagt, dass er endlich eingeschlafen war. Außer dem gleichmäßigen Piepsen seines Herzmonitors war es still im Zimmer.

Sie beugte sich über das Bettchen, um die Anzeigewerte zu überprüfen. Er lag mit offenen Augen da und starrte zu ihr hinauf.

»Oh, hallo, Schätzchen.« Merry strich ihm über die Wange.

Er zuckte.

»Ich wollte nur mal sehen, wie es dir geht«, sagte sie in sanftem und beruhigendem Ton.

Wieder zuckte Jaydens Gesicht.

Und noch einmal.

Sie hielt inne und beobachtete ihn genauer. Das war kein Gesichtszucken.

Jayden hatte einen Krampfanfall.

Merry kam erst um acht aus der Arbeit. Erschöpft schlurfte sie nach Hause. Jaydens Krampfanfall mitzuerleben, hatte sie arg mitgenommen. Bei einem Neugeborenen lief ein Krampfanfall sehr viel subtiler ab als bei Kindern oder bei Erwachsenen, war aber genauso ernst. Jetzt stand eine weitere Hürde zwischen ihm und seiner Genesung, ein weiterer Rückschlag, den er überwinden musste, bevor er nach Hause konnte.

Sie nahm Ralph in die Arme und hielt ihn fest, bis der Schmerz in ihrer Brust nachließ.

Morgen begann T. J.s Camp, aber so kurzfristig hatte sie niemanden auftreiben können, der sie vertrat, also würden sie und ihre Hunde erst am Dienstag zu Camp Blue Sky dazustoßen.

Das Camp dauerte vier Wochen, bis Mitte Juli. In der Zeit würde sie montags und dienstags eine halbe Schicht arbeiten, und für die verbleibenden Stunden Urlaub nehmen. Der Rest der Woche war sowieso ihre freie Zeit.

An diesem Abend aß sie, fütterte die Hunde, ging mit ihnen spazieren und fiel um halb zehn todmüde ins Bett. Die Nacht davor hatte sie unruhig geschlafen, und jetzt brauchte sie dringend eine Nacht mit viel Schlaf, um die morgige Zwölf-Stunden-Schicht zu überstehen.

Sie bekam schon kaum mehr mit, wie ihr Kopf auf das Kissen sank.

Einige Zeit später wurde sie davon aus dem Schlaf gerissen, dass ihr Handy fröhlich auf dem Nachttisch sang.

Leise fluchend schaute sie auf die Uhr: 23:55 Uhr.

Wehe, da war nicht mindestens jemand gestorben! Sie mitten in der Nacht aufzuwecken, wenn sie am nächsten Morgen arbeiten musste! Die Nummer im Display sagte ihr nichts, auf jeden Fall war es aber ein Ortsgespräch.

»Hallo«, meldete sie sich mit kratziger Stimme.

»Merry, ich bin es, T. J.«

»T. J.?« In ihrem noch schläfrigen Gehirn formte sich ein Bild von T. J. im Bett, bekleidet nur mit Boxershorts, in der Hand das Telefon. Sie lächelte in ihr Kissen hinein.

»Amber ist weggelaufen. Sie ist in den Wald hinter meinem Haus gerannt, und ich kann sie nicht finden.«

Schlagartig war Merry hellwach.

T. J. kam sich völlig inkompetent vor, weil er Merry anrufen und ihr sagen musste, dass er ihren Hund verloren hatte. Jetzt stand sie in seinem Wohnzimmer, ihr Haar ein wilder Lockenschopf, ihr Gesicht ohne Make-up, die Augen noch ein wenig verschlafen, nachdem sein Anruf sie aus dem Tiefschlaf gerissen hatte.

Sie trug eine graue Yogahose und ein rosa Tanktop, ohne BH, wenn die Brustwarzen, die in seine Richtung zeigten, ihn nicht täuschten. Sie war so verdammt sexy, dass er schon einen Ständer bekam, wenn er sie nur sah.

»Wie lange ist es her, seit sie weggelaufen ist?«, fragte Merry und verschränkte die Arme vor der Brust, als wäre ihr das Fehlen ihrer Unterwäsche gerade erst bewusst geworden.

»Etwa eine Stunde. Ich habe erst eine Zeit lang nach ihr gesucht, bevor ich Sie angerufen habe.«

Merry nickte. Sie trat ganz geschäftsmäßig auf, trotz ihrem verschlafenen Äußeren. »Okay, das ist nicht lange, vielleicht ist sie noch in der Nähe. Haben Sie eine Taschenlampe? Wie sieht es mit Würstchen oder irgendwas anderem Leckerem, gut Riechendem aus? Ich habe Hundekekse mitgebracht, aber ein Würstchen wäre besser.«

»Ich habe noch Brathähnchenreste übrig. Und eine Taschenlampe habe ich auch.«

»Perfekt. Nehmen Sie beides mit. Hat sie ihr Halsband um?«

»Nein.« Er sah ihr in die Augen, in Erwartung der unvermeidlichen Standpauke, aber bis jetzt war Merry ganz sachlich geblieben. »Sie ist aus dem Halsband rausgeschlüpft, als ich vor dem Zubettgehen mit ihr spazieren gegangen bin.«

»Okay. Dann nehmen wir es mit und legen es ihr an, wenn wir sie finden.« Merry knabberte an ihrer Unterlippe herum. »Hätte ich ihr doch bloß einen Chip anbringen lassen, als ich Mittwoch bei Dr. Johnson war. Ich lasse neue Hunde immer mit einem Chip versehen, aber *TBR* hatte nicht mehr viel Geld, und ich hatte gehofft, eine andere Rettungsorganisation würde sie nehmen.«

T. J. konnte es kaum fassen. Er hatte den Hund verloren, und sie machte sich Vorwürfe? »Schauen Sie, es tut mir leid, dass ich nicht aufgepasst habe und sie weggelaufen ist.«

Merry schüttelte den Kopf. »Amber war eine Streunerin. Sie ist nervös. So was passiert, sogar häufiger, als Sie sich vorstellen können. Versuchen wir, sie zu finden, okay?«

Nun, damit hatte er mit Sicherheit nicht gerechnet. Er hatte sich ganz auf eine Standpauke eingerichtet, aber so war es ihm natürlich lieber. Er ging zum Kühlschrank, um den Rest Brathähnchen herauszuholen, dann holte er die Starklicht-Taschenlampe, die er für Nachteinsätze brauchte, aus seiner Arzttasche.

Merry stand an der Tür und wirkte ein wenig verloren. Sie folgte ihm in die feuchte Nacht, die vom Summen der Insekten erfüllt war und vom Quaken der Frösche, das vom Teich auf der Rückseite von T. J.s Grundstück kam.

»Schwierig ist, dass sie noch nicht mal auf ihren Namen hört«, sagte Merry grübelnd, als sie auf den Wald zugingen.

»Viel schlimmer könnte es kaum sein, nehme ich an.«

Sie lachte bitter auf. »Ach, sagen Sie das nicht. Es könnte immer schlimmer sein. Zumindest ist sie gesund, und das Wetter ist gut, nicht wahr?«

»Stimmt.« Zweige knirschten unter seinen Stiefeln, und er warf einen Blick auf Merrys rosa Flipflops. Verdammt, rosa Püppchen! Besaß sie denn keine geschlossenen Schuhe? Für eine nächtliche Suche im Wald hätte sie kein schlechteres Schuhwerk anziehen können.

Sie gingen weiter und riefen von Zeit zu Zeit Ambers Namen. Merry nahm T. J. die Tüte mit dem Brathähnchen aus der Hand und schwang sie durch die Luft, um Amber mit dem Geruch nach saftigem Fleisch anzulocken.

Das war das Brathähnchen seiner Mutter, und es roch verdammt gut. Sein Magen knurrte.

T. J. leuchtete mit der Taschenlampe nach links und rechts, in der Hoffnung, Ambers Augen würden ihnen in der Dunkelheit entgegenleuchten.

Nach fünfzehn Minuten hatten sie zwei Rehe und einen Waschbär aufgescheucht, aber von Amber war nichts zu sehen. Merry stolperte über einen heruntergefallenen Ast und hielt sich fluchend den rechten Knöchel.

»Alles okay?«, fragte er und richtete die Taschenlampe auf sie.

»Blöde Flipflops.« Sie rieb sich den Knöchel und humpelte weiter. »Wenn ich das nächste Mal mitten in der Nacht halb angezogen aus dem Haus stürme, könnten Sie mich dann daran erinnern, dass ich zumindest Halbschuhe anziehe?«

»Dann besitzen Sie also Halbschuhe?«

Sie starrte ihn genervt an. »Natürlich besitze ich Halbschuhe.«

Er bot ihr seinen Ellbogen an, aber sie schob ihn weg und humpelte weiter neben ihm her.

»Vergessen Sie nicht, Ihre Halbschuhe beim Camp zu tragen.«

Sie zeigte ihm den Mittelfinger. »Ich bin keine Vollidiotin.«

T. J. ließ den Strahl der Taschenlampe herumwandern, und dieser traf auf ein Augenpaar, das aus der Dunkelheit herausleuchtete.

Merry rückte näher an ihn heran. »Das ist ganz schön unheimlich.« Sie räusperte sich. »Amber?«

Die Augen bewegten sich nicht. Es war unmöglich zu erkennen, was noch zu diesen Augen gehörte, aber sie schienen auf der richtigen Höhe zu sein, um zu der gesuchten Hündin zu passen.

»Hallo, Mädchen«, sagte T. J. in seinem freundlichsten Ton.

»Hungrig?« Merry wedelte mit der Brathähnchentüte in Richtung des Tiers. »Hoffentlich locke ich nicht gerade mit Brathähnchen einen Bären an.«

»Ein Bär ist das nicht. Aber es könnte ein Kojote sein.«

»Oh, ein Kojote ist ja auch so viel besser.« Merry trat einen Schritt zurück, und ihre weichen Locken glitten über seinen Arm. Sie roch leicht fruchtig, wie nach frischen Beeren. »Amber?«

Die Augen bewegten sich langsam auf sie zu. Merry presste sich gegen ihn, und er legte ihr die Hand auf die Schulter. Er hätte seine Schrotflinte mitnehmen sollen, für den unwahrscheinlichen Fall, dass sie tatsächlich auf einen Kojoten stießen.

»Meine Güte.« Sie drehte sich um und packte ihn am Arm.

Das Tier wurde schneller, sprang auf sie zu, zwei Augen inmitten von Finsternis.

Er zog Merry näher an sich.

»Haben Sie dieses Hundespray dabei?«

7

Merry widerstand – wenn auch nur knapp – dem Bedürfnis, sich T. J. in die Arme zu werfen. »Das ist in meinem Wagen.«

Sie ging nie, *nie* ohne ihr Zitronengrasspray aus dem Haus, und doch stand sie jetzt, mitten in der Nacht, mit leeren Händen hier im Wald, und irgendein blödes Vieh kam auf sie zugerannt.

T. J. hielt den Strahl der Taschenlampe auf das funkelnde Augenpaar gerichtet, das sich nach wie vor auf sie zubewegte, und dann wurde zu Merrys großer Erleichterung Ambers honigfarbenes Fell zwischen den Bäumen erkennbar.

»Amber!« Merry sank erleichtert auf die Knie, und die Hündin kam herbei und presste die Stirn gegen Merrys Schulter.

»Meine Güte, Süße. Was für ein erfreulicher Anblick.«

Rasch band sie Amber das Halsband um und zog es ein wenig enger, damit die Hündin nicht wieder hinausschlüpfen konnte, wenn T. J. das nächste Mal mit ihr Gassi ging.

»Du hast mir richtig Angst eingejagt.« T. J. klang so erleichtert, wie Merry sich fühlte.

Amber wedelte mit dem Schwanz.

Merry streichelte ihr weiches Fell. »Du willst doch nicht mehr obdachlos sein, oder?«

»In meinem Haus wartet ein warmes Bett auf sie. Dumm ist sie nicht.«

»Nein, das ist sie nicht.« Merry gab ihr ein Stück Brathähnchen. »Hier im Wald ist es nachts gruselig. Was halten Sie davon, wenn wir nach Hause gehen?«

»Klingt gut.« T. J. führte sie zwischen den Bäumen hindurch, bis die Lichter seines Hauses sichtbar wurden.

Merry seufzte innerlich vor Erleichterung. Um sie herum waren die Geräusche unendlich vieler gruseliger Wesen zu hören, die sie lieber gar nicht erst identifizieren wollte. Außer ihrem verstauchten Knöchel hatte sie sich vermutlich auch noch mindestes zwanzig Mückenstiche eingehandelt. Grässlich.

Aber sie hatten Amber gefunden. Jetzt, wo die Hündin sicher an ihrer Seite lief, konnte Merry sich eingestehen, wie viel Angst sie um die arme verlorene Promenadenmischung gehabt hatte. Sie wollte gar nicht erst darüber nachdenken, wie viel Angst Amber allein in diesem unbekannten Wald gehabt haben musste.

T. J. ließ sie ins Haus, und Merry blieb verlegen im Flur stehen. Hier war sie, in seinem Haus, mitten in der Nacht, nur mit einem dünnen Tanktop und einer Yogahose bekleidet. Das fühlte sich viel zu leger an in Gegenwart eines Manns, den sie kaum kannte.

»Danke, dass Sie gekommen sind. Ich bin mir nicht sicher, ob sie ohne Sie zurückgekommen wäre.« T. J. stand in der Tür zum Wohnzimmer, die Hände in den Taschen seiner Jeans vergraben.

Wie immer komplett im Cowboyoutfit, bis hinunter zu seinen Stiefeln.

Merry hätte genauso gut in ihrer Unterwäsche dastehen können.

»Gern geschehen.« Sie verschränkte die Arme vor der Brust, denn ihr war deutlich bewusst, dass sie keinen BH trug. *Himmel.*

T. J.s Blick glitt nach unten, und sofort wurden ihre Brustwarzen hart. Ihre Haut lief rot an, und tief unten in ihrem Bauch entfachte sich ein Feuer.

Sein Blick wurde so feurig, dass er sie schier verbrannte. Sie knabberte an ihrer Unterlippe. »Ich sollte, ähm, ich sollte jetzt gehen.«

»Es ist spät«, erwiderte er. Seine raue Stimme versetzte alle ihre erogenen Zonen in Aufruhr.

Sie starrte seine Hände an, diese breiten, schwieligen Finger. Verdammt, wollte sie die gern auf ihrer Haut spüren! Am besten sofort.

»Echt spät.« Sie machte einen Schritt, aber aus Versehen in T. J.s Richtung statt Richtung Tür.

Er schnappte hörbar nach Luft, während er sie mit den Augen verschlang. »Ich dachte, Sie gehen.«

»Dachte ich auch.« Aber verdammt, was soll's. Wenn sie schon mitten in der Nacht in Unterwäsche in seinem Haus stand, konnte sie ihm auch gut und gern einen Gutenachtkuss geben.

Selbstbeherrschung war sowieso noch nie eine ihrer Stärken gewesen.

Er beobachtete sie, ohne sich im Geringsten zu rühren, als wäre er am Boden festgewachsen.

Sie legte die Hände an seine Bizepse und presste die Lippen auf seine. Nur ein rascher Kuss, um die Lage zu sondieren, schließlich mussten sie den nächsten Monat zusammenarbeiten.

Sein Geruch schloss sie ein, füllte ihre Lungen und raubte ihr den Verstand. Sie ließ ihren Mund einen Moment auf seinen warmen, weichen Lippen ruhen, gerade lange genug, dass sie Lust auf mehr bekam. Auf sehr viel mehr.

Sie wollte sich schon zurückziehen und sich verabschieden, als er ihr die Arme um die Taille schlang und sie gegen seinen festen Körper presste. Meine Güte, sie war verloren.

»Was war das?«, flüsterte er an ihren Lippen.

Sie ließ die Arme nach oben gleiten und legte sie ihm um den Hals. »Ein Gutenachtkuss.«

»Und wieso sollten Sie so etwas tun?« Seine Stimme vibrierte durch sie hindurch.

»Weil ich es wollte.« Ihre Körper waren eng aneinandergepresst, und obwohl er ihren Kuss nicht erwidert hatte, wollte er es gern. Den Beweis dafür spürte sie gegen ihren Bauch gedrückt.

»Schlechte Idee«, knurrte er. Noch immer verharrten seine Lippen verführerisch nahe bei ihren.

»Ach ja?« Sie konnte kaum noch atmen. Jeder Nerv in ihr vibrierte, sehnte sich nach seiner Berührung, seinem Kuss. *Mehr*. Mehr von allem.

Ihr Herz raste wie wild.

T. J.s Augen waren glasig vor Lust. Sein Körper zitterte vor Anspannung, seine Arme lagen wie Stahlriemen um ihre Taille. »Ja.«

»Dann schick mich doch nach Hause.« Sie schmiegte sich noch näher an ihn, an seine Erektion, führte ihn in Versuchung, wollte ihn dazu bringen, sie ebenfalls zu küssen. Nur heute Nacht.

Sie musste unbedingt geküsst werden. Sie musste unbedingt *fühlen*.

Er könnte sie fühlen lassen.

Auf einmal presste er die Lippen auf ihre, so überraschend und so fest, dass ihr keine Zeit mehr blieb, Luft zu holen. Sie hörte sich stöhnen, spürte, wie das Verlangen in ihr so rasch unkontrollierbar wurde, dass es ihr fast schon Angst machte.

Plötzlich fühlte sie die Wand in ihrem Rücken, und sie schlang die Beine um seine Taille. Seine Zunge bohrte sich in ihren Mund und begann mit ihrer einen rhythmischen Tanz, dass ihr ein Schauder durch den ganzen Körper lief. Er schob ihre Hüften nach oben und presste sich an sie, bis sie die Augen verdrehte und …

Verdammt, verdammt …

Sie musste den Verstand verloren haben. Ihr Körper brannte, zitterte, erbebte. Er fühlte sich so unglaublich gut an. Er schmeckte nach Sünde, süß und sexy, nach Leder und Cowboystiefeln und …

Verdammt.

Sie brauchte mehr. Sie brauchte alles. Sie musste ihn tief in sich spüren, musste ihn ihren Namen rufen hören, während er sie zum Höhepunkt brachte, während er in ihr kam und …

Verdammt.

Das hier war völlig außer Kontrolle geraten.

»Verdammt.« Die Worte kamen aus T. J.s Mund, nicht aus ihrem. Er hatte ihn von ihrem gelöst und durchbohrte sie jetzt mit seinem Blick. Sein Atem ging stoßweise, und sein Körper war noch immer mit ihrem fest verschmolzen, hart und bereit. Sie spürte jeden zwischen ihre Beine gepressten Zentimeter seines Körpers, vor allem dort, wo sie am meisten für ihn brannte. »Was zum Teufel war *das*?«

Merry lachte. »Wenn du das nicht weißt, bist du noch mehr aus der Übung als ich.«

Er hob sie hoch und setzte sie auf dem Boden ab. Beinahe wäre sie zu seinen Füßen zerflossen, so sehr zitterten ihr die Knie.

»Ernsthaft.« T. J. trat einen Schritt zurück und fuhr sich mit der Hand durch das Haar. »Schlechte Idee.«

Sie biss sich auf die Lippe. »Wieso?«

»Zum einen, weil wir zusammenarbeiten müssen.«

»Na und? Ich bin mir sicher, dass die Anziehungskraft zwischen uns groß genug ist, um für mindestens einen Monat zu reichen.« Sie grinste schelmisch. »Und danach – wen juckt's?«

»Wen juckt's?« Er kniff die Augen zusammen. »Das ist Ihre Haltung zum Thema Beziehung?«

Sie zuckte mit den Schultern. Unter seinem forschenden Blick flaute ihre Erregung rasant ab. »Wieso sollte man sich gegen Anziehungskraft wehren? Am besten wird man sie los, indem man sie einfach auslebt.«

Er starrte sie an, als hätte sie ihm gerade vorgeschlagen, er solle sich in der Dusche einen runterholen. »Einfach ausleben? Das ist, was Sie wollen?«

»Na ja …«

»Ich bin dreißig Jahre alt, Merry. Ich suche nach einer Frau für den Rest meines Lebens, nicht nach einem Quickie im Heu.«

Oha, jetzt kam sie sich aber billig vor, und das machte sie stocksauer. »Ernsthaft? Ein Kuss, und Sie reden vom Heiraten?«

Er vergrub die Hände in den Hosentaschen und schüttelte den Kopf. »Wissen Sie was? Ich glaube, Sie gehen jetzt besser.«

Oh, sie hätte bereits viel früher gehen sollen. Merry war schon froh, dass sie auf dem Weg zur Tür nicht seinen Stiefel an ihrem Hintern spürte.

T. J. streichelte Twilights Mähne. Die Stute schob die Nase in seine Hosentasche, auf der Suche nach Karotten, und bettelte ihn mit großen braunen Augen und butterweichen Lippen an, bis er sich erbarmte.

Die Kinder waren gerade nach ihrem ersten Tag im Camp abgeholt worden. Alles war gut gelaufen. Sehr gut sogar, alles in allem. T. J. freute sich unglaublich über die Begeisterung der Kinder bei ihrer ersten Reitstunde. Sein Camp Blue Sky würde tatsächlich etwas in Bewegung setzen.

Patrick O'Day, ein langjähriger Freund der Familie, war für die Reittherapie zuständig. Pat leitete den Triple T Stall, der nur einige Meilen von der Blue Sky Farm der Jamesons entfernt ein Stück weiter oben an der Straße lag. Bei Triple T wurden seit über zwanzig Jahren Reittherapien mit behinderten Kindern durchgeführt.

Pats Töchter Madison und Savannah würden ihn hier bei Camp Blue Sky unterstützen und den Kindern helfen, die sich nicht allein im Sattel halten konnten. Heute hatten sie die Kinder nacheinander auf Twilight reiten lassen. Der Reitunterricht beinhaltete Gleichgewichtsübungen und andere Aktivitäten, die die Konzentration und Koordination der Kinder förderten.

Nach dem Unterricht, dem Striegeln und ein bisschen Spaß und Spiel in der Scheune hatten sie noch ein Picknick veranstaltet, und dann waren die Kinder abgeholt worden.

Jetzt war nur noch Noah da. Er saß auf einem Stuhl in der Ecke, sein Schopf widerspenstiger Haare fiel ihm in die Stirn, während er auf T. J.s Handy ein Lego-Videospiel spielte.

Er hatte den ganzen Morgen kein Wort gesprochen.

»Hast du Lust, mir mit Amber zu helfen?«, fragte T. J.

»Okay.« Noah sah nicht ein einziges Mal von seinem Spiel hoch.

»Na gut. Ich bringe Twilight auf die Weide, und dann können wir mit Amber spazieren gehen.«

Noah nickte. Mit sozialen Kontakten hatte er sich immer schwergetan. T. J. hoffte, durch das Camp würde er mehr Selbstbewusstsein im Umgang mit Gleichaltrigen entwickeln, vielleicht sogar ein paar neue Freunde finden.

»Bin gleich wieder da«, sagte er zu dem Jungen und führte Twilight aus dem Stall.

Er brachte sie zu der hinteren Weide, wo sie den Rest des Tages gemeinsam mit den anderen Pferden genießen konnte.

Seine Pferde hatten es gut bei ihm: eine weitläufige Weide, viele Schatten spendende Bäume und ein Unterstand, damit sie trocken blieben, wenn es regnete. Oft ließ er sie in diesen warmen Sommermonaten auch über Nacht draußen. Sollten sie ruhig gesellig sein und Gras fressen. Leben, wie Pferde das sollten.

Er hatte nie verstanden, wieso man ein Pferd im Stall ließ, außer das Wetter oder eine Verletzung machten es nötig. Es war unnatürlich für solch ein großes Tier, den ganzen Tag in einer viereckigen Box zu stehen, wo es nicht mit seinen Artgenossen Umgang haben konnte.

Seine Pferde waren alle auf der Blue Sky Farm geboren und aufgewachsen, unter der liebevollen Pflege seiner Eltern. T. J. hatte mitgeholfen, Tango auf die Welt zu bringen, hatte ihn zugeritten und ihn trainiert. Der Wallach war nun schon seit vierzehn Jahren sein ganzer Stolz. Noch nie hatte er ein beherzteres Pferd gehabt. Tango war in jeder Hinsicht perfekt.

Twilight war eigentlich als Zuchtstute vorgesehen gewesen, aber Zysten an den Eierstöcken hatten das unmöglich gemacht. Seine Eltern hatten sie verkaufen wollen, stattdessen hatte T. J. sie zu sich genommen. Er hatte Gesellschaft für Tango gebraucht, außerdem hatte er gedacht, dass er schon bald eine Frau haben würde, die sie ritt. Twilight war inzwischen genesen, aber irgendwann würde sie eventuell operiert werden müssen. T. J. wollte sichergehen, dass sie die beste Pflege bekam, wenn beziehungsweise falls es so weit kommen sollte.

Peaches hatte eine ähnliche Geschichte. Sie war mit Hufrollenerkrankung geschlagen und litt unter chronischem Lahmen der Vorderbeine, verursacht durch Degeneration des Kahnbeins in ihrem Huf. Sie wäre nur schwer zu verkaufen gewesen, und ein gutes Zuhause für sie zu finden, hätte sich sehr schwierig gestaltet.

T. J. hatte sie ohne zu zögern bei sich aufgenommen. Peaches hatte einen großartigen Charakter, und sie liebte es, geritten zu werden, solange sie nicht überfordert wurde. Noah ritt sie, wenn er zu Besuch war, und die Stute genoss jede Minute. Peaches war großartig mit Kindern, verlässlich und ausgeglichen. Solange ihr ihre Beine keine Schwierigkeiten machten, war sie eine unschätzbare Bereicherung für das Camp.

In ein paar Jahren würde man sie vielleicht gar nicht mehr reiten können, aber hier bei ihm würde sie für den Rest ihres Lebens ein Zuhause haben. Dieses Versprechen hatte er ihr gegeben, als er sie hierhergebracht hatte.

Er nahm Twilight das Halfter ab. Sie stupste ihn spielerisch, wieherte und trottete dann zu Tango und Peaches, die unter der großen Eiche am Zaun standen.

Der heutige Tag war gut gelaufen. Morgen würde es deutlich geschäftiger zugehen, sobald Merry und ihre Hunde dazukamen. Er brauchte nur an sie zu denken, schon kochte in ihm eine Mischung aus Lust und Wut hoch. Auf der einen Seite bewunderte er sie maßlos für das, was sie für ihre Hunde tat, und auch für die Arbeit, die sie im Krankenhaus leistete.

Aber letzte Nacht hatte sie eine Grenze überschritten. Verdammt, beide hatten sie das. Er brauchte nur an diesen Kuss zu denken, schon war er wieder erregt. Die Chemie zwischen ihnen war gefährlich. Leicht entflammbar und unerlaubt.

Er brauchte eine Ehefrau, eine Lebenspartnerin, jemanden, der mit ihm diese Farm bewirtschaftete.

Er brauchte keine hitzköpfige, durch die Betten hüpfende, freigeistige Krankenschwester, die ihm ein paar heiße, schweißtreibende Nächte während des Sommercamps versprach.

Nicht, dass er grundsätzlich etwas gegen ein paar Nächte voller schweißtreibendem Sex hätte. Himmel, ihm wurde ja schon heiß, wenn er nur daran dachte, wie er sie im Arm gehalten hatte. Aber Tatsache war nun einmal, dass Merry Atwater nicht der Typ Frau war, den man sonntags mit in die Kirche und anschließend mit zu seinen Eltern zum Brunch nahm. Wozu sollte er also mit jemandem etwas anfangen, mit dem es keine längerfristige Perspektive gab, nur weil er gern mit ihr ins Bett gestiegen wäre?

Trotzdem würde es ein verdammt langer Monat werden, wenn sie jeden Morgen auf die Farm kam.

Er seufzte und ging zurück in die Scheune, wo Noah nach wie vor auf dem Stuhl in der Ecke saß, versunken in ein Videospiel.

»Sollen wir Amber holen?«, fragt T. J.

Noah nickte, reichte T. J. sein Handy und ging neben ihm her zum Haus.

»Hast du Durst? Magst du ein Glas Limonade?«

Wieder nickte Noah.

»Es ist nur das Pulverzeug, keine selbst gemachte wie bei deiner Großmutter.«

Noah trat ins Haus und lief in das Wohnzimmer, um Amber aus ihrem Käfig zu holen. T. J. folgte ihm, weil er seinen Neffen mit der Streunerin nicht allein lassen wollte, egal wie harmlos sie zu sein schien.

Hunde konnten unberechenbar sein, genau wie Menschen, vor allem die, die unter schwierigen Verhältnissen gelebt hatten.

Wieder kam ihm Merry in den Sinn. Hatte es in ihrer Vergangenheit Probleme gegeben, die sie vor einer ernsthaften Beziehung zurückschrecken ließen? Oder war sie einfach der Typ, der Beziehungen eher als etwas Lockeres sah?

Vermutlich ein bisschen von beidem.

»Wie wäre es denn jetzt mit Limonade?«, fragte T. J. und drängte Junge und Hund Richtung Küche.

Amber wedelte glücklich mit dem Schwanz, während sie neben Noah herlief. Laut Merry war sie noch jung, aber sie strahlte etwas Tieftrauriges aus, das sie eher älter wirken ließ.

Nie rannte sie oder machte Freudensprünge. Noch kein Mal hatte er sie mit einem Spielzeug spielen sehen. Wobei er – wie ihm erst jetzt auffiel – auch versäumt hatte, ihr eins zu kaufen.

»Vielleicht könnten wir nachher in die Stadt fahren und für Amber ein paar Spielzeuge kaufen. Hättest du Lust?«

Noah nickte. Seine Augen strahlten. »Ich glaube, sie braucht ganz viele.«

»So viele, wie du magst.« T. J. hätte seinem Neffen die Welt versprochen, Hauptsache, der Junge redete weiter.

Noah blieb den Rest des Tags bei ihm, solange Amy arbeitete. Er hatte organisiert, dass während des Camps ein Kollege eventuelle Notrufe übernahm, und heute hatte er auch keine festen Termine.

Das würde allerdings nicht jeden Tag so sein. Im Sommer war eine Menge los. Viele überhitzte Tiere, Geburten, Verletzungen. Er würde einiges zu tun haben, zumal wenn er alle Termine in den Nachmittag quetschte.

T. J. öffnete den Kühlschrank und nahm die Karaffe mit der Limonade heraus. Er schenkte für Noah und sich je ein Glas ein, und dann setzten sie sich gemeinsam an den Küchentisch. Amber rollte sich zu Füßen des Jungen zusammen.

»Hat dir das Camp heute Morgen Spaß gemacht?« T. J., dessen Kehle ganz ausgedörrt war, trank gierig einen Schluck aus seinem Glas.

»Morgen mit den Hunden wird es mehr Spaß machen«, erwiderte Noah leise.

»Bestimmt. Und turbulenter wird es werden.«

T. J. redete weiter, aber er hatte Noah verloren. Die Augen des Jungen waren – wie so oft – wieder glasig, der Blick ins

Leere gerichtet. Er saß mit angezogenen Knien da und zupfte an den Ärmeln seines T-Shirts herum. Ein Faden löste sich, und er zog, die gesamte Konzentration auf diese Aufgabe gerichtet.

T. J. hätte am liebsten seine Hand gepackt und sie festgehalten, um ihn vom nie aufhörenden Zerstörungswerk an seinem T-Shirt abzuhalten.

War es blödsinnig, sich Hoffnung zu machen, dass am Ende des Camps ein Gespräch bei einem Glas Limonade möglich wäre?

Merry holte tief Luft und warf einen Blick über die Schulter auf die drei Hunde auf der Rückbank. Der gestrige Tag war grausam gewesen. Mit nur vier Stunden Schlaf – dank ihres spätabendlichen Rendezvous' mit T. J. – hatte sie einen stressigen Zwölf-Stunden-Tag bewältigen müssen. Und dann hatte Jayden einen weiteren Krampfanfall erlitten. Sie wünschte sich so sehr, dass er nicht mehr derart leiden müsste.

Dass er einfach ein gesundes, zwei Wochen altes Baby sein könnte, das in den Armen seiner Mama schlief. Sie schlug mit der Faust auf das Lenkrad.

Von der Rückbank aus schauten sie drei Gesichter verwirrt und neugierig zugleich an.

»Okay, gehen wir die Sache an.« Sie nahm ihren ganzen Mut zusammen und stieg aus dem Auto. Es erleichterte sie unendlich, dass T. J. nirgendwo zu sehen war. Ihr saß noch immer in den Knochen, wie sie Sonntagnacht von hier geflohen war. Heute ging es allerdings nicht nur darum, ihre Würde zu bewahren, ihr erster Tag im Camp musste auch noch ein voller Erfolg werden.

T. J. sollte unbedingt froh sein, dass er sie engagiert hatte, sollte sie für einen Gewinn für das Camp halten, nicht für jemanden, den er notgedrungen als Ersatz hatte nehmen müssen.

Olivias Prius bog in die Einfahrt. Absolut pünktlich, Gott sei Dank.

Merry öffnete die hintere Wagentür, um die Hunde hinauszulassen. Ralph sprang als Erster heraus, gefolgt von den Welpen, die in einem wilden Knäuel zu Boden fielen. Sofort versuchten sie, Merry den rechten Arm auszurenken, weil sie unbedingt ihre neue Umgebung erkunden mussten.

Olivia kam mit Bosley zu ihnen, und sie ließen die Hunde sich begrüßen.

»Ach, wie goldig, du hast sie schick hergerichtet«, sagte Olivia und betrachtete Salsas heißes rosafarbenes Babydoll-Shirt.

»Das trägt sie, damit sie nicht an ihren Nähten herumknabbert«, erwiderte Merry. »Aber sie sieht so niedlich damit aus, dass ich ihr das während des Camps wahrscheinlich immer anziehen muss.«

»Unbedingt. Was sollen wir jetzt eigentlich machen?«

»Ähm …« Merry richtete den Blick auf das Haus.

Als hätte ihn ihr Blick magisch angezogen, öffnete T. J. die Haustür und trat heraus. Er setzte sich seinen Cowboyhut auf und kam auf sie zu.

Himmel, sah er sexy aus!

Merry kaute auf ihrer Unterlippe herum und mied seinen Blick. Stattdessen konzentrierte sie sich auf die Hunde, die sie noch immer hierhin und dorthin zogen. Salsa schoss auf T. J. zu, wobei sie wie verrückt mit ihrem Schwanz wedelte, und zerrte Merry hinter sich her, die erst nach ein paar Schritten das Gleichgewicht wiederfand.

Außer dass sie in seiner Gegenwart vielleicht nie wieder so richtig ihr Gleichgewicht finden würde. Nicht nachdem sie so blöd gewesen war, ihn zu küssen.

»Merry«, sagte er mit tiefer Stimme und unerträglich formell. Er nickte ihr zu und wandte sich dann ihrer Freundin zu. »Olivia. Brauchen Sie beide noch irgendetwas zur Vorbereitung?«

Merry überwand ihren Stolz und sah ihn an. »Zeigen Sie uns einfach, wo wir hinsollen.«

»In der Scheune habe ich Ventilatoren, wenn Sie drinnen arbeiten wollen, raus aus der Sonne.«

»Das klingt super.« Merry führte ihre kleine Truppe auf die Scheune zu, dankbar, dass sie nicht den ganzen Morgen in der sengenden Sonne stehen musste. T. J. hatte ein blaues Transparent über dem Eingang aufgehängt, auf dem »Camp Blue Sky« stand.

Olivia folgte mit Bosley. »Der Kleine ist richtig goldig. Ich habe ihn über Nacht bei mir behalten, damit ich heute Morgen vor dem Camp nicht noch zu Carla fahren musste. Wenn du mir als Erstes einen Hund wie den hier gegeben hättest, hätte ich vielleicht auch weitere Pflegehunde für dich aufgenommen.«

»Echt? Magst du ihn während des Camps behalten?« Dann könnte sie den älteren Hund bei Carla unterbringen, bevor er in einem Tierheim landete.

Olivia zuckte mit den Schultern. »Für die Dauer des Camps, ja. Aber länger nicht.«

»Einverstanden.« Merry grinste. Dann fiel ihr wieder ein, wie Olivia sie Freitagabend gescholten hatte. »Und danke. Wirklich.«

»Gern geschehen. Wie geht es denn jetzt weiter?«

Merry sah sich in der Scheune um. »Ich habe für jedes Kind einen Hund, plus Ralph. Ich denke, ich demonstriere den Kindern an Ralph, was sie tun müssen, und dann helfen wir ihnen beim Üben mit ihrem jeweiligen Hund.«

Olivia nickte. »Klingt gut.«

T. J. tauchte mit Amber im Eingang der Scheune auf.

»Hallo!« Merry grinste die Hündin an, die sofort mit dem Schwanz zu wedeln begann. »Kann ich Ihren Schlauch benutzen, um die Wassernäpfe zu füllen?«, fragte Merry T. J.

T. J. warf einen Blick auf die beiden großen Näpfe, die Merry auf den Boden gestellt hatte, und nickte. Er ging nach draußen, kam kurz darauf mit dem Schlauch zurück und füllte die Näpfe für sie.

»Danke.«

»Gern geschehen.« Er bedachte sie mit einem ungezwungenen Lächeln, das nicht die kleinste Spur von dem verzweifelten Hunger enthielt, den er sie vorgestern Abend hatte sehen lassen, als er sie gegen die Wand im Flur gepresst und sie geküsst hatte, dass ihr Hören und Sehen vergangen war.

Nun, dieses Spiel beherrschte sie ebenfalls. Sie schenkte ihm ihr kühlstes, höflichstes Lächeln. »Ich denke, dass wir als Erstes, wenn die Kinder kommen, jedem einen Hund zuteilen. Haben Sie dazu irgendwelche Vorschläge?«

»Wir haben ein Mädchen mit zerebraler Kinderlähmung dabei, das im Rollstuhl sitzt. Vermutlich ist sie mit Bosley am besten bedient, er scheint ruhiger zu sein als die Welpen. Nicht, dass sie noch aus dem Rollstuhl gezerrt wird.«

Merry nickte. »Einverstanden.«

Stirnrunzelnd betrachtete er Salsa. »Wieso hat dieser Welpe was an?«

»Damit ihre Naht bedeckt ist.«

Voller Abscheu betrachtete er das rosa Hemdchen. »Na ja, Jules, das Mädchen mit Downsyndrom, würde vermutlich ein rosa gekleidetes Hündchen mögen.«

»Okay.«

»Bleibt noch Parker, der Junge mit Wahrnehmungsverarbeitungsstörung.«

»Der arbeitet dann mit Chip. Na also, war doch ganz einfach.« Sie achtete darauf, dass die Hunde vor ihr blieben, zwischen T. J. und ihr. Sie waren ein notwendiger Puffer, bis sie ihm gegenüber wieder unbefangener sein konnte.

»Prima. Sie müssten bald kommen. Bestimmt sind sie schon ganz aufgeregt, weil sie heute mit den Hunden arbeiten dürfen, also fangen wir mit Ihnen an, und ich hole zwischendrin jeweils zwei für ihre Reitstunden nach draußen.«

Ein Mann kam in die Scheune geschlendert, der wie T. J. Wranglerjeans, Stiefel und einen Cowboyhut trug. Sein Bauch übte auf die Nähte seines karierten Hemds eine Menge Druck aus, und sein Gesicht war von unzähligen Falten durchzogen. Er hätte T. J.s Vater sein können, nur dass sie Trace Jameson bereits im Krankenhaus gesehen hatte, und das war nicht dieser Mann gewesen.

»Pat O'Day«, stellte er sich freundlich lächelnd vor und reichte ihr die Hand. »Ich bin für den Reitunterricht zuständig.«

Merry lächelte freundlich zurück und schüttelte ihm die Hand. »Merry Atwater. Ich werde mit den Hunden arbeiten. Das hier ist meine Helferin, Olivia Bennett.«

Zwei Mädchen im College-Alter, beide mit braunem Pferdeschwanz, traten breit lächelnd in die Scheune.

Pat legte ihnen je eine Hand auf die Schulter. »Das sind meine Töchter, Savannah und Madison. Sie helfen mit bei der Reittherapie. Sie arbeiten schon seit Jahren in meinen Camps mit.«

Alle begrüßten sich gegenseitig, und dann ging Pat den Gang hinunter, um Peaches und Twilight zu striegeln.

»Wir helfen Ihnen auch gern mit den Hunden, falls Sie noch Unterstützung brauchen«, sagte Savannah. Sie kniete sich hin, um mit den Welpen zu spielen.

»Das wäre klasse«, erwiderte Merry.

»Sind die goldig!« Madison streichelte Bosley, dann ging sie ihrem Vater hinterher, um ihm bei der Vorbereitung der Pferde zu helfen.

Fünfzehn Minuten später war die Scheune voller Kinder und Hunde.

Jules klatschte begeistert in die Hände, als Merry ihr Salsa vorstellte. »Ist der hübsch! Mein Hund ist der hübscheste! Ich *liebe* rosa.«

Bosley hechelte glücklich neben Lucys Rollstuhl. Der liebenswürdige Hund war besonders sanft mit ihr umgegangen, damit sie nicht das Gleichgewicht verlor, wenn sie seine Leine hielt.

Noah und Amber saßen zusammen in der Ecke, weitab von Lärm und Chaos. Noah flüsterte ihr etwas ins Ohr, und Ambers Schwanz klopfte gleichmäßig auf den Boden. Merry tat das Herz bei seinem Anblick weh. Sie hoffte so sehr, dass er bis zum Ende des Camps hier bei den anderen Kindern sein würde.

Parker und Chip waren das einzige Paar, das nicht glücklich miteinander war. Chip war wie üblich sehr überschwänglich, sprang und hüpfte herum und riss dem armen Jungen fast den Arm aus.

»Hilfe!«, brüllte er. »Der ist zu stark! Ah!«

»Oje.« Merry reichte Ralphs Leine an Olivia weiter und eilte zu Parker, um ihm Chip abzunehmen. »Schon okay.«

Parker verschränkte die Arme vor der Brust. »Ich mag den Hund nicht. Er ist nicht nett.«

Merry ging in die Hocke und legte die Arme um die Schultern des Welpen. »Er ist sehr nett, das verspreche ich dir. Er ist nur aufgeregt und hat seine guten Manieren vergessen.«

»Böser Hund. Ich will nach Hause.« Parker rannte aus der Scheune.

T. J. starrte Merry böse an und wandte sich dann zum Eingang, um dem Jungen hinterherzugehen. Sie schüttelte den Kopf. »Lassen Sie mich das machen.«

Der Blick, den T. J. ihr zuwarf, sagte deutlich, wie wenig ihm das gefiel, aber er blieb in der Scheune, während sie mit Chip an der Seite nach draußen in die Sonne lief. Hinter sich hörte sie Olivia den verbliebenen Kindern erklären, wie man einen Hund richtig streichelte.

Ein Segen, dass sie dabei war.

Parker stand in der Auffahrt und wirbelte mit seinen Turnschuhen Kieselsteine auf. »Wann kommt meine Mom? Ich will nach Hause.«

»Ich könnte sie für dich anrufen, wenn du das willst. Aber hör mir erst mal zu.«

»Ich mag diesen Hund nicht.« Parker schaute Chip so ähnlich an, wie T. J. das beim ersten Mal mit Amber gemacht hatte.

»Ich sehe, dass du wütend bist. Da war gerade eine Menge los in der Scheune, viel Lärm und Aufregung. In solch einer Situation ist man schnell frustriert.«

Parker bohrte die Spitze seines Turnschuhs in den Kies. »Kann sein.«

»Tja, ob du es mir glaubst oder nicht, Chip geht es genauso. Er ist noch ein Welpe. Er weiß sich noch nicht zu benehmen. Er war da drinnen überfordert und hat sich schlecht benommen.«

Parker richtete den Blick wieder auf den jungen Hund. »Ja, das mache ich auch oft. Deshalb muss in auch zur Therapie gehen und dieses blöde Camp machen.«

»Oh, das ist nicht blöd.« Merry lächelte ihn schief an. »Du hast eine wichtige Aufgabe. Ihr vier werdet mir helfen, diese Hunde so gut zu erziehen, dass sie adoptiert werden können.

Solange Chip so ein ungehorsamer kleiner Unhold ist, können wir ihn kaum zur Adoption zulassen, nicht wahr?«

»Na ja.« Parker trat wieder auf den Kies ein. »Vermutlich nicht. Er muss wirklich ein paar Manieren lernen. Er war da drinnen nicht nett zu mir.«

»Nein«, gab Merry ihm recht. »Das war er nicht.«

Der Welpe saß da und starrte sie mit auf die Seite gelegtem Kopf an.

»Böser Hund«, sagte Parker erneut mit fester Stimme zu ihm.

»Er schaut, als täte es ihm leid, nicht wahr?«, sagte Merry.

»Kann sein.«

»Hier draußen, wo es still ist, ist er deutlich ruhiger. Mir geht es genauso. Und dir?« Aus ihrer Arbeit wusste sie ein paar grundlegende Dinge über Wahrnehmungsverarbeitungsstörung. Sie beeinträchtigte die Fähigkeit der Kinder, sensorische Eindrücke richtig einzuordnen. Reize wie Lärm, die Berührung bestimmter Oberflächen oder unbekannte Geschmacksvarianten konnten die Kinder überfordern und sie aufwühlen und wütend machen.

»Ja, es war ziemlich verrückt da drin«, stimmte Parker ihr zu.

»Ich mache dir folgenden Vorschlag: Chip darf eine Zeit lang nicht mit dir arbeiten, weil er unartig war. Ich führe ihn selbst durch die Lektion. Stattdessen arbeitest du mit Ralph. Er ist mein Hund, und er ist etwas ganz Besonderes. Was meinst du?«

»Na gut.« Er trat kräftig auf den Kies ein.

»Und wenn du dich bereit fühlst, sagst du mir Bescheid, und dann versuchst du es noch mal mit Chip. Ich brauche wirklich deine Hilfe, um ihm Manieren beizubringen.«

»Vielleicht.«

Vielleicht war nicht gut genug. Um sich ihren Stolz zu bewahren – und um die zweite Hälfte seiner Spende zu bekommen –, musste T. J. rundherum glücklich sein, dass er sie engagiert hatte. Sie konnte sich nur selbst die Daumen drücken und hoffen, dass es ihr gelang, vor Ablauf des Vormittags wieder etwas wettzumachen.

8

Genau das hatte T. J. befürchtet. Es waren noch keine dreißig Minuten vergangen, und schon war Parker nach draußen gerannt. Inzwischen hatte er Merry bestimmt gebeten, seine Mom anzurufen. Gestern hatten sie es bis zum Mittagessen, eine Stunde vor Ende des Camps geschafft, bis Parker die Nerven verloren und nach Hause gewollt hatte. Seine Mutter hatte sie gewarnt, dass das passieren könnte, aber es sollte nicht jeden Tag passieren.

Und jetzt war Merry ihm hinterhergegangen und hatte die Campkinder unter der zweifelhaften Leitung der Kellnerin Olivia zurückgelassen. Klasse. Geradezu fantastisch.

Es war unglaublich wichtig für die Kinder, dass ihre erste Erfahrung mit den Hunden eine gute war. Es sollte ihnen Spaß machen und sie bestätigen. Die Eltern sollten beeindruckt und zufrieden mit seinem Camp sein. Merry und ihr Anhang hatten keinen guten Start hingelegt.

Er stellte sich in die Nähe seines Neffen, der sich nach wie vor mit Amber in der Ecke versteckte. Noah flüsterte der Hündin etwas ins Ohr, und sie rollte sich auf den Rücken, damit er ihr den Bauch kraulen konnte. Ihr Schwanz wischte über den staubigen Boden.

Olivia stand mit Ralph vor den Kindern. »So, wer möchte Merry beeindrucken, wenn sie zurückkommt, und ihr zeigen, wie man einen Hund dazu bringt, dass er sitzt?«

Lucy hob die Hand. »Ich.«

»Ich auch! Ich auch!« Jules wippte auf den Fersen auf und

ab. Salsa hüpfte in ihrem lächerlichen rosa Hemd neben ihr ebenfalls auf und ab.

Olivia richtete den Blick auf Noah. »Du auch, Noah?«

Der Junge nickte eifrig.

»Okay, fangen wir an.« Sie ging herum, gab jedem Kind eine Handvoll Hundekekse und zeigte ihnen, wie sie sie fest in die Hand nehmen und diese weit genug nach oben halten mussten, damit die gierigen Hunde ihre Belohnung nicht vorzeitig stahlen.

Salsa, Bosley und Amber schnüffelten und wedelten aufgeregt mit dem Schwanz.

»Und so müsst ihr das machen«, sagte Olivia. »Ihr nehmt einen Keks in die rechte Hand, so wie ich jetzt.« Sie hielt einen Keks in die Höhe, zwischen Daumen und Zeigefinger. Ralphs Hintern plumpste auf den Boden. Olivia lachte. »Du bist zu gut, Ralph. Bleib stehen, bis ich dir sage, du sollst dich setzen.«

Sie trat einen Schritt zurück, und der Hund erhob sich, um ihr zu folgen. »Haltet den Keks hoch über den Kopf eures Hundes und sagt: ›Sitz‹. So wie ich.«

Sie hielt einen Keks über Ralphs Nase, gab ihm den Befehl, und er setzte sich. »Braver Hund.«

Die Kinder klatschten.

Olivia machte eine kleine Verbeugung und grinste von einem Ohr zum anderen. »Danke. Jetzt seid ihr dran. Nehmt einen Keks, haltet ihn hoch und sagt mit fester Stimme: ›Sitz‹. Sobald der Hund sitzt, belohnt ihr ihn mit Worten und mit einem Keks, okay?«

Drei Köpfe nickten. T. J. rieb sich das Kinn. Er wusste, dass Amber den Befehl nicht kannte, denn er hatte es selbst ein paarmal erfolglos versucht. Er wollte nicht, dass Noah gleich am ersten Tag enttäuscht wurde.

Lucy hielt einen Keks hoch und sah Bosley an. »Sitz.«

Bosley setzte sich, und wieder klatschten alle.

»Was für ein braver Hund! Du bist so ein braver Hund!« Das Mädchen streichelte Bosleys Nacken und strahlte vor Stolz. Sobald Bosley aufstand, wiederholte sie den Trick.

Noah, der immer noch in der Ecke hockte, stand auf. Er schaute auf Amber hinunter und hielt einen Keks hoch. »Sitz«, sagte er mit seinem dünnen Stimmchen.

Er bewegte den Keks über ihrem Kopf, genau wie Olivia das bei Ralph getan hatte, aber Amber wich nach hinten zurück, um den Keks einzufordern. Noah schüttelte den Kopf. »Nein, Amber.«

Sie ließ den Kopf hängen.

T. J. trat näher. Er war sich nicht sicher, ob er eingreifen sollte.

»Oh, oh!«, sagte Jules laut. »Oh, oh!«

T. J. richtete den Blick auf sie und sah, dass Salsa an Jules hochgesprungen war, die Füße gegen ihre Beine gestemmt hatte und ihr gerade den letzten Keks aus der Hand stahl. Diese Welpen waren ein Problem. Er hätte ihnen niemals zustimmen sollen.

»Lass uns doch einen Moment tauschen, dann kannst du mit Ralph üben«, schlug Olivia vor.

Jules nickte. »Okay.«

Olivia reichte ihr Ralphs Leine und einen neuen Vorrat an Keksen, und innerhalb von Sekunden hatte sie Ralph zum Sitzen gebracht.

Jules strahlte vor Stolz. »Ich hab's geschafft! Ich hab's geschafft!«

Alle applaudierten ihr. Auch Jules selbst klatschte voller Begeisterung in die Hände.

T. J. konnte sich das Lächeln nicht verkneifen. Das war wirklich faszinierend.

»Ich auch«, kam eine leise Stimme aus der Ecke.

Alle richteten den Blick auf Noah. Er sah Amber an und sagte mit lauter, deutlicher Stimme: »Sitz.«

Er hielt den Keks über ihren Kopf, und nach kurzem Zögern setzte sie sich.

Ist das zu fassen? T. J. hatte einen Kloß in der Kehle. »Wow, Noah. Das war super.«

Wieder dröhnte Applaus durch die Scheune.

Noah strahlte. Amber wedelte begeistert mit dem Schwanz. T. J. musste das Bedürfnis niederkämpfen, den Jungen kräftig zu umarmen.

»Wahnsinn!« Olivia kam zu ihm und klatschte ihn ab. »Toll gemacht!«

Parker kam in die Scheune gestürmt und blieb erstaunt stehen. Hinter ihm folgte Merry mit Chip an der Leine. Sie sah T. J. an und hielt einen Daumen hoch.

Hatte sie den Jungen tatsächlich überredet zu bleiben?

»Okay, Kinder, sind wir so weit, dass wir Merry und Parker unseren neuesten Trick zeigen können?«, fragte Olivia in ihrem singenden Tonfall.

»Was für einen Trick?« Merry sah ihre Freundin mit gerunzelter Stirn an.

»Jules, fang du doch an«, sagte Olivia.

»Au ja, ich bin die Erste!« Jules hielt einen Keks hoch. »Sitz!«

Ralphs Hintern fiel hinunter, genau wie Merrys Kinnlade. T. J. musste sich das Lachen verkneifen.

»Ja!« Jules klatschte und verfütterte ihre restlichen Kekse an Ralph.

»Okay, Lucy, du bist dran«, sagte Olivia.

Lucy brachte Bosley problemlos zum Sitzen, was erneut zu einer Runde Applaus führte.

»Bereit, Noah?«, fragte Olivia.

Merry riss entsetzt die Augen auf. Sie schüttelte den Kopf und fuhr sich mit der Hand vor der Kehle entlang, um ihrer Freundin zu signalisieren, sie solle das nur ja lassen.

Olivia blinzelte ihr zu und lächelte.

Noah ging mit Amber an der Seite in die Mitte der Scheune und hielt einen Keks über ihren Kopf. »Sitz.«

Amber machte einen Schritt nach hinten, und Merry biss sich auf die Unterlippe.

»Sitz«, wiederholte Noah unbeirrt. Erneut hielt er den Keks über ihren Kopf, und sie setzte sich.

»Heiliger …« Merry schlug sich die Hand vor den Mund.

Noah lächelte stolz, und in Merrys Augen glitzerten Tränen. »Schätzchen, das war fantastisch.«

T. J. schlang den Arm um Noahs zarte Schultern und drückte ihn. »Toll gemacht, Junge!«

Denn er wusste, was außer Merry vermutlich keiner hier in der Scheune wusste. Zum einen, dass Amber – anders als die übrigen Hunde – den Befehl vorher nicht gekannt hatte, und zum anderen, dass es schier unfassbar war, dass Noah vor der gesamten Gruppe redete.

Merry sah ihn an und lächelte. Ihre Augen waren noch immer ein wenig feucht. Sie war so verdammt hübsch, und heute auch kein Traum in Rosa. Heute trug sie ein gelbes Top, Jeansshorts und Turnschuhe. Ihr Haar hatte sie zu einem Pferdeschwanz zusammengebunden. Er war ihr noch nicht nahe genug gekommen, um nachzuprüfen, ob sie noch immer nach frischen Beeren roch.

Es war besser für ihn, wenn er nicht wusste, wie sie roch, und wenn er auch sonst nichts von ihr wusste, abgesehen von den Fähigkeiten, die sie für das Camp brauchte.

»Ihr wart ja fleißig, während ich draußen war«, sagte sie. »Ich bin beeindruckt.«

Parker stampfte mit dem Fuß auf. »Und ich? Ich dachte, ich darf mit Ralph arbeiten?«

Jules hielt ihm mit ihrem stets gegenwärtigen Lächeln Ralphs Leine hin. »Du kannst ihn haben. Ich will sowieso meine hübsche Salsa zurück.«

»Danke, Jules«, sagte Merry. Olivia brachte Salsa zu ihr und blieb bei den beiden stehen, um den Welpen zu bändigen, während Jules das Kommando mit ihr übte.

»Sitz«, sagte Parker, und Ralph setzte sich. Der Junge lächelte, und die Anspannung in seinen schmalen Schultern ließ ein wenig nach.

Auch T. J. spürte, wie sich seine Schultern ein winziges bisschen entspannten. Vielleicht würden sie den ersten Tag doch noch überleben.

»Oh, oh!« Jules' Stimme riss ihn aus seinen Gedanken.

Er drehte sich um und sah, dass Chip seine Leine von der Stalltür losgerissen hatte, an der Merry ihn festgebunden hatte, und Salsa vor aller Augen besprang.

Merry wischte sich den Schweiß von der Stirn und hielt T. J.s prüfendem Blick mit erhobenem Kopf stand. Sie hatte den ersten Tag des Sommercamps überlebt.

So eben.

»Ich finde, alles in allem ist es heute recht gut gelaufen«, sagte sie. Die Kinder waren vor ein paar Minuten abgeholt worden, und Olivia war ebenfalls gefahren, weil sie zu ihrer Schicht im Café musste.

Merry war sehr daran gelegen, ihr rasch zu folgen.

»Einiges muss noch besser werden«, sagte er. »Diese beiden jungen Hunde sind ein Problem.«

Sie sah auf die Unruhestifter hinunter, die nach ihrem ereignisreichen Vormittag ungewöhnlich friedlich zu ihren Füßen lagen. »Ich werde zu Hause mit ihnen an ihren Manieren arbeiten, und Olivia und ich werden in der Nähe von Jules und Parker bleiben, wenn sie mit ihnen arbeiten.«

»Und das andere Problem?«

Merrys Wangen liefen rot an. Sie hätte Chip erwürgen können, als er Salsa vor den Kindern besprungen hatte. »Er kommt jetzt einfach in das Alter. Tut mir wirklich leid, dass das passiert ist.«

»Wieso ist er nicht kastriert?«

Weil ich es mir nicht leisten kann. »Das wird er sehr bald.«

»Kümmern Sie sich drum. Ich will den Eltern der Kinder nicht erklären müssen, weshalb sie ausgerechnet in meinem Sommercamp Aufklärungsunterricht erhalten haben.«

»Stimmt. Nein. Es wird nicht wieder vorkommen, ich verspreche es.« Merry eilte mit den Hunden auf ihren CR-V zu. Sie musste unbedingt den Rest der Spende bekommen.

*Triangle Boxer Rescue*s finanzielle Zukunft hing davon ab.

Sie lud die Hunde auf die Rückbank, ließ den Motor an und richtete die Klimaanlage auf ihre überhitzten Hunde. Sie hechelten dankbar, wobei ihnen die Zunge seitlich aus dem Mund hing.

»Dir wird es an den Kragen gehen«, sagte sie zu Chip.

Er beugte sich vor und leckte ihr über die Wange.

»Ich meine das ernst.«

Wieder küsste er sie.

Sie wendete den Wagen und riskierte einen Blick aus dem Fenster. T. J. war zur Weide gegangen, um nach seinen Pferden zu sehen. Sie hätte ihn gern noch einmal auf seinem Pferd erlebt, diese herrliche Harmonie zwischen Mann und Tier.

Dummerweise wünschte sie sich sogar, sie könnte mit ihm ausreiten. Reiten war immer ihr verbotener Traum gewesen. Als sie klein war, hatte sie unbedingt reiten wollen, hatte sich aber nie getraut zu fragen. Wenn sie gefragt hätte, hätte ihr Vater sich verschuldet, um für sie Reitunterricht zu bezahlen. Er hätte alles für sie getan, aber mit Geld konnte er nicht gut umgehen.

Sie offensichtlich auch nicht.

Sie schob den Gedanken beiseite, fuhr aus der Einfahrt und lenkte den Wagen nach Hause. Eine dringend benötigte Dusche, ein Cola Light und ein Sandwich, und schon wäre sie auf dem Weg zum Rest ihrer Schicht.

Glücklicherweise hatte sie ab morgen frei. Sie war todmüde, körperlich wie auch psychisch. Dieses Sommercamp forderte sie mehr, als sie gedacht hatte, gab ihr aber auch mehr.

Bereits jetzt fühlte sie sich den Kindern verpflichtet. Noahs stolzes Gesicht, als er Amber dazu gebracht hatte, sich zu setzen. Die niedliche Jules, die jedes Mal gestrahlt hatte, sobald ihr Blick auf Salsa fiel. Merry wollte unbedingt, dass sie alle am Ende des Camps einen großen Schritt weitergekommen waren. Sie würde alles in ihrer Macht Stehende tun, damit das gelang.

Etwas zu essen und eine Dusche wirkten belebend. Sie nahm sich noch die Zeit, für Freitag einen Termin für Chip zum Kastrieren auszumachen. Glücklicherweise konnte sie den Eingriff in einer preiswerten Klinik vornehmen lassen, in die sie häufiger mit ihren Hunden ging.

Sie ließ die erschöpften Hunde schlafend in der Küche zurück und eilte zum zweiten Teil ihrer Schicht ins Krankenhaus. Deborah, die den ersten Teil für sie übernommen hatte, brachte sie auf den neuesten Stand, und dann gingen sie gemeinsam zu jedem der kleinen Patienten.

In Jaydens Zimmer fand Merry eine unbekannte Frau in einem Krankenhausgewand vor, die den Kleinen in den Armen hielt. Ihr langes Haar war zu einem unordentlichen Pferdeschwanz zusammengebunden, der ihr über die Schulter hing. Unter der Windel des Babys blitzte etwas Silbernes hervor, das an der Lehne des Rollstuhls festgemacht war.

Eine Handschelle.

Merrys Rücken wurde ganz steif. Ihr Blick schoss zu dem Polizisten, der an der Wand lehnte.

Die Frau sah mit rotgeränderten Augen zu Merry hoch. »Hallo, ich bin Crystal. Ich bin Jaydens Mom.«

9

Merry legte das Baby in seine Wiege und machte sich sofort daran, Puls und Blutdruck zu messen, damit sie nicht die Frau im Rollstuhl anstarrte.

Seine Mutter.

Der Junkie, der ihm das hier angetan hatte.

»Sein letztes Ergebnis war eine elf«, sagte Debra. Sie gab die neuesten Messungen in seine elektronische Datei ein, während Merry seinen Venenzugang überprüfte.

Jayden verzog das Gesicht und schrie. Es war ein schrilles Kreischen, das ihr schier das Herz zerriss. Dann wurde sein ganzer Körper steif, und er ballte die kleinen Fäuste.

»Ganz ruhig, Herzchen«, murmelte Merry und befestigte eine neue Ampulle mit intravenösen Flüssigkeiten an dem Zugang an seiner rechten Hand. Sie strich ihm über die Wange, wickelte ihn in eine frische Windel und trug ihn zurück zu Crystal.

»Wird er wieder gesund?«, fragte Crystal. Sie hielt Jayden an die Brust gedrückt und wiegte ihn, so gut ihr das mit der Hand in der Handschelle möglich war.

»Die Frage, ob er Langzeitschäden davontragen wird, lässt sich jetzt noch nicht beantworten«, erwiderte Merry.

Crystal senkte den Kopf. Sie presste das Baby fester an sich, wiegte und beruhigte es, aber nichts half, dass Jayden aufhörte zu schreien.

Noch nie hatte irgendetwas geholfen.

Debra ging zur Tür. »Ich sage der Schwesternhelferin Bescheid, dass sie kommen und Sie unterstützen soll.«

Crystal sah hoch. Über ihre blassen Wangen flossen Tränen. »Ich wollte nicht, dass das passiert, wissen Sie.«

»Das glaube ich Ihnen.« Erst jetzt bemerkte Merry, wie jung die Frau war. Sie wirkte hart im Nehmen, konnte aber nicht viel älter als achtzehn sein. Nicht, dass ihre Jugend eine Entschuldigung für ihre falschen Entscheidungen war, dennoch hatte Merry ein wenig Mitleid mit der am Rollstuhl gefesselten jungen Frau.

»Ich war in einer echt schwierigen Situation.« Crystal zog den Kopf ein. »Ich habe mich die ganze Zeit betäubt. Ich wusste nicht, dass ich schwanger war. Wenn ich es gewusst hätte …«

Merry trat einen Schritt zurück. »Sie müssen mir gegenüber keine Erklärung abgeben. Jessie kommt gleich und hilft Ihnen.«

Jaydens Schreie gingen ihr unter die Haut und zerrten an ihren Nerven. Sie schien nicht genügend Luft in ihre Lungen saugen zu können.

»Können Sie mir nicht helfen?«, fragte Crystal, die den Kleinen noch immer wiegte. Schreiend lag er mit rotem Gesicht und steifem Körper in ihren Armen.

»Nein«, erwiderte Merry. »Das kann ich nicht.«

Rasch verließ sie das Zimmer.

»Merry?«

Sie machte einen Satz, und ihr Kopf knallte gegen einen Trensenhaken. Jaydens Schreie hallten noch in ihrem Kopf nach und verursachten ihr eine Gänsehaut.

T. J., den sie nur wie durch einen goldenen Nebel hindurch sah, stand auf einmal vor ihr, und sie sackte zur Seite, genau vor seine Füße.

»He, alles okay mit Ihnen?« Er packte ihre Arme mit seinen großen, kräftigen Händen und zog sie hoch.

Sie konnte nicht verhindern, dass sie bei der Erinnerung an den Albtraum ein Schauder durchlief. Jaydens Schreie verfolgten sie Tag und Nacht.

»Alles bestens«, erwiderte sie und löste sich aus seinem Griff. Dennoch spürte sie nach wie vor die Wärme seiner Finger an ihrer Haut, und das vertrieb den Rest des Schauders. »Ich bin kurz eingenickt, und Sie haben mich aufgeschreckt.«

Sie beugte sich hinunter, um sich die Erde von der Hose zu wischen. *Einen tollen Eindruck machst du gerade auf den heißen Typen, der dich mehr oder weniger hasst. Schmeißt dich ihm einfach zu Füßen und rollst dich im Dreck rum. Das wird ihn umhauen.*

»Langer Abend im Krankenhaus?«

Sie nickte nur, weil sie keine Lust hatte, daran zu denken. »Es war eine lange Woche, aber die nächsten vier Tage habe ich frei, dann kann ich mich erholen.«

Er betrachtete sie stirnrunzelnd von oben bis unten. »Sie sehen ein bisschen blass aus.«

Merry verdrehte die Augen. »Stimmt nicht. Ich bin nur müde.«

Sie drehte sich auf dem Absatz um und ging, um sich wenigstens ein bisschen von ihrer Würde zu bewahren. Während sie auf T. J. gewartet hatte, hatte sie die Hunde in einen leeren Stall gesperrt, und dann war sie neben ihnen auf dem Boden des Stalls eingeschlafen.

Vermutlich stak überall Stroh aus ihrem Pferdeschwanz heraus.

»Heute ist es recht gut gelaufen«, rief T. J. ihr hinterher. Seine Stimme war so weich und angenehm, dass sich ein Teil ihrer Anspannung löste.

»Ja.« Sie zog die Schultern nach unten, um die Spannung weiter abzubauen. Ihr zweiter Tag im Camp hatte sich recht gut entwickelt. Die Hunde waren die überwiegende Zeit brav gewesen. Die Kinder hatten mit Olivia geübt, wie man einen Hund an der Leine führt, während Merry sich mit jedem von ihnen einzeln beschäftigt hatte.

Sie öffnete die Stalltür und nahm die Hunde, noch immer mit dem Rücken zu T. J., an die Leine. »Wie läuft es mit Amber, hat es noch irgendwelche Probleme gegeben?«

»Nein.« Es klang, als wäre er nähergekommen, und seine Stimme ließ sie erneut erschaudern, wenn auch ganz anders. Diesmal wurde ihr heiß, nicht kalt. »Sie war die ganze Zeit sehr brav.«

»Und Sie sind ja auch nett zu ihr, nicht wahr?«, sagte Merry spaßend und drehte sich zu ihm um. Sofort schossen Chip und Salsa los, um an ihm hochzuspringen, während Ralph neben ihr stehen blieb und mit dem Schwanz wedelte.

T. J. sah sie mürrisch an und schob die Hände in die Vordertaschen seiner Wranglerjeans. »Himmel, Merry, ich bin doch kein Monster.«

Sie hob beschwichtigend die Hände. »Ich habe doch nur Spaß gemacht. Aber ernsthaft, was für einen Eindruck haben Sie von ihr, wenn Noah nicht da ist? Geht sie dann auch mal aus sich heraus?«

Er sah auf seine Stiefel hinunter. »Na ja, sie hat ein kleines Stachelschwein, das sie gern zum Schlafen mit in ihren Hundekorb nimmt. Und eine Ente.«

Merry schlug sich die Hand vor den Mund. Sie hatte Amber *kein* Spielzeug mitgegeben. T. J. hatte ihr Stofftiere gekauft, damit sie nicht allein schlafen musste? »Das … das ist ja großartig.«

Er wühlte mit der Stiefelspitze die Erde auf. »Noah hat die Zoohandlung quasi leer gekauft, als wir dort waren. Diese Hündin hat mehr Spielzeug, als sie brauchen kann.«

Merry grinste ihn an. »Sie sind ja ein heimlicher Softie.«

Er stöhnte.

»Oh, schon okay. Ich sage es niemandem.« Sie ging an ihm vorbei aus der Scheune hinaus.

In jener Nacht träumte sie von Amber, die neben T. J.s Bett mit ihrem Stachelschwein und ihrer Ente schlief, und das war sehr viel besser als die Albträume, in denen sie Jaydens Schreien hörte.

T. J. trat aus der Dusche und wickelte sich in ein Handtuch ein. Es war kurz nach Mitternacht, und er war todmüde. Am Nachmittag und am Abend war ein Notruf nach dem anderen eingegangen. Er war erst vor zwanzig Minuten nach Hause gekommen, stinkend wie ein Kuhhintern und so verdreckt, dass er vor einer Dusche an Essen gar nicht hatte zu denken brauchen.

Amber lag auf der Badematte und wartete auf ihn. Das Stachelschwein hatte sie mitgeschleppt, und auch die Ente. Während er ihr zusah, fuhr sie mit der Schnauze über das gelbe Stofftier, dann leckte sie es ab, wie eine Hündin das mit ihren Welpen tat.

Kopfschüttelnd ging er ins Schlafzimmer, wo er eine saubere Jeans und ein abgetragenes T-Shirt anzog. Amber folgte ihm mit dem Stachelschwein im Maul. Sie legte es in ihrem Hundekorb ab und lief dann zurück, um die Ente zu holen.

Er setzte sich auf das Bett und sah ihr eine Zeit lang zu. »Bist du eine Mama?«

Sie sah zu ihm hoch und schlug mit dem Schwanz gegen das Bett.

Er glitt von der Matratze und hockte sich neben sie. Dann hob er ihr rechtes Vorderbein, um ihre Zitzen zu inspizieren. Ja, sie hatte ein Junges gesäugt. Vermutlich mehr als eins.

»Hungrig?«, fragte er.

Sein Magen war so leer, dass er schon angefangen hatte, sich selbst zu verschlingen, was ein dumpfes Schmerzgefühl ausgelöst hatte. T. J. ging die Treppe hinunter, gefolgt vom leisen Trappeln von Ambers Pfoten.

Er holte ein Stück Roastbeef aus dem Kühlschrank, schnitt eine dicke Scheibe ab, legte sie zwischen zwei Brotscheiben und bestrich sie kräftig mit Senf. Bei dem ersten Bissen stöhnte er befriedigt auf. Amber rollte sich in der Nähe auf dem Linoleum zusammen. Sie war zu höflich, um zu betteln.

»Ich mag wirklich keine Mischlinge, weißt du?«, sagte er zu ihr.

Sie sah ihn ernst an, aber das stetige Klopfen ihres Schwanzes auf dem Boden verriet sie.

»Ich weiß nichts über dich. Vielleicht bist du sogar von Wölfen großgezogen worden, und ich würde es nie erfahren. Du könntest Kojotenblut in dir haben.«

Seufzend legte die Hündin den Kopf auf die Vorderbeine.

»Na gut, aber nur wenn du versprichst, Merry nichts zu verraten.« Er legte ein Stück Roastbeef in ihre Schüssel.

Glücklich mit dem Schwanz wedelnd schlang Amber es herunter und legte sich ihm dann wieder zu Füßen.

T. J. schlug sich den Magen voll, dann ging er mit Amber nach draußen. Kurz vor eins zog er sich bis auf die Boxershorts aus, fiel todmüde ins Bett und war auf der Stelle eingeschlafen.

Irgendwann später schreckte er plötzlich aus dem Schlaf hoch. Lauter Donner ließ sein Schlafzimmer erbeben und übertönte das Heulen des Winds und das Trommeln des Regens auf dem Dach. Er drehte sich um und schob den Arm unter das Kissen.

In North Carolina gab es im Sommer oft heftige Gewitter. Er sah, wie ein Blitz durch den Himmel zuckte, gefolgt vom Krachen des Donners. Seine Pferde würden Schutz im Unterstand gefunden haben, wo sie vor dem Sturm in Sicherheit waren.

Die Kraft von Gewittern hatte ihn schon immer beeindruckt, wie sie die Nacht erhellen und sein Haus bis in die Grundfesten erschüttern konnten. Aber heute Nacht würde ihn nicht einmal die majestätische Mutter Natur wachhalten können. Zutiefst erschöpft schloss er die Augen. Er hatte nie Probleme mit dem Einschlafen, und rasch spürte er, wie er wegdriftete.

Unter dem Bett ertönte ein kratzendes Geräusch.

Sofort war er hellwach. Wieder hörte er es, ein Kratzen, dann ein Klopfen. Was zum Teufel war da unter seinem Bett?

War ein Grauhörnchen durch den Dachboden hereingekommen? Mäuse?

Er warf einen Blick über die Bettkante, sah den leeren Hundekorb und stöhnte. Amber. An sie hatte er gar nicht mehr gedacht. Erneut fühlte er sich bestätigt, dass Hunde nicht ins Haus gehörten. Sie wurden verweichlicht und fürchteten sich sogar vor einem Gewitter.

Er schwang sich aus dem Bett und sah darunter. Wahrhaftig, da lag etwas zusammengerollt, das wie Amber aussah. »He, Amber. Komm her, Mädchen. Du brauchst keine Angst zu haben, das ist nur ein Gewitter.«

Ein Blitz erhellte das Zimmer und beleuchtete Amber, die sich unter dem Bett zusammengekauert hatte. T. J. streckte die Hand nach ihr aus. Wie zum Teufel beruhigte man einen verängstigten Hund? Merry hätte es gewusst.

Er legte sich auf den Bauch und streckte die Hand nach Amber aus. Der nächste Blitz beleuchtete zwei Reihen weißer Zähne, die ihm entgegenblitzten.

»Herr im Himmel!« Er zog die Hand so schnell zurück, dass er sich den Kopf an der Bettkante anschlug. »Verdammt.«

Dieser blöde Köter knurrte ihn an! Nichtsnutzige Promenadenmischung! T. J. rieb sich die Schläfe und starrte Amber aus sicherem Abstand an. Jetzt war Schluss, morgen musste sie zurück zu Merry.

Amber kroch zurück und beobachtete ihn.

Wieso stand ihr Mund offen? Sie konnte ihn doch nicht mehr beißen wollen! Er knipste die Nachttischlampe an und kniff die Augen zusammen. Unter dem Bett hechelte Amber, als wären vierzig Grad im Zimmer.

Sabber rann ihr aus dem Maul, und die Augen hatte sie so weit aufgerissen, dass er rund um die Augäpfel das Weiße sehen konnte. Sie hatte ihn gar nicht angeknurrt. Sie hatte nur schreckliche Angst vor dem Gewitter.

Verdammt. »Komm her, Amber. Kopf hoch, Mädchen. Es ist nur ein Gewitter.«

Amber starrte ihn mit vor Angst verzerrtem Gesicht an.

»Das muss ja ein Spaß für dich gewesen sein, als du obdachlos warst, wie?« Erschöpft setzte er sich auf den Boden und redete auf sie ein, bis das Unwetter vorbei war. Schließlich kroch sie auf ihn zu und kletterte zurück in ihr Körbchen.

T. J. fiel wie ein Stein ins Bett. Er hatte die Augen noch nicht richtig geschlossen, da klingelte bereits der Wecker. Das Zimmer war in warmes Sonnenlicht getaucht, das ihm in den Augen wehtat. Stöhnend drehte er sich auf die Seite. Neben dem Bett lag Amber um ihre unechten Welpen herumgerollt.

Es war schwer, einen Hund nicht zu mögen, der mit Stofftieren kuschelte.

T. J. schwang sich aus dem Bett. Er ging ins Badezimmer, dann nach unten, um mit Amber hinauszugehen. Noch nie hatte er ein Tier im Haus gehabt, und so war er es nicht gewöhnt, ständig einen Hund um sich zu haben.

Es war nicht unbedingt unangenehm, obwohl er inständig hoffte, dass er nicht noch während weiterer Gewitter beruhigend auf sie einreden musste. Jedenfalls würde er froh sein, wenn das Camp vorbei war und Amber in ein Zuhause kam, das Merry für sie aufgetrieben hatte – wo auch immer das sein würde. Er war sich nicht sicher, wie das ging, aber sie war ein wirklich netter Hund. Irgendjemand würde sie wollen.

Es klopfte an der Haustür. T. J. warf einen Blick auf die Uhr. Es war zehn nach acht, die Campleiter kamen normalerweise immer erst eine halbe Stunde später. Die Kinder selbst trafen erst gegen neun Uhr ein, und bisher war noch niemand von ihnen vor Campbeginn zum Haus heraufgekommen.

Amber versteckte sich hinter T. J. und klemmte den Schwanz zwischen die Beine. Toller Wachhund.

Er ging zur Haustür und riss sie auf, ohne vorher durch den Spion zu schauen.

Vor der Tür stand Merry, bekleidet mit einem lila Tanktop und petrolfarbenen Shorts. Mehrere lose Locken umrahmten ihr Gesicht. Für sein unter Schlafentzug leidendes Gehirn war ihr Anblick wie eine Dosis Koffein.

»Hallo«, sagte sie. Sie wirkte ungewöhnlich sanftmütig. »Kann ich einen Moment reinkommen?«

Er trat zurück und öffnete die Tür weiter. »Klar. Alles in Ordnung? Wo sind Ihre Hunde?«

»Im Auto, bei laufender Klimaanlage. Ich war mir nicht sicher, ob Sie Salsa und Chip im Hause herumlaufen haben wollen.«

Er runzelte die Stirn. Irgendwie kam er sich mies vor. »Sie hätten sie nicht im Auto lassen müssen.«

Sie sah ihn mit gefurchten Brauen an, doch dann kam Amber schwanzwedelnd herbei, und Merrys Gesicht leuchtete auf. »Amber!« Sie beugte sich hinunter und schloss den Hund in die Arme. Amber leckte ihr eifrig das Gesicht. »T. J., sie sieht großartig aus. Sie blüht hier bei Ihnen richtig auf.«

Er zuckte mit den Schultern. »Wir kommen ganz gut klar.«

»Nein, wirklich, das ist ein großer Fortschritt. Bei mir war alles zu viel für sie, mit Ralph und den Welpen. Ihr gefällt es hier.« Nach einer kurzen Pause fügte sie hinzu. »Sie mag Sie.«

Die Luft zwischen ihnen erhitzte sich zusehends. Merry sog die Unterlippe zwischen die Zähne und verschränkte die Arme vor der Brust. Nein, sie würde nicht noch einmal auf ihn zugehen, so wie er sie beim letzten Mal behandelt hatte. Er konnte es ihr nicht verübeln.

Er hätte besser mit der Situation umgehen müssen, aber unrecht hatte er nicht. Merry und er passten nicht zusammen, egal wie scharf er immer auf sie war.

»Sind Sie aus einem bestimmten Grund vorbeigekommen?«, fragte er, bevor er erneut den Verstand verlor und sie gegen die Wand drückte. Denn das war genau das, was er jetzt am liebsten getan hätte.

»Ja, bin ich.« Sie wandte den Blick ab. »Mir ist gestern Geld aus meiner Geldbörse abhanden gekommen.«

»Wirklich? Wie viel?«

»Fünf Dollar. Das ist nicht viel, nur …« Sie schwieg, sah ihm auch nach wie vor nicht in die Augen.

Wieso erzählte sie ihm das? Außer … »Wollen Sie behaupten, einer der Campteilnehmer hat das Geld genommen?«

Sie nickte. »Natürlich kann ich es nicht mit letzter Sicherheit sagen, aber ich hatte die Geldbörse in der Scheune gelassen. Ich weiß, dass gestern Morgen ein Zwanziger und zwei Fünfer drin waren. Einer der Fünfer fehlt.«

»Sind Sie sicher?« Er jedenfalls hatte nicht die geringste Ahnung, wie viel Geld in seiner Geldbörse war. Es kam ihm ein bisschen zwanghaft vor, so genau über seinen Geldbestand Bescheid zu wissen, und Merry schien ihm für so etwas auch nicht der Typ zu sein.

»Ja, ich war Dienstag am Automaten und habe mir Geld geholt, um das Rezept für einen meiner Pflegehunde zu bezahlen. Als ich zur Apotheke kam, hatte ich nicht genug dabei.«

»Haben Sie denn keine Kreditkarte?«

Sie verdrehte die Augen, und ihm fiel wieder ein, wie David letzte Woche ihre Kreditkarte zurückgewiesen hatte. Wie groß waren die Schwierigkeiten, in denen sie steckte?

»Darum geht es nicht. Jemand hat fünf Dollar aus meiner Geldbörse genommen. Das einzige Mal, dass ich sie unbeaufsichtigt gelassen habe, war hier in der Scheune. Ich will keinen Ärger machen. Ich fand einfach, Sie sollten das wissen.« Sie drehte sich um und ging auf die Haustür zu.

Amber heftete sich an ihre Fersen. Verräterin.

»Wollen Sie behaupten, dass eins der Kinder das Geld genommen hat?«

Sie zuckte mit den Schultern. »Kein schöner Gedanke, aber Kinder heutzutage – wer weiß? Wie ich schon sagte, ich will niemanden beschuldigen. Ich dachte nur, Sie möchten das wissen.«

»Sind Sie sicher, dass Sie es nicht ausgegeben haben?«

Sie wirbelte herum und starrte ihn aus ihren haselnussfarbenen Augen wütend an. »Glauben Sie, ich würde hier stehen, wenn ich mir nicht sicher wäre?«

»Von jetzt an lassen Sie Ihre Handtasche hier im Haus.«

»Gut.«

»Und sagen Sie mir Bescheid, falls so etwas noch mal vorkommt.«

»Mache ich.« Sie nickte ihm über die Schulter zu und verließ mit Amber das Haus.

T. J. stand da und sah ihr nach. Hatte eins der Kinder Geld aus ihrer Handtasche gestohlen? Das war ein verstörender Gedanke. Er konnte sich keins der Kinder als Dieb vorstellen.

Die goldige Jules, das Mädchen mit dem Downsyndrom? Niemals. Lucy saß im Rollstuhl. Parker? Der Junge war nicht ganz einfach, aber er war nur ein Kind, und seine Mutter fuhr einen Mercedes. Bestimmt hatte er es nicht nötig, fünf Dollar zu stehlen.

Trotzdem würde er sie alle genauer im Auge behalten. Auf seiner Farm und unter seiner Aufsicht würde es keinen Diebstahl geben. Und Merry Atwater? Die würde er besonders genau im Auge behalten.

Es war peinlich, nach dem Camp auf T. J. warten zu müssen, um mit ihm zum Haus hinaufzugehen und ihre Handtasche zu holen. Es fühlte sich fast an, als stünde *sie* unter Verdacht. So wie sie T. J. kannte, war das vielleicht sogar der Fall.

Ungeduldig kniff sie die Augen zusammen und wartete, dass er endlich mit seinem Pferd fertig wurde und es auf die Wiese zurückbrachte. Er kniete neben Peaches und drückte und tastete an ihrem rechten Vorderbein herum.

»Alles in Ordnung?« Merry lehnte sich an eine der Stalltüren und stellte die Füße über Kreuz.

T. J. stand auf und runzelte die Stirn. »Sie hat heute Vormittag während des Unterrichts gelahmt. Ich werde ihr ein bisschen Phenylbutazon geben und dann erst mal abwarten, wie es ihr im Laufe des Wochenendes geht. Vielleicht muss sie ein paar Tage vom Camp pausieren.«

»Ist sie verletzt?«

Er schüttelte den Kopf. »Sie leidet am Hufrollensyndrom, einer degenerativen Erkrankung. Sie hat gute Tage und schlechte. Mit dem Phenylbutazon ist sie über das Wochenende schmerzfrei. Aber es ist schade, denn sie trägt die Kinder wirklich gern herum.«

Ja, das war Merry auch schon aufgefallen. Twilight wirkte

gelangweilt, wenn sie mit den Kindern im Kreis gehen musste, aber Peaches schien es zu genießen. »Das ist schrecklich. Was werden Sie mit ihr machen, wenn man sie nicht mehr reiten kann?«

Bei der Vorstellung, dieses Pferd würde in solch einem Zustand verkauft werden, prickelte ihr vor Missfallen die Haut. Wurden Pferde eigentlich immer noch zu Leim verarbeitet?

T. J. sah sie durchdringend an. »Sie ist quasi schon im Ruhestand. Ich wusste, dass sie am Hufrollensyndrom leidet, als ich sie meinen Eltern abgekauft habe.«

Merrys Herz machte einen Satz. »Oh.«

Oh. T. J. hatte das Pferd bereits gerettet. Er hatte ein lahmes Pferd zu sich geholt, das niemand gewollt hätte, und hatte auf diese Weise dafür gesorgt, dass Peaches ein friedliches, glückliches Leben hatte. Das warf ihre Meinung über ihn völlig über den Haufen.

»Solange sie nicht allzu große Schmerzen bekommt, kann sie den Rest ihrer Tage auf meiner Farm verbringen.«

Merry trat auf die Stute zu und streichelte ihr das Gesicht. »Du kannst dich glücklich schätzen, Peaches.«

»Oh, das weiß sie.« Er sah so unglaublich sexy aus, sie hätte sich ihm am liebsten gleich dort in der Scheune in die Arme geworfen.

»Dann kennen Sie sich also auch ein bisschen mit der Rettung von Tieren aus.«

Er richtete sich auf. »Ich habe Ihnen doch gesagt, dass ich kein ganz schlechter Mensch bin.«

»Ganz und gar kein schlechter.« Ihr Herz schlug schneller, und jede Zelle ihres Körpers sehnte sich danach, dass er sie küsste.

Das war das Problem mit Anziehungskraft. Wenn man ihr nicht nachgab, ihr nicht die Chance ließ, sich auszuleben, wurde sie nur intensiver – bis man schließlich Gefahr lief, in Flammen aufzugehen, sobald man sich dem anderen auch nur auf einen halben Meter näherte.

Aber verdammt, er hatte die Regeln festgelegt. Sie sah ihm tief in die Augen, wollte, dass er sie küsste, wusste, er würde es nicht tun. Sie war vielleicht nicht gerade ein Ausbund an Selbstbeherrschung, aber sie hatte sich unter Kontrolle, wenn es nötig war. Auf keinen Fall würde sie sich ein weiteres Mal von T. J. Jameson demütigen lassen.

Peaches schob den Kopf zwischen Merry und T. J., und Merry lenkte sich ab, indem sie die zarte Stirn der Stute streichelte. Was für ein herrliches Wesen sie war, mit ihrem goldenen Gesicht und flachsblonder Mähne und Schweif. Palomino war bei Pferden immer eine von Merrys Lieblingsfarben gewesen.

»Sie mögen Pferde«, sagte er.

»Klar. Schon immer.«

»Wieso reiten Sie dann nicht?« Er stand so dicht neben ihr, dass ihre Haut unter seinem durchdringenden Blick zu kribbeln anfing. Sein Geruch mischte sich mit der warmen, erdigen Ausdünstung des Pferdes.

Sie hielt den Blick auf Peaches gerichtet. »Ob Sie es glauben oder nicht, ich habe noch nie auf einem Pferd gesessen.«

T. J. hob den Kopf und sah sie forschend an. »Nicht mal auf einem Pony, als Sie klein waren?«

Sie schüttelte den Kopf und stellte entsetzt fest, dass ihr beinahe Tränen in die Augen traten.

»Wieso nicht?« Seine Stimme klang jetzt tiefer, vertraulicher.

Sie spürte, wie sie rot wurde. Oh nein. Das war doch lächerlich. »Es hat sich einfach nie ergeben.«

»Würden Sie gern reiten?«

Sie hob abwehrend die Hände und trat einen Schritt zurück. »Nein, das ist schon okay.«

Er verzog den Mund zu einem leicht hinterhältigen Lächeln. »Doch, Sie würden gern reiten. Sie sind eine erbärmliche Lügnerin.«

»Nein, wirklich nicht.«

»Heute habe ich einen Termin, aber bleiben Sie doch morgen nach dem Camp noch da. Ich gebe Ihnen Unterricht auf Tango.«

Sie sah ihn durchdringend an. »Das ist eine ganz schlechte Idee.«

Er legte den Kopf schief und grinste sie teuflisch an. »Angst?«

Horror. »Nicht im Geringsten.«

»Na gut, dann ziehen Sie morgen Jeans an. Und Stiefel, falls Sie so etwas haben.«

Mit diesen Worten befreite er Peaches von den Anbindestricken und führte sie hinaus in den Sonnenschein, damit sie sich zu den anderen Pferden auf der Weide gesellen konnte.

10

Noah saß am Küchentisch und fuhr mit dem Finger über die glatte Oberfläche, vor und zurück, versunken in seiner eigenen Welt. T. J. saß ihm gegenüber. Wenn es ihm nicht bald gelang, mit seinem Neffen ein Gespräch zu führen, würde er sich noch die Haare ausreißen.

»Deine Mom hat erzählt, dass du gestern bei Brendan warst. Hat es dir gefallen?«

»Ja.«

»Du warst in letzter Zeit ziemlich still. Macht dir irgendwas zu schaffen?«, fragte T. J.

Noah schüttelte den Kopf, dann stand er auf und ging ins Wohnzimmer. Amber lief neben ihm her.

»He, Noah. Ich möchte dir doch nur helfen. Es ist unhöflich, einfach wegzugehen, während ich mit dir rede.«

»Tut mir leid, Onkel T. J.«, erwiderte Noah mit seinem dünnen Stimmchen. Er stand neben der Couch und zupfte an den Ärmeln seines T-Shirts, bis sich mehrere Fäden lösten, dann machte er sich daran, sie ganz aus dem Stoff zu ziehen.

T. J. sah ihm zu. Er hatte das Gefühl, völlig zu versagen, und er schämte sich, dass er dem Jungen Angst gemacht hatte, obwohl er ihm doch nur hatte helfen wollen. »Du brauchst dich nicht zu entschuldigen. Sag mir einfach, was mit dir los ist.«

Denn dies war selbst für Noah nicht normal. Es war Freitag, der letzte Tag der ersten Campwoche. Noah war in sich gekehrter als je zuvor, und T. J. hatte nicht die geringste Ahnung, was schiefgelaufen war.

Noah und Amber waren wie siamesische Zwillinge. Sie unterhielten sich in einer Geheimsprache, die niemand sonst hören konnte, berührten sich dauernd, steckten immer zusammen. Im Camp meisterte Noah problemlos die Aufgaben, die Merry ihm mit den Hunden und Pat ihm mit den Pferden stellte.

Aber er sprach immer weniger, und seine motorischen Manierismen – die wiederholten Armbewegungen und das Rudern mit der Hand – hatten sich in einem Maß verstärkt, wie T. J. das noch nicht erlebt hatte, seit bei dem Jungen die Diagnose gestellt worden war.

Wieso half ihm das Camp nicht? Wieso wurde es immer schlimmer mit ihm?

»Rede mit mir«, bat er ihn erneut.

Noah starrte auf seinen Arm, all seine Konzentration darauf gerichtet, einen Faden aus dem Saum zu ziehen.

T. J. ging zu ihm ins Wohnzimmer und nahm die Hand des Jungen in seine. »He, lass das mal einen Moment und rede mit mir. Ist irgendwas passiert? Macht dir dein Kopf noch Probleme, von dem Sturz neulich? Hat dein neuer Freund irgendwas getan, worüber du unglücklich bist?«

Noah riss sich los und ruderte mit der Hand wie wild durch die Luft, bis er sich schließlich umdrehte und die Arme um Amber schlang.

T. J. fuhr sich mit der Hand durch das Haar. »Falls du doch noch reden möchtest – ich bin immer hier, okay? Ich bin dein Onkel. Ich bin der, dem du Sachen sagen kannst, die dir zu peinlich sind, um sie deiner Mutter zu erzählen. Ich verurteile dich nicht.«

Nichts.

»Na gut, dann lass uns zur Scheune runtergehen und schauen, ob die anderen schon da sind.«

»Okay.« Noah flitzte in den Flur, um Ambers Leine zu holen. Die Hündin lief ihm hinterher und blieb geduldig stehen, bis Noah die Leine an ihrem Halsband befestigt hatte. Amy hatte Noah schon früh am Morgen gebracht, um ein paar Besorgungen zu machen, und T. J. hatte sich auf die Gelegenheit gefreut, ein bisschen zusätzliche Zeit mit seinem Neffen zu verbringen.

Er wollte einfach mit Noah zusammen sein. War das denn wirklich zu viel verlangt?

T. J. holte tief Luft und ließ sie langsam entweichen. Er schluckte seine Enttäuschung hinunter und versuchte, sich wieder zu beruhigen, bevor das Camp begann. So konnte er keine vierstündige Veranstaltung mit vier Kindern beginnen, nicht mit diesem Gefühl, als würde er vor Wut gleich platzen.

Noah riss die Haustür auf und blieb mit einem breiten Lächeln auf dem Gesicht stehen – dem ersten Lächeln überhaupt an diesem Morgen. Vor der Tür stand Merry, die in einem dünnen gelben Top und dunklen Jeans wie eine Vision aussah.

»Guten Morgen, Noah. T. J.« Sie schob sich an Noah vorbei, um ihre Handtasche in die Küche zu legen, dann machte sie sich Hand in Hand mit Noah auf den Weg zur Scheune.

T. J. folgte ihnen mürrisch.

»Heute werden wir den Hunden beibringen, wie man sich hinlegt. Wie klingt das?«, fragte sie.

»Gut«, antwortete Noah, dann ging er mit Amber in seine übliche Ecke und setzte sich.

»Stell dich doch heute hier zu mir«, schlug T. J. vor. Es wurde Zeit, dass Noah aus seiner Ecke herauskam und sich zu der Gruppe dazugesellte.

Noah zuckte mit den Schultern und machte keine Anstalten, seinen üblichen Platz zu verlassen.

Am anderen Ende des Gangs richtete Pat bereits alles her. Er winkte.

Savannah, die an der Seite ihres Vaters arbeitete, lächelte Noah an. »Guten Morgen.«

Noah winkte ihr kurz, ohne den Arm von Amber zu lösen.

Madison ging auf dem Weg zur Sattelkammer an ihm vorbei und klatschte sich mit ihm ab.

Merry, die in der Nähe stand, übte mit Salsa Befehle. Ralph lag hinter ihr, die Leine nirgendwo befestigt. Er war der besterzogene Hund, den T. J. jemals kennengelernt hatte.

Im Moment hatte Ralph den Kopf auf die Vorderbeine gelegt und schaute zu, wie Merry den Jungspunden beibrachte, sich auf Befehl hinzulegen. In der rechten Hand hielt sie Salsas Leine, in der linken ein paar Kekse. Der Welpe trug heute doch tatsächlich ein lila Leibchen mit Strass am Rücken.

»Okay, Salsa«, sagte Merry. Sie nahm einen Keks und drückte den Zeigefinger in die Erde. »Runter.«

Salsa legte sich hin und schob die Schnauze in Merrys Hand.

»Braves Mädchen! Brave Salsa!« Merry überhäufte Salsa mit Lob und gab ihr einen Keks. Salsa wedelte vor Begeisterung wie wild mit dem Schwanz.

Eins musste T. J. Merry lassen: Sie konnte gut mit diesen Hunden umgehen. Und mit den Kindern. Sie alle beteten sie an, sogar Parker, dem man es nur selten recht machen konnte und der oft nicht zuhörte, wenn T. J. ihm Anweisungen gab, wie die Pferde gepflegt werden mussten.

»Oh, hübsche Salsa!« Jules kam strahlend in die Scheune gehüpft. Ihr Haar war zu Rattenschwänzchen gebunden, und sie trug ein lila T-Shirt und Jeans.

Merry grinste sie an. »Ja, schau, ihr beiden passt gut zusammen.«

Jules sah auf ihr T-Shirt hinunter, dann klatschte sie begeistert in die Hände. »Stimmt! Wie hübsch. Salsa, du bist der allerhübscheste Welpe!«

Salsa schien völlig überwältigt von dem Kompliment. Sie sprang um Jules herum und deckte das Mädchen mit schlabberigen Küssen ein. Die beiden waren im lilafarbenen Himmel.

Parker kam durch die offene Tür gestürmt. »Wo ist Chip?«

»Er musste heute Morgen zum Tierarzt, erinnerst du dich noch?«, erwiderte Merry. »Du arbeitest heute mit Ralph.«

Der kleine Unruhestifter wurde kastriert, und das keine Sekunde zu früh.

Parker nickte. »Okay. Klasse.«

Merry überreichte ihm lächelnd Ralphs Leine. Sie legte ihm die Hand auf den Arm und sprach leise auf ihn ein. Parker hörte zu und legte vor lauter Konzentration die Stirn in Falten. Er nickte gelegentlich, dann bekam er von Merry eine Handvoll Hundekekse und fing an, mit Ralph zu üben.

Merry blieb in der Nähe stehen, beobachtete Parker und gab ihm Tipps, dann übte sie mit ihm, wie er dem Hund Manieren an der Leine beibrachte. So wie Parker Merry anstrahlte, litt er offensichtlich an vorpubertärer Verliebtheit in seine Lehrerin.

Falls Merry das auffiel, ließ sie es sich jedenfalls nicht anmerken.

Inzwischen war auch der Rest der Gruppe eingetroffen. Olivia führte mit den Kindern die Grundübungen durch, während Merry mit jedem einzeln an schwierigen Aufgaben arbeitete und die Bindung zwischen Kind und Hund festigte.

Sie machte ihre Arbeit verdammt gut.

T. J. dagegen versagte kläglich. Während Pat, Madison und Savannah Unterricht auf Twilight erteilten, arbeitete T. J. einzeln mit den Kindern daran, wie Peaches gepflegt werden musste. Sie lahmte heute zu sehr, als dass man sie hätte reiten können, genoss aber die Aufmerksamkeit, die sie ihr zukommen ließen.

Jules flatterte herum wie ein glücklicher Schmetterling und

fuchtelte mit dem Striegel herum, bis T. J. ganz schwindelig wurde. Parker war sofort frustriert, wenn die Stute nicht gleich den Huf hob, nachdem er sie dazu aufgefordert hatte, stürmte aus der Scheune und rief seine Mom an, sie solle ihn früher abholen.

Währenddessen vollbrachte Merry am anderen Ende des Gangs Wunder, hielt irgendwie Kinder und Hunde bei der Stange, ohne auch nur ins Schwitzen zu geraten.

Wie zum Teufel machte sie das bloß?

Mittags saßen sie alle gemeinsam an den schattigen Picknicktischen hinter der Scheune und aßen, dann beendeten sie den Camptag, indem sie die Hunde in der Berieselungsanlage spielen ließen und die Pferde mit Karotten fütterten.

Um eins, als die Eltern kamen, um ihre Kinder abzuholen, waren diese verschwitzt und erschöpft. Die Hunde lagen auf den kühlen Spänen der freien Box und schliefen.

Olivia warf ihren blonden Pferdeschwanz in den Nacken und winkte ihnen auf dem Weg zu ihrem Prius zu. Sie arbeitete hart, das musste T. J. ihr lassen, aber sobald die Kinder nach Hause gingen, war sie fort.

Merry blieb normalerweise noch und half ihm aufzuräumen, und er konnte nicht behaupten, dass er etwas dagegen gehabt hätte. Er fand sie auch so schon sehr hübsch, aber wie sie da verschwitzt und mit roten Wangen in seiner Scheune stand, war sie einfach umwerfend.

Heute trug sie keine Shorts, sondern eine Jeans. Sie hatte die Reitstunde nicht vergessen.

Er war sich nicht ganz klar über ihr Verhältnis zu Pferden. Sie schien sie zu lieben, aber sobald er das aussprach, war da bei ihr immer eine seltsame Abwehr. Für eine Frau, die in North Carolina aufgewachsen war, war es ungewöhnlich, nie auch nur auf einem Pony geritten zu sein.

Merry trat aus dem Stall, in dem die Hunde schliefen, und strich sich eine braune Locke aus dem Gesicht. »Vor Beginn des Camps haben die Welpen nachts nur selten durchgeschlafen. Aber diese Woche? Kein Pieps.«

»Sie arbeiten hart.«

»Ja. Dann hole ich jetzt mal meine Handtasche …«

Er verschränkte die Arme vor der Brust und verstellte ihr den Weg. »Tun Sie nicht so, als hätten Sie es vergessen.«

Sie sank in sich zusammen wie ein Ballon, aus dem man die Luft abgelassen hatte. »Schauen Sie, ich weiß es sehr zu schätzen, dass Sie mir Reitunterricht erteilen wollen, aber ich muss Chip bald aus der Klinik abholen, und Ralph und ich müssen noch unsere Runde im Krankenhaus machen, also lassen wir es einfach für heute gut sein, okay?«

»Nein, Sie lieben diese Pferde, aber irgendetwas hält Sie zurück. Ich weiß nicht, was es ist, aber lassen Sie es uns doch herausfinden, oder?«

Sie schob das Kinn vor. »Da gibt es nichts herauszufinden. Ich bin einfach noch nie geritten, und ich weiß nicht, ob ich jetzt wirklich damit anfangen möchte.«

»Wann, wenn nicht jetzt?« Er wandte sich um und ging nach draußen.

Die drei Pferde standen unter der Eiche in der Nähe des Zauns, grasten und schlugen mit dem Schweif nach Fliegen. Tango hob den Kopf und wieherte, dann kam er zum Gatter getrottet, in der Hoffnung, auch ein wenig Aufmerksamkeit zu bekommen, nachdem er Twilight und Peaches den ganzen Vormittag mit den Kindern hatte arbeiten sehen.

T. J. öffnete das Gatter und streifte dem Wallach das Lederhalfter über den Kopf. »Hast du Lust auf ein bisschen Training?«

Tango warf den Kopf in den Nacken und schnaubte.

»Wir lassen die hübsche Lady eine Runde üben, und dann reiten wir beide vielleicht mit dir zum Fluss, damit du dich abkühlen kannst.«

Wobei T. J. nach dieser Unterrichtsstunde genauso viel Abkühlung brauchen würde wie sein Pferd. Es machte ihn schon an, wenn er sich Merry nur im Sattel vorstellte. Warum er sie unbedingt zu dieser Reitstunde überredet hatte, darüber wollte er lieber gar nicht erst nachdenken. Er brauchte dringend jemanden, der ihm half, sich diese Flausen aus dem Kopf zu schlagen.

Als er Tango in die Scheune führte, lehnte Merry mit dem Rücken an der Wand, die Arme vor der Brust verschränkt. Sie sah den Wallach abweisend an. »Ich kann es nicht glauben, dass ich mich von Ihnen dazu habe überreden lassen.«

Ehrlich gesagt ging es ihm genauso.

Merry starrte das Pferd an und versuchte den Kloß hinunterzuschlucken, der sich in ihrer Kehle gebildet hatte. Sie liebte Pferde. Sie vertraute Tango, und T. J. ebenso. Aber die Vorstellung, auf den schönen roten Wallach zu steigen, war schier zu viel.

Sie hatte schon so lange gern reiten wollen, dass ihr allein bei dem Gedanken daran der Mund völlig austrocknete. Wenn das Reiten nun nicht ihren Erwartungen entsprach? Vielleicht hatte sie gar kein Talent dafür? Und wenn sie hinunterfiel und sich etwas brach? Eine Arztrechnung konnte sie zurzeit nicht bezahlen.

Außerdem fühlte es sich so an – auch wenn sie wusste, wie blödsinnig das war –, als würde sie ihren Vater verraten. Als würde es die Opfer schmälern, die er für sie gebracht hatte, nur weil sie sich etwas so sehnlich gewünscht und er es ihr aus finanziellen Gründen nicht hatte ermöglichen können.

»Ich kann Sie quasi denken hören«, sagte T. J. »Hören Sie auf.«

»Ich sollte mal nach den Hunden sehen.«

»Den Hunden geht es gut. Kommen Sie, helfen Sie mir mit Tango.«

Herrje. Sie führte sich dermaßen kindisch auf, dass es sogar T. J. seltsam vorkam. Was sollte das? Sie würde sich von ihm auf dem blöden Pferd herumführen lassen, und dann würde sie nach Hause fahren.

Damit wäre die Sache dann gegessen.

»Als Erstes kratzen wir seine Hufe aus«, sagte T. J.

»Okay.« Sie hatte mitbekommen, wie er das den Kindern an Peaches und Twilight gezeigt hatte.

»So, sehen Sie?« Er ließ die Hand hinten an Tangos Hinterbein hinuntergleiten, und der Wallach hob den Huf. T. J. stützte ihn auf seinem Oberschenkel ab und begann mit einem Metallkratzer den Dreck aus dem Huf des Pferds zu kratzen. »Vorsicht mit dem Strahl, diesem Teil hier in der Mitte. Der ist weich und empfindlich. Kratzen Sie diese V-förmige Stelle hier aus.«

Er führte es ihr vor, dann reichte er ihr den Hufauskratzer. »Jetzt sind Sie dran.«

Sie machte nach, was er ihr gezeigt hatte, und schon hielt sie Tangos linken Vorderhuf in der Hand. Sie bückte sich und kratzte ihn sorgfältig aus. Der Auskratzer blieb an etwas hängen, dann fiel ein Stein heraus.

»Sehen Sie?«, sagte T. J. »Deshalb säubern wir vor dem Reiten immer erst die Hufe. Wenn man ihn mit solch einem Stein im Huf reiten würde, könnte das Tier zu lahmen anfangen.«

»Verstanden.«

Unter T. J.s Anleitung half sie, Tango zu striegeln, dann sah sie zu, wie T. J. ihm den großen Westernsattel auf den Rücken legte. Er zeigte ihr, wie sie den Sattelgurt festziehen und dem Pferd das Zaumzeug anlegen musste.

Schließlich blieb nur noch, aufzusteigen und zu reiten.

Klasse. Keine Ausrede mehr.

»Bereit?« T. J. führte Tango zu dem Aufsitzblock.

Merry stellte sich darauf, setzte den linken Fuß in den Steigbügel und schwang sich in den Sattel. Sie rutschte ein wenig hin und her, bis sie die richtige Position gefunden hatte, dann lächelte sie. Es war erst nur ein kaum wahrnehmbares, angespanntes Lächeln, das sich allerdings rasch in ein breites Grinsen verwandelte und seltsame Dinge an verschiedenen Stellen seines Körpers anrichtete. Dass er einen Ständer bekommen würde, damit hatte er gerechnet, aber nicht mit diesem seltsamen Gefühl in seiner Brust, als hätte sie ihm buchstäblich den Atem geraubt.

»Okay, und jetzt?«, fragte sie, aber es klang nicht mehr angespannt. Die Nervosität, die sie ausgestrahlt hatte, seit er mit Tango in die Scheune gekommen war, hatte sich in dem Moment verflüchtigt, als sie auf seinem Rücken gesessen hatte.

Jetzt war es T. J., den eine gewisse Nervosität packte. Merry auf dem Pferd zu sehen, war viel großartiger, als er sich das vorgestellt hatte. »Halten Sie sich an dem Sattelhorn fest, damit Sie nicht das Gleichgewicht verlieren.«

Er legte ihre linke Hand an das Lederhorn vorne in der Mitte des Sattels. Sie schlang die Finger um das harte Teil und drückte, und verdammt, sofort wanderten seine Gedanken unter die Gürtellinie.

Merrys haselnussfarbene Augen funkelten vor Begeisterung. Sie saß gerade und aufrecht im Sattel, die schlanken Beine hingen an Tangos Flanken herab, gestützt auf die Steigbügel.

»Sie sehen aus wie die geborene Reiterin«, sagte T. J.

Sie schüttelte den Kopf, dass ihre braunen Locken nur so flogen. »Bis jetzt sitze ich ja nur hier.«

»Als Erstes müssen Sie sich entspannen.«

Sie sah ihn aus zusammengekniffenen Augen an. »Wenn ich mich entspanne, lande ich vermutlich auf dem Boden.«

»Er wird Sie kräftig durchschütteln, und das fangen Sie am besten auf, indem Sie mit seinen Bewegungen mitgehen. Bleiben Sie hier einfach locker.« Er legte die Hände an ihre Hüften und redete sich ein, dass es zum Unterricht dazugehörte und kein Vorwand war, sie zu berühren.

Merry schnappte nach Luft und sah ihn vorwurfsvoll an.

Rasch verlagerte er seine Hände in sicherere Gefilde und streichelte Tangos Nacken, damit diese Übung nicht noch eine Wendung nahm, die sie beide nicht wollten.

»Halten Sie die Zügel so in der rechten Hand.« Er zeigte es ihr. »Tangos Maul ist sehr empfindlich. Lassen Sie die Zügel ruhig locker. Legen Sie sie ihm einfach auf den Hals, um ihn zu dirigieren, links, wenn er nach links gehen soll, rechts, wenn er nach rechts gehen soll.«

»Links, rechts, verstanden.«

»Um ihn zum Stehen zu bringen, lehnen Sie sich im Sattel zurück und sagen ›Whoa‹.«

»Muss ich auch die Zügel anziehen?« Merry packte die Lederriemen fester.

»Nein. Das ist nicht nötig.«

Sie sah ihn zweifelnd an. »Wenn Sie meinen.«

»Okay, geben Sie ihm einen Stups mit den Fersen, und los geht's.«

Merry stupste Tango in die Flanken, und der Wallach setzte sich freudig in Bewegung und nickte zustimmend mit dem Kopf. Ihr Körper bewegte sich im selben Rhythmus wie das Pferd, so natürlich, als würde sie seit Jahren nichts anderes tun.

»Sind Sie sicher, dass Sie noch nie auf einem Pferd gesessen sind?«

»Ganz sicher. Übrigens … wieso führen Sie Tango nicht an der Leine?« Sie hielt sich am Sattelhorn fest und sah ihn ein wenig verängstigt an.

»Weil Sie keine acht Jahre mehr sind. Entspannen Sie sich. Stellen Sie es sich wie Spazierengehen mit den Hunden vor.«

Sie nickte, und die Spannung in ihren Schultern ließ nach. Erhobenen Hauptes ließ sie Tango im Kreis durch den Ring gehen, lenkte ihn problemlos. Vermutlich würden die meisten Achtjährigen das ebenfalls in einer Reitstunde schaffen, vor allem auf diesem Pferd, aber er war trotzdem stolz auf sie und freute sich genauso wie sie, dass sie auf seinem Pferd ritt.

Ihre Haltung war noch ein wenig steif, was für Anfänger normal war. Je mehr sie sich Tangos Bewegungen widersetzte, desto schwieriger würde es für sie sein, sich im Sattel zu halten.

»Achten Sie darauf, dass Sie locker in den Hüften bleiben«, sagte er. »Entspannen Sie sich und folgen Sie seinen Bewegungen.«

Merry nickte. Sie ließ die linke Hand auf dem Sattelhorn liegen, die Zügel hielt sie locker in der rechten, ihr Körper entspannte sich, und ihre Hüften schwangen im Rhythmus von Tangos Gang.

Wunderschön.

»Noch bin ich nicht runtergefallen«, sagte sie über die Schulter.

»Nicht mal ansatzweise, meine Liebe.« Er stand in der Mitte des Rings, die Daumen in die Gürtelschlaufen eingehängt, und sah zu, wie sich Tango und Merry gemeinsam bewegten. Tango war aufmerksam, aber entspannt, während er mit aufgestellten Ohren durch den Ring schritt.

T. J. ließ Merry üben, wie sie das Pferd nach links und nach rechts dirigierte und wie sie es gehen und stehen bleiben ließ, bis sie sich im Sattel wohlfühlte. Dann war es an der Zeit, die Anforderungen ein bisschen höherzuschrauben. »Wie wäre es jetzt mit einem etwas schnelleren Tempo?«

»Meinen Sie traben?«

Er nickte. »Im Grunde schon, allerdings geht es auf einem Western Horse ein bisschen langsamer und gemütlicher zu.«

»Ähm, ich glaube, im Schritt gehen reicht mir.«

»Also wirklich, sogar die Kinder sind in ihrer ersten Unterrichtsstunde getrabt.«

Merry kniff die Augen zusammen und starrte ihn an. »Sind sie nicht. Das war erst in der dritten Stunde.«

»Das ist doch fast das Gleiche. Geben Sie ihm einfach ein bisschen Druck mit den Fersen und sagen Sie ihm, er soll traben.«

Sie sog die Unterlippe zwischen die Zähne, dann stupste sie Tango, damit er trabte. Der Wallach bewegte sich sehr geschmeidig, dennoch wurde Merry schon bald im Sattel hin und her geworfen und klammerte sich mit beiden Händen an das Sattelhorn.

»Vergessen Sie nicht, was ich Ihnen gesagt habe: Setzen Sie sich aufrecht hin und entspannen Sie sich. Lockern Sie Ihren Rücken und Ihre Hüften. Gehen Sie einfach in seiner Bewegung auf.«

Sie kippte gefährlich nach links. »Hilfe!«

»Whoa«, rief T. J., und Tango blieb gerade noch rechtzeitig stehen, bevor Merry hinunterfiel.

Sie zog sich am Horn wieder hoch. »Mist. Ich bin zu blöd dafür!«

T. J. ging zu den beiden hin und legte dem Pferd die Hand auf den Hals. Tango stieß ihn liebevoll mit dem Kopf an. »Im

Gegenteil, Sie machen das richtig gut. Wir versuchen es noch mal, und diesmal konzentrieren Sie sich darauf, dass Sie sich mit ihm mitbewegen. Stellen Sie sich vor, dass Ihr Hintern am Sattel festgeklebt ist, und überlassen Sie den Rest Ihrem Körper.«

»Leichter gesagt als getan.«

»Wann haben Sie zuletzt eine neue Sportart ausprobiert, die beim ersten Versuch leicht war? Auf geht's!« Er gab Tango einen Klaps auf das Hinterteil, und der Wallach setzte sich in Bewegung.

Merry ließ ihn erst einmal im Kreis gehen und dann traben. Sie hielt sich am Horn fest und hüpfte im Sattel auf und ab, wobei ihr Pferdeschwanz im Luftzug wehte.

»Vergessen Sie nicht, Ihr Hintern ist am Sattel festgeklebt. Lassen Sie die Bewegung einfach durch Ihre Hüften fließen.« Warum klang bloß alles, was heute aus seinem Mund kam, so unanständig? Vielleicht, weil seine Gedanken noch immer unter der Gürtellinie verharrten. Verdammt, sie sah aber auch umwerfend aus da oben, selbst wenn sie auf und ab hüpfte wie ein Amateur. Er begehrte sie heftig.

»Ich komme mir lächerlich vor«, rief sie schwer atmend, während sie verzweifelt versuchte, mit dem Hintern auf dem Sattel zu bleiben.

»Sie machen das prima. Halten Sie den Kopf hoch. Schauen Sie immer, wohin Sie reiten. Wenn Sie nach unten schauen, suchen Sie sich eine Stelle zum Landen aus.«

Sie hob den Kopf. »Gut zu wissen.«

Sie ritt weiter, abwechselnd im Schritt und im Trab, bis sie schließlich in den Rhythmus des Pferdes fand. Ihr Gesicht glänzte vor Schweiß, aber sie lächelte triumphierend. »Okay, das hat echt Spaß gemacht. Jetzt habe ich aber noch eine Bitte.«

»Nämlich?«

Sie sah ihn an, und das Feuer in ihren Augen traf ihn wie ein Schlag in den Magen. »Ich würde gern sehen, wie Sie ihn reiten. Zeigen Sie mir, wie es geht.«

11

»Ihnen zeigen, wie es geht, so so.«

Merry wischte sich den Schweiß von der Stirn und wandte den Blick von ihm ab. »Genau.«

»Sie wollen sehen, wie ich mein Pferd reite?«

Allmählich kam sie sich ziemlich bescheuert vor. Aber verdammt, sie wollte ihn wirklich reiten sehen. »Außer Sie sind nicht in der Stimmung, ein bisschen anzugeben.«

Grinsend schüttelte er den Kopf.

Sie fühlte sich ein wenig schwindelig, außerdem vollgepumpt mit Adrenalin. Zudem war sie atemlos und verschmutzt, und vermutlich würde sie morgen an interessanten Stellen einen Muskelkater haben, aber Reiten war all das wert. Es war überwältigend und faszinierend, solch ein großes Tier unter sich zu spüren, mit ihm zu kommunizieren und zusammenzuarbeiten.

»Dann möchten Sie also absteigen?«, fragte T. J.

Sie nickte und blickte auf den Boden. »Ähm … wie mache ich das?«

»Sie ziehen die Füße aus den Steigbügeln und schwingen das rechte Bein hinten über den Sattel. Dann lassen Sie sich nach unten gleiten.«

»Einfach nach unten gleiten?« Von da, wo sie saß, schien der Boden ziemlich weit weg zu sein.

»Falls nötig, fange ich Sie auf.« Er schob seinen Hut in den Nacken. Merry hatte das Gefühl, er würde seine Worte tatsächlich wahr machen.

Falls nötig, fange ich Sie auf.

Dieser Satz charakterisierte ihn perfekt, und aus irgendeinem Grund hätte sie sich ihm am liebsten in die Arme geworfen. Vermutlich war ihr die Reiteuphorie zu Kopf gestiegen, denn Merry Atwater brauchte niemanden, der sie auffing. Nein, danke.

Allerdings stellte sich dann heraus, dass sie doch jemanden brauchte.

Sie schwang ihr Bein über Tangos Rücken, und dann hing sie dort, mit dem Bauch am Sattel, und hatte Angst loszulassen. Sie fürchtete, kopfüber zwischen den Hufen des Pferds zu landen. Auf einmal spürte sie, wie sich T. J.s Hände um ihre Taille legten und sie von Tango forthoben. T. J. setzte sie ab, als würde sie nichts wiegen – wofür sie sehr dankbar war –, und drehte sie zu sich um.

»Sie sehen großartig aus dort oben«, sagte er. Seine Hände ruhten noch immer an ihrer Taille, und er sah so unglaublich gut aus, wie er da unter seinem Cowboyhut hervor auf sie hinunterschaute, dass es mit ihrer Selbstbeherrschung vorbei war und sie sich ihm in die Arme warf.

»Es war umwerfend.« Sie hielt sich einen Moment an ihm fest, kam sich aber sofort blöd vor. Sie hatte sich doch so fest vorgenommen, in seiner Gegenwart nicht mehr impulsiv zu handeln.

Reiten hatte eindeutig schwere Nebenwirkungen.

Gerade als sie sich von ihm lösen wollte, gab er einen tiefen, männlichen Ton von sich und schloss sie in die Arme. Ihr Puls fing an zu rasen und löste ein brennendes Verlangen in ihr aus.

»Sie sind mir ein verrücktes Weib«, sagte T. J., und schon lag sein Mund auf ihrem, und er küsste sie, dass ihr Hören und Sehen verging.

Sie zerschmolz schier in seinen Armen, küsste ihn, bis sie nur noch Sterne sah, und musste ihren Mund losreißen, damit sie nicht vor Atemnot ohnmächtig wurde. »Verdammt.«

»Das Thema scheint uns zu verfolgen.« Seine Brust hob und senkte sich hektisch.

»Wir könnten es ja weiterhin ignorieren.« Sie zuckte mit den Schultern, machte aber keinen Versuch, sich aus seinen Armen zu winden.

»Aber es wird nicht weggehen, stimmt's?«

Merry schüttelte den Kopf. Sie erinnerte sich noch gut, was sie beim ersten Mal gesagt hatte, als sie sich geküsst hatten. *Wieso sollte man sich gegen Anziehungskraft wehren? Am besten wird man sie los, indem man sie einfach auslebt.*

Und sie erinnerte sich auch noch gut an seine Reaktion, und sofort sank ihre Körpertemperatur um ein paar Grad. »Unwahrscheinlich. Aber wissen Sie, was noch unwahrscheinlicher ist? Dass wir beide glücklich bis an unser Lebensende zusammenleben, wieso sollten Sie also Ihre Zeit verschwenden?«

An seinem Kinn zuckte ein Muskel. »Ich habe nicht gesagt, dass Sie Zeitverschwendung wären.«

Sie verdrehte die Augen und machte sich von ihm los.

»Verdammt, Merry!« Schon küsste er sie erneut, und sofort stand sie wieder völlig neben sich und wusste nicht einmal mehr, warum das eine schlechte Idee war. Sie spürte nur noch die Magie, die sein Mund entfachte, die Lust, die in ihr pulsierte, und seine Hände auf ihrem Hintern, die sie an ihn drückten.

Wäre irgendwo in der Nähe ein Bett gewesen, hätte sie ihn hineingezerrt und sich blindlings auf etwas eingelassen, was vermutlich kochend heißer Sex gewesen wäre.

Aber sie standen in der Mitte des Reitrings, mit einem leicht gelangweilten Quarter Horse, das ihnen beim Rumknutschen zusah, über ihnen die heiße Sonne von North Carolina, unter ihnen der noch heißere Boden, und sie hatte völlig den Verstand verloren.

Sie löste sich von seinem Mund und aus seinen Armen. Auf gar keinen Fall würde sie sich auf Sex mit T. J. Jameson einlassen, denn er wollte all das, was sie am meisten fürchtete: Liebe, Verpflichtung, Familiengründung.

Und irgendwo tief in ihrem Inneren hatte sie schreckliche Angst, sie könne, wenn sie sich ihm hingab, wenn sie dieser alles verschlingenden Leidenschaft nachgab, den Grund vergessen, wieso so etwas für sie nicht infrage kam.

Denn T. J. Jameson bedeutete mehr als nur Sex. Er war ehrenhaft und stark und zielstrebig. Er setzte sich für seinen autistischen Neffen ein und nahm einen Hund bei sich auf, vor dem er sich fürchtete, nur weil sie ihn darum gebeten hatte. Er würde einen guten Ehemann und Vater abgeben.

Als sie aus dem Ring davonlief, wurde ihr bewusst, dass sie ihn nun doch nicht hatte reiten sehen.

T. J. lenkte Tango in ausgreifendem Schritt zu dem Fluss hinten an seinem Grundstück hinunter und nutzte die Zeit allein auf dem Rücken seines Pferds, um das soeben Geschehene zu entwirren. Mit Sicherheit wusste er nur eins: Er hätte Merry hinterherlaufen sollen.

Er hatte es nicht getan.

Sie war davongelaufen, und er hatte nicht versucht, sie aufzuhalten. Beide hatten sie sich feige verhalten. Tatsache war, dass Merry – wäre sie geblieben – jetzt vermutlich gerade in seinem Bett liegen würde. Und … *verdammt*! Daran sollte er lieber nicht denken, solange er auf Tango saß, sonst würde es sehr unbequem werden.

Tango watete an der Biegung, wo sich der Fluss verbreiterte, ins Wasser. Er senkte den Kopf, um von dem kühlen, klaren

Wasser zu trinken, dann scharrte er mit den Hufen und bespritzte sie beide.

»Danke für den kalten Schauer.« T. J. nahm den Hut ab, um sich über das Gesicht zu wischen. Er beschwerte sich nicht. Das kühle Wasser fühlte sich gut an auf seiner überhitzten Haut.

Der Ausdruck in Merrys Augen, kurz bevor sie davongerannt war, machte ihm Sorgen. Sie hatte verletzt gewirkt, und wenn er derjenige war, der sie verletzt hatte, nun, dann fühlte er sich wirklich mies. Sein Daddy hatte ihm beigebracht, dass man Frauen immer gut behandeln musste, und da gab es zwar ein paar unschöne Momente in seiner Jugend, auf die er nicht stolz war, aber davon abgesehen hatte er noch nie eine Frau schlecht behandelt.

Noch nie hatte er das Gefühl gehabt, sich bei einer Frau entschuldigen zu müssen. Bis jetzt, bis er Merry getroffen hatte. Sie brachte ihn durcheinander, erregte ihn und machte ihn gleichzeitig wütend. Eins war sicher: Die Anziehungskraft zwischen ihnen würde nicht weichen. Die Frage war nur: Wie würden sie damit umgehen?

Verdammt, wenn er bloß die Antwort gewusst hätte!

Merry warf sich die ganze Nacht im Bett hin und her. Rastlos pulsierte Energie durch ihren Körper, vom Kopf bis zu den Zehen. Diesmal würden T. J. und sie es nicht mehr schaffen, so zu tun, als wäre nichts geschehen. Nicht, nachdem sie sich ihm in die Arme geworfen hatte und dann feige davongelaufen war, sobald er sie geküsst hatte.

Blieben noch drei Wochen Camp. Das war eine verdammt lange Zeit, um solch eine Anziehungskraft zu bekämpfen, ohne dass alles noch merkwürdiger wurde.

Sie vergrub ihr Gesicht im Kissen und ließ den Atem in die

Federn entweichen. Probleme mit Männern, noch dazu in dieser Größenordnung, waren nicht ihre Stärke. Sie spielte keine Spielchen, ließ keine verstörenden Gefühle an sich heran, die alles verkomplizierten.

Kompliziert lag ihr nicht.

Das Leben war zu kurz für komplizierte Beziehungen.

Sie griff nach ihrem Handy und stöhnte, als sie die Uhrzeit sah. 1:43 Uhr Morgen – oder besser gesagt heute – war Samstag, und sie hatte Tara eine Schicht abgenommen, damit sie das Wochenende mit ihrer Familie verbringen konnte.

Dringend benötigte Überstunden.

Die Schicht würde sie umbringen, wenn sie nicht endlich schlief.

Fünf weitgehend schlaflose Stunden später stand sie im Gang der Kinderabteilung und trat ihre Schicht an, die der reine Horror zu werden versprach. An Samstagen war immer besonders viel los, es kamen mehr Besucher, und die Patienten waren schlecht gelaunt, weil sie über das Wochenende im Krankenhaus bleiben mussten.

Bis auf Jayden hatte sie lauter neue Patienten. In ein paar Wochen würde der Kleine hoffentlich mit seinen Pflegeeltern nach Hause gehen und die Chance bekommen können, ein normales Baby zu sein – so normal, wie das Leben für ein Kind mit solch einer schwierigen Krankengeschichte und ohne eigene Familie sein konnte.

Merry suchte Nadya, die Krankenschwester, die ihn während der Nacht betreut hatte, und gemeinsam gingen sie in sein Zimmer. Am Freitag hatte er erneut einen Krampfanfall gehabt, aber seitdem nicht mehr. Vielleicht war er in eine neue Phase seines Heilungsprozesses eingetreten. Normalerweise schlief Jayden während ihrer Runde am Morgen, erschöpft von der langen Nacht, in der er nur geschrien hatte.

An diesem Morgen war er allein. Seine Mutter, Crystal, war am Donnerstag wieder ins Gefängnis zurückgebracht worden, nachdem sie wegen Nierensteinen behandelt worden war.

Ohne sie war er besser dran. Oder?

Nadya verließ das Zimmer, aber Merry blieb noch eine Weile. Sie stand an seinem Kinderbett und sah ihm zu, wie er schlief, mit rosigen Wangen und Lippen, die noch immer ein wenig zitterten. So hatte auch Crystal ihn betrachtet, als sie ihn im Arm gehalten hatte.

Voller Liebe.

Leider war Liebe manchmal nicht genug.

Andererseits – woher nahm sie das Recht, andere zu verurteilen? Crystals Kind würde zumindest überleben. Merry hatte ihren eigenen Sohn so komplett im Stich gelassen, dass er es mit dem Leben bezahlt hatte.

Ihre Träne fiel auf Jaydens Wange, und sie wischte sie genervt weg.

Manchmal vermisste sie Tyler so sehr, dass sie das Gefühl hatte, ihr gesamter Körper würde zusammenbrechen, als wäre sie innen ganz hohl und bestünde nur noch aus einer äußeren Hülle. Eines Tages würde jemand sie vielleicht zu fest drücken und sie zerquetschen wie ein ausgepustetes Ei.

Sie schlug sich die Hand vor den Mund, um nicht zu schreien, und schnappte verzweifelt nach Luft, bis sie sich wieder beruhigt hatte.

»Halt durch, Jayden«, flüsterte sie, dann lief sie rasch aus seinem Zimmer.

Der Rest des Vormittags verging wie im Flug. Zu wenig Schlaf und unzählige Tassen Kaffee führten schließlich dazu, dass sie gleichzeitig todmüde und aufgeputscht vom Koffein war. Es war pures Adrenalin, das sie durchhalten ließ, in Verbindung mit den Energiereserven, die sie mit noch weniger

Schlaf durch sogar noch längere Schichten getragen hatten. Die Arbeit musste gemacht werden, und sie musste gut gemacht werden.

Sie würde ihre Schicht zu Ende bringen und dann nach Hause gehen und zusammenklappen. Heute Nacht würde sie schlafen wie ein Stein.

Sie begleitete Jayden durch weitere schmerzerfüllte Stunden, endloses Geschrei und künstlich herbeigeführten Schlaf, der ihm Erholung bringen sollte. Sie kümmerte sich um ein Mädchen, das sich von einem heftigen Asthmaanfall erholte, um einen Jungen, der sich die Finger bei der Herstellung von Marshmallows verbrannt hatte, und um ein Kleinkind, das an einer für die Jahreszeit ungewöhnlichen Grippe litt.

Ununterbrochen wurde nach ihr geklingelt, und so hetzte sie von Zimmer zu Zimmer. Die Mittagszeit ging vorbei, und Merry hatte sich noch kein einziges Mal hingesetzt. Sie legte Sauerstoffversorgungen an, wechselte Verbände und beruhigte verängstigte Eltern. Am späten Nachmittag sah es aus, als würde sich alles ein wenig beruhigen.

Und dann hatte Jayden erneut einen Anfall. Diesmal brauchten die Ärzte fast eine Stunde, um ihn unter Kontrolle zu bekommen. Dr. Label fügte Jaydens Krankenakte eine neue Diagnose hinzu. Krampfneigung.

Bis seine Anfälle unter Kontrolle waren – sei es medikamentös oder auf natürlichem Weg, während sein Körper den Heroinentzug bewältigte –, würde er im Krankenhaus bleiben müssen.

Um halb acht stand Merry im Aufzug, auf dem Weg zu ihrem Auto. Kurz vor dem Erdgeschoss ging der Adrenalinschub zu Ende. Ihre Knie fingen an zu zittern, und sie musste sich gegen die Wand lehnen.

Sie hätte wirklich noch rasch ein Sandwich essen sollen, bevor sie das Krankenhaus verließ, aber die Müdigkeit hatte ihr den Appetit geraubt. Sie wollte nur noch nach Hause, schnell mit den Hunden Gassi gehen und dann nichts wie ins Bett.

Schlafen bis zu ihrer nächsten Schicht. Sie würde der Nachbarstochter ein bisschen zusätzliches Geld geben, damit sie ihre Hunde zum Ausgleich ein wenig länger ausführte.

Sie schlurfte auf den Parkplatz und durchwühlte ihre Handtasche nach ihrem Schlüssel. Ihr war schwindelig, und vor ihren Augen tanzten Sterne. Oha. Sie hätte wirklich noch etwas essen sollen. So konnte sie nicht nach Hause fahren.

War nicht im Handschuhfach noch ein PowerBar?

Sie würde den Energieriegel essen, sich erholen, und dann rasch die zehn Minuten zu sich nach Hause hinter sich bringen, bevor der Energieschub nachließ.

Wo zum Teufel hatte sie heute Morgen geparkt? Sie wanderte ewig über den Parkplatz. Als sie den CR-V endlich fand, blieb sie verblüfft stehen, rieb sich die Augen und starrte ungläubig.

An der Fahrertür lehnte T. J. Jameson.

»Was um Himmels willen …« Merry stemmte die Hände in die Hüften und runzelte die Stirn.

T. J. legte den Kopf schief und lächelte, dieses unverschämt charmante Lächeln, das sie dahinschmelzen und ihren ganzen Körper vibrieren ließ. »Mir hat nicht recht gefallen, wie wir gestern auseinandergegangen sind.«

Sie starrte ihn an. »Wieso? Weil wir nicht in Ihrem Bett gelandet sind? Ach, Moment, das wollten Sie ja sowieso nicht.«

Sie war schlichtweg zu müde, um sich mit ihm zu streiten. Ihre Hände zitterten. Ihr Blutzuckerspiegel war im Keller, und wenn er ihr nicht bald Platz machte, würde sie ihm vielleicht noch ohnmächtig vor die Füße sinken.

Er schüttelte den Kopf. »Ob ich Sie gern in meinem Bett hätte oder nicht, ist etwas ganz anderes als die Frage, ob das eine gute Idee ist.«

Sie presste die Hand gegen die Stirn. »Sie denken zu viel. Himmel!«

»Meinen Sie nicht, wir sollten darüber reden? Solange wir beide entspannt sind und einen klaren Kopf haben?«

»Ich habe im Moment überhaupt keinen klaren Kopf. Es war ein entsetzlich langer Tag, und ich will nur noch nach Hause.«

Er stieß sich von ihrem Wagen ab und trat auf sie zu. »Alles in Ordnung?«

Sie stemmte die Fäuste gegen seine Brust und drückte. Er wich keinen Zentimeter zurück, aber sie wäre vor Anstrengung beinahe zu Boden gegangen. »Gehen Sie aus dem Weg. Ich meine es ernst.«

Er packte sie an den Ellbogen und zog sie zu sich heran. »Sie sind blass und Sie zittern. Was ist los?«

»Ich bin erschöpft und brauche dringend etwas zu essen. Also bitte, gehen Sie zur Seite.« Wieder stieß sie ihn gegen die Brust, mit ähnlichem Ergebnis.

»Können Sie überhaupt fahren?« Er schob seinen Hut nach hinten und musterte sie.

»Mir geht es gut.« Zumindest würde es ihr gut gehen, wenn er ihr endlich den Weg freimachte und sie an ihren PowerBar kam.

»So sehen Sie aber nicht aus.«

»Himmel noch eins!« Wieder schubste sie ihn, und diesmal ließ er sie los und trat zur Seite. Woraufhin sie glatt über ihre eigenen Füße fiel und gegen die Tür ihres CR-V stolperte.

»Merry …«

Sie hob die Hand, um ihn zum Schweigen zu bringen. »Geben Sie Ruhe, Sie Macho. Ich habe einen PowerBar im Auto.

Damit kriege ich meinen Blutzuckerspiegel hoch genug, um nach Hause zu fahren.«

Er wirbelte ihren Autoschlüssel um den Finger und schüttelte den Kopf. »Ich fahre Sie nach Hause.«

»Wie zum Teufel sind Sie an meinen Schlüssel gekommen?« Verblüfft starrte sie ihre leere Hand an.

»Sie sind gerade nicht ganz auf dem Posten. Seien Sie nicht so zickig und lassen Sie mich Sie nach Hause fahren.«

Alles fing an, sich vor ihr zu drehen, und schwups … lag sie in T. J.s Armen, eingehüllt in seinen erdigen Geruch, und wow, er war stark. Sie schmiegte das Gesicht an seine Brust und atmete seinen Geruch ein.

»Verdammt, Weib!« Seine Stimme klang gepresst. »Ich verfrachte Sie jetzt in meinen Pick-up.«

Sie protestierte nicht, was vermutlich alles über ihre momentane Unpässlichkeit aussagte. Stattdessen schlang sie die Arme um seinen Hals und ließ sich von ihm zu seinem Pick-up tragen.

Falls nötig, fange ich Sie auf, hatte er am Vortag gesagt.

Zumindest stand er zu seinem Wort.

12

T. J. setzte sie auf dem Beifahrersitz seines Pick-ups ab und hob ihr Kinn an, um ihr ins Gesicht sehen zu können. »Alles in Ordnung? Ich fahre Sie jetzt nach Hause.«

Sie nickte. Ihre Schweigsamkeit machte ihm fast so viele Sorgen wie ihr gequälter Blick.

Er ging um den Wagen herum zu der Kühlbox, die er immer hinten im Wagen hatte, und nahm eine Flasche Wasser, eine Stange Beef Jerky und einen Apfel heraus. Dann setzte er sich hinter das Lenkrad und warf ihr die Sachen in den Schoß.

Sie starrte ihn mit weit aufgerissenen Augen an. »Wo kommt das denn plötzlich her?«

»Hinten aus dem Wagen. Ich habe immer ein paar Lebensmittel dabei, für den Fall, dass ein Termin länger dauert und ich bei Kräften bleiben muss. Essen Sie.«

Sie griff nach dem Beef Jerky. »Ich habe noch nie Trockenfleisch gegessen. Ist es sehr eklig?«

»Zäh, salzig. Hat viel Protein.« Er fuhr rückwärts aus der Parklücke und auf die nächstgelegene Ausfahrt zu.

Er hätte sie fragen können, wie sie in ihrem derzeitigen Zustand ihre Schicht bewältigt hatte, aber er kannte die Antwort bereits. An dem Punkt war auch er schon gewesen, wenn er stundenlang mit einem kritischen Fall beschäftigt und dann zusammengeklappt war, sobald der Adrenalinstoß nachließ.

»Wollen Sie darüber reden?«, fragte er.

Sie biss von dem Jerky ab und verzog das Gesicht. »Das Jerky? Das ist ganz okay.«

»Himmel, Merry, jetzt seien Sie doch nicht so eine Klugscheißerin.«

Ihr Gesichtsausdruck wurde hart. »Es war eine anstrengende Schicht. Ich bin Krankenschwester. So etwas kommt vor.«

Er bog nach links in die Main Street ab. Sie war keine x-beliebige Krankenschwester. Sie war Kinderkrankenschwester, und das hieß, dass sie nicht nur täglich mit Schmerz und Leid zu tun hatte, sondern mit Schmerz und Leid von Kindern.

»Wohin?«, fragte er.

»Nach Hause«, erwiderte sie und steckte den letzten Rest Jerky in den Mund.

»Das dachte ich mir schon. Nur, wo wohnen Sie?«

»Ach so, stimmt. Peachtree Lane 508.«

»Peachtree – geht die von der Sturbridge Road ab?«

Sie nickte, kippte die Hälfte der Wasserflasche in sich hinein und machte sich dann über den Apfel her. Allmählich nahmen ihre Wangen wieder Farbe an.

Gut.

Eine Zeit lang fuhren sie schweigend dahin, dann drehte sie den Kopf in seine Richtung. »Also, wieso haben Sie vor dem Krankenhaus auf mich gewartet?«

»Ich habe Ihnen doch schon gesagt, mir hat nicht gefallen, wie wir gestern auseinandergegangen sind.«

»Aber ich arbeite samstags normalerweise nicht, woher wussten Sie also, wo Sie mich finden?«

Aha. Das war wieder die Merry, die er kannte. Das Essen hatte seinen Zweck erfüllt.

Er zuckte mit den Schultern. »Ich habe Sie ein paarmal vergeblich auf dem Handy angerufen, also habe ich es als Nächstes im Krankenhaus probiert und gefragt, ob Sie im Dienst sind.«

»Klingt, als hätten Sie mich unbedingt treffen wollen.«

Oh ja, sogar ihre freche Klappe war wieder da. Und ja, er

hatte sie unbedingt sehen wollen. »Mir ging es weniger darum, Sie zu treffen, ich fand vielmehr, wir müssten uns darüber unterhalten, wo wir stehen.«

»Ob ich mit Ihnen schlafen werde.«

Das war ein Schlag unter die Gürtellinie. »Ich bin ein bisschen neugierig – Sie nicht?«

Sie zuckte mit den Schultern. »Wissen Sie, vermutlich hatten Sie recht beim ersten Mal. Am besten verkomplizieren wir die Sache nicht. Schließlich müssen wir zusammenarbeiten.«

»Stimmt.«

»Dann hätten wir das also geklärt. Keine Küsse mehr.« Sie drohte ihm mit dem Zeigefinger.

»In Ordnung.« Aber jetzt, wo sie es gesagt hatte, wollte er, dass sie es zurücknahm. Er wollte sie küssen. Er wollte sie in sein Bett tragen und mit ihr schlafen, bis sie beide nicht mehr wussten, wie sie hießen. Er wollte sich völlig in ihr verlieren.

»Wie gut, dass wir darüber gesprochen haben«, sagte sie in gekünstelt leichtem Ton. »Gehe ich zu weit, wenn ich frage, ob ich nächste Woche im Anschluss an das Camp noch mal auf einem Ihrer Pferde reiten darf?«

»Ganz und gar nicht. Sie können jederzeit gern zum Reiten kommen.« Er sah zu ihr hinüber und betrachtete ihre ungezähmte Haarpracht. Irgendwo zwischen dem Parkplatz und hier hatten sich ihre Locken aus dem Pferdeschwanz gelöst, den sie bei der Arbeit getragen hatte.

»Danke.« Sie lehnte den Kopf gegen die Kopfstütze und schloss die Augen. »Und danke übrigens, dass Sie mich nach Hause fahren. Ich war vorhin ziemlich mit meinen Kräften am Ende.«

»Gern geschehen.« Er bremste, um von der Sturbridge Road in die Peachtree Lane abzubiegen. »Soll ich Sie morgen früh zur Arbeit fahren?«

Sie schüttelte den Kopf. »Ich rufe meinen Dad an oder Liz.«

»Das brauchen Sie nicht. Ich bringe Sie hin, bevor ich zu meinen Eltern fahre, um mit ihnen in die Kirche zu gehen.«

»Kirche?« Sie zuckte zusammen, als hätte er etwas Beleidigendes gesagt.

»Sie sind nicht religiös?«

»Ich arbeite sonntags.«

Er warf ihr einen Blick zu. »Das habe ich nicht gefragt.«

Sie schaute weg. »Zurzeit gehe ich nicht in die Kirche.«

»Und in welche Kirche gehen Sie zurzeit nicht?«

»In die methodistische.« Wieder war da dieser gequälte Ausdruck in ihren Augen.

»Wollen Sie darüber reden?«

»Sparen wir uns die Zeit«, erwiderte sie abweisend. »Die Antwort auf diese Frage wird immer Nein lauten, okay? Das da drüben an der Ecke ist mein Haus, das graue mit den blauen Fensterläden.«

Er bog in ihre Auffahrt und zuckte mit den Schultern. »Ich wollte nur nett sein.«

»Danke noch mal fürs Herfahren, und danke für das Jerky.« Sie stieg aus dem Wagen und winkte ihm zum Abschied über die Schulter zu.

»Gern geschehen. Dann hole ich Sie morgen also gegen halb sieben ab?«

Sie nickte, dann ging sie rasch auf ihre Haustür zu.

Frustriert bog er wieder in die Peachtree Lane ein.

Als sie sich kennengelernt hatten, hatte er sie nach ihrer Vorliebe für Rosa und nach ihrer lockeren Haltung zu Beziehungen beurteilt, aber Merry Atwater war kein oberflächliches Flittchen. Sie widmete sich kranken Kindern und verlassenen Hunden, und sie hatte sich im Camp bewährt. Ihre grell bemalten Fingernägel täuschten darüber hinweg, dass sie hart wie Stahl war. Zudem hatte sie ein großes Herz, das sie möglichst unter Verschluss zu halten versuchte.

Jetzt saß er mit dem unguten Gefühl da, dass sie möglicherweise ganz anders war, als er ursprünglich gedacht hatte. Und er war ein Vollidiot, dass er ihr Angebot nicht angenommen hatte, in jener Nacht, als sie sich zum ersten Mal geküsst hatten.

Verdammter T. J., sie so in die Ecke zu drängen! Jetzt hatte sie gesagt, dass es keine Küsse mehr geben würde, und das bedeutete, auch all der andere Spaß, zu dem Küssen führte, war damit gestrichen.

Was eigentlich auch das Beste war.

Wenn sie mit T. J. schlafen würde, gäbe es nur alle möglichen Probleme. Außerdem musste sie wirklich an ihrer Selbstbeherrschung arbeiten. Dafür war er ein genauso gutes Übungsobjekt wie jedes andere.

Stöhnend wälzte sich Merry in ihrem Bett auf die andere Seite und presste das Gesicht in Ralphs weiches Fell. Es war Zeit, aufzustehen und sich für die Arbeit fertig zu machen, und sie war noch immer todmüde. So dringend sie den Schlaf auch gebraucht hätte, er war ihr nicht vergönnt gewesen. Jaydens Schreien hatte sie verfolgt, die Erinnerung, wie sein winziger Körper gekrampft und sie vergeblich versucht hatte, ihn zu beruhigen.

Und als sie sein Schreien endlich nicht mehr gehört hatte, war sie in Tiefschlaf gesunken und hatte von T. J. geträumt. In ihren Träumen hatten sie miteinander im Bett gelegen, und er hatte in seiner ganzen Pracht in sie hineingestoßen. Schweißgebadet war sie wach geworden und hatte sich unbefriedigt nach ihm verzehrt.

Alles in allem eine frustrierende und nicht gerade erholsame Nacht. Sie kämpfte sich aus dem Bett und schlurfte ins Badezimmer, dann ging sie nach unten, um die Hunde hinauszulassen. Chip schickte sie als Ersten in den Garten, denn er erholte sich noch von seiner Kastrierung und musste es ein bisschen langsamer angehen lassen. Dann behielt sie ihn in der Küche, während Salsa und Ralph im Garten herumtollten.

Während sich die Hunde austobten, goss sie sich eine dringend benötigte Tasse Kaffee ein. Zum ersten Mal, solange sie zurückdenken konnte, freute sie sich nicht auf ihre Arbeit. Sie fürchtete sich vor dem Schmerz, den Jaydens Anblick und sein mitleiderregendes Schreien bei ihr auslösten, das sie vielleicht bis an ihr Lebensende verfolgen würde.

Eine Dreiviertelstunde später war sie geduscht und angezogen, die Hunde saßen in der Küche hinter der Gittertür, und im nächsten Moment bog auch schon T. J. in die Einfahrt. Pünktlich auf die Minute.

Ein verlässlicher Mann.

»Sie sehen noch fast genauso müde aus wie gestern Abend, als ich Sie hier abgesetzt habe«, sagte er, als sie in die Fahrerkabine seines Pick-ups kletterte.

»Oh, danke. Ihnen auch einen schönen guten Morgen.« Sie richtete den Blick auf ihn, wünschte sich aber sofort, sie hätte das nicht getan.

Für seinen Kirchenbesuch hatte er eine Khakihose und ein taubenblaues Button-down-Hemd angezogen, seine Wangen waren frisch rasiert und rochen leicht nach dem Minzeduft seines Rasierwassers. Himmel, sah er gut aus! Am liebsten wäre sie ihm auf den Schoß geklettert, hätte seinen Geruch eingeatmet und dort weitergemacht, wo sie letzte Nacht in ihren Träumen aufgehört hatten.

»Nicht gut geschlafen?«, fragte er.

»Nein.« Sie schnallte sich an, und er fuhr rückwärts aus der Einfahrt. »Danke, dass Sie mich zur Arbeit bringen.«

»Mache ich gern.«

»Gehen Sie jeden Sonntag mit Ihren Eltern in die Kirche?«

Er nickte. »Fast jeden. Es lässt sich nicht immer mit meiner Arbeit vereinbaren, aber ich versuche es.«

»Sie sind einer von den Guten, nicht wahr?«

»Meistens.« Er sagte das in einem Ton, der ihr einen Schauder über den Rücken jagte. Oh, sie hätte ihn gern erlebt, wenn er nicht gut war. Alles andere als gut.

Sie zog ihre Handtasche an die Brust und starrte aus dem Fenster.

T. J. räusperte sich. »Wenn Sie heute Abend aus der Arbeit kommen, sehen Sie doch hoffentlich nicht so aus wie gestern Abend, oder?«

Klug von ihm, das Thema zu wechseln. »Nein. Und gestern Abend hätte ich es auch geschafft. Ich hatte einen PowerBar im Auto, und damit wäre ich bis nach Hause gekommen.«

Er gab einen Laut von sich, der deutlich besagte, dass er das für unwahrscheinlich hielt.

Vielleicht hatte er recht. Sie konnte sich noch gut erinnern, wie sie ihm in die Arme gesunken war und sich von ihm zu seinem Wagen hatte tragen lassen. Vielleicht war sie gestern Abend ein bisschen selbstmitleidig gewesen. Vielleicht hatte sich ein kleiner Teil von ihr auf ihn stützen wollen. Hatte ein einziges Mal getragen werden wollen, statt immer selbst alle Last auf ihren Schultern zu spüren.

Ein bisschen Ritterlichkeit tat ab und zu ganz gut. Solange sie es nicht zur Gewohnheit werden ließ, dass große, starke, verstörend gut aussehende Cowboys sie durch die Gegend trugen, weil sie zu schwach war, auf ihren eigenen Beinen zu stehen.

»Das muss hart sein«, sagte er. »Kranke Kinder. Ich kann mir nur ansatzweise vorstellen, was Sie da alles zu sehen bekommen.«

Sie starrte weiter aus dem Fenster. »Stellen Sie es sich lieber nicht vor.«

»Ich habe vorgestern Nacht ein Fohlen verloren. Es war eine Steißgeburt, und die Stute hatte schon eine Zeit lang Wehen gehabt, bevor man mich dazugerufen hat. Das Fohlen war bereits tot, als ich ankam. Ich konnte nur noch helfen, es zur Welt zu bringen, damit der Stute nichts passierte.«

»Oje, die Arme.« Merry richtete den Blick wieder auf T. J. »War sie traurig? Spüren Pferde solch einen Verlust?«

»Ja, sie wusste Bescheid. Sie hat das Fohlen gesäubert und es eine Zeit lang liebkost, bis ich es nach draußen gebracht habe.«

»Was haben Sie damit gemacht?«

»Der Besitzer und ich haben hinter der Wiese ein Loch gegraben und es dort beerdigt.«

»Das war nett von Ihnen.« Sie drehte den Kopf wieder zum Fenster.

»Sie wissen ja bestimmt, wie sich das anfühlt.«

Sie schnappte nach Luft, als hätte er ihr einen Schlag in die Magengrube versetzt.

Ihre Haut prickelte heiß. Sie sah wieder die Erde auf Tylers Sarg fallen, sah die Blicke, hörte das Flüstern der anderen Trauergäste, spürte den überwältigenden Kummer, der sie beinahe aufgefressen hätte. »Wer hat Ihnen das gesagt?«

Sie klammerte sich am Armaturenbrett des Wagens fest. Auf einmal hatte sie einen ekligen Geschmack im Mund. Wie konnte er bloß von Tyler gehört haben? Nicht einmal Cara wusste von ihm.

»Wer hat mir was gesagt?«, fragte er. »Himmel, Merry, Sie sehen aus, als müssten Sie sich gleich übergeben.«

»Ich muss mich nicht … wie bitte? Wovon haben Sie geredet?«

Er stieg auf die Bremse und hielt am mit Gras bewachsenen Straßenrand. Dann drehte er den Kopf in ihre Richtung und sah sie durchdringend an. »Ich hatte gedacht, dass gestern einem Ihrer Patienten etwas zugestoßen war, also habe ich versucht, Gemeinsamkeiten zu finden, Sie vielleicht dazu zu bringen, sich mir gegenüber zu öffnen.«

Erleichtert atmete sie auf. Er hatte keine Ahnung. Er wusste nichts von Tyler.

»Was haben Sie geglaubt, wovon ich rede?«

Oh, verdammt. »Ich … nein, Sie haben recht. Ich habe mir gestern riesige Sorgen um einen Patienten gemacht.«

Er legte seine große warme Hand auf ihre. »Das tut mir leid.«

»Dieses kleine Baby, es hat schon so viel durchgemacht. Es ist einfach unerträglich, das mit anzusehen.«

»Ein Baby? Oh, verdammt.« Er zog sie in seine Arme.

Sie schmiegte sich an seine Brust und sog seinen Geruch ein, bis ihre Übelkeit nachließ. Dann räusperte sie sich und setzte sich auf. »Das gehört alles zu meiner Arbeit.«

»Sie wären ja unmenschlich, wenn Ihnen das nicht ab und zu schrecklich naheginge.« Er strich ihr über die Wange, und beinahe hätte sie sich ihm erneut in die Arme geworfen. Was zum Teufel war bloß mit ihr los?

»Oh, ich bin definitiv nicht unmenschlich.« Und seine Finger lagen definitiv noch immer auf ihrer Haut, wie jede einzelne ihrer Nervenzellen problemlos bestätigen konnte.

Er legte die Hand wieder ans Steuer und lenkte den Wagen zurück auf die Straße. Sie musste ihre gesamte neu erworbene Selbstbeherrschung aufwenden, um ihn nicht davon abzuhalten.

T. J. bog auf die Landstraße ein, die aus Dogwood herausführte. Er ließ das Fenster hinuntergleiten und die frische Morgenluft über seine Haut streichen. Er musste Merry aus dem Kopf verbannen, bevor er in der Kirche ankam, denn was ihn im Moment beschäftigte, gehörte nicht in einen Gottesdienst.

Dann war da noch eine Kleinigkeit, nämlich ihre Reaktion, als er ihr erzählt hatte, wie sie das Fohlen beerdigt hatten. Sie war in Panik geraten und hatte die Panik dann mit der vorgeschobenen Geschichte von dem kranken Baby in der Arbeit zu überspielen versucht. Doch er wusste, dass er da noch an etwas anderes gerührt hatte.

Was auch immer das war, er wusste es nicht, und es ging ihn auch nichts an. Er musste sich das aus dem Kopf schlagen, denn egal ob sie der Anziehung zwischen ihnen nachgaben oder nicht, die sie beide schier auffraß … sie hatte deutlich gemacht, dass sie an einer längerfristigen Beziehung nicht interessiert war. Wenn das Camp endete, trennten sich ihre Wege.

Es war sinnlos, Zeit und Energie auf etwas zu verschwenden, das er nicht ändern konnte. Außerdem musste seine Aufmerksamkeit im Moment vor allem Noah gelten.

Er fuhr, bis die Sonne hell über ihm am Himmel stand, dann lenkte er den Wagen in Richtung Sycamore United Methodist Church, wo er auf Amy, Noah, seine Eltern und verschiedene Cousins und Nachbarn traf, die alle zum Gottesdienst wollten. Anschließend fuhren sie zur Blue Sky Farm, um Emmy Lous leckeren Brunch zu genießen.

Trace sagte T. J. wie jeden Sonntag, welche Pferde er sich ansehen sollte, und während Emmy Lou noch das Essen vorbereitete, machte T. J. sich auf den Weg in den Stall. »Magst du mitkommen und mir helfen?«, fragte er Noah.

Der Junge nickte und ging mit ihm Richtung Stall.

»Wie hat dir die erste Campwoche gefallen?«, fragte T. J.

»Hat Spaß gemacht.« Noah hatte sich im Schneidersitz auf einen Stuhl vor Jewels Box gesetzt. Seine Hand bewegte sich unaufhörlich an seiner Seite hin und her. Mit gesenktem Kopf zupfte er an einem losen Faden seines Hemdärmels herum.

»Amber vermisst dich, wenn du nach Hause gehst.« T. J. trat in die Box, um Jewel und Ruby, ihr Fohlen, zu untersuchen. Ruby war gerade mal eine Woche alt, knabberte aber bereits am Heu ihrer Mutter herum. T. J. untersuchte das Fohlen gründlich und tastete auch seine Beine ab, zum einen, um es auf Schwellungen zu untersuchen, zum anderen um es an das Abgetastetwerden zu gewöhnen.

Ruby zupfte verspielt an T. J.s Hemd herum, dann lief sie im Kreis durch die Box. Jewel kam, stupste ihn an und schob das Maul in seine Tasche. Sie wusste, dass er immer Karotten dabei hatte. Er holte eine heraus und gab sie ihr.

»Also habe ich mir gedacht, du könntest diese Woche mal eine Nacht bei mir bleiben, zu so etwas wie einer Pyjamaparty mit Amber. Was meinst du?«

Noah sah ihn durch die Stäbe hindurch an und nickte breit lächelnd.

»Vielleicht können wir uns eine Pizza kommen lassen, einen Film anschauen. Was für ein Film würde dir gefallen?«

»*Air Bud*«, erwiderte Noah.

»Den kenne ich nicht. Worum geht es da?« T. J. hielt den Atem an. Konnte er auf ein richtiges Gespräch mit seinem Neffen hoffen?

»Um einen Jungen und einen Hund«, erwiderte Noah leise und zupfte dann wieder an seinem Ärmel herum.

»Um einen Jungen und einen Hund, so so.« T. J. streichelte das Fohlen noch ein letztes Mal, dann trat er aus der Box. »Kommt mir bekannt vor.«

Während er zwei weitere Pferde untersuchte, redete er weiter, aber Noah ignorierte ihn weitgehend und zupfte ununterbrochen an seinem Ärmel. Bis sie zum Essen ins Haus zurückkehrten, lag ein ganzer Stapel Fäden auf seinem Schoß.

Drinnen war niemand sonderlich gesprächig, denn alle häuften sich Muffins, Kekse, Eier, Wurst und Maisgrütze auf den Teller. Sie aßen, bis ihnen der Bauch wehtat, und überhäuften Emmy Lou mit Lob für ihre Kochkünste. Zum Schluss räumten Trace und T. J. die Küche für sie auf.

Im Flur traf er Amy und zog sie zur Seite. »Wie läuft es? Hat Noah mal was über das Camp gesagt?«

Sie fuhr sich mit der Hand durch das Haar und schüttelte den Kopf. »Wenig. Manchmal spricht er von Amber. Er hat gefragt, ob es keine Medikamente gegen meine Allergie gibt, weil er Amber gern behalten würde.«

»Ich werde mit ihm darüber reden.«

»Ich glaube, er ist ein bisschen in Merry verliebt.« Amy lächelte.

T. J. grinste. »Ja, das ist mir auch schon aufgefallen.«

»Dann seid ihr ja schon zu zweit.« Sie stieß ihn spielerisch mit dem Ellbogen in die Seite.

»Wie bitte?«

»Jetzt tu nicht so. Du bekommst immer einen ganz verträumten Blick, sobald jemand sie erwähnt.«

»Das stimmt nicht.«

»Du solltest dem nachgeben. Ich glaube, sie wäre gut für dich. Vielleicht hilft sie dir, das Leben ein bisschen leichter zu nehmen.«

»Merry und ich haben völlig unterschiedliche Lebensentwürfe. Außerdem wollte ich über etwas ganz anderes reden. Ich mache mir Sorgen um Noah. Er scheint eher weniger als mehr zu reden. Was ist los? Macht ihm irgendwas zu schaffen?«

Amy stieß einen tiefen, kummervollen Seufzer aus. »Es sieht so aus. In letzter Zeit ist er außergewöhnlich aufgewühlt und unzugänglich, und ich finde einfach nicht heraus, wieso.«

»Du glaubst aber nicht, dass es am Camp liegt, oder?«

»Um Himmels willen, nein. Wenn er überhaupt mal lächelt, dann nur, wenn er vom Camp redet. Das ist immer der Höhepunkt des Tages.«

»Was ist es dann?«

Amy schüttelte den Kopf. »Ich habe es nicht herausfinden können. Es sind Sommerferien, also kann es nichts mit der Schule zu tun haben. Zu Hause hat es in letzter Zeit auch keine Veränderungen gegeben, jedenfalls nichts, was eine Erklärung für sein Verhalten wäre.«

»Ich habe ihn gefragt, ob er diese Woche mal bei mir übernachten möchte. Vielleicht bringe ich irgendwas aus ihm raus.«

»Das klingt großartig.« Amy umarmte ihn. »Sag es mir, wenn er dir irgendwas erzählt, okay?«

»Das weißt du doch.« Er spürte, dass sie sich große Sorgen machte. Irgendwie würde er schon herausbekommen, was mit Noah los war. Er würde einen Weg finden, seinem Neffen zu helfen, und auch Amy. Das musste er einfach.

Merry starrte auf die Tabelle und rieb sich die Augen. Heute Abend würde sie eine Schlaftablette nehmen. Verzweifelte Zeiten verlangten nach verzweifelten Maßnahmen. Und sie war zum Verzweifeln müde.

Die heutige Schicht hatte sie endgültig geschafft. Dass morgen Camp war, bedeutete zumindest, dass sie nur eine halbe Schicht arbeiten musste. Trotz Hitze und Schweiß genoss sie die Arbeit mit den Kindern. Sie alle hatten große Fortschritte mit den Hunden gemacht. Das Vertrauen wuchs, der Zusammenhalt ebenfalls.

Die erste Woche war ein Erfolg gewesen. Jetzt musste sie dafür sorgen, dass die zweite Woche genauso erfolgreich wurde, denn sie brauchte dringend die zweite Hälfte von T. J.s Spende.

Das Konto von *Triangle Boxer Rescue* war schon wieder leer. Sie war wieder am gleichen Punkt wie vor zwei Wochen, an jenem Abend, als man ihr Amber an die Tür gebracht hatte. Die ersten Fünfhundert von T. J. und die kleineren Spenden von der Aktion in Perrys Zoohandlung sowie von ihrem Facebookaufruf waren bereits ausgegeben.

Wie hatte sie sich bloß so abhängig von einem einzigen Wohltäter machen können? Blöder Anfängerfehler! Tatsache war, sie musste lernen, Spendengelder aufzutreiben. Es war lächerlich, dass sie *TBR* nicht längst mit einem großen Spenderkreis abgesichert hatte. Sie musste mehr Adoptionsveranstaltungen organisieren, stärker in den sozialen Netzwerken präsent sein und neue Wege finden, Geld aufzutreiben.

Die nächsten beiden Tage würde sie mit Camp und Arbeit mehr als ausgelastet sein, aber Mittwochnachmittag würde sie sich, sobald sie zu Hause war, an den Computer setzen und sich einarbeiten. Keine Ausreden mehr.

Seufzend klappte sie ihren Laptop zu und ging mit den Hunden nach draußen. Anschließend holte sie aus dem Medizinschränkchen eine der Schlaftabletten, die sie für Notfälle im Haus hatte. Sie nahm sie nur ungern, weil es sich einfach falsch anfühlte, nicht von allein schlafen zu können.

Nur heute Nacht. Acht Stunden Schlaf, dann ein paar Stunden auf der Farm, um wieder in die Gänge zu kommen. Ein bisschen Balsam auf die Wunde, die Jaydens Schreie ihr zugefügt hatten.

In jener Nacht schlief sie tief und traumlos, und als sie Montagmorgen im Camp ankam, fühlte sie sich frisch und gestärkt.

Es war faszinierend, wie eine Nacht voller Schlaf einen Menschen verändern konnte.

Die Kinder dagegen waren nach zwei Tagen ohne Camp schlaff und unkonzentriert.

»Dieser Welpe ist unmöglich«, verkündete Parker um viertel nach neun, nachdem er gerade mal zehn Minuten mit Chip gearbeitet hatte. »Ich gebe auf.«

Chip ließ den Kopf hängen, weil er nicht begriff, wieso er Parker frustriert hatte. Er konnte nicht verstehen, dass es keine Einladung zum Tauziehen war, wenn der Junge unkontrolliert an der Leine zerrte.

Die nächsten zehn Minuten arbeitete sie mit den beiden, half Parker, seine Stimme zu senken und seinen Körper ruhig zu halten, damit sich Chip auf sein eigenes Verhalten konzentrieren konnte. Je aufgewühlter Parker war, desto überaktiver wurde Chip.

Schließlich gelang es Parker, den Welpen zum Sitzen zu bringen, und – mit Merrys Hilfe – auch zum Liegen. Zur Belohnung ging sie mit den beiden nach draußen und rannte mit ihnen quer über die Wiese, damit Junge und Hund ihre überschüssige Energie austoben konnten. Savannah, die beim Reitring gesessen hatte und eine Cola Light getrunken hatte, schloss sich ihnen an.

Als sie zurückkamen, versorgte Merry alle mit kaltem Wasser, dann tauschte sie Chip gegen Ralph aus, damit Parker eine Zeit lang mit ihm üben konnte. Chip und Parker mussten sich erst noch zusammenraufen. Bis zum Ende des Camps wollte sie erreichen, dass die beiden harmonisch zusammenarbeiteten. Das betrachtete sie als ihren persönlichen Meilenstein. Außerdem musste Parker unbedingt bis zum Ende durchhalten, damit T. J. keine Ausrede hatte, ihr nicht die gesamte Spende zukommen zu lassen.

»Ich sehe, was er falsch macht«, sagte Lucy, nachdem Parker mit Ralph im Gang verschwunden war. Mühelos schob sie ihren Rollstuhl über den unebenen Boden der Scheune, Bosleys Leine um die rechte Hand gewickelt.

»Wirklich?« Merry war vom ersten Moment an von Lucy beeindruckt gewesen. Das Mädchen hatte ein sicheres Auftreten und einen ruhigen, entschiedenen Umgang mit den Hunden.

»Er sagt Chip mit Worten etwas anderes als mit den Händen. Schauen Sie mal.« Sie streckte die Hand nach Chips Leine aus.

Merry reichte sie ihr und nahm stattdessen Bosley, wobei sie Lucy und Chip genau im Auge behielt. Auf keinen Fall durfte der kleine Unruhestifter Lucy aus dem Rollstuhl zerren.

Lucy sah auf Chip hinunter und sagte mit deutlicher Stimme: »Sitz.« Mit der linken Hand gab sie ihm das entsprechende Zeichen. Die rechte Hand blieb auf ihrem Schoß liegen, die Muskeln steif von ihrer Kinderlähmung.

Chip setzte sich.

»Braver Junge.« Sie warf ihm einen Keks hin. »Runter.« Wieder gab sie mit Wort und Hand den gleichen Befehl.

Chip legte sich auf dem kühlen Boden auf den Bauch.

»Braver Junge, Chip.« Sie warf ihm einen weiteren Keks hin. »Siehst du? Du bist ein braver Welpe.«

»Und du bist eine prima Trainerin. Das war perfekt, Lucy. Hättest du Lust, mir nachher mit Chip zu helfen?«

»Gern.« Lucy strahlte. »Ich finde das Camp richtig toll. Es macht viel mehr Spaß, als ich gedacht hatte.«

»Echt? Das höre ich gern.« Merry kniete sich neben Chip und umarmte den Welpen. »Was gefällt dir bis jetzt besser, die Pferde oder die Hunde?«

»Eindeutig die Hunde.« Lucy biss sich auf die Lippe. »Ich war mir nicht sicher, ob ich auf einem Pferd reiten kann, Sie wissen schon, mit meinen Beinen. Aber es macht tatsächlich Spaß.«

»Ich habe dich Freitag auf Twilight gesehen. Du siehst klasse aus da oben.« Merry stand auf. »Ich hatte Freitag auch meine erste Reitstunde. Ich hatte ganz schön Angst.«

»Wirklich? Ihre allererste?« Lucy sah sie verblüfft an.

»Ja. Das erste Mal, dass ich auf einem Pferd gesessen habe.«

»Hat es Ihnen gefallen?«

»Ja. Vielleicht versuche ich es sogar noch mal.«

»Sie können das sicher gut«, sagte Lucy.

Merry blinzelte ihr verschwörerisch zu. »Zumindest bin ich nicht runtergefallen.«

T. J., der hinter die beiden getreten war, legte die Hand auf Lucys Rollstuhl. »Ein richtiger Reiter ist man erst, wenn man mindestens zweimal runtergefallen ist. Jedenfalls hat mein Dad das immer behauptet.«

Lucy schauderte. »In dem Fall will ich lieber gar keine richtige Reiterin sein.«

»Ich auch nicht«, stimmte Merry ihr zu.

»Keine Bange.« T. J. sah sie einen Moment lang an, dann richtete er den Blick auf Lucy. »Ich passe schon auf, dass niemand runterfällt. Aber wenn ihr nach dem Camp noch weiterreiten wollt, werdet ihr irgendwann mal auf dem Boden landen. Das gehört alles zum Lernprozess dazu.«

»Wenn Sie meinen.« Lucy wirkte nicht sehr überzeugt.

»Pat wartet mit Twilight auf dich«, sagte T. J. zu ihr.

»Okay.« Lucy gab Merry Chips Leine, rollte den Gang entlang Richtung Reitring und warf Merry noch einen bangen Blick über die Schulter zu.

»Himmel, da haben Sie sie jetzt aber großartig auf ihre Reitstunde eingestimmt«, sagte Merry. »Ihr Angst zu machen, sie könnte runterfallen.«

Er zuckte mit den Schultern. »So was kommt vor. Ihr passiert schon nichts.«

Mit diesen Worten drehte er sich um und verließ die Scheune.

Der Rest des Vormittags verlief weitgehend ereignislos, aber Merry musste die ganze Zeit an Lucy und ihre natürlich Gabe mit Hunden denken. Noch vor Ende des Camps würde sie Lucys Eltern vorschlagen, über einen Assistenzhund für sie nachzudenken.

Lucy war klug und motiviert, aber auch schnell gereizt, wenn ihre körperlichen Behinderungen ihr Grenzen setzten. Ein Assistenzhund würde ihre Unabhängigkeit und ihre Zielstrebigkeit vergrößern.

Einen Versuch war es jedenfalls wert.

Nachdem die Kinder abgeholt worden waren, ging Merry zum Haus hinauf, um ihre Handtasche zu holen. Noah saß in der Küche und goss sich gerade ein Glas Limonade ein. »Hallo, Noah, du hast heute großartig mit Amber gearbeitet.«

Noah erstarrte, dann schoss er aus dem Raum, eine Spur von Limonadentropfen hinter sich herziehend.

»Tut mir leid, wenn ich dich erschreckt habe«, rief sie über die Schulter, als sie das Haus verließ. »Bis morgen.«

Sie ging zu ihrem Wagen und ließ den Motor an, um die Klimaanlage in Gang zu setzen, dann holte sie die Hunde aus der Scheune. T. J. war mit den Pferden auf der Weide, und so eilte sie mit den Hunden über die Einfahrt zu ihrem Wagen.

Man konnte Schwierigkeiten ja auch aus dem Weg gehen.

Im Wagen überprüfte sie wie jeden Tag den Inhalt ihrer Geldbörse. Es war blödsinnig, sie konnte sich eigentlich nicht vorstellen, dass eins dieser Kinder sie bestahl. Außerdem war es ziemlich unwahrscheinlich, dass sie ihre Handtasche im Haus überhaupt entdeckten.

Sie stellte sie immer in eine Ecke des Küchentresens, wo sie niemandem auffiel, der während des Camps ins Haus kam, um die Toilette zu benutzen. Dort war sie absolut sicher.

Als sie die Geldscheine in ihrer Börse zählte, sank ihr der Mut. Wieder fehlten fünf Dollar. Am Morgen hatte sie einen Zehn- und zwei Fünf-Dollar-Scheine gehabt. Einer der Fünfer war verschwunden.

Diesmal war sie sich ganz sicher. Seit dem Vorfall letzte Woche hatte sie sich vor und nach dem Camp jedes Mal den Inhalt ihrer Geldbörse gemerkt, damit es keinen Irrtum gab, falls sie eins der Kinder beschuldigen musste.

Nur dass keins der Kinder Zugang zu ihrer Handtasche hätte haben sollen.

Dann fiel ihr wieder ein, wie Noah sich in der Küche Limonade eingeschenkt hatte und wie er davongelaufen war, als sie hereinkam. *Oh nein.*

War es möglich, dass Noah sie bestohlen hatte?

Wieso sollte er das tun?

Das ergab keinen Sinn. Noah war ein braver Junge, ein liebes Kind. Er war weder ein Dieb noch ein Unruhestifter.

Aber wenn sie nun nicht die Einzige mit finanziellen Problemen war? Vielleicht war dies ein fehlgeleiteter Versuch, seiner Mom zu helfen. Es konnte für Amy nicht leicht sein als alleinerziehende Mutter, noch dazu mit einem Kind, das besonderer Förderung bedurfte. Merry wollte ihr auf keinen Fall zusätzlich Probleme machen, und Noah erst recht nicht.

Mit einem unguten Gefühl ließ sie die Geldbörse wieder in die Handtasche gleiten. Sie würde den Diebstahl vorläufig für sich behalten. Sie musste sich erst hundertprozentig sicher sein, bevor sie sich an T. J. wandte, denn er würde alles andere als begeistert sein.

Wenn sich herausstellen sollte, dass sie recht hatte, und sie ihm sagen musste, dass sein Neffe sie bestohlen hatte, war eins sicher: Das würde die Flamme zwischen ihnen ein für alle Mal auslöschen.

13

Merry streckte die rechte Hand nach vorne. »Bleib sitzen.«

Sie trat einen Schritt zurück, und Ralph blieb sitzen, beobachtete sie aber genau. Nach mehreren Sekunden beugte sie sich hinunter und klatschte in die Hände. »Okay, komm. Braver Hund.«

Ralph schoss schwanzwedelnd auf sie zu, und sie überhäufte ihn mit Lob, während vier Paar kleine Kinderhände seinem guten Verhalten applaudierten.

Merry drehte sich zu den Kindern um. »Daran werden wir den Rest der Woche arbeiten: ihnen beizubringen, sitzen zu bleiben. Dieser Befehl ist schwieriger als die, die wir bis jetzt hatten, und wir werden ihn intensiv üben müssen. Seid ihr bereit?«

Alle nickten.

»Okay. Jetzt, wo die Vorführung vorbei ist, nehme ich Parker und Lucy mit zu ihrer Reitstunde«, sagte T. J. Pat und seine Töchter warteten draußen schon mit Peaches und Twilight.

»Noah, du arbeitest erst mal mit mir«, sagte Merry. »Jules, du übst mit Olivia, während ich mit Noah arbeite, und anschließend tauschen wir.«

Merry brachte Chip und Bosley in die leere Box, dann ging sie zu Noah und Amber, die wie üblich auf ihrem Platz in der Ecke saßen. »Seid ihr zwei bereit?«

Noah nickte. Amber saß schwanzwedelnd und mit heraushängender Zunge neben ihm. In den drei Wochen seit Beginn des Camps war sie richtig aufgeblüht. Das Leben auf der

Farm gefiel ihr, und sie liebte Noah. Leider hatte das Camp auf Noah – obwohl er Amber ebenfalls liebte – nicht denselben Effekt wie auf die anderen Kinder. Deren Selbstvertrauen und Sozialkompetenz wuchs, aber Noah blieb in sich selbst versunken in seiner Ecke. In seinem Blick lag etwas leicht Gehetztes, das Merry nur zu gut kannte. Irgendetwas beunruhigte ihn.

Der Tag, an dem er ihr vermutlich Geld gestohlen hatte, lag inzwischen eine Woche zurück, und allmählich wollte sie Antworten. Das Camp ging nur noch eine Woche, und ihr lief die Zeit davon.

»Ich erzähle dir jetzt mal ein Geheimnis, auf das du vermutlich schon selbst gestoßen bist«, sagte sie.

Noah sah sie mit weit aufgerissenen Augen an.

»Einige der Hunde kannten die Befehle bereits, die wir im Camp lernen. Amber nicht. Alles, was sie gelernt hat, hast du ihr beigebracht.«

Noah lächelte, und einen Moment lang war sein kummervoller Gesichtsausdruck verschwunden. »Ich weiß.«

»Das habe ich mir schon gedacht. Du bist ein kluger Bursche.« Sie zerzauste ihm das braune Haar. »Bereit? Wir fangen mit ganz kleinen Schritten an, dann tut sie sich leichter.«

Noah nickte.

»Okay, als Erstes stellst du dich jetzt mal neben mich.«

Er stand auf und eilte an ihre Seite.

»Jetzt sag ihr, sie soll sitzen, und wenn sie sitzt, lobst du sie.«

Noah hob die Hand und gab Amber das Zeichen für »Hinsetzen«. Sie setzte sich. Noah grinste stolz und gab ihr einen Keks.

»Das machst du prima, Noah. Jetzt übe bitte mal mit Handzeichen und gesprochenem Befehl. Sie muss lernen, auf beides zu reagieren. Versuch es noch mal.«

Noah wiederholte die Handbewegung und sagte dazu mit klarer, kräftiger Stimme: »Sitz.« Wieder setzte sich Amber, und wieder belohnte er sie mit Keksen und Küssen.

»Perfekt.« Sie klopfte ihm auf die Schulter. »Gut gemacht.«

Es war jedes Mal ein Sieg, wenn Noah mit Worten kommunizierte. Nicht nur weil er sprach, sondern auch, weil er sich dadurch Geltung verschaffte. Das war im Leben eine sehr wichtige Fähigkeit.

»Und jetzt, wo sie sitzt, streck deine Hand so von dir weg.« Sie zeigte es ihm. »Sag ihr, sie soll sitzen bleiben. Du machst einen kleinen Schritt nach hinten, und wenn sie sitzen bleibt, trittst du wieder zu ihr und lobst sie. Alles klar?«

Noah nickte. Er schob das Kinn vor, straffte die Schultern, streckte die rechte Hand nach vorne und sagte: »Bleib sitzen.«

Er trat einen Schritt zurück, und Amber betrachtete ihn aufmerksam. Sie schob den Kopf vor, streckte sich in seine Richtung, aber Noah schüttelte den Kopf. Schließlich sprang er wieder auf sie zu, fiel auf die Knie und überhäufte sie mit Lob.

»Das war fantastisch! Ihr beiden seid wirklich klasse. Lass uns noch ein bisschen weiterüben. Wenn du ihr sagen willst, dass sie jetzt aufstehen darf, sagst du ›Okay‹. Sag es zu ihr, bevor du zu ihr zurückgehst.«

Noah nickte. Sie übten weitere zehn Minuten miteinander. Manchmal stand Amber auf und folgte Noah, aber oft blieb sie auch sitzen. Sie war eine gelehrige Schülerin, und Noah ein guter Lehrer. Dass er nur selten sprach, hatte auch einen Vorteil. So bekam jedes seiner Worte mehr Gewicht.

Wenn Noah etwas sagte, hörte Amber zu.

»Ihr beide habt das prima gemacht. Du hast wirklich ein Händchen für sie, Noah. Sie vertraut dir, und das macht alles einfacher.«

Noah strahlte. Er schlang Amber die Arme um den Nacken und drückte sie an sich. Amber wedelte begeistert mit dem Schwanz. Merry hoffte inständig, dass die beiden dauerhaft zusammenbleiben konnten. Am Ende des Camps würde sie T. J. so lange bearbeiten, bis er vor Schuldgefühlen nicht mehr ein noch aus wusste.

Bis dahin …

»Ich weiß, meine Hauptaufgabe hier ist, euch allen mit den Hunden zu helfen, aber ich würde mich freuen, wenn ihr mich auch als jemanden sehen würdet, dem ihr vertraut. Wenn dich irgendetwas beschäftigt, worüber du gern reden möchtest – ich bin eine großartige Zuhörerin und kann ziemlich gut Probleme lösen. Vielleicht kann ich helfen.«

Noah vergrub das Gesicht in Ambers Fell.

»Du sollst einfach wissen, dass du immer mit mir reden kannst. Ich weiß, wie es sich anfühlt, wenn man Angst hat und verwirrt ist und glaubt, niemand wird einen verstehen. Glaub mir, an dem Punkt war ich selbst schon.«

Er sah zu ihr hoch, sagte aber nichts.

Merry redete einfach auf gut Glück weiter. Sie hatte keine Ahnung, was Noah zu schaffen machte. Amy schien eine gute Mom zu sein, aber Merry hatte als Krankenschwester schon viele Kinder gesehen, denen von ihren Eltern Schreckliches angetan worden war. Es konnte nie schaden, einen zuverlässigen Verbündeten außerhalb der Familie zu haben.

»Behalt das einfach im Kopf, für den Fall, dass dir mal nach Reden ist. Hier.« Sie zog eine Visitenkarte aus der Tasche und reichte sie ihm. »Solltest du jemals in eine Situation kommen, die dir nicht gefällt, und unsicher sein, was du tun sollst, dann ruf mich einfach an. Ich komme, ohne Fragen zu stellen. Okay?«

Er nickte, nahm die Visitenkarte und steckte sie ein.

»Na gut, jetzt muss ich mit Jules und Salsa arbeiten. Denk über das nach, worüber wir geredet haben, und übe weiter Sitzen bleiben mit Amber, okay?«

Merry führte die beiden zu der restlichen Gruppe und hoffte wider alle Vernunft, dass sie zu ihm durchgedrungen war.

T. J. stieß einen Seufzer aus. Die dritte Campwoche war zur Hälfte rum, und die Kinder machten sich größtenteils prima. Derjenige, der ein Problem hatte, war er selbst. Er war frustriert und schier von Sinnen über die anhaltende Spannung zwischen Merry und ihm, über Noahs zunehmend düstere Stimmung und über die Tatsache, dass ihm in seinem eigenen Haus permanent ein Hund zwischen den Füßen herumlief.

Er freute sich auf das Ende des Camps. Er freute sich schon darauf, sein einfaches, geordnetes Leben zurückzubekommen.

Nur dass er es vermutlich nicht zurückbekommen würde. Irgendwie hatte er das Gefühl, dass nichts mehr wie früher sein würde, wenn sie alle weg waren, wenn seine Farm wieder ruhig und leer sein würde.

Heute nach dem Camp brauchte er einen schönen langen Ausritt auf Tango. Sie würden einen Pfad durch den Wald nehmen und den Frieden und die Stille genießen, bis sie sich vom Vormittag erholt hatten. Notwendiger Stressabbau.

Peaches war heute wieder mit dabei und trug Lucy begeistert herum. Pat führte Peaches, während Savannah und Madison zu beiden Seiten des Pferds gingen. T. J. folgte ihnen mit Parker auf Twilight. Der Junge schien auf dem Pferd seinen inneren Frieden zu finden, er wirkte ruhig und konzentriert.

»So«, sagte Pat. »Jetzt schließt mal eure Augen und konzentriert euch darauf, wie sich das Pferd unter euch bewegt.«

T. J. sah zu Parker hoch. Der Junge saß mit geschlossenen Augen da, beide Hände am Sattelhorn, die Haltung entspannt.

Sie gingen einmal rund um den Ring, während Pat sie anleitete, sich nacheinander auf die einzelnen Körperteile zu konzentrieren, auf die Beine, die Schultern, die Arme, den Nacken. Dann ließ er sie die Augen wieder öffnen.

»Es fühlt sich anders an, wenn man nichts sehen kann, nicht wahr?«, sagte er.

»Irgendwie cool«, erwiderte Parker.

Als Nächstes wies Pat sie an, die Arme zu den Seiten auszustrecken. So lernten sie, den Körper im Sattel auszubalancieren und gleichzeitig die Muskeln zu kräftigen.

Beide Kinder waren eifrig und selbstbewusst bei der Sache. Alle hatten sie im Camp große Fortschritte gemacht, nur Noah nicht, und das frustrierte T. J. über alle Maßen.

Er hatte gesehen, dass Merry sich in den letzten Tagen besonders intensiv mit seinem Neffen befasst hatte, und er hätte gern gewusst, worüber sie geredet hatten. Bisher hatte sie ihm noch nichts erzählt, obwohl sie ihm versprochen hatte, ihn über Noah auf dem Laufenden zu halten.

Nach dem Unterricht halfen die Kinder, Peaches und Twilight abzuduschen und sie dann zu Tango auf die Weide zu bringen. T. J. hatte Merry in der vergangenen Woche zwei weitere Reitstunden gegeben. Sie machte sich gut, war zwar noch ein wenig ängstlich, saß aber fest im Sattel. Vielleicht würde er sie einladen, mit Tango und ihm im Anschluss an das Camp auszureiten. Dann hätte Twilight mal ein bisschen Abwechslung von der Monotonie des Reitunterrichts, und er könnte versuchen, Merry über Noah auszuquetschen.

Und er würde sie wieder auf seinem Pferd sehen. Darum ging es natürlich auch.

Er fand sie in der Scheune mit Ralph und den Kindern, die sich um sie geschart hatten.

»Du bist dran, Jules«, sagte sie gerade.

T. J. blieb in der Tür stehen und beobachtete die kleine Gruppe.

Jules trat auf Ralph zu. »Ralph, sitz.« Ihre Stimme war klar und kräftig.

»Bleib«, fügte sie hinzu und machte die entsprechende Handbewegung. Dann wandte sie ihm den Rücken zu und ging zum Getreidespeicher. Schließlich drehte sie sich um und rief ihn zu sich.

Ralph schoss auf sie los, und sie gab ihm überglücklich gleich mehrere Kekse. »Ich hab's geschafft! Ich hab's geschafft! Ralph ist so ein lieber Hund!«

Merry sah Jules mit feuchten Augen an. »Das war absolut perfekt. Ihr habt euch beide prima konzentriert. Großartig. Komm, Jules, High Five.«

Das Mädchen lief zu ihr und klatschte sie ab. Merry nahm Jules in die Arme. »Ich bin so stolz auf dich.«

Jules grinste. »Ich bin auch stolz auf mich.«

T. J. musste ebenfalls lächeln. Genau das war sein Ziel gewesen, als er Camp Blue Sky ins Leben gerufen hatte. Er wartete, bis die Kinder mit ihrer Übung fertig waren und ihre Mittagessensbehälter holten, dann nahm er Merry beiseite.

»Ich habe vor, ein bisschen durch den Wald zu reiten, wenn die Kinder gegangen sind. Wollen Sie mitkommen?«

Sie sah ihn verblüfft an. »Wie bitte? Wo wollen Sie hin?«

»Hinter der Weide gibt es ein paar schöne Pfade. Tango und Twilight würde Bewegung guttun, und ich wollte gern mit Ihnen über Noah reden.«

In ihren Augen blitzte etwas auf, etwas Abweisendes, und das verstärkte noch seinen Wunsch, in Erfahrung zu bringen, was die beiden hinter seinem Rücken beredet hatten.

»Glauben Sie denn, ich kann schon gut genug reiten für einen Ausritt?«

»Natürlich. Wie gehen es langsam an. Twilight ist draußen im Freien absolut trittsicher.«

»Na dann. Klingt gut.« Sie sah auf ihre Khakishorts hinunter. »Ich glaube, ich habe eine Jeans im Auto.«

»Okay, sagen Sie mir Bescheid.«

Sie setzten sich zum Mittagessen an die Picknicktische hinter der Scheune, und dann spielten die Kinder noch mit den Hunden, bis ihre Eltern sie abholen kamen. Nachdem sie fort waren, ging T. J. ins Haus, um etwas Kaltes zu trinken, und Merry brachte die Hunde in die leere Stallbox.

Kurz darauf stand sie mit einer Jeans unter dem Arm vor der Haustür. »Eine Minute, dann bin ich fertig.«

»Ziehen Sie sich um, ich gehe schon mal in die Scheune und bereite die Pferde vor. Nehmen Sie sich was Kaltes aus dem Kühlschrank, wenn Sie mögen.«

Sie nickte und ging ins Badezimmer, um sich umzuziehen.

T. J. machte sich auf den Weg zur Weide und legte allen drei Pferden ihr Halfter an. Er führte sie zusammen in die Scheune, brachte Peaches in ihren Stall und gab ihr ein bisschen von ihrem Lieblingsheu, damit sie sich nicht übergangen fühlte. Die anderen beiden band er im Gang an.

Er hatte Tango gerade fertig gestriegelt, als Merry in die Scheune trat. Die Nachmittagssonne, die von hinten auf sie schien, ließ ihre braunen Locken auflodern und betonte, wie ihre Jeans ihre Figur umschmeichelte.

Beinahe hätte er den Hufauskratzer fallen lassen.

Merry trat auf Twilight zu und kraulte sie unter ihrer Mähne. »Ist es dir recht, wenn ich dich heute Nachmittag reite?«

Die Stute stupste sie spielerisch an.

»Sie wird es genießen. Sie ist schon seit Wochen nicht mehr ausgeritten worden. Amy ist die Einzige, die sie gelegentlich reitet, abgesehen von den Camp-Kindern.«

Merry hielt den Blick auf das Pferd gerichtet. »Das wird mein erster Ausritt, also mach es mir nicht zu schwer, okay?«

Twilight beschnüffelte auf der Suche nach Leckereien ihre Handflächen.

Fünfzehn Minuten später saßen sie im Sattel und ritten los. Merry wirkte entspannt, eine Hand hatte sie an das Sattelhorn gelegt, um nicht das Gleichgewicht zu verlieren, in der anderen hielt sie die Zügel. T. J. übernahm die Führung und lenkte Tango auf den ausgetretenen Pfad, der zum Fluss hinten an seinem Grundstück führte.

»Lassen Sie die Zügel einfach locker, sie folgt dann schon«, sagte T. J. »Sie wird immer nah bei ihrem Kumpel bleiben.« Twilight fiel hinter Tango in Schritt.

Peaches wieherte ihnen traurig hinterher.

»Oh, das tut weh«, sagte Merry. »Sie fühlt sich ausgeschlossen.«

»Die Pferde mögen es nicht, wenn sie getrennt werden, aber sie wird es überstehen.«

»Kann sie mit ihren kranken Beinen überhaupt Ausritte machen?«

»Geradeaus zum Fluss zu gehen, ist für sie sogar einfacher als im Kreis im Reitring. Noah reitet manchmal auf ihr, wenn wir gemeinsam ausreiten.« Er lenkte Tango nach links auf den ausgetretenen Pfad, der zum Fluss führte. Der Wallach warf den Kopf nach hinten und spannte die Muskeln an, bereit, loszugaloppieren. Ab hier ließ T. J. ihn häufig den Rest des Wegs hinunterstürmen. Aber nicht heute. »Langsam, Junge«, ermahnte ihn T. J.

»Ihre Pferde haben wirklich ein schönes Leben«, hörte er Merry hinter sich sagen.

»Schlecht ist es garantiert nicht. Über Ihre Hunde könnte man das Gleiche sagen.«

Sie lachte, und in seinen Ohren klang es wie Musik. »Das stimmt. Das wissen sie aber auch.«

Ein paar Minuten ritten sie schweigend vor sich hin. T. J. lauschte den Vögeln über ihnen, dem Summen der Insekten, dem Rauschen des Flusses, der neben dem Pfad lief. Wie immer spürte er, dass sich seine angespannten Muskeln allmählich lockerten. Ohne diesen Ort wäre er verloren. Die Naturverbundenheit war ihm bereits in die Wiege gelegt worden.

»Alles in Ordnung dahinten?«, fragte er.

»Mehr als in Ordnung. Es ist großartig.«

Das hohe Gras hörte auf, und der Pfad weitete sich zu einer üppigen grünen Wiese, die bis zum Fluss hinunterreichte. T. J. ließ Tango langsamer gehen, damit Merry und Twilight zu ihm aufschließen konnten.

»Sie haben diese Woche viel mit Noah geredet«, sagte er.

Sie sah ihn aus ihren haselnussfarbenen Augen durchdringend an. »Er wirkt in letzter Zeit bedrückt. Wissen Sie, was mit ihm los ist?«

T. J. schüttelte den Kopf. »Ich hatte gehofft, Sie könnten mir das vielleicht sagen.«

»Er hat kaum gesprochen.« Sie sah auf Twilight hinunter. »Könnte es sein, dass zu Hause irgendwas nicht stimmt?«

»Was zum Beispiel?« Er schüttelte den Kopf. »Amy hätte es mir erzählt.«

Merry zuckte mit den Schultern. »Wir Frauen behalten unsere Geheimnisse manchmal gern für uns, speziell gegenüber einem überfürsorglichen großen Bruder.«

»Ich bin ihr jüngerer Bruder.«

»Wirklich? Das ist ja noch netter, der überfürsorgliche kleine Bruder.« Sie lächelte. »Ich habe mich einfach gefragt, ob sie in letzter Zeit unter Stress steht, den Noah irgendwie spürt. Geldprobleme, Ärger bei der Arbeit, irgend so etwas.«

»Nicht dass ich wüsste. Sie würde mir das erzählen.« Zumindest hoffte er das.

»Probleme mit Männern?«

Da war er sich ganz sicher. »Amy hat sich seit Jahren mit keinem Mann mehr getroffen.«

»Nun, ich versuche, mir sein Vertrauen zu verdienen. Falls er mir was erzählt, lasse ich es Sie wissen, das verspreche ich Ihnen.«

»Danke. Ich weiß das zu schätzen. Es ist ziemlich frustrierend, miterleben zu müssen, wie er sich immer mehr in sich selbst zurückzieht, während alle anderen Kinder riesige Fortschritte machen.«

»Ich weiß«, erwiderte sie mitfühlend. »Für mich ist das auch frustrierend.«

Sie waren am Flussbett angelangt, und beide Pferde wateten hinein, um von dem kühlen Wasser zu trinken. Merry lachte entzückt auf, als Twilight das Maul ins Wasser hielt und einen großen Schluck trank. Kurz darauf fingen die Pferde an, mit den Hufen im Wasser zu scharren und sie mit kühlem Wasser zu bespritzen.

»Das fühlt sich großartig an.« Merry schob sich eine Haarsträhne aus dem Gesicht.

Mühsam riss T. J. den Blick von ihr los. Wenn er sie weiter anschaute, mit den feuchten Locken, die ihr ins Gesicht fielen, und dem gelben T-Shirt, das nass an ihrer Brust klebte, würde es für ihn wirklich sehr unbequem im Sattel werden. Da konzentrierte er sich wohl besser auf die dunklen Wolken, die hinten am Horizont aufgetaucht waren.

»Kehren wir lieber um, wenn wir nicht klatschnass werden wollen«, sagte er.

Sie sah ihn mit blitzenden Augen an. »Ich weiß nicht. Vielleicht würde es sich ja auch gut anfühlen.«

Oh, verdammt. Heute Abend würde er wieder eine kalte Dusche brauchen. Vermutlich hatte sie recht. Vermutlich würde ein kräftiger Regenschauer sie beide abkühlen.

Merry hoffte fast schon, sie würden nass werden, denn T. J. auf seinem Pferd zu sehen, machte sie unglaublich an. Wobei T. J. hoch zu Pferd und triefnass vielleicht sogar noch erotischer wirken würde.

Puh.

Es dauerte eine Weile, bis sie die Pferde aus dem Fluss bekamen. In dem silbrigen Wasser herumzuplantschen, war offensichtlich eine beliebte Abwechslung für sie. Auch Merry genoss es, aber T. J. hatte nicht unrecht.

Die Wolkenfront zog rasch auf sie zu und tauchte den Himmel im Westen bereits in ein hässliches Lila.

Als sich die Wiese zum Pfad verengte, ließ sie T. J. den Vortritt und folgte ihm dann. Jetzt hatte sie natürlich nichts anderes mehr zu tun, als auf seinen Hintern zu starren. Genau wie auf dem Hinweg zum Fluss.

Er drehte sich um und sah sie durchdringend an, mit einem Blick, der die Schmetterlinge in ihrem Bauch aufflattern ließ. »Hier komme ich immer hin, wenn ich Stress abbauen muss.«

Wenn sie es sich recht überlegte, fühlte auch sie sich im Moment überhaupt nicht mehr gestresst. Sie war angespannt, weil sie ihn so begehrte, das schon, aber Stress? Nein. Seit sie losgeritten waren, hatte sie nicht ein einziges Mal an Jayden oder an ihre finanziellen Probleme gedacht. Das alles schien weit weg vom rhythmischen Stampfen der Hufe, Twilights gleichmäßigen Bewegungen und dem fernen Donnern, das das fröhliche Zwitschern der Vögel in den Feldern ringsherum zum Verstummen brachte.

»Wenn ich Sie wäre, wäre ich jeden Tag hier draußen.« Sie

stellte sich vor, wie ihre Hunde hier mit ihnen herumtollten, wie Ralph vor ihnen auf dem Pfad vorauslief und die Natur erkundete, wie er das an ihrem vorstädtischen Wohnort nur selten konnte.

»Das mache ich auch, wenn ich Zeit habe.«

Wieder donnerte es, näher diesmal. Twilight warf den Kopf in den Nacken und schloss dichter zu Tango auf. »Sie wird jetzt aber nicht durchdrehen und mich abwerfen, oder?«

T. J. schüttelte den Kopf. »Nein. Das Gewitter macht ihr nichts aus.«

Ein Regentropfen zerplatzte auf Merrys Arm. Sie hob das Gesicht zum Himmel und ließ den kühlen, erfrischenden Regen ihre Wangen küssen. Irgendwie hatte sie die unberechenbaren Sommergewitter North Carolinas immer geliebt.

Es war Mutter Naturs Weg, ihre Stärke und ihre Macht unter Beweis zu stellen. Die Gewitter kamen schnell und wild herangezogen, durchtränkten den Boden mit dringend benötigtem Regen und eilten dann weiter. Zurück blieb frische kühle Luft und manchmal sogar ein Regenbogen.

Bei Gewittern war Merry nicht gern im Freien, aber dieses Gewitter war noch ein paar Meilen entfernt, und der Regen, der jetzt fiel, nur ein erster Vorgeschmack.

T. J. warf einen Blick über die Schulter. »Alles in Ordnung dahinten?«

»Alles bestens.« Sie fühlte sich sogar ein bisschen abgehoben und hätte am liebsten die Arme in den Himmel gestreckt und sich hin und her gedreht wie ein Kind, um sich den Schweiß und den Dreck des Tages herunterwaschen zu lassen.

Als sie an der Scheune ankamen, regnete es bereits so heftig, dass ihre Kleidung und das Fell der Pferde völlig durchnässt waren. Merry half T. J., ihnen die Zügel und die Sättel abzunehmen und sie trocken zu rubbeln.

»Gut, bringen wir sie auf die Weide, bevor das Gewitter losgeht«, sagte T. J.

»Wollen Sie die Pferde bei dem Wetter wirklich nach draußen lassen?«

»Das ist doch nur Regen.« Er lächelte sie amüsiert an. »Sie haben da draußen einen guten Unterstand, wo sie trocken bleiben, wenn sie das wollen, aber warten Sie nur ab, vermutlich bleiben sie eine Zeit lang im Regen stehen. Sie mögen Regen. Können Sie Twilight rausführen?«

»Klar.« Sie nahm die Stute an der Führleine, und T. J. holte Peaches aus ihrer Box. Zusammen mit Tango führte er sie aus dem Stall, dicht gefolgt von Merry und Twilight. Vermutlich hätte Merry ihr ruhig das Halfter abnehmen können, aber sie führte sie trotzdem zur Wiese.

Sie sah zu, wie T. J. erst Tango und dann Peaches das Halfter abnahm. Es sah nicht schwierig aus. Sie machte den Kinnriemen los und zog Twilight das Zaumzeug vom Gesicht, damit sie mit ihren Freunden im Regen grasen konnte.

T. J. drehte sich zu ihr um und grinste sie auf seine unnachahmlich anziehende Art an. Wasser tropfte von der Krempe seines Huts und durchnässte die Schultern seines blauen T-Shirts, das an seiner muskulösen Brust klebte. Ihre Ohren dröhnten vom Trommeln des Regens, der auf das Land hinunterstürzte.

Herrlich. Am liebsten hätte sie einen Schnappschuss von diesem Moment gemacht und in ihren Kopf eingebrannt, um sich an ihn zu erinnern, wann immer sie ein bisschen Aufmunterung brauchte.

Dann öffnete Mutter Natur die Schleusen. Der Regeln prasselte so heftig auf sie ein, dass sie innerhalb von Sekunden bis auf die Haut durchnässt war. Schockiert blieb sie wie angewurzelt stehen.

Und dann spürte sie T. J.s Hände heiß auf ihrer vom Regen kühlen Haut. Sie glitten ihre Arme hinauf und ihren Körper hinunter, und sie ließ sich gegen ihn sinken. Er presste den Mund auf ihren und küsste sie mit der gleichen Wildheit, mit der das Gewitter über sie hinwegtobte. Er riss sie mit sich, entflammte sie, machte sie rasend.

Sie vergrub die Hand in T. J.s T-Shirt und gab sich ganz seinem Kuss hin. Dann lag sie in seinen Armen, die Beine um seine Taille geschlungen, während der Regen wie ein Fluss über ihre Köpfe rauschte und sein Mund eine alles verschlingende Begierde in ihr weckte.

Etwas Hartes bohrte sich ihr in den Rücken, und als sie den Kopf drehte, sah sie, dass T. J. sie zu der Eiche neben der Wiese getragen hatte. Er drückte sie gegen den kräftigen Stamm und küsste sie wie ein Besessener. Hier war der Regen nicht ganz so heftig, weil er von den unzähligen Zweigen und Blättern über ihnen abgefangen wurde. Als seine Lippen über ihr Kinn hinunter zu ihrem Hals wanderten, atmete sie gierig die trockene Luft ein.

Sie spürte, wie sich seine Erektion gegen sie presste, und das brachte sie endgültig um den Verstand. Sie bewegte die Hüften vor und zurück, und er stöhnte, tief und kehlig. Er stieß seinen Penis gegen ihren Körper, und Merry sah Sterne.

Vielleicht waren es aber auch nur die Regentropfen, die ihr in die Augen fielen.

»Himmel, Merry«, brachte er schließlich hervor. Seine Stimme klang angespannt.

»Kämpf nicht dagegen an.« Sie ließ die Hände unter sein T-Shirt gleiten und strich über seine nackte Haut. Heiß. Straff. Fest. Sie spürte, wie sich seine Muskeln unter ihren Fingern bewegten.

Sie ließ ihre Hände seine Brust erkunden, durch dichtes,

raues Haar und über straff über Muskeln gespannte Haut bis hinunter zum Bund seiner Jeans. T. J. schloss die Augen, und seine Brust hörte auf, sich zu bewegen. Er hielt den Atem an, während ihre Finger über seinem Reißverschluss verharrten.

Irgendwo war ihm sein Hut abhandengekommen, vermutlich im Schlamm bei der Weide. Ohne ihn wirkte er irgendwie verletzlich, denn jetzt war jede Einzelheit seines Gesichtsausdrucks ihrem Blick schutzlos ausgeliefert. Sie ließ die Hand vorne über seine Jeans gleiten und beobachtete, wie ihn ein Schauder der Begierde durchlief. Er schluckte, wie ein Mann, der vor Verzweiflung nicht mehr ein noch aus weiß.

Sie schob die Hand in seine Hose und packte ihn. Er war so hart, dass er sich wie erhitzter Stahl anfühlte. Ein gequälter Stöhnlaut entrang sich seiner Brust, dann bohrte sich sein Penis in ihre Hand. Ihr Körper spannte sich an. Die pulsierende Lust tief unten in ihrem Bauch wurde in ihrer Intensität schier unerträglich.

T. J. riss die Augen auf, die vor Begehren ganz glasig waren. Er packte sie am Handgelenk und schob sie von sich weg. Sie schlang ihm die Arme um den Hals, verschränkte sie und hielt sich an ihm fest. Wieder küsste er sie, bis sich ihr der Kopf drehte und sie am ganzen Körper zitterte.

Er streichelte sie durch ihre Jeans hindurch, und sie hielt den Atem an.

»Hör nicht auf«, flüsterte sie voller Verzweiflung.

Er hörte trotzdem auf, allerdings nur, um die Hand in ihre Jeans zu schieben. Als seine Finger ihre nackte Haut berührten, stieß sie einen Schrei aus. Seine heiße, raue Hand fühlte sich großartig an. Er bewegte die Finger im genau richtigen Rhythmus, und Himmel, sie war so kurz davor! Die Spannung in ihr wurde immer größer. Gierig wölbte sie ihm die Hüften entgegen.

»Nur zu«, sagte er mit seiner tiefen, erotischen Stimme. »Ich halte dich.«

Er fuhr mit dem Daumen über ihre empfindlichste Stelle, und schon zerfloss sie in seinen Armen. Lustschauer ließen sie erbeben, befeuert von dem Gewitter, das über ihnen tobte. Es war einer der großartigsten Momente ihres Lebens. Stöhnend genoss sie die letzten Zuckungen ihres Orgasmus', dann sank sie in seinen Armen in sich zusammen.

T. J. sah sie fasziniert an. Seine schokoladenfarbenen Augen waren so dunkel, dass sie fast schon schwarz wirkten. »Verdammt, Weib, du bist das Erotischste, was ich je gesehen habe.«

»Du bist auch ganz schön sexy.« Sie lächelte ihn an. »Was hältst du davon, wenn wir nach drinnen gehen, raus aus dem Regen?«

»Irgendwie gefällt mir der Regen«, flüsterte er.

Sie zitterte vor Vergnügen. »Mir auch.« Sie ließ die Hände zu seinem Hintern hinunterwandern. »Aber ich spüre da nichts in deinen Taschen.«

»Ich nehme meinen Geldbeutel immer raus, bevor ich ausreite.«

»Dann verstehst du auch, wo das Problem liegt.« Sie presste die Lippen auf seine und küsste ihn.

Er hob den Kopf und schnappte nach Luft. »Bist du sicher, dass du es willst?«

Sie nickte und grinste ihn herausfordernd an. »Süßer, ich würde dich niemals in diesem Zustand hängen lassen. Das wäre nicht fair.«

Er löste sich von ihr und presste die Lippen aufeinander, bis sie nur noch ein dünner Strich waren. »Das meine ich nicht. Wir können immer noch aufhören. Wir sollten aufhören.«

»Nein, sollten wir nicht. Wir wollen es beide. Wieso sollten wir dagegen ankämpfen?« Ihr Instinkt riet ihr, einfach in seine

Hose zu greifen und ihm in Erinnerung zu bringen, warum sie es tun sollten. Sie sollte ihn in den Wahnsinn treiben, bis er die Beherrschung verlor. Normalerweise würde sie genau so vorgehen.

Aber irgendetwas warnte sie, dass das bei T. J. nicht funktionieren würde. Sie wusste, wie man einen Mann körperlich verführte, aber seinen Kopf zu verführen, war eine ganz andere Herausforderung.

»Vielleicht sollten wir es erst mal langsam angehen lassen und uns das noch mal genau überlegen«, sagte er.

Sie schlang ihm die Arme wieder um den Hals und sah ihm tief in die Augen. »Wir haben lange genug überlegt, findest du nicht auch? Bitte, T. J., bring mich in dein Bett.«

Er sah sie durchdringend an. »Bist du dir ganz sicher?«

»Hundertprozentig.«

Wieder presste er die Lippen auf ihre, dann hob er sie hoch und trug sie durch den strömenden Regen ins Haus.

14

Sie blickte aus ihren großen schimmernden Augen zu ihm hoch. Über ihnen krachte der Donner, und der Regen strömte auf sie hinunter. Er tropfte von ihrem Haar herab und hing in glitzernden Tropfen in ihren Wimpern. Und in diesem Moment, mit einem einzigen Blick, brachte sie ihn zu Fall.

Sie hatte keine Ahnung, wie viel Macht sie über ihn hatte. Nicht die geringste Ahnung.

Er trug sie nach drinnen. Beide waren sie völlig durchnässt und voller Schlamm. Er schleuderte seine Stiefel von sich, warf ihre Turnschuhe daneben auf den Boden und trug sie weiter, nach oben, durch das Schlafzimmer hindurch ins Badezimmer. Auch als er sie auf der grün-weißen Bodematte abgestellt hatte, hielt sie seinen Hals noch immer umschlungen.

»Was tun wir hier?«, fragte sie und fuhr verführerisch mit den Lippen über seine.

»Wir sind völlig verdreckt, falls dir das noch nicht aufgefallen ist.« Er griff in die Duschkabine, stellte das Wasser an und ließ es laufen, bis es angenehm heiß aus der Leitung kam.

Sie sah auf ihr schlammbespritztes gelbes T-Shirt hinunter, dann auf die schlammige Pfütze, die sich bereits auf dem Fliesenboden gebildet hatte, und lachte. »Oje.«

»Betrachte es einfach als Vorspiel«, sagte er und zog sich das T-Shirt über den Kopf.

»So ein Vorspiel gefällt mir.« Sie ließ die Finger über seine Brust wandern und zupfte ein wenig an seinem Brusthaar herum, was ihn schier um den Verstand brachte.

»Jetzt bist du dran.«

Sie packte ihr T-Shirt, und er legte die Hände auf ihre, um ihr beim Ausziehen zu helfen. Unter dem T-Shirt trug sie einen hellgelben BH mit Spitzenblümchen auf dem Steg zwischen ihren Brüsten.

Sexy. So sexy.

Er legte die Hände um ihre Brüste. Sie zog ihn an seiner Jeans zu sich her und machte den Knopf auf. Der pochende Schmerz in seinen Lenden nahm an Heftigkeit zu. Er konnte sich kaum noch beherrschen. »Berühren verboten.«

Sie packte ihn durch den Stoff hindurch und fühlte ihn in ihrer Hand pulsieren. Er fluchte kräftig und entzog sich ihr. »Ich meine es ernst, Weib. Hände weg.«

»Das kann auch Spaß machen.« Sie grinste ihn hinterhältig an und öffnete den Verschluss ihres BHs.

Er wollte sich auf ihre Brüste stürzen, aber sie schüttelte den Kopf. »Keine Berührungen, die Regel hast du selbst aufgestellt.«

Er stöhnte. »Verdammt.«

Merry kicherte. Sie wand sich aus ihren Jeans und führte ihm einen erotischen kleinen Striptease vor, bis sie nur noch in einem Nichts von einem gelben Höschen dastand. T. J.s Knie drohten nachzugeben.

»Bitte …« Er wollte nach ihr greifen, aber sie lachte und schlug seine Hand weg.

Sie schob die Daumen unter den Gummi des Höschens und schob es langsam und genussvoll nach unten, bis es am Boden lag.

»Meine Güte, bist du schön!« Einen Moment lang stand er einfach nur still da und nahm ihren Anblick in sich auf, all diese zarte, cremefarbene Haut, die von den dunklen Locken, die ihr auf die Schultern hinabfielen, noch betont wurde.

»Beeil dich«, sagte sie und stellte sich unter die Dusche.

Er zog seine Jeans und seine Boxershorts aus und folgte ihr. Und wieder küssten sie sich, während Wasser über sie hinwegfloss, heiß und dampfig diesmal – und diesmal waren sie nackt. Er hielt ihre Hände über ihrem Kopf fest und schaffte es mit letzter Willenskraft, nicht sofort über sie herzufallen.

Mit der rechten Hand packte er die Seife und fuhr sich damit rasch über Arme und Beine. Er wollte Merry nicht loslassen, weil er sich nicht sicher war, ob sie sich benehmen würde. Als er anfing, sie einzuseifen, wölbte sie ihm das Becken entgegen.

»Meine Güte!«, keuchte sie. »Du bist so gemein!«

Sie schob die Hüften gegen seine, und als sein Schwanz ihre heiße, feuchte Haut berührte, war es um ihn geschehen. Er stieß gegen ihren Bauch, und sie packte seinen Hintern und zog ihn noch näher an sich. Er war nicht mehr in der Lage, sich ihr zu entziehen.

»Kondom«, keuchte sie.

»Im Schlafzimmer.« Das im Moment tausend Meilen weit entfernt zu sein schien.

Sie gab einen protestierenden Laut von sich und hielt ihn weiter fest an sich gepresst.

»Ich habe dir doch gesagt, du sollst mich nicht anfassen.«

Sie schlang ein Bein um seine Hüfte. »Ich hätte dich warnen sollen, Selbstbeherrschung ist nicht meine Stärke.«

»Verdammt, Weib!« Er schob ihr Bein weg und drehte das Wasser ab.

Merry war bereits auf dem Weg ins Schlafzimmer, ein Handtuch locker über die Schultern geschlungen.

Sie saß auf der Bettkante und lockte ihn mit dem Zeigefinger. Himmel, diese Frau würde ihn noch umbringen.

Er schaffte es, zu ihr zu gehen – nicht zu rennen –, und als er bei ihr war, packte sie ihn und schubste ihn aufs Bett. Er landete auf dem Rücken, und schon saß Merry auf ihm.

Sie beugte den Kopf hinunter und küsste ihn. Ihre Haare tropften auf seine Brust, und als sie anfing, ihre Hüften zu bewegen, verdrehte er die Augen.

»Himmel, Merry, mach langsam, sonst halte ich keine Minute durch, wenn ich erst in dir bin.«

Sie schloss die Finger um seinen Schwanz und drückte. »Wer sagt, dass du das musst?«

Sie streichelte ihn, und es war so gut, zu gut. Er biss die Zähne aufeinander, dann drehte er sie beide um, sodass Merry unter ihm auf der Matratze lag.

Viel besser. Er würde vielleicht nicht lange durchhalten, aber er würde dafür sorgen, dass es ihr nicht anders erging.

Den einen Moment hatte Merry noch alles unter Kontrolle, den nächsten lag sie lang hingestreckt auf der Matratze, von T. J.s großem, starkem Körper dort festgenagelt. Er hielt ihre Hände fest, während er sich von ihrem Mund über ihren Hals einen Weg bis zu ihrem Bauch hinunterküsste.

Ihr Körper prickelte vor Vorfreude. Eins musste sie ihm lassen, er bemühte sich gründlich, ihr Genuss zu verschaffen. Solch ein Gentleman, sogar im Bett! Mit seinem Mund trieb er sie in den Wahnsinn, bis sie schwer atmend um Erlösung flehte.

Er brachte sie bis kurz davor, dann zog er sich zurück.

Sie wimmerte frustriert.

Er rollte sich zum Nachttisch hinüber und holte ein Kondom heraus. Sie riss es ihm aus der Hand, drückte ihn auf die Matratze und setzte sich auf ihn. Viel besser.

T. J. betrachte sie gierig aus vor Lust verschleierten Augen. Er war so verdammt sexy, so verdammt gut aussehend, dass ihr schier die Luft wegblieb.

Sie riss die Verpackung auf und rollte das Kondom über seinen beeindruckenden Ständer. Er schob ihre Hüften in die Höhe und positionierte sie über sich.

Mit einem lustvollen Stöhnen ließ sie sich auf ihm nieder. T. J. schloss die Augen und packte sie an den Hüften. Er hielt sie eine Zeit lang fest, nachdem sich ihre Körper vereint hatten, doch schließlich ließ er zu, dass sie sich bewegte.

Sie ritt ihn kräftig, und er kam ihr mit tiefen Stößen entgegen. Mit jeder Bewegung näherte sie sich der Erlösung ein Stück mehr. Und dann, mit einem Schrei, kam sie. Als sich ihre Muskeln anspannten, gab T. J. einen kehligen Ton von sich, packte ihre Hüften noch fester und stieß in sie hinein, bis auch er laut stöhnend kam.

Atemlos, aber befriedigt ließ sie den Oberkörper auf seine Brust sinken und lauschte dem regelmäßigen Klopfen seines Herzens. »Das war …« Großartig? Umwerfend? Das und noch viel mehr.

»Oh ja.« Seine Stimme war tief und rau, den Arm hatte er ihr schützend um die Taille gelegt. Sie hob den Kopf, um einen Blick auf sein Gesicht zu erhaschen, und freute sich über seinen befriedigten Ausdruck.

Ein paar Minuten blieben sie so liegen, Haut an Haut, bis sich ihr Atem wieder normalisiert hatte. Dann rollte er sie auf die Seite und stand auf, um das Kondom zu entsorgen. Er ging ins Badezimmer, und als er wieder herauskam, trug er ihre nasse, dreckige Kleidung über dem Arm.

»Bin gleich wieder da.«

Sie schloss die Augen und kuschelte sich unter die Decke. Das Bett roch nach ihm, warm und süßlich wie Sirup.

Einige Zeit später hörte sie seine Schritte im Flur und riss sich gerade noch rechtzeitig aus dem Halbschlaf, um ihn durch die Tür kommen zu sehen, noch immer splitterfasernackt, diesmal mit zwei Gläsern in der Hand und einem Teller mit etwas, das zähflüssig und lecker aussah.

»Pfirsichauflauf«, sagte er. »Meine Mutter gibt mir immer mit, was vom Essen übrig bleibt.«

»Selbst gemachter Pfirsichauflauf?« Merry lief bereits das Wasser im Mund zusammen. Sie nahm die Gabel, die er ihr hinhielt, und probierte. »Meine Güte, das schmeckt ja fantastisch!«

Er nickte, stellte den Teller zwischen ihnen auf die Matratze und fing an zu essen.

Merry, die sich in die Decke gewickelt hatte, genoss den Anblick, wie er dort splitterfasernackt saß und völlig unbefangen Auflauf aß. Sie konnte sich nicht beschweren. Der Anblick war großartig. An seinem Körper war nicht ein Gramm Fett, gleichzeitig wirkten seine Muskeln nicht so künstlich aufgebaut wie bei Männern, die zu viel Zeit im Fitnesscenter verbrachten.

Nein, T. J. war schlank und muskulös vom guten, altmodischen Leben auf einer Farm. Er bändigte unwilliges Vieh und hievte Heuballen herum, und davon hatte er den Körper, den sie jetzt so schamlos anglotzte.

Er reichte ihr ein Glas Limonade, und sie trank es gierig leer. »Danke.«

»Gern geschehen.« Er rückte näher an sie heran, und schon küssten sie sich wieder.

Er drückte sie nach unten und nahm sie erneut, diesmal so langsam und gründlich, wie er beim ersten Mal schnell und wild gewesen war. Als er von ihr abließ, lag Merry völlig erledigt da und atmete mühsam. Gemeinsam dösten sie ein und wachten erst wieder auf, als die Nachmittagssonne durch das Fenster hereinfiel.

T. J.s Arm lag auf ihrem Bauch, ihre Beine waren ineinander verschlungen. Als sie sich aufsetzte, ließ er die Finger über ihre

Haut gleiten, und das wühlte sie auf und weckte eine tief sitzende Unruhe in ihr.

»Ich sollte allmählich mal nach den Hunden sehen«, sagte sie. »Die sind jetzt schon ziemlich lange in der Scheune.«

T. J. stöhnte und ließ die Finger weiter nach unten gleiten. Sie schob seine Hand weg. »Ich meine das ernst.«

»In solch einem Moment redest du von Hunden?« Unbeirrt schob er die Hand zwischen ihre Beine und streichelte sie.

»Es ist spät. Ich muss allmählich los ...« Aber ihr Körper presste sich gegen seine Hand, wollte mehr, verlangte nach seiner Berührung.

»Es ist doch erst vier Uhr nachmittags.« Er drückte sie an sich und ließ sie fühlen, wie hart und bereit er war.

Er küsste sie und ließ seine Zunge mit ihrer spielen, während seine Hand jeden Zentimeter ihres Körpers erforschte. Es fühlte sich so gut an, schmeckte so gut. Alles an ihm war stimmig, so stimmig, dass es ihr Angst machte.

Sie schwang sich auf ihn, um ihn ebenfalls ausgiebig zu verwöhnen. Außerdem musste sie die Situation wieder unter Kontrolle bekommen, musste zurückfinden auf vertrauten Boden. Er war so verdammt ritterlich, so großzügig, es war fast schon zu viel. Sie durfte sich auf gar keinen Fall an einen Mann wie T. J. gewöhnen.

Er war ein Mann für eine dauerhafte Beziehung, aber genau das wollte sie nicht.

Aber sie würde das hier genießen, solange es anhielt. Sie schob sich nach unten und nahm ihn in den Mund. Er vergrub die Hände im Bettlaken und fluchte. Sie brachte ihn so nahe an den Orgasmus, wie er das beim ersten Mal mit ihr gemacht hatte, dann holte sie ein Kondom aus der Schublade und zog es ihm über.

Bevor sie wusste, wie ihr geschah, lag sie flach auf dem Rücken, und T. J. schwebte über ihr. Als er in sie hineinglitt, bemächtigte er sich erneut ihres Munds und küsste sie leidenschaftlich. Es war so gut, so perfekt. Er stieß langsam und gleichmäßig zu, bis sie kurz vorm Explodieren war, dann ließ er seine Hand über die Stelle gleiten, an der sich ihrer beider Körper vereinten, und sie kam.

T. J. kam im selben Moment. Er blickte ihr dabei in die Augen, und in diesem Blick konnte sie alles sehen, seine Lust, seinen Genuss, aber auch noch viel mehr. Sie sah bis in seine Seele. Er hatte sich ihr voll und ganz geöffnet. Und als er nach Luft schnappend auf sie hinuntersank, stockte ihr plötzlich der Atem.

Dieses seltsame Gefühl in ihrer Brust hatte nichts zu tun mit der grenzenlosen Zuneigung, die sie gerade in seinem Blick gesehen hatte. Rein gar nichts.

Sie schob ihn von sich hinunter und ging ins Badezimmer. Als sie ihr Spiegelbild sah, zuckte sie zusammen. Ihr Haar war völlig zerrauft. Vielleicht war T. J. nur von dem seltsamen Wust auf ihrem Kopf so angetörnt gewesen.

Ja. Vielleicht.

Als sie aus dem Badezimmer zurückkehrte, trat T. J. gerade mit ihrer gesäuberten Kleidung über dem Arm ins Schlafzimmer. Er warf sie auf das Bett und sagte grinsend: »Du machst dir immer noch Sorgen wegen der verdammten Hunde, nicht wahr?«

Die Hunde? Die hatte sie völlig vergessen, aber allmählich waren sie wirklich lange in der Scheune. »Du kennst mich ja.« Sie zuckte mit den Schultern und griff nach ihrer Kleidung. »Danke.«

Er trat in den begehbaren Kleiderschrank und kam kurz darauf angezogen mit einer frischen Wrangler zurück, die ihm tief auf den Hüften saß. Merry konnte es nicht lassen, ihn anzustarren. Beinahe hätte sie ihn gebeten, Stiefel und Hut anzuziehen. Damit hätte er ausgesehen wie auf dem Cover eines Liebesromans.

»Ich glaube, ich sollte mal nach Amber sehen. Sie hat ein bisschen Angst vor Gewittern.«

»Wirklich?« Merry wurde ganz warm ums Herz bei seinen Worten. Er war sehr nachsichtig mit Amber, auch wenn er das nie zugeben würde.

»Ja, wenn es donnert, fängt sie an zu zittern und versteckt sich.«

»Ach je, die Arme. Und, beschützt du sie dann, starker Mann?« Sie stieß ihn freundlich in die Rippen, und er warf ihr einen mürrischen Blick zu.

»Ich habe sie gestreichelt und all so was. Schien aber nicht zu helfen.«

Bei der Vorstellung, wie T. J. während eines Gewitters bei Amber saß und sie tröstete, schmolz Merrys Herz endgültig dahin. »Das ist schrecklich lieb von dir.«

»Ich bin nun mal ein netter Mensch.«

Gemeinsam gingen sie in die Scheune, wo die Hunde im Tiefschlaf in den kühlen Holzspänen lagen, Chip, Salsa und Ralph auf einem Haufen, Amber ein Stück abseits in der Ecke.

Als die Tür zur Box aufglitt, sprangen sie alle auf. Merry scheuchte sie zur Tür hinaus, damit sie ihr Geschäft erledigen konnten.

Sie ließ sie nicht aus den Augen, damit keiner Richtung Straße lief, aber alle blieben sie auf dem Feld hinter der Scheune, rannten herum und spielten, glücklich und sorglos, wie Hunde sein sollten.

Nach ein paar Minuten rief sie sie herbei und nahm sie an die Leine. Ambers reichte sie T. J., und dann stand sie da und wusste nicht recht, wie sie sich verhalten sollte.

»Dann sehe ich dich also morgen früh.« Er beugte sich vor und gab ihr einen Kuss, als wäre es das Natürlichste von der Welt, als würden sie sich am nächsten Tag als Paar wiedertreffen, und sie nicht als Mitarbeiterin in sein Camp kommen.

Als ob ihr nicht gerade der Boden unter den Füßen weggezogen worden wäre.

Die Welpen zerrten an der Leine, und sie gab dem Zug nach, weg von T. J. und hin zu ihrem Auto.

»Ja, bis morgen«, erwiderte sie und rannte die letzten Schritte zu ihrem Wagen.

»Ich habe etwas Dummes gemacht«, jammerte Merry in den Hörer. »Wieso bist du nicht hier? Ich brauche wirklich einen Mädelsabend im Red Heels.«

»Das machen wir, wenn ich dich nächste Woche besuchen komme«, erwiderte Cara. »Was hast du denn nun gemacht?«

»Ich habe mit T. J. geschlafen.« Merry saß auf der Couch, die Füße unter sich gezogen, und trank von der Cola mit Rum, die sie sich gemischt hatte.

»Der heiße Cowboy, der das Camp leitet?«

»Genau der.« Sie trank einen weiteren Schluck.

»Wieso ist das dumm?«, fragte Cara. »Ihr seid beide ungebundene, im gegenseitigen Einvernehmen handelnde Erwachsene.«

»Weil ... weil wir noch eineinhalb Wochen zusammenarbeiten müssen.« Sie trank das Glas leer und schenkte sich erneut ein.

»Na und? Deine Beziehungen halten doch meistens etwa einen Monat lang. Moment mal – geht es hier um mehr als um Sex? Bist du deshalb so durch den Wind?«

»Nein! Ganz und gar nicht! Nur Sex. Wirklich großartiger Sex.«

Cara lachte ihr ins Ohr. »Ich finde, du protestierst ein bisschen zu energisch, Mer. Empfindest du was für ihn?«

»Also wirklich! Die Antwort ist Nein, aber genau deshalb wollten wir das nicht tun. Er sucht eine dauerhafte Beziehung, und ich nicht.«

»Er ist ein Mann, da kann er doch bestimmt Sex mit dir haben, ohne dich hinterher gleich heiraten zu wollen.«

Merry kniff verärgert die Augen zusammen. Sie spürte den Rum bereits. Nach einem weiteren Schluck sagte sie: »Na, besten Dank.«

»Du weißt, was ich meine. Wir Mädels sind doch normalerweise diejenigen, die nach dem Sex gefühlsduselig werden. Eigentlich …«

»Ich bin nicht gefühlsduselig.«

»Woher kommt dann der postkoitale Kater?«, fragte Cara.

Merry starrte in ihr Glas. »Ich weiß es nicht.«

»Ach herrje! Du hast dich in ihn verliebt! Wow! Das ist ja der Wahnsinn!«

»Habe ich nicht«, widersprach Merry. Aber selbst für ihre Ohren klang das nicht sehr überzeugend.

Cara gab einen Quietschlaut von sich. »Das müssen wir unbedingt im Red Heels feiern. Dafür würde ich morgen runterfliegen und mit dir ausgehen. Das meine ich völlig ernst.«

»Vergiss es. Ich mag ihn ein bisschen, na und? Deshalb werde ich ihn nicht gleich heiraten.«

»Wieso nicht? Ich meine jetzt nicht unbedingt T. J., aber was hast du gegen Heiraten?«

»Ich glaube einfach, für mich ist das nichts, das ist alles. Wieso sollte eine Frau nicht allein glücklich sein? Wieso sollte ich dazu einen Mann brauchen?«

»Du brauchst zwar keinen, aber … ist es wegen deiner Mom?«

Merry seufzte. »Vielleicht, zumindest teilweise. Mein Dad hat mich prima allein erzogen, und Ehe war nun mal nichts, was ich erlebt oder vermisst hätte.«

»Dann liegt es daran also teilweise, aber es klingt, als würde noch mehr dahinterstecken.«

Merry trank erneut einen Schluck. Cara fehlte ihr so sehr. Bestimmt traten ihr deshalb Tränen in die Augen. »Du fehlst mir. Kannst du Matt nicht überreden, wieder hierherzuziehen?«

»Ach, Süße, du fehlst mir auch. Aber davon mal abgesehen … bist du betrunken? Du klingst so seltsam.«

»Ein bisschen vielleicht. Ohne dich bemitleide ich mich dermaßen selbst, dass ich mich allein zu Hause betrinke.« Sie schniefte und trank ihr Glas aus.

Cara schwieg einen Moment lang. »Okay, ich kläre ein paar Sachen mit Matt, und dann komme ich am Wochenende runter. Arbeitest du?«

»So ein Schwachsinn! Du kommst doch sowieso Ende nächster Woche. Wenn du jetzt so kurzfristig einen Flug buchst, musst du Unmengen von Geld hinblättern.«

»Bist du dir sicher?«, fragte Cara.

»Ganz sicher. Aber danke, dass du so eine gute Freundin bist.«

»Das gilt umgekehrt genauso. Und jetzt erzähl, was ist der andere Grund?«

»Wie bitte?« Merry kniff sich in die Augenbraue.

»Der Grund, warum du keinen Ehemann willst. Keine Familie.«

»Oh, du weißt doch …«

»Nein, ich weiß nicht.« Cara klang erschreckend ernst. »Aber ich habe mich oft gefragt, wieso.«

»Echt? Du hast gewusst, dass es einen Grund gibt?«

»Allmählich machst du mir wirklich Angst. Was ist los?«

Merry presste die Hand gegen ihre Brust. »Ich hätte es dir erzählen sollen. Ich weiß nicht, warum ich das nie getan habe.«

»Mir was erzählen?«

Merry griff nach dem Sofakissen und legte es sich über die Augen. Alles in ihr verlangte danach, Cara von Tyler zu erzählen. Wieso hatte sie sich ihrer besten Freundin nie anvertraut? Und wieso hatte sie sich heute Abend so betrunken? *Verdammt.* Wenn sie Cara doch bloß per Teleportation in ihr Wohnzimmer holen könnte, dann würde sie es ihr auf der Stelle erzählen. Aber das war nichts, worüber sie am Telefon sprechen konnte, egal, wie betrunken sie war. »Ich habe einfach Angst, ich könnte als Mutter versagen, das ist alles. Du kannst mich psychoanalysieren, wenn du hier bist.«

»Ach, Merry! Du wirst eine großartige Mutter sein! Du bist so warmherzig, so liebevoll und so selbstlos. Außerdem kannst du super mit Kindern umgehen. Nur weil deine Mutter versagt hat, musst du das doch nicht automatisch auch.«

Merry schüttelte den Kopf. »Ich wollte heute Abend wirklich nicht über dieses Thema reden. Wir reden weiter, wenn du hier bist, ich verspreche es dir. Ich bin erschöpft, und ich habe eindeutig zu viel getrunken.«

»Na gut. Trink auf jeden Fall noch genügend Wasser, bevor du ins Bett gehst.« Cara schwieg einen Moment. »Und ruf mich an, wenn du mich brauchst.«

Seufzend legte Merry auf. Ralph kam und kuschelte sich auf ihren Schoß, was sie wie immer tröstete. Nur dass es heute nicht reichte. Die Wahrheit war, dass sie am liebsten noch bei T. J. gewesen wäre, gut aufgehoben in seinen Armen.

15

Jetzt wird es schwierig.

T. J. stand am Schlafzimmerfenster und sah zu, wie Merry um Viertel nach acht mit ihrem CR-V in die Einfahrt bog, eine halbe Stunde eher als sonst. Er hatte damit gerechnet, dass sie früher kommen würde.

Oder besser gesagt: Er hatte es gehofft.

Mehrere Stufen auf einmal nehmend sprang er, gefolgt von Amber, die Treppe hinunter, und als er sah, dass sie mit den Hunden auf die Scheune zustrebte, runzelte er die Stirn. Er riss die Haustür auf. »Verdammt, Merry, die sind doch alle stubenrein, oder? Jetzt bring sie schon mit rein.«

Langsam drehte sie sich in seine Richtung. Sobald er ihr in die Augen schauen konnte, stockte ihm der Atem. Er bekam einfach keine Luft mehr.

Sie schlenderte auf ihn zu, und schon schoss sein Puls in die Höhe. Verdammt, sah sie umwerfend aus! Er erlaubte sich, den Blick über ihr aquamarinfarbenes Oberteil wandern zu lassen, hinunter zu den Jeansshorts, die jede Kurve betonten und lange, ebenmäßige Beine enthüllten, braun gebrannt von den Wochen hier auf seiner Farm.

Er betrachtete sie, bis sie an der Tür angekommen war, dann zog er sie nach drinnen und knallte die Tür zu. Er konnte keine Sekunde länger warten, er musste sie einfach in die Arme nehmen und ihre üppigen, rosafarbenen Lippen küssen.

Merry schnappte verblüfft nach Luft. Sie ließ die Leinen los, und die Hunde rannten ins Haus hinein und trieben weiß der Teufel was, aber er hielt sie in den Armen und küsste sie. Es war, als wäre ein Licht in ihm angegangen, etwas, das dunkel geblieben war, seit sie gestern Nachmittag davongerannt war.

Sie hob den Kopf. Im Licht der Morgensonne leuchteten ihre Augen golden wie Honig. »Guten Morgen.«

Sie schenkte ihm eins dieser angedeuteten Lächeln, und er fragte sich, warum bloß er sie nicht jeden Tag geküsst hatte, seit er ihr begegnet war. Ihm fiel nicht ein einziger Grund ein.

»Morgen.«

»Ich dachte, wir sollten noch kurz reden, bevor die Kinder kommen.«

»Nennst du das reden?« Er sah auf ihre Hände hinunter, die momentan seinen Hintern gepackt hielten.

Sie legte sie an seine Brust und schob ihn weg. »Nicht direkt.«

Er vergrub die Hände in den Taschen und nickte. »Okay, ich höre.«

Sie war zum Anbeißen, wie sie so verlegen vor ihm stand. »Ich dachte, wir brauchen ein paar – nun ja, Grundregeln.«

Er legte den Kopf schief und grinste sie an. »Du gehörst aber nicht zu diesen Frauen, die hinterher alles hinterfragen, oder? Ich sehe das so, dass da einfach diese Anziehungskraft zwischen uns ist, gegen die wir nichts tun können, also geben wir ihr erst einmal nach und sehen, was passiert.«

Das war, was sie von Anfang an gewollt hatte, und bis zu einem gewissen Grad hatte er sich ihre Sichtweise angeeignet. Denn je mehr Zeit er mit ihr verbrachte, desto mehr wollte er sie, und wenn die Anziehungskraft zwischen ihnen am Ende des Camps immer noch genauso groß sein sollte, dann würde er Merry einfach nicht gehen lassen.

Sie seufzte und nickte. »Klingt gut.«

Salsa kam mit einem von T. J.s Turnschuhen im Maul in den Flur geschossen, gefolgt von Chip. Merry erbleichte. »Salsa, lass das fallen!«

Salsa blieb stehen und ließ mit beschämtem Blick den Turnschuh fallen. Heute trug sie ein mehrfarbiges Hemd, und darin sah sie aus wie ein unartiger Clownwelpe. T. J. nahm seinen Turnschuh und untersuchte ihn, aber abgesehen von ein bisschen Welpenspucke schien er unversehrt.

»Es tut mir leid.« Merry griff nach Salsas Leine. Sie blickte fast genauso beschämt drein wie Salsa. »Ich hätte sie in der Scheune lassen sollen.«

Er schüttelte den Kopf. »Das ist schon in Ordnung.«

»Ich muss sowieso allmählich rüber.«

»Du hast noch zehn Minuten.« Er packte sie und zog sie erneut an sich. »Ich habe den ganzen Nachmittag Termine, aber ich dachte, wir könnten später vielleicht zusammen essen gehen.«

»Essen gehen?« Ihre Augen weiteten sich. »Oh, na gut. Klar doch.«

Ihre Reaktion ärgerte ihn ein wenig. Hatte sie gedacht, sie würden nur das eine Mal miteinander schlafen, und das war es dann? Hatte sie wirklich direkt in die Scheune gehen wollen, oder hatte sie nur die Hunde einsperren und anschließend zu ihm ins Haus kommen wollen?

Wie auch immer, es lohnte sich nicht, deswegen zu streiten. Stattdessen schlang er die Arme um sie und küsste sie. Auf diese Weise die letzten zehn Minuten zu verbringen, war eindeutig die bessere Lösung.

Nur dass Merry und er sich nie einfach nur küssen konnten. Es dauerte nicht lange, da hatte er sie hochgehoben, sie hatte die Beine um seine Hüften geschlungen, und er war hart wie

Stahl und höllisch frustriert. Er küsste sie, bis ihnen beiden die Luft ausging, dann ließ er sie mit einem bedauernden Stöhnen auf den Boden hinunter.

Merrys Augen blitzten übermütig. Sie zog ihre Shorts ein Stück hinunter und ließ ihn einen Blick auf rosa Spitze erhaschen. »Für später«, sagte sie und blinzelte ihm zu.

»Himmel, Weib!« Er zog sie an sich, um sie ein letztes Mal zu küssen. Er würde schon wieder eine kalte Dusche brauchen, bevor er ihr in die Scheune folgen konnte. Dennoch würde es Folter werden, sie den ganzen Vormittag zu sehen und an diese rosa Spitze zu denken – und daran, wie viele Stunden er warten musste, bevor er sie ihr ausziehen konnte.

Während Merry auf die Scheune zuging, klingelte ihr Handy. Sie wusste auch ohne auf das Display zu schauen, dass es Cara war.

»Ich wollte mich nur vergewissern, dass es dir heute Morgen gut geht«, sagte ihre Freundin.

Merry verdrehte die Augen – nicht wegen Cara, sondern wegen sich selbst. »Mir geht es bestens. Ich weiß nicht, was gestern Abend in mich gefahren war.«

Cara lachte. »Ach komm, so was passiert uns allen doch mal.«

»Ich würde gern ein bisschen mit dir quatschen, aber in ein paar Minuten fängt das Camp an.«

»Okay, aber versprich mir, dass du mich anrufst, falls du mich brauchst.«

»Versprochen.«

Merry fühlte sich irgendwie aus der Bahn geworfen. Noch nie hatte sie sich mit einem Mann am Tag, nachdem sie Sex gehabt hatten, so merkwürdig gefühlt. Das passierte ihr mit T. J. zum ersten Mal. Sie hatte keine Ahnung gehabt, wie er an diesem Morgen reagieren würde, aber er schien sich mit ihrer Vorgabe – Sex ohne Verpflichtungen, einfach der Anziehungskraft nachgeben – angefreundet zu haben.

Das war doch klasse. Großartig. Genau was sie wollte. Nur fühlte es sich aus irgendeinem Grund nicht mehr an wie das, was sie wollte. T. J. hatte sie quasi vom ersten Moment an aus dem Gleichgewicht gebracht, und jetzt war sie ratlos, was sie mit ihm machen sollte.

Aber einfach der Anziehungskraft nachzugeben und zu hoffen, dass sie sich bis zum Ende des Camps verflüchtigt hatte, schien nicht der schlechteste Plan zu sein.

Amy und Noah waren schon in der Scheune, und als Merry hereinkam, winkten sie ihr zu.

Merry winkte zurück. »Guten Morgen. T. J. müsste jeden Moment mit Amber kommen.«

»Wir sind heute Morgen ein bisschen früh dran.« Amy sah sie interessiert an.

Merry spürte, wie sie rot wurde. War es so offensichtlich, dass sie im Haus gewesen war und mit T. J. herumgeknutscht hatte? War ihr Lippenstift verschmiert? Sie hätte erst einen Blick in den Spiegel werfen sollen, bevor sie in die Scheune ging, aber sie hatte nicht ernsthaft damit gerechnet, dass schon jemand da sein könnte.

»Noah, bring doch den Pferden schon mal die Karotten hier.« Amy gab ihm eine Tüte mit Karotten, und er flitzte aus der Scheune.

»Alles in Ordnung?«, fragte Merry. Amy hatte vermutlich nichts dagegen, dass Merry mit ihrem Bruder schlief, aber auf das Gespräch, das sie jetzt erwartete, hatte Merry trotzdem keine Lust.

Amys Augen funkelten. »Sind Sie und mein Bruder …?«

Mist. »Ja. Ist das ein Problem?«

Amy grinste. »Ganz und gar nicht. Ich habe gewissermaßen sogar gehofft, dass es so kommen würde.«

Echt? »Es ist nichts Ernstes. Wir wollen es nicht so zeigen, insofern wäre es nett, wenn Sie es für sich behalten könnten.«

Amy legte den Finger an den Mund, um Merry zu bedeuten, dass ihr kein Wort über die Lippen kommen würde. »Nicht, dass es mich etwas angeht, aber mein Bruder ist wirklich ein toller Mann, und er ist sehr wählerisch, mit wem er sich einlässt. Sie sind die Erste, die kein Farmtyp ist – das sagt eine Menge über Sie aus.«

Ja, das sagte aus, dass Anziehungskraft stärker war als gesunder Menschenverstand. Merry, die nicht wusste, was sie antworten sollte, gab vor, die Hunde an die leere Box gewöhnen zu müssen.

»Ich will nicht neugierig sein«, fuhr Amy fort. »Eigentlich wollte ich mit Ihnen über Noah reden.«

Merry drehte sich zu ihr um. »Ist irgendwas passiert?«

»Ja, aber ich weiß nicht, was.« Amy machte einen besorgten Eindruck. »Er ist in letzter Zeit nicht er selbst. Ich glaube … ich glaube, er hat mich vorgestern Abend angelogen.«

»Wirklich?« Merry deutete auf die Plastikstühle am Ende des Gangs. Amy setzte sich auf den vordersten Stuhl, und Merry nahm ihr gegenüber Platz.

»Ich habe ihn dabei erwischt, wie er ohne meine Erlaubnis meinen Laptop benutzt hat. Als ich ihn gefragt habe, was er da treibt, hat er behauptet, er hätte Legospiele gemacht. Aber er hat so schuldbewusst gewirkt, dass ich den Browserverlauf aufgerufen habe, als er im Bett war. Er war auf der Webseite von Apple gewesen und hatte sich iPads angeschaut. Wieso sollte er deswegen lügen?«

Merry dachte an das Geld, das aus ihrer Geldbörse verschwunden war. Sie war kurz davor, es Amy zu erzählen, aber irgendetwas hielt sie zurück. Sie konnte nicht beweisen, dass Noah das Geld genommen hatte. Und sie würde es sich niemals verzeihen, wenn sie den Jungen fälschlicherweise beschuldigte. »Vielleicht will er Ihnen einen zum Geburtstag schenken?«

»Mein Geburtstag ist im Februar, und ich habe bereits einen Laptop. Ich brauche kein iPad. Ich habe nie auch nur eins erwähnt.«

Merry sah auf ihre Hände hinunter. »Er hat in letzter Zeit einen aufgewühlten Eindruck gemacht, als würde ihn irgendetwas belasten.«

»Ich weiß.« In Amys Stimme schwang Angst mit. »Deswegen wollte ich mit Ihnen reden. Um zu fragen, ob er Ihnen irgendetwas erzählt hat oder ob Sie mal mit ihm reden könnten.«

»Ich habe mit ihm geredet«, erwiderte Merry. »Ich habe alles Erdenkliche versucht, um ihn dazu zu bringen, sich mir gegenüber zu öffnen. Gibt es zu Hause irgendetwas, das ihn beunruhigt? Geldprobleme? Haben Sie einen neuen Freund? Fällt Ihnen sonst irgendetwas ein?«

Amy lachte bitter. »Geld ist dauernd ein Problem, aber er hat alles, was er braucht. Freund? Habe ich schon lange nicht mehr. Es hat sich nichts verändert, Merry. Ich habe es zu meiner Lebensaufgabe gemacht, dafür zu sorgen, dass sich ja nichts für ihn ändert. Er hasst Veränderung.«

Merry verschränkte die Finger ineinander. »Das tut mir leid.«

»Ich dachte, es würde einfacher werden, wissen Sie? Er hat einen neuen Freund, Brendan. Sein erster richtiger Freund. Ich hatte gedacht, das würde uns beide ein gutes Stück voranbringen.«

»Könnte sein Freund das Problem sein?«

Amy schüttelte den Kopf. »Brendan ist fast jeden Nachmittag bei uns. Er ist so ein liebenswerter Junge. Ich vermute, dass er ebenfalls autistisch veranlagt ist. Sie hocken zusammen und spielen mit Legosteinen und machen gemeinsam Matheaufgaben.«

»Das klingt großartig.«

Amy strahlte. »Das ist es auch. Ich freue mich so für ihn.«

»Er müsste eigentlich glücklich sein.«

»Müsste er.« Amy nickte. »Ist er aber nicht.«

»Nein.«

»Ich vertraue Ihnen, Merry. Sie scheinen ein guter Mensch zu sein und eine gute Freundin für Noah. Wenn er Ihnen etwas erzählt, bitte, versprechen Sie mir, dass Sie es mir sagen.«

Merry sah sie ernst an und nickte. »Ich verspreche es.«

Als T. J. abends um sieben die Haustür öffnete, stand draußen Merry mit einer Pizzaschachtel und einer Sechserpackung Bier. Sie hatte sich umgezogen und trug jetzt eine schwarze Hose, die bis knapp über ihre Knie reichte, und ein blaues ärmelloses Oberteil, das gerade weit genug ausgeschnitten war, dass er seine Augen kaum abwenden konnte.

Aber die größte Ablenkung war die Frage, ob sie noch immer das rosa Spitzenhöschen trug, das sie ihm am Morgen gezeigt hatte. Er hatte den ganzen Tag an nichts anderes denken können.

»Hungrig?« Sie drückte ihm die Pizzaschachtel in die Hand und beugte sich vor, um ihn zu küssen.

»Am Verhungern.« Er warf die Schachtel auf den Couchtisch und zog Merry an sich. Das Bier landete mit einem dumpfen Aufprall auf der Couch.

Er küsste sie lange und intensiv, bis sie sich schließlich aus seinen Armen löste und sich auf die Couch fallen ließ. »Magst du Baseball?«

»Baseball?«, wiederholte er wie ein Idiot.

Sie nickte. »Mein Dad ist aus Ohio, aus der Nähe von Kentucky, deshalb hat er mich zu einem Fan der Reds erzogen. Sie spielen heute Abend gegen die Padres.«

»Klar doch.« Er reichte ihr die Fernbedienung. Football war ihm lieber als Baseball, aber wenn sie bei Pizza und Bier Sport sehen wollte, würde er sich nicht beschweren.

»Ich habe eine Pizza mit allem bestellt. Du bist doch nicht wählerisch, oder?« Sie nahm den Deckel von der Schachtel, und zum Vorschein kam eine Pizza mit verschiedenen Fleisch- und Gemüsesorten.

»Ganz und gar nicht wählerisch.« Er ging in die Küche, um Teller zu holen, dann lud er sich ein paar Pizzastücke auf und schnappte sich ein Bier.

Sie schaltete den Fernseher ein, dann nahm auch sie sich ein Stück von der Pizza und ein Bier. »Außer bei Frauen.«

Er biss ein Stück ab und starrte sie an. »Wie meinst du das?«

»Amy hat mir erzählt, du seist wählerisch, wenn es um Frauen geht.«

Er schluckte. »Du hast mit meiner Schwester über uns geredet?«

Merry zuckte mit den Schultern. »Sie hat davon angefangen, nicht ich.«

»Oh.« Er kaute auf dem Rest seines Pizzastücks herum.

»Ich habe sie gebeten, es niemandem zu erzählen.« Merry wandte den Blick nicht vom Fernseher ab.

»Wieso?«

»Falls … du weißt schon.« Erneut zuckte sie mit den Schultern.

Er stellte seinen Teller auf den Couchtisch und zwang sie, ihn anzusehen. »Falls was?«

Sie riss ihre faszinierenden Augen auf. »Ich weiß es nicht!

Wir hatten gestern Sex, könnten wir es nicht einfach dabei belassen?«

»Zum Teufel damit! Du bist heute Abend hier, und morgen hoffentlich ebenfalls. Da, wo ich herkomme, nennt man das eine Beziehung.«

Sie wandte den Blick ab. »Nenn es, wie du willst, Hauptsache wir sind uns über das einig, was wir tun. Du hast sehr deutlich zum Ausdruck gebracht, dass du heiraten und eine Familie gründen möchtest, und ich … ich will das nicht. Es wäre unklug, das zu vergessen.«

Er lehnte sich auf der Couch zurück. »Ja, das wäre es.«

»Also würde ich dafür plädieren, dass wir diese Anziehungskraft ausleben, bis das Camp vorbei ist, und dann geht jeder wieder seiner Wege, bevor es unschön wird.«

Das klang durchaus sinnvoll, und doch gefiel es ihm nicht im Geringsten. »Müssen wir das wirklich jetzt entscheiden? Wieso lassen wir die Sache nicht einfach laufen und schauen, wohin sie uns führt?«

»T. J., ich kann dir nicht geben, was du dir wünschst. Wir wissen bereits, wie es mit uns beiden enden wird. Ich möchte lieber zwei superschöne Wochen mit dir haben und mich dann in aller Freundschaft von dir trennen, als bei dir bleiben, bis die Dinge aus dem Ruder laufen und wir uns nur noch hassen.«

Er trank einen großen Schluck von seinem Bier. Dieses Gespräch machte ihn stocksauer. »Wieso?«

Verblüfft sah sie ihn an. »Wieso was?«

»Wieso willst du keine Familie?« Es ergab keinen Sinn. Sie war warmherzig und liebevoll, und sie liebte Kinder. Nichts an ihrer Haltung ergab auch nur den geringsten Sinn.

Sie ging in die Defensive. »Ich glaube einfach nicht, dass mir das liegt, das ist alles.«

Ihre Unterlippe zitterte, und seine Wut verrauchte. Er hatte es schon wieder getan, hatte in der Wunde herumgestochert, die sie so unbedingt verbergen wollte. Merry Atwater war nicht das sorglose Partygirl, das sie zu sein vorgab. Irgendetwas oder irgendjemand hatte dafür gesorgt, dass sie nicht mehr an Liebe glaubte.

Er war so verrückt zu hoffen, er könne sie dazu bringen, ihre Meinung zu ändern. »Irgendwas, über das du reden möchtest?«

Sie starrte ihn genervt an. »Ich glaube, die Antwort auf diese Frage kennst du bereits.«

»Schadet ja nichts, mal zu fragen.«

»Schau, ich mag keine hässlichen Trennungen. Ich möchte einen Mann, mit dem ich eine Zeit lang zusammen war, auch hinterher noch anrufen und fragen können, ob er Freitagabend mit mir tanzen gehen möchte.«

»Machst du das häufiger?« Die Vorstellung, sie könnte mit einem anderen Mann tanzen, missfiel ihm außerordentlich, umso mehr, wenn sie mit dem Mann schon mal geschlafen hatte.

»Freitagabend tanzen gehen? Fast jede Woche. Einen ehemaligen Freund anrufen? Ab und zu.« Sie blinzelte ihm zu. »Und nie, wenn ich gerade mit jemandem zusammen bin.«

»Gut zu wissen. Denn egal, wie du das zwischen uns nennst, wenn du mein Bett mit mir teilst, gehst du mit keinem anderen zum Tanzen.«

»Du bist aber nicht einer von diesen eifersüchtigen Typen, oder?« Sie rutschte näher zu ihm hin und legte den Arm auf seinen Schoß.

Sofort stellte sein Gehirn seine Tätigkeit ein. »Ähm …«

»Du brauchst dir da nämlich überhaupt keine Sorgen zu machen.« Sie ließ die Finger seinen Schenkel hinaufwandern. »Ich hatte gehofft, *du* würdest morgen Abend mit mir tanzen gehen.«

»Tanzen?« Er starrte ihre Hand an und wünschte sich sehnlichst, sie würde sie noch ein wenig höher schieben. Sein Schwanz richtete sich erwartungsvoll auf.

»Mein Dad spielt freitagabends im Watering Hole. Bluegrass, gefällt dir bestimmt. Jede Menge gutes Bier vom Fass. Völlig ungezwungen.«

»Klingt nicht schlecht.«

»Es wird dir Spaß machen, glaub mir.« Sie nahm die Hand von seinem Bein, um nach einem weiteren Stück Pizza zu greifen, und sofort wünschte er sich ihre Berührung zurück.

»Na gut.« T. J. konnte sich nicht erinnern, wann er zuletzt in einer Kneipe gewesen war oder eine Frau zum Tanzen ausgeführt hatte. Abends arbeitete er entweder, oder er machte einen Ausritt. Kein Wunder, dass er schon so lange keine Frau mehr in seinem Bett gehabt hatte.

»Also wirklich! Der war doch bombensicher!«, brüllte Merry zum Fernseher gewandt und beugte sich dabei so weit nach vorne, dass T. J. kurz einen Blick auf die rosa Spitze erhaschen konnte, die ihm schon den ganzen Tag nicht aus dem Kopf ging.

Halleluja!

Sie aßen die Pizza bis auf einen kleinen Rest auf, und als die Reds schließlich 4:5 gegen die Padres verloren hatten, war auch das Bier weitgehend ausgetrunken.

»Verdammter Mist!« Wütend schaltete Merry den Fernseher aus.

T. J. legte die Hände um ihre Taille und zog sie auf seinen Schoß. So war es besser. Sie rutschte näher an ihn heran, schob ihre Hüften gegen seine, und schon war er kurz davor, den Verstand zu verlieren. »Du treibst mich in den Wahnsinn.«

Sie beugte den Kopf vor. »Du mich auch.«

Und dann küsste sie ihn.

Als ihre Zunge mit seiner verschmolz, brach alles aus ihm heraus, was er seit dem Morgen zurückgehalten hatte. Den ganzen Tag hatte er darauf gewartet, sie so berühren zu können, diese Spitze zwischen seinen Fingern fühlen zu dürfen.

Merry schob die Hände unter sein T-Shirt und setzte seine Haut in Flammen. Er öffnete den Reißverschluss ihrer Hose, bis die rosa Spitze darunter zum Vorschein kam. Er berührte sie, und sie schnappte nach Luft und wölbte ihm das Becken entgegen. Eigentlich hatte er es langsam angehen lassen wollen, aber er konnte nicht länger warten.

Seine Lust war überwältigend, und was ihn am meisten anmachte, war ihr Gesichtsausdruck, als er sie durch ihr Höschen hindurch streichelte. Als er die Hand unter die Spitze gleiten ließ, wölbte sie ihm erneut ihr Becken entgegen und stöhnte lustvoll auf.

Das Vergnügen ihr zuzusehen, wie sie die Beherrschung verlor, konnte er sich nicht entgehen lassen. Himmel, war das faszinierend! Er bearbeitete sie mit den Fingern, völlig überwältigt von ihrer Versunkenheit. Die Augen hatte sie geschlossen, und als sie kam, schrie sie auf und presste sich an ihn.

Verdammt, beeindruckender noch als sein eigener Orgasmus war es, ihr bei ihrem zuzusehen. Sein Schwanz pochte, wollte unbedingt zu ihr. Er drückte ihn gegen sie, spürte ihre Lust, ließ sich von ihr weiter aufheizen.

Gierig zog er ihr die Hose nach unten und half ihr, sie auszuziehen. Sie legte die Hände an ihr Höschen, um es ebenfalls auszuziehen, aber er hielt sie fest. Verdammt, nein. Er war noch nicht fertig mit der Spitze.

»Mach schnell, T. J.«, flüsterte sie. Sie riss sich ihr blaues Oberteil herunter, sodass sie jetzt nur noch einen rosa BH und das dazu passende Höschen trug.

Grundgütiger! Auf noch mehr rosa Spitze war er nicht gefasst gewesen. Er ließ die Finger über ihren BH wandern.

Sie schob die Hand oben in seine Jeans, packte ihn und drückte zu.

Und schon war jegliche Spitze vergessen. Er stieß in ihre Hand, überwältigt von seiner Lust. Ihre Finger waren der Himmel auf Erden, sie packten ihn, streichelten ihn und trieben ihn zum Höhepunkt.

Er fummelte an ihrem Höschen herum, aber sie schob seine Hand weg. »Wie wäre es, wenn ich es anlasse, wo du es doch so gern magst. Konzentrieren wir uns lieber eine Zeit lang auf dich.«

Sie zog den Reißverschluss seiner Jeans herunter und nahm ihn in beide Hände.

Er krallte sich an der Couch fest und mühte sich verzweifelt, nicht die Beherrschung zu verlieren. »Himmel, Merry, ich kann nicht …«

»Entspann dich, Cowboy. Ich mache das schon.« Sie blinzelte ihn an, dann senkte sie den Kopf.

Als er ihren Atem an seinem Schwanz spürte, wäre es beinahe um ihn geschehen gewesen. Dann schlossen sich ihre Lippen um seine Eichel. Er fluchte, versuchte, sich zurückzuhalten, kämpfte um seine Selbstbeherrschung und unterwarf sich schließlich den Künsten ihrer Zunge, die über ihn hinwegwirbelte, und ihrer Finger, die ihn näher und näher zum Höhepunkt peitschten.

Er vergrub die Hände in ihrem Haar und ergab sich in sein Schicksal. Sein gesamter Körper spannte sich an, und seine Wahrnehmung verengte sich auf das Gefühl, ihren Mund auf sich zu spüren. Es war magisch. Es war …

Abrupt hob sie den Kopf, und anstelle ihrer warmen Lippen war da nur noch kalte Luft. Er stöhnte frustriert.

»Dein Handy klingelt. Schalte es aus.« Sie steckte die Hand in seine Hosentasche und holte sein iPhone heraus.

»Was ist los?« Durch den Nebel seiner Lust hörte er sein Telefon klingeln, sah den Namen auf dem Display. Fred Lamboutin, ein Farmer draußen in Creedmoor. »Mist.«

Er warf den Kopf nach hinten gegen die Couchlehne.

»Mach es aus«, flüsterte sie und ließ die Finger über seinen Schwanz gleiten.

Ein Schauder durchlief ihn. *Mist.* »Ich muss da rangehen, Merry. Das ist ein Klient. Er ruft nur außerhalb der Sprechzeiten an, wenn es ein Notfall ist.«

Sie sah auf seinen Schwanz hinunter. »Das hier ist auch ein Notfall.«

Verdammt, da hatte sie recht. *Mist.* Er schob sie von seinem Schoß herunter, zog den Reißverschluss seiner Hose hoch und nahm das Gespräch an.

Merry saß schmollend auf der Couch, nur mit rosa Spitzen-BH und -höschen bekleidet, die seine Fantasie vermutlich für den Rest seines Lebens beflügeln würden.

»T. J., tut mir leid, wenn ich Sie so spät am Abend noch störe, aber eine meiner Kühe kalbt. Das Kalb will nicht kommen, also habe ich sie untersucht. Die Gebärmutter hat sich verdreht.«

»Ich bin in fünfzehn Minuten da«, erwiderte T. J. »Sorgen Sie dafür, dass sie bis dahin auf den Beinen bleibt.«

Er beendete das Gespräch und richtete den Blick auf Merry. »Ich muss los. Eine Kuh kalbt und ihre Gebärmutter hat sich verdreht. Wenn ich nicht bald dort bin, könnten sie und das Kalb sterben.«

Das ernüchterte Merry schlagartig. Wenn sie für etwas Verständnis hatte, dann für Tiere in Not.

»Wartest du hier auf mich? Bleibst du über Nacht?«, fragte er.

Sie schüttelte den Kopf. »Ich kann nicht. Tut mir leid, meine Hunde …«

Er nickte. Für Diskussionen blieb keine Zeit. Hoffentlich hatte er sich, bis er bei Freds Farm ankam, so weit wieder gefangen, dass er sich auf seine Arbeit konzentrieren konnte.

16

Merry sah von der Tür der Scheune aus zu, wie die Kinder an den Picknicktischen saßen und ihr Mittagessen verschlangen, im Schatten der großen Eiche, unter der sich T. J. und sie vor nur zwei Tagen so unsagbar leidenschaftlich im strömenden Regen geküsst hatten.

Das schien schon ewig zurückzuliegen.

Seit Mittwoch hatte sich alles nur noch um T. J. gedreht, so uneingeschränkt, dass sie den Nachmittag mit Ralph im Krankenhaus um einen Tag vorverlegt hatte, um diesen Nachmittag mit Noah und T. J. auf der Farm verbringen zu können. Anschließend würde sie T. J. ins Watering Hole mitnehmen, damit er ihren Dad spielen sah.

Das fühlte sich nach mehr als nur unverbindlichem Sex an, dennoch genoss sie jede Minute. Was sprach denn auch dagegen, dass sie seine Gesellschaft genoss? Dass sie ihn wirklich mochte, würde es hoffentlich leichter machen, als Freunde auseinanderzugehen.

Am Picknicktisch erzählte Jules gerade lang und breit, dass ihre Eltern sie morgen zum ersten Mal zum Feuerwerk am Nationalfeiertag mitnehmen würden. Lucy hörte ihr zu und lächelte, während sie ihr Sandwich mit Erdnussbutter und Marmelade aß. Parker ignorierte die Mädchen und rutschte auf seinem Platz hin und her, um eine Action-Figur in seinen Kartoffelchips herumzuschieben. Noah saß ihm gegenüber und aß schweigend ein paar Trauben.

Sein richtiges Mittagessen würde er ein wenig später bekommen, wenn er mit T. J. und Merry zum Picknicken an den Fluss hinunterritt. Sie konnte es kaum erwarten. T. J. hatte Peaches extra vom Reitunterricht befreit, damit ihre Beine den Ausritt aushielten.

Merry hoffte, die zusätzliche Zeit mit Noah würde ihr helfen herauszufinden, warum er ihr Geld stahl und seine Mutter belog. Er war ein Kind, das immer gehorchte und sich nie schlecht benahm. Was auch immer dahinterstecken mochte, er schien jedenfalls das Gefühl zu haben, weder mit T. J. noch mit Amy darüber reden zu können. Blieb also nur noch Merry.

Sie hatte fest vor, sein Vertrauen zu gewinnen und ihm zu helfen, bevor sich seine Probleme verschlimmerten. Lügen und Stehlen konnte nun mal zu nichts Gutem führen.

T. J. trat neben sie. »Ich habe einen Blick in den Picknickkorb geworfen, den Amy vorbeigebracht hat. Sie hat uns selbst gebackenes Blaubeerbrot eingepackt.«

»Hmm. Klingt himmlisch. Aber sie hätte doch wirklich nicht extra für uns backen müssen.«

»Sie backt sehr gern, und als ich erwähnt habe, dass ich heute mit Noah ein Picknick mache, wollte sie unbedingt das Essen beisteuern.« Er zuckte mit den Schultern. »Was vermutlich ganz gut so ist, ich bin kein sonderlich guter Koch.«

»Für ein Picknick braucht man doch nicht zu kochen. Sandwiches, Obst, Getränke. Nicht dass ich mich über das selbst gebackene Blaubeerbrot beschwere.« Aber sie fühlte sich irgendwie unzulänglich, weil T. J.s Schwester ihnen das Picknick geliefert hatte. Merry hatte mit Häuslichkeit nichts im Sinn. Ihre Vorstellung von einem selbst gekochten Essen war ein aufgewärmtes Fertiggericht.

»Ich beschwere mich nie, wenn mir jemand was zu essen gibt.«

»Guter Standpunkt. Ich dachte mir, Ralph und Amber könnten uns begleiten.«

Er sah auf sie hinunter. »Wirklich?«

»Die beiden folgen auch ohne Leine. Ich glaube, sie würden es genießen.«

»Ich weiß nicht.« Er zog die Stirn in Falten. Im Camp ging er inzwischen lockerer mit den Hunden um, aber generell misstraute er ihnen nach wie vor. Auch das wollte sie ändern, bevor das Camp aufhörte.

»Das wird Spaß machen. Vertrau mir.« Sie tätschelte seinen Arm.

»Wenn dir einer abhanden kommt, werde ich sagen, ich habe dich gewarnt.«

»Mir kommt schon keiner abhanden.«

Jedenfalls keiner von den Hunden. Aber der starrköpfige Cowboy und sein verstörter Neffe? Das stand auf einem ganz anderen Blatt.

Merry hielt sich am Sattelhorn fest und beobachtete die Hunde. Ralph schoss ins Gebüsch und wieder heraus, seine Ohren flatterten in der Brise. Amber trottete ihm mit heraushängender Zunge und aufgerichtetem Schwanz hinterher.

Vor Merry ritt Noah auf Peaches, T. J. und Tango führten die kleine Gruppe an. Merry legte den Kopf in den Nacken und atmete tief die frische Luft ein. Reiten machte wirklich süchtig. Sie war noch immer nicht gern verschwitzt und dreckig, aber ach, der Geruch nach warmer Erde und Wildblumen, der rhythmische Gang des Pferdes unter ihr, das sanfte Klappern der Hufe auf dem Boden – sie konnte verstehen, dass einen das packte und nicht wieder losließ.

»Alles in Ordnung dahinten?«, rief T. J. über die Schulter.

»Alles bestens«, erwiderte sie.

»Noah?«

»Gut«, antwortete er mit seinem dünnen Stimmchen.

Der Junge wirkte absolut sicher im Sattel. Sein Onkel war offensichtlich ein guter Lehrmeister gewesen, und das Camp hatte seine sowieso schon bewundernswerten Fähigkeiten als Reiter noch einmal verbessert.

Der Weg verbreiterte sich, und Merry lenkte Twilight neben Peaches. Die Stuten wieherten einander zu. »Willst du auch mit Pferden arbeiten, wenn du groß bist, so wie dein Onkel und dein Opa?«

Noah schüttelte den Kopf. »Ich werde Mathematiker, und dann habe ich ganz viele Hunde.«

»Oh, der Plan gefällt mir. Vielleicht kannst du mir ein paar Pflegehunde abnehmen.«

Er nickte. »Ich will alle guten Hunde wie Amber vor dem Tierheim retten.«

»Das wollen wir beide, Kleiner.«

Noah sah sie an und lächelte, und Merry spürte einen Stich im Herzen.

»Versprich mir, dass du nach dem Camp mit mir in Kontakt bleibst, ja? Du kannst jederzeit kommen und mit meinen Hunden spielen.«

»Ja.«

T. J., der ihnen vorausritt, hatte sich nicht an ihrem Gespräch beteiligt, aber jetzt drehte er sich um und sah sie so forschend an, dass ihr ganz mulmig wurde. Sie hoffte, sie konnte den Kontakt mit Noah halten, hoffte, sie würde ihn aus seinem seltsamen sozialen Verhalten herauswachsen sehen, hoffte, ihre Hunde könnten ihm dabei helfen.

Auch die Hoffnung, dass T. J. Amber behielt, hatte sie noch nicht aufgegeben. Angesprochen hatte sie das allerdings noch nicht. Er war noch nicht so weit, aber sie würde das Thema anschneiden, bevor das Camp zu Ende ging. Es wäre für alle drei perfekt. Amber könnte ihr sorgloses Farmleben weiter genießen, Noah könnte den Hund behalten, zu dem er solch eine intensive Beziehung entwickelt hatte, und T. J. – nun, der würde seine Angst vor Tierheimhunden und seine Vorurteile gegen sie überwinden können.

Sie waren an der Lichtung am Fluss angekommen. Ralph sprang ins Wasser und hüpfte herum wie ein Frosch. Amber blieb am Ufer stehen und sah ihm zu, dann tauchte sie die Schnauze in die silbrige Oberfläche und trank. Die Pferde folgten Ralph, scharrten im Wasser und tranken.

T. J. lenkte Tango auf die Wiese zurück und stieg ab. Er machte die Zügel an einem Baum in der Nähe fest und holte ihre Vorräte aus den Satteltaschen. Merry folgte mit Twilight seinem Beispiel. T. J. half ihr und Noah absteigen, und dann ließen sie die drei Pferde im Schatten des Baums stehen und selig Gras fressen.

Merry breitete die Decke aus und packte die Vorräte aus. Amy hatte ihnen Sandwiches mit Hähnchen und Salat mitgegeben, Blaubeerbrot, Obstsalat, Kekse und Limonade. Merry beschloss, auch den Kontakt mit Amy zu pflegen, denn alles sah fantastisch aus und roch auch so.

Noah setzte sich neben sie. Sie reichte ihm einen Teller, und er füllte ihn schweigend mit Obstsalat und einer großen Scheibe Blaubeerbrot. Dann suchte er sorgfältig alle Blaubeeren aus dem Obstsalat heraus und ordnete sie in einer Linie auf seinem Teller an.

Merry beobachtete ihn lächelnd.

»Schau mal, da oben über den Bäumen«, sagte T. J. und ließ sich neben seinem Neffen nieder. »Siehst du den Rotschwanzbussard? Was der wohl gerade jagt?«

Noah spielte mit den Blaubeeren auf seinem Teller herum.

Merry biss in ihr Sandwich. Armer T. J. Zurzeit fiel es ihm besonders schwer, mit Noah ins Gespräch zu kommen, egal wie sehr er sich bemühte. Vielleicht bemühte er sich einfach *zu* sehr.

»Meinst du, es könnte eine Maus sein?«, fuhr T. J. fort. »Oder ein Maulwurf, vielleicht sogar eine Eidechse?«

Noah warf sich eine Blaubeere in den Mund. Amy hatte mal erwähnt, dass er am liebsten alles aß, was rund war. Deshalb hatte sie sicher auch Blaubeeren und Kekse mit eingepackt.

Nachdem sie gegessen hatten, kümmerte sich T. J. um die Pferde, und Noah lief mit den Hunden zum Fluss hinunter. Merry zog die Beine an und sah Noah und den Hunden zu. Ralph plantschte fröhlich herum, während sich Amber im seichten Wasser am Ufer abkühlte.

Noah rollte die Beine seiner Cargohose hoch und befestigte sie oberhalb seiner Knie, dann watete er in die Mitte des Flusses hinaus. Er bückte sich und wühlte unter den Steinen herum, auf der Suche nach was immer kleine Jungen mochten. Käfer? Fische? Frösche?

Merry schauderte. So ziemlich alles, was unter solch glitschigen Steinen am Grund eines Flusses hauste, ließ man ihrer Ansicht nach besser in Ruhe. Aber das hier war eine ausgezeichnete Gelegenheit, sich mit Noah anzufreunden, also rollte sie ihre Jeans hoch und folgte ihm.

»Wonach suchst du?«, fragte sie. Das Wasser wirbelte um ihre Beine herum, und es sah aus, als würden sich ihre Zehen bewegen wie Schlangen. Schlangen! In solchen Flüssen gab es doch keine Schlangen, oder?

Entsetzt zog sie die Zehen an.

Noah griff nach etwas und hielt es stolz hoch, ein kleines, hummerartiges Wesen, das sich wand und seine Scheren in Merrys Richtung streckte.

»Ach du Schreck.« Merry schlug sich die Hand vor den Mund. *So etwas* lebte im Fluss? Das war ja vielleicht noch schlimmer als eine Schlange.

»Das ist ein Flusskrebs«, sagte Noah. »Der tut dir nichts.«

Ralph schnupperte neugierig an dem Ding herum. Als der Krebs versuchte, ihn zu kneifen, sprang er gerade noch rechtzeitig zurück, dann hüpfte er im Wasser auf und ab und versuchte erneut, daran zu schnüffeln.

»Nicht sehr klug, Ralph«, sagte sie.

Noah legte den Flusskrebs ins Wasser zurück, und er krabbelte rasch davon. Merry begann, um ihre Zehen zu fürchten.

»Bei Legosteinen gibt es 52 verschiedene Farben«, sagte Noah.

Merry lächelte. Ihr war schon aufgefallen, dass Noah häufig Fakten aus der Legowelt zitierte, wenn er ein Gespräch beginnen wollte. »Du weißt eine Menge über Legosteine.«

»Ich habe 2853, wenn man die bei mir zu Hause und die hier bei Onkel T. J. zusammenzählt.«

»Das klingt nach einer ziemlich großen Sammlung. Amber und du, ihr habt das heute großartig gemacht mit dem Sitzenbleiben. Ich hatte mir schon gedacht, dass sie die anderen Hunde überflügeln würde.« Sie stupste Noah freundschaftlich in die Seite.

Er strahlte. »Sie ist klug.«

»Genau wie du. Wie findest du die anderen Kinder im Camp?«

Er zuckte mit den Schultern.

»Deine Mom hat mir von deinem neuen Freund, Brendan, erzählt.«

Noah bückte sich, um einen weiteren Stein zu untersuchen.

»Als ich so alt war wie du, war meine beste Freundin ein Mädchen namens Britney. Sie und ich waren nach der Schule fast immer zusammen. Sie wohnte in derselben Straße, so wie bei Brendan und dir.«

Noah nickte. »Wir spielen oft mit Legosteinen.«

»Als ich ein Kind war, hatte ich auch viele Legosteine. Am liebsten habe ich gespielt, wie viele ich übereinanderbauen kann, bevor sie umfallen.«

»153«, sagte Noah.

»Wie bitte?«

»153 Legosteine. Das ist mein Rekord.«

»Oh«, erwiderte Merry. »Ich weiß nicht mehr, wie hoch mein Turm war, aber 153 klingt sehr hoch.«

Er nickte und drehte einen weiteren Stein um. Merry betete lautlos, er möge nicht noch solch einen widerlichen krabbelnden Flussbewohner aufstöbern.

»Einmal haben Britney und ich uns aus ihrem Garten davongestohlen und sind die Straße hinuntergelaufen, zu so großen Betonröhren, die wir dort bei einer Baustelle gesehen hatten. Wir haben stundenlang darin gespielt. Als dann meine Mom kam, um mich abzuholen, musste Britneys Mom feststellen, dass sie keine Ahnung hatte, wo wir steckten. Wir haben beide eine Woche Hausarrest bekommen.«

»Eine ganze Woche?« Noah starrte sie mit weit aufgerissenen Augen an.

»Ja. Brendan und du, habt ihr auch schon mal zusammen was gemacht, was nicht erlaubt war?«

Er schüttelte vehement den Kopf und drehte einen weiteren Stein um. Dann griff er nach etwas und Merry zuckte zurück. Was immer er hatte fangen wollen, entkam, aber Noah wandte ihr auch weiterhin den Rücken zu.

»Als ich in deinem Alter war, hatte ich noch eine andere Freundin, Tabitha. Sie hat gern verbotene Sachen gemacht, und sie wollte mich immer dazu bringen, Dinge zu tun, die ich eigentlich nicht tun wollte. Aber ich wollte auch nicht, dass sie mich nicht mehr mag, also habe ich manchmal doch mitgemacht.«

»Das war aber keine nette Freundin«, sagte Noah.

»Nein, aber manchmal ist das schwer zu sehen, solange man befreundet ist. Ein Kind zu sein, ist echt nicht einfach, Noah. Das ist keine leichte Aufgabe. Und Kinder können gemein sein. Manchmal ist es schwer, darüber mit seinen Eltern oder seiner Familie zu reden. Ich kann dir keinen Hausarrest erteilen, nicht wahr? Und ich gebe ziemlich gute Ratschläge.«

Er starrte sie lange schweigend an, und sie wagte kaum noch zu atmen.

»Wohnt Amber nach dem Camp bei dir?«, fragte er schließlich.

»Bis sie ihr Zuhause für den Rest ihres Lebens gefunden hat.«

Er wischte sich die Hände an der Hose ab. »Ich würde sie so gern behalten.«

Oh, Noah. »Das würde ich mir auch wünschen.«

Er drehte sich von ihr weg und hob einen weiteren Stein hoch. Merry kribbelten inzwischen die Füße, weil sie fürchterliche Angst hatte, eins dieser grässlichen Wesen könnte unter einem der Steine hervorgeschossen kommen und sie beißen. Sie hielt noch eine Minute länger aus, für den Fall, dass Noah noch irgendetwas sagen wollte, dann watete sie zurück ans Ufer.

»Macht er da draußen Jagd auf Flusskrebse?«, fragte T. J.

Merry nickte.

Er zog sie hinter die Pferde und küsste sie rasch. In seinen Armen zerschmolz sie wie Wachs. »Er redet viel mit dir.«

»Ich arbeite mit Kindern. Meistens mögen sie mich.«

Sie sah ihm an, wie frustriert er war. Es brachte ihn schier um, dass er seinen Neffen nicht dazu bringen konnte, sich ihm gegenüber zu öffnen, und auch ihr machte das zu schaffen.

Sie küsste ihn ebenfalls, dann löste sie sich aus seinen Armen, bevor Noah sie beim Knutschen erwischte. »Du kommst doch heute Abend mit ins Watering Hole, oder?«

Er nickte. »Noah soll zum Abendessen wieder zurück sein.«

»Und ich muss die Hunde nach Hause bringen. Willst du vorbeikommen, wenn du Noah abgeliefert hast?«

Seine Augen funkelten. »Gern.«

»Prima.«

»Versprich mir, dass du wieder dieses rosa Spitzenhöschen trägst.« Sein Blick rief ihr in Erinnerung, wie der vergangene Abend geendet hatte.

Ja, sie schuldete ihm noch etwas. Vielleicht auch ein bisschen mehr.

»Tut mir leid«, erwiderte sie kopfschüttelnd. Enttäuscht sah er sie an. »Das hier ist grün.« Sie beugte sich vor, um ihm ins Ohr zu flüstern: »Und quasi nur ein Hauch.«

Er schnappte nach Luft. »Grün ist meine neue Lieblingsfarbe.«

»Das glaube ich dir sofort.« Sie blinzelte ihm zu. »Hat es das Kalb geschafft?«

Er nickte. »Es war knapp, aber es ist durchgekommen.«

»Das freut mich zu hören. Und das andere holen wir heute Abend nach.« Sie lächelte ihn verschwörerisch an und wandte sich dann ab, um die Reste des Picknicks einzupacken.

T. J. schnappte sich einen Keks und ging hinunter zum Fluss. Er stopfte sich den Keks in den Mund, dann zog er sich die Stiefel aus, rollte seine Hosenbeine hoch und gesellte sich zu seinem Neffen. Ralph, der die Schnauze unter Wasser gehabt hatte um zu sehen, was für Wesen Noah da jagte, sprang vor Freude auf und ab und spritzte sie beide nass.

Noah kicherte, und T. J. sah aus, als hätte er sechs Richtige im Lotto gehabt.

Merry versuchte, nicht nur dazusitzen und die beiden anzustarren. Als sie das nächste Mal in ihre Richtung schaute, hielten beide einen Krebs in der Hand, mit dem sie sich in einem gespielten Schalentierkampf bedrohten. Merry zog rasch ihr Handy aus der Tasche und machte ein Foto, um den Moment festzuhalten.

Als die beiden nass und fröhlich zu ihr kamen, war sie gerade damit fertig geworden, alles in Tangos Satteltaschen zu verstauen.

»Ist das eine von diesen Männersachen?«, fragte sie. »Flusskrebskrieg?«

»Muss es wohl.« T. J. legte Noah den Arm um die Schultern und drückte ihn.

Gut gelaunt ritten sie gemeinsam zur Farm zurück. Die Hunde trotteten mit heraushängender Zunge neben ihnen her, die Köpfe erschöpft gesenkt. Sie waren reif für ein Mittagsschläfchen.

Während sich T. J. und Noah um die Pferde kümmerten, brachte Merry Amber und Ralph in die Extrabox, gab ihnen frisches Wasser und stellte den Ventilator so ein, dass er über sie hinwegblies. Beide ließen sie sich auf die sauberen Sägespäne sinken, streckten alle viere von sich und schlossen die Augen.

Merry ging mit Chip und Salsa nach draußen, damit sie sich ein bisschen austoben und ihr Geschäft verrichten konnten, und brachte sie gerade rechtzeitig genug zu den anderen zurück, um mit T. J. und Noah ins Haus gehen zu können.

Während die beiden duschten und sich umzogen, schaute sie die Nachrichten durch, die auf ihrem Handy eingegangen waren. Hauptsache, sie dachte nicht an T. J., der jetzt oben nackt und eingeseift unter der Dusche stand. Sie hätte sich gern zu ihm gesellt, und nicht nur aus unanständigen Gründen. Sie war verschwitzt und dreckig, und wer weiß, was alles unter ihren Füßen klebte, nachdem sie im Fluss herumgewatet war.

Flusskrebskacke? *Igitt.*

Rasch dachte sie an etwas anderes. In zwei Stunden würden sie Noah bei seiner Mutter abliefern und anschließend zu ihr nach Hause weiterfahren. Dann würde sie duschen, und vielleicht würde sie T. J. sogar dazu einladen.

Nachdem die beiden fertig waren, verbrachten sie den Rest des Nachmittags mit Brettspielen. Merry verlor bei Zug um Zug gegen Noah und bei Monopoly gegen T. J. Beide waren sie ehrgeizige Spieler und gute Strategen. Merry, die mehr aus dem Bauch heraus spielte, hatte keine Chance.

»Mensch, einmal hättet ihr mich doch wenigstens gewinnen lassen können«, beschwerte sie sich, als sie die Spiele wegpackten. Noah schenkte ihr ein liebenswürdiges Lächeln, das sein gnadenloses Auf-Gewinn-Spielen Lügen strafte.

T. J. grinste spöttisch. »Dich gewinnen lassen? Wir Jamesons lassen nie jemanden gewinnen. Wenn man dann doch mal gewinnt, weiß man das umso mehr zu schätzen.«

»Aha.« Merry schüttelte den Kopf. Ihr Dad hatte sie garantiert so manches Mal gewinnen lassen, und aus ihr war trotzdem etwas geworden.

Sie lud alle vier Hunde in ihren Wagen – Amber würde bei ihr bleiben, während T. J. und sie ausgingen – und folgte T. J.s Pick-up dann zu Amy.

Er hielt vor einem Wohnblock in einem der älteren Arbeiterviertel der Stadt. Soweit man im idyllischen Dogwood überhaupt von so etwas wie einem Ghetto reden konnte, war es hier. Merry war nicht begeistert, dass Noah hier aufwachsen musste. Immerhin konnte er sich, wann immer er wollte, auf der Farm seines Onkels austoben.

Noah sprang aus dem Pick-up und kam zu ihrem Fenster gelaufen. »Kann ich mit Amber kurz zu Brendan gehen, nur für eine Minute?«

»Das dürfte gehen. Was hat dein Onkel dazu gesagt?«

»Dass es in Ordnung ist, wenn du nichts dagegen hast.«

Merry nickte. »Aber geh nicht mit ihr nach drinnen, hörst du? Möchtest du, dass ich mitkomme?«

Er schüttelte den Kopf. »Ich klingle, und Brendan kommt raus.«

Sie stieg aus und half ihm, Amber hinten aus dem Auto zu holen, ohne dass gleich alle Hunde heraussprangen. »Bring sie gleich wieder zurück. Die Tiere sind alle erschöpft. Sie müssen bald nach Hause und den Rest des Abends schlafen.«

»Mache ich.« Er nahm die Leine und marschierte mit Amber los. Dabei sah er so stolz und selbstbewusst aus, dass es Merry die Kehle zuschnürte.

T. J. stand auf dem Bürgersteig und schaute ihm hinterher. »Sie sehen gut aus zusammen.«

Merry sah in seine dunklen Augen hinauf. »Hast du mal daran gedacht, sie zu behalten?«

Er verlagerte das Gewicht auf die Fersen, und an seinem Kinn zuckte ein Muskel. »Verdammt, Merry …«

Sie hob beschwichtigend die Hände. »Vergiss, dass ich gefragt habe.« Eigentlich hatte sie das nicht tun wollen. Sie hatte gewusst, dass es zu früh war.

»Du kannst es einfach nicht lassen, mir Druck zu machen, nicht wahr? Schau, du bekommst deine Spende, und ich habe Amber in Pflege genommen, ohne mich zu beklagen, aber eine Abmachung ist eine Abmachung. Wenn das Camp vorbei ist, nimmst du sie zurück.«

Das saß. »Es war doch nur eine Frage. Du hast den Eindruck gemacht, als hättest du sie ins Herz geschlossen. Und für Noah wäre es wenigstens ein bisschen so, als hätte er einen eigenen Hund.«

»Mach mir ja keine Schuldgefühle. Amy hat eine Hundehaarallergie, sonst hätte sie ihm schon vor Jahren einen Hund gekauft.«

»Aber du hast keine Allergie. Amber liebt dich, deine Farm und deinen Neffen. Wieso behältst du sie nicht?«

Er trat einen Schritt auf sie zu und sah sie aus zusammengekniffenen Augen an. »Vielleicht aus demselben Grund, aus dem du mich am Ende des Camps hinauswirfst. Du willst keine längeren Beziehungen mit Männern, und ich übernehme keine langfristige Verantwortung für einen Hund.«

Merry wich einen Schritt zurück, lehnte sich gegen die aufgeheizte Fassade des Wohnblocks und verschränkte die Arme vor der Brust. »Gut, sag mir ruhig, wie du wirklich empfindest.«

Er schüttelte den Kopf und starrte sie an, als hätte er keine Ahnung, was er sagen sollte. Sie wusste es genauso wenig. Sie wollte sich nicht mit ihm streiten. Eigentlich wollte sie auch nicht daran denken, ihn nach dem Camp aufzugeben. Sie wollte ihn einfach mit nach Hause nehmen, ihren Spaß mit ihm haben und später mit ihm ins Watering Hole gehen, um Bier zu trinken und zu tanzen.

Warum musste das so kompliziert sein? Bisher hatte sie noch nie ein Problem gehabt, eine unverfängliche Ebene mit einem Mann zu finden. Aber jetzt waren ihre Gefühle verletzt, und das ließ sich nicht so leicht übergehen. Sie blinzelte die Tränen fort, die ihr in den Augen brannten.

»Weißt du was? Am besten nehme ich meine Hunde und fahre nach Hause. Du wartest auf Noah und Amber. Wir sehen uns dann Montag im Camp.«

Er stellte sich ihr in den Weg. »Ernsthaft? Du haust einfach ab?«

»Ich will nur …«

Reifen quietschten, gefolgt von einem Aufprall und einem Schrei, bei dem ihr fast das Herz stehen blieb. T. J. war bereits losgestürzt und rannte die Straße entlang. Sie lief ihm hinterher. Ihre Beine fühlten sich an, als wären sie aus Gummi, und ihr Herz hämmerte.

Drei Häuser weiter lag Noah auf der Straße. Sein T-Shirt war voller Blut.

Oh Gott! *Noah …*

Die ruhige Fassade, die sie sonst bei Notfällen im Krankenhaus bewahrte, bröckelte. Ihre Brust weigerte sich schlichtweg, Luft hereinzulassen. *Noah.* Sie würde ihn stabilisieren, ihn zusammenflicken und ihn beruhigen, bis der Krankenwagen da war.

Dafür war sie ausgebildet. Ihre Hände zitterten, und sie ballte sie zu Fäusten.

Und dann stand sie vor ihm. Sie sank auf die Knie, und Noah schaute mit tränenüberströmtem Gesicht zu ihr hoch. Ein schmerzerstickter Klagelaut drang aus seiner Kehle.

»Schon gut, Schatz. Wo bist du verletzt?«

Zwei dicke Tränen liefen ihm die Wangen hinunter. »Nicht ich. Amber …«

Merry blickte nach unten, und erst jetzt wurde ihr bewusst, dass Noah gar nicht am Boden lag, sondern sich über etwas beugte, nämlich über Ambers hingestreckten Körper.

Die Hündin lag reglos da, das goldene Fell voller Blut.

17

T. J. bekam vor Erleichterung ganz weiche Knie. Er ging neben dem Jungen in die Hocke und untersuchte ihn vorsichtig, um sich zu vergewissern, dass wirklich alles in Ordnung war. Dann nahm er ihn in die Arme und drückte ihn so fest, dass er kaum noch Luft bekam. T. J. hatte das Gefühl, seit dem schrecklichen Geräusch des Aufpralls zehn Jahre gealtert zu sein.

Der Wagen, ein weißer Nissan, war ein Stück weiter auf der Straße stehen geblieben. T. J. musste nach dem Fahrer sehen und herausfinden, was zum Teufel passiert war.

»Amber …«, schluchzte Noah und wand sich aus T. J.s Armen.

T. J. schaute auf die Hündin hinunter. Sie lag reglos auf dem Asphalt, die Augen weit aufgerissen und glasig. Aus einem offenen Bruch an ihrem rechten Vorderbein lief Blut. Sie atmete hektisch und unregelmäßig, ein Zeichen, dass sie einen Schock hatte.

Merry kniete neben ihr und redete leise auf sie ein. Sie hatte die Hand auf die Schulter der Hündin gelegt, damit diese nicht versuchte aufzustehen.

»Was hast du auf der Straße gemacht?«, fragte T. J., als er seinen Neffen zur Bürgersteigkante brachte und sich dort hinsetzen ließ.

Noah wiegte den Oberkörper vor und zurück. Die Arme um sich geschlungen starrte er mit weit aufgerissenen Augen auf die Hündin, die blutend auf der Straße lag.

Himmel.

Eine alte Frau kam auf sie zu. Tränen liefen ihr die Wangen hinunter. »Er ist plötzlich aus dem Nichts aufgetaucht! Meine Güte! Alles in Ordnung mit dir?«

»Ihm ist nichts passiert, Ma'am. Sind Sie die Fahrerin des Wagens, von dem der Hund erfasst wurde?«

»Hund?« Sie warf einen Blick auf die Straße und erblasste. »Ach herrje. Bin ich tatsächlich mit etwas zusammengestoßen! Wusste ich es doch. Oh …«

Sie zitterte so heftig, dass T. J. ihr half, sich neben Noah auf die Bordsteinkante zu setzen. »Alles in Ordnung?«

»Mir geht es gut, das ist nur der Schreck.« Ihre Stimme zitterte. »Der Hund … ist der tot?«

»Nein, Ma'am.«

Sie legte den Arm um Noah. »Ich bin die Straße langgefahren, und plötzlich war er direkt vor mir, ist gerannt, als wäre der Teufel hinter ihm her. Ich hatte schon gedacht, ich hätte dich angefahren …« Sie drückte Noah an sich. Noch immer liefen ihr die Tränen.

Der Junge machte sich los. Er ruderte heftig mit den Armen und starrte Amber aus weit aufgerissenen Augen an.

Amy musste unbedingt kommen und ihn holen. Noah sollte das nicht mit ansehen. Die Hündin konnte jeden Moment sterben. T. J. hatte keine Ahnung, ob sie innere Verletzungen oder eine Schädelverletzung hatte.

»Ihr beide bleibt hier sitzen.« Er trat auf die Straße und ging neben Merry in die Hocke.

»Vorderes rechtes Bein gebrochen, innere Verletzungen nicht auszuschließen. Schockzustand.« Merry sprach mit der ruhigen, sachlichen Stimme einer Krankenschwester, aber T. J. sah ihr an, wie gequält sie war.

»Ich bin Tierarzt, schon vergessen? Ich kann mich um sie kümmern.« Er beugte sich über Amber. Außer dem offenen

Bruch hatte sie äußerlich keine Verletzungen, aber wie es in ihrem Inneren aussah, war schwer zu sagen. Er tastete ihre Wirbelsäule ab, konnte aber keine Brüche entdecken. Anschließend tastete er vorsichtig ihren Bauch ab.

Amber jaulte und versuchte sich aufzurichten, aber Merry hielt sie behutsam fest. Ihr Bauch war hart, vermutlich als Folge innerer Blutungen.

»Wir müssen sie in die Klinik bringen. Ruf David an. Dann besorg mir etwas, womit ich ihr Bein schienen kann, Trommelstöcke, ein Lineal, irgendwas in der Art. Ich brauche Desinfektionsmittel und Stoff, um das Bein zu verbinden, und dann eine feste Unterlage, auf der wir sie transportieren können, ein Bügelbrett, Karton, was immer dir in die Hände fällt. Mach schnell. Und schick Amy her, sie soll Noah abholen.«

Merry nickte und rannte los, auf Amys Wohnblock zu.

Noah saß auf der Bordsteinkante und wiegte sich noch immer vor und zurück. Die alte Frau, die neben ihm saß, sah ebenfalls ganz mitgenommen aus. Sie hatte die Hand an die Brust gelegt und zitterte sichtlich.

Amy kam aus dem Wohnblock gelaufen und eilte auf sie zu. Sie packte Noah und zog ihn an sich. »Meine Güte, Schatz. Ist auch wirklich alles in Ordnung?«

Dann fiel ihr Blick auf Amber, und sie zuckte zusammen. Rasch wandte sie sich der alten Frau zu und sprach leise mit ihr. Die Frau nickte, griff nach ihrer Handtasche und ging mit Amy und Noah auf deren Wohnblock zu.

Kurz darauf kam Merry zurück, den Arm voll mit den benötigten Dingen. Sie setzte sich neben T. J., breitete saubere Stoffstücke aus, eine elastische Binde, eine Flasche mit Wasserstoffperoxyd, ein Plastiklineal und einen Holzlöffel. »Wie kann ich helfen?«

»Hast du David angerufen?«

Sie nickte. »Er erwartet uns. Und Liv ist auf dem Weg hierher, um die anderen Hunde abzuholen und nach Hause zu bringen.«

»Okay, säubern und schienen wir als Erstes ihr Bein. Du hältst ihren Kopf fest.« Verletzte Tiere konnten aggressiv werden, egal wie zahm sie sonst waren. Während Merry Amber festhielt, schüttete er Peroxyd über die Wunde und tupfte sie mit einem Lappen ab. Amber jaulte, machte aber keinen Versuch, einen von ihnen zu beißen.

Als Nächstes nahm er das Lineal und den Löffel und hielt sie an beiden Seiten neben das gebrochene Bein. Dann wickelte er die elastische Binde drum herum, damit Lineal und Löffel an Ort und Stelle blieben. Für eine provisorische Schiene war das prima.

Eine von Amys Nachbarinnen kam mit einem auseinandergefalteten Pappkarton angelaufen. »Amy hat mich angerufen. Geht das so?«, fragte sie.

»Das ist prima, danke.« T. J. nahm ihr die flache Pappe ab und legte sie hinter der Hündin auf den Boden. »Wir zählen bis drei, dann heben wir sie rüber auf den Karton«, sagte er zu Merry.

Sie nickte und schob die Arme unter Ambers obere Körperhälfte, womit sie die gefährlichere Position übernahm, sollte die Hündin um sich beißen, wenn sie sie bewegten. T. J. schob die Hände unter Ambers Hinterteil. »Eins, zwei, drei.«

Sie hoben sie leicht an und ließen sie auf die Pappe sinken. Wieder jaulte Amber. T. J. warf einen Blick auf seinen Pick-up, dann auf Merrys SUV. »Bring die Hunde in den Pick-up. Wir fahren mit deinem Wagen.«

Merry hielt sich nicht damit auf, ihn nach dem Grund zu fragen, sondern lief zu ihrem Wagen, um die Hunde zu holen. Sie zerrte sie zum Pick-up – alle versuchten sie, Merry zu Amber zu ziehen – und bugsierte einen nach dem anderen hinein. T. J. verzog das Gesicht. Hoffentlich machten sie nichts kaputt. Aber die Rückbank des Pick-ups war nun mal nicht der geeignete Ort für einen Hund, der vielleicht innere Verletzungen hatte. Sie konnten Amber besser hinten in Merrys SUV transportieren.

Sobald Merry wieder da war, hoben sie gemeinsam die Pappe an, die unter Ambers Gewicht leicht durchhing, und trugen sie zum CR-V. Merry hatte die Rücksitze bereits umgeklappt, und so schoben sie die provisorische Trage hinten in den Kofferraum.

»Ich setze mich neben sie«, sagte Merry und kletterte hinterher.

T. J. war klar, dass Widerspruch zwecklos sein würde, also setzte er sich auf den Fahrersitz und schob ihn ein Stück zurück. Dann fuhr er so schnell, wie es gerade noch verantwortbar war, Richtung Tierklinik. Er machte sich Sorgen, welche Auswirkungen es auf Noah haben würde, falls Amber nicht überlebte. Aber als er im Rückspiegel einen Blick auf die blutverschmierte Hündin warf, schnürte sich ihm die Kehle zu.

Auch er wollte nicht, dass Amber starb.

Merry lief im Untersuchungszimmer auf und ab, bis T. J. sie in die Arme nahm. »Armer Noah. Wenn sie stirbt, wird er sich dafür die Schuld geben.«

»Ich hätte ihm niemals erlauben dürfen, allein mit ihr loszuziehen.« Seine Stimme klang rau.

Sie schmiegte sich an ihn. »Aber er hat so stolz ausgesehen.«

Die Tür ging auf, und Dr. Johnson kam herein.

Merrys Kehle war wie zugeschnürt. Sie hatte auch früher schon Pflegehunde verloren, das ließ sich nicht vermeiden, wenn man mit ausgesetzten Tieren zu tun hatte. Bei jedem hatte sie geweint, weil sie sie alle geliebt hatte, aber diese Hündin durfte einfach nicht sterben, schon wegen Noah nicht.

»Ich habe gute Neuigkeiten«, sagte Dr. Johnson.

Merry knickten die Beine weg, aber T. J. hielt sie fest. »Gott sei Dank!«

Dr. Johnson sah sie erstaunt an, als würde er erst jetzt merken, wie T. J. sie im Arm hielt. Er runzelte die Stirn. »Das rechte Vorderbein müssen wir operieren. Sie kommt morgen früh als Erste an die Reihe. Davon abgesehen hat sie nur blaue Flecken und ein paar kleinere Schwellungen. Keine ersichtlichen inneren Blutungen, kein Schädel-Hirn-Trauma.«

»Das ist … das ist einfach großartig«, stammelte Merry.

»Sie steht unter Schock. Wir geben ihr Infusionen und Schmerzmittel und haben das Bein erst mal geschient. Sie soll sich ausruhen, damit sie morgen früh kräftig genug für die Operation ist.«

Merry spürte, wie sich eine neue Angst in ihr breitmachte. Die Operation würde auch wieder mindestens einen Tausender kosten, den sie nicht hatte. Dieses Loch, in das sie gefallen war, wurde immer tiefer. Jedes Mal, wenn es ihr gelungen war, ein Stück herauszuklettern, fiel sie wieder auf den Boden zurück. Aber Amber würde wieder gesund werden.

Das Geld würde sich irgendwie auftreiben lassen. In diesem Monat hatte sie kaum zusätzliche Schichten übernehmen können, aber jetzt war Sommer. Viele Kolleginnen nahmen Urlaub, und Merry würde möglichst viele von ihnen vertreten. Sie würde mehr Aktionen organisieren. Irgendwie würde sie dieses Problem lösen.

Ihr Vater hatte sie nicht zu einer Versagerin erzogen. Sie würde nicht kampflos untergehen.

T. J. war seit Ewigkeiten nicht mehr tanzen gewesen. Er hatte zwei linke Füße, wie alle in seiner Familie. Insofern war es schon ein wenig lächerlich, dass ausgerechnet er darauf bestanden hatte, ins Watering Hole zu fahren.

Seit Ambers Unfall war Merry eher in sich gekehrt. Ihre Augen strahlten nicht mehr so wie vorher, und er hatte gehofft, dass sich das vielleicht bessern würde, wenn sie den Abend außer Haus verbrachten. Natürlich hatte er auch noch die eine oder andere Idee, wie er sie hinterher aufheitern könnte, aber ausgehen und Leute treffen war für Merry etwas sehr Wesentliches in ihrem Leben. Deshalb hatte er nicht gewollt, dass sie zu Hause blieb und sich Sorgen um den Hund machte.

Amber würde wieder gesund werden. Am Camp würde sie nicht mehr teilnehmen, aber sie würde keine bleibenden Schäden davontragen. Noah hatte sich noch immer nicht wieder beruhigt, aber die guten Neuigkeiten über Amber würden hoffentlich helfen. Er war so aufgewühlt gewesen, dass Amy ihn früh ins Bett gebracht hatte.

T. J. zog die Eingangstür zum Watering Hole auf, und Bluegrass-Musik drang in die Nacht hinaus. Countrymusik war ihm lieber, aber Bluegrass war auch nicht übel, und er war schon gespannt darauf, Merrys Vater spielen zu hören.

Er ließ ihr den Vortritt, und sie machte sich sogleich auf den Weg zum Tresen. Ihre Stimmung war nach wie vor gedämpft, aber immerhin schien sie ein bisschen fröhlicher zu werden, sobald sie auf einem Barhocker saß und ein Blue Moon bestellt hatte.

Nachdem sie endlich bei ihr zu Hause angekommen waren, hatte sie geduscht und sich umgezogen, und jetzt roch sie wie frisches Geißblatt, was ihm beinahe genauso den Kopf verdrehte wie der Ausschnitt ihres rosafarbenen, spitzenbesetzten Oberteils. Er setzte sich neben sie und bestellte ein Yuengling.

»Was für ein Tag!«, sagte er.

Sie nickte. »Ein Glück, dass ich morgen frei habe. Vermutlich schlafe ich den ganzen Tag.«

»Oder treibst zumindest etwas, das man im Bett machen kann.«

Sie sah ihn spitzbübisch an. »Könnte sein.«

Jetzt strahlten ihre Haselnussaugen wieder, und er spürte, wie er allein bei ihrem Anblick einen Ständer bekam. Diese Frau hatte ihn schwer im Griff, allein mit ihrem Blick und ihrem Blinzeln.

Der Barkeeper stellte ihnen zwei kalte Biere hin, und T. J. spürte, wie auch seine Anspannung allmählich nachließ. Er kam nicht oft raus und war schon viel zu lange nicht mehr mit einer Frau ausgegangen. Es war gar keine schlechte Art, eine anstrengende Woche zu beenden.

Merry trank einen großen Schluck von ihrem Bier und leckte sich dann den Schaum von der Oberlippe. »Hat Noah irgendwas gesagt, wie es zu dem Unfall gekommen ist?«

»Häh?« Sein Gehirn hatte sich abgeschaltet, als er gesehen hatte, wie ihre Zunge über ihre Lippe glitt. »Nein, kein Wort.«

»Mir gefällt das gar nicht, dass ausgerechnet er mit ihr unterwegs war, als es passiert ist.« Auf ihrer Stirn hatte sich eine tiefe Falte gebildet. »Ich sollte morgen mal mit ihm reden.«

»Ich rede mit ihm.« Er hatte das gesagt, ohne nachzudenken, aber als er sah, wie sie zusammenzuckte, fügte er hinzu: »Am besten reden wir gemeinsam mit ihm.«

Verdammt, warum traten sie sich ständig gegenseitig auf die Zehen? Keiner von ihnen hatte den Streit erwähnt, den sie kurz vor dem Unfall gehabt hatten, und dafür war er dankbar. Er sah keine Lösung für ihre unterschiedlichen Ansichten bezüglich Ambers Zukunft.

»Dahinten ist mein Dad.« Sie deutete auf einen großen

schlanken Mann mit dunklem Haar, der in der Nähe der Bühne stand. Er trug Jeans und ein kariertes Hemd und hielt eine Geige unter dem rechten Arm.

T. J. sagte lautlos Danke für den Themenwechsel. »Stellst du mich ihm vor?«

»Er kommt in ein paar Minuten vorbei, um Hallo zu sagen.« Sie starrte in ihr Bier, immer noch mit diesem für sie so untypischen grüblerischen Blick.

»Du weißt doch, dass Amber wieder gesund wird, oder?«, fragte er.

Merry nickte. »Sie hat Glück gehabt.«

»Was macht dir dann zu schaffen?«

Sie sah ihn an, mit einem zutiefst schmerzerfüllten Blick. Dann ging die Jalousie wieder herunter, mit der sie ihn und alle anderen auf Distanz hielt. »Tut mir leid, das war heute einfach alles zu viel. Danke, dass du mich überredet hast herzukommen. Ich verspreche dir, wenn ich erst ein paar Bier intus habe, bin ich wieder unterhaltsamer.«

»Du musst mich nicht unterhalten. Was immer du fühlst, fühl es ruhig.«

Sie lachte spöttisch auf, dann kippte sie den Rest ihres Biers hinunter und lächelte. »Hast du meinen Namen vergessen? Er bedeutet fröhlich und lebhaft.«

»Wie bist du eigentlich an den gekommen?«

»Ich bin an Heiligabend auf die Welt gekommen. Meine Eltern waren – nun – vermutlich fröhlich, wie in ›Merry Christmas‹.« Sie blinzelte ihm zu. »Möchtest du meinen zweiten Namen wissen?«

Er sah sie mit zusammengekniffenen Augen an. »Sag jetzt nicht, er lautet ›Christmas‹.«

Sie schnaubte. »Glücklicherweise nicht. Er lautet Joy, Freude.«

»Joy ist doch ein gängiger Name.« Dann sagte er sich lautlos die beiden Namen hintereinander auf. »Oh.«

»Genau. Merry Joy Atwater. Mir blieb gar nichts anderes übrig, als fröhlich aufzuwachsen.«

»Merry Joy.« T. J. richtete den Blick auf ihren Vater, der noch immer neben der Bühne stand und seine Geige stimmte. »Waren deine Eltern Hippies?«

»Teenager, die gerade mit der Highschool fertig waren. Leider hatte sich die Glückseligkeit meiner Mutter schon verflüchtigt, als die Weihnachtsdekoration abgebaut wurde. Sie kam mit der Verantwortung nicht klar, also ist sie abgehauen.«

»Verdammt. Das ist hart.«

Merry zuckte mit den Schultern. »Ich erinnere mich nicht an sie, was vermutlich auch besser ist. So konnte sie mich wenigstens nicht enttäuschen.«

»Und dein Dad? Der ist ja offenbar geblieben.«

Wieder lächelte sie, ein echtes Lächeln diesmal, voller Wärme und Gefühl. »Mein Dad ist großartig. Er hat mich ganz allein großgezogen, und das hat er richtig gut hingekriegt, wenn ich das mal so behaupten darf.«

»Das kann ich nur bestätigen.« Ja, ihr Vater musste wirklich okay sein, wenn er seine Tochter großgezogen hatte, obwohl er selbst fast noch ein Kind gewesen war. »Das war sicher nicht einfach für ihn.«

»Bestimmt nicht.« Sie lächelte dem Barkeeper zu, der ihr ein neues Bier hingestellt hatte. »Danke.«

Er sah ihr zu, wie sie einen Schluck davon trank, und fragte sich, ob die Abwesenheit ihrer Mutter wohl dazu geführt hatte, dass sie kein Interesse an Ehe und Familie hatte.

Als hätte er gespürt, worüber sie sprachen, sah ihr Dad zu ihnen hinüber, und als er seine Tochter entdeckte, kam er quer durch den Raum zu ihnen und legte ihr die Hand auf die Schulter. »Hallo, mein Schatz. Wer ist das? Dein neuer Freund?« Er lächelte T. J. freundlich an.

T. J. streckte ihm die Hand entgegen. »T. J. Jameson.«

»Er leitet das Camp, in dem ich arbeite«, sagte Merry.

»Ach, stimmt. Es ist ganz großartig, was Sie da machen. Ich bin übrigens Gerry Atwater. Merrys Vater, falls sie Ihnen das nicht bereits erzählt hat.«

»Sie hat Sie mir vorhin gezeigt und angekündigt, Sie würden vorbeikommen und Hallo sagen«, erwiderte T. J.

Gerry nickte, noch immer lächelnd. »Sie kommt freitags fast immer her, um mich spielen zu sehen. Eine ziemlich gute Tochter, wenn Sie mich fragen.«

Sie lachte. »Ich bin eine verdammt gute Tochter.«

»Und, wie läuft Ihr Camp?«, fragte Gerry.

»Großartig. Die Kinder machen sich alle richtig gut.« T. J. verschwieg, dass ausgerechnet sein Neffe die einzige Ausnahme war. »Merry ist eine große Hilfe. Sie hat wirklich ein Händchen für Kinder, und für Hunde.«

»Das stimmt.« Gerry nickte stolz. »Sie können sich glücklich schätzen, dass Sie sie haben.«

»Schon gut, schon gut.« Sie stieß ihm spielerisch den Ellbogen in die Seite. »Musst du nicht allmählich auf die Bühne? Hals- und Beinbruch, Dad.«

»Das sagt sie jede Woche. Jedes Mal versuche ich ihr klarzumachen, dass ich für solche Sprüche zu alt bin. Es könnte tatsächlich wahr werden.« Seine Augen funkelten vor Belustigung.

T. J. mochte den Mann auf der Stelle. »Ich freue mich schon darauf, Sie spielen zu hören.«

»Hoffentlich gefällt es Ihnen. Schön, Sie kennengelernt zu haben.« Er winkte ihnen zum Abschied und ging zurück zur Bühne, wo sich der Rest der Band allmählich versammelte.

»Ich verstehe, wieso er dich Merry Joy genannt hat«, sagte T.J.

Sie nickte. »Er ist ein fröhlicher Mann, und er hat eine fröhliche Tochter großgezogen.«

Im Großen und Ganzen mochte das stimmen, aber gelegentlich schien bei ihr auch eine dunklere Seite durch. Am liebsten hätte er sie wie ein Idiot bedrängt, um mehr zu erfahren, als sie jemals freiwillig von sich preisgegeben hätte.

Sie saßen an der Theke und tranken noch ein paar Bier, und als die Band loslegte, führte er Merry auf die Tanzfläche. Er gab sich große Mühe und bewegte die Füße zum Rhythmus der Musik, während Merry in seinen Armen tanzte.

Es war fast Mitternacht, bis sie endlich wieder bei ihr waren, und er wollte sie nur noch nach oben verschleppen und ihr die Kleidung vom Leib reißen. Natürlich hatten die Hunde andere Vorstellungen. Sie waren entzückt, dass Merry endlich zu Hause war – noch dazu mit einem Gast –, und flitzten und jaulten begeistert in der Küche herum.

Merry ließ sie nach hinten in den Garten, dann drückte sie T.J. gegen die Wand und küsste ihn leidenschaftlich. »Du bleibst doch, oder?«

Da musste sie ihn nicht zweimal fragen. »Himmel, ja.«

»Gut.« Sie ließ die Hände zu seinem Hintern hinuntergleiten und kniff ihn, dann löste sie sich aus seinen Armen. »Ich brauche ein paar Minuten für die Hunde, dann bin ich ganz für dich da.«

Verdammte Hunde. Seine Jeans saß so eng, dass er kaum gehen konnte, und er schaffte es gerade noch bis zur Couch. An diesem Abend war er zum ersten Mal in Merrys Haus gewesen. Es passte zu ihr, war klein und gemütlich mit warmen Terrakotta-Wandfarben und weißen Spitzengardinen.

Er saß da und versuchte vergeblich, an etwas anderes zu denken als daran, wie dringend er mit Merry ins Schlafzimmer wollte. Er wollte mit ihr schlafen, bis die Sonne aufging, bis sie nicht mehr wussten, wie sie hießen und vor welchen Schwierigkeiten sie standen.

Bis sie vergaßen, warum ihre Beziehung nur bis zum Ende des Camps dauerte.

Und dann sank sie in seine Arme, und er vergaß alles.

Merry wachte davon auf, dass die Sonne ihr angenehm das Gesicht wärmte. Sie schien durch die Fenster hinein und badete T. J. und sie in ihren bernsteinfarbenen Strahlen. Er lag nackt neben ihr und schlief, nur zur Hälfte zugedeckt. Er machte sich einfach großartig in ihrem Bett. Genüsslich betrachtete sie seine breite Brust und das eine große, muskulöse Bein, das unter der Decke herausschaute.

Er hatte sie ziemlich lange wachgehalten und sie bis zum Umfallen gevögelt, und sie hatte jede Sekunde genossen. Sie würde ihm noch ein paar Minuten Schlaf und Erholung gönnen und dann mal prüfen, was er von Sex am Morgen hielt. Irgendetwas sagte ihr, es könnte ihm gefallen.

Seufzend drehte sie sich auf die andere Seite. Sie fühlte sich wohlig entspannt. Doch dann blickte sie hoch und sah die drei traurigen Gesichter, die sie von ihren Hundekörben aus anstarrten. Oh nein, das hatte ihnen gar nicht gefallen, als Merry sie aus dem Bett gescheucht hatte, um mit T. J. ein paar Erwachsenendinge zu tun.

Sie konnte das Lachen kaum unterdrücken. Die Hunde würden schon darüber hinwegkommen. Aber falls T. J. noch häufiger bei ihr übernachten sollte, würde er lernen müssen, mitten in einem Hundeknäuel zu schlafen, denn sie konnte die Tiere nicht für immer aus dem Bett verbannen.

Als sie spürte, dass T. J. sich rührte, drehte sie sich wieder um und wälzte sich auf ihn.

»Guten Morgen«, sagte sie zwischen Küssen.

»Und ob das einer ist.« Er legte den Arm um sie und zog sie näher an sich.

Die Bettdecke hatte sich zwischen ihnen verheddert, trotzdem konnte sie ihn durch sie hindurch spüren. Er war schon hart und bereit für sie. Sie presste sich gegen ihn, und er stöhnte.

Meine Güte, er war so umwerfend! Ihr Körper sehnte sich nach ihm, und die aufflammende Leidenschaft fegte jegliche Restmüdigkeit davon. Sie bewegte sich auf ihm, ließ die Decke aber, wo sie war, damit sie nicht zu schnell übereinander herfielen. Sex am Morgen war etwas Besonderes, war irgendwie intimer, wenn der Mann noch müde und schlaftrunken war.

T. J. hatte die Augen geschlossen, aber er schlief eindeutig nicht. Er war hart wie Stahl, und seine Hände hatten ihren Hintern gepackt und bewegten ihn auf und ab. Himmel, sie war schon wieder kurz davor. Ihr Körper spannte sich erwartungsvoll an.

»Warte«, sagte sie nach Luft schnappend. Sie hatte es doch langsam angehen wollen.

Er grinste sie frech an. »Schon? Himmel, du bist ja einfach gestrickt.«

»Mach langsam. Ich will auf dich warten.«

»Ach, Liebling, nichts macht mich mehr an, als dir zuzusehen, wie du kommst.« Er schob sie ein Stück nach vorne, sodass seine Eichel durch die Decke hindurch genau gegen sie drückte. Dann legte er die Hand zwischen ihre Körper und streichelte sie, während sein Schwanz gegen sie stieß, bis sie einen der intensivsten Orgasmen ihres Lebens bekam.

Sie sank auf ihn hinunter, halb wahnsinnig vor Lust.

»Verdammt.« Seine Stimme klang rau und angespannt. »Du bringst mich um, Weib, weißt du das?«

Sie lag noch immer auf ihm, spürte seinen Puls und seinen Ständer, der von ihrer Lust noch größer geworden war. »Jetzt, T. J., bitte.«

Sie zog an der Decke, aber er legte die Hand auf ihre. »Nicht so schnell. Du hast gesagt, du willst es langsam.«

»Aber du …«

»Ich kann warten«, sagte er und drehte sie auf den Rücken, um sie überall zu küssen und zu streicheln, bis sie erneut für ihn bereit war.

Schließlich griff er nach einem Kondom, das er auf den Nachttisch gelegt hatte, und zog es sich über. Sie schnappte nach Luft, als er in sie glitt und dann wie immer kurz innehielt, um das überwältigende Gefühl der Vereinigung ihrer beider Körper zu genießen. Aber schon bald hatte er sich nicht mehr unter Kontrolle. Er stieß hart und fest in sie hinein, bis sie erneut einen Orgasmus bekam, und dann schloss er sich ihr laut stöhnend an.

Er ergoss sich in sie, dann zog er sich leise fluchend aus ihr zurück. Als er den Blick auf ihr Gesicht richtete, schaute sie ihn besorgt an. Sie wusste bereits, was los war. Sie wusste es, weil sie es ebenfalls gespürt hatte.

Das Kondom war geplatzt.

18

T. J. sah in Merrys vor Panik weit aufgerissene Augen. »Es tut mir leid.«

Ihm drehte sich der Kopf. In all den Jahren, die er mit Frauen geschlafen hatte, hatte er immer Kondome benutzt, und nie war eins geplatzt. Er wollte Kinder, aber er wollte sie mit einer Frau, die seine Kinder ebenfalls wollte, am liebsten als seine Ehefrau. Aber auf die Rolle schien Merry nicht erpicht zu sein.

»Schon in Ordnung«, sagte sie schließlich. »Ich nehme die Pille.«

Erleichtert ließ er sich gegen das Kopfkissen sinken. »Wirklich?«

Sie nickte. »Ich habe immer gern für alle Fälle noch einen Alternativplan.«

»Gut. Das ist gut.« Allmählich normalisierte sich sein Pulsschlag wieder. Er beugte sich über sie, um ihr einen Kuss zu geben, dann ging er ins Badezimmer, um das geplatzte Kondom zu entsorgen.

Als er zurückkam, war Merry bereits aufgestanden und angezogen. Sie streifte ihn, als sie ins Badezimmer ging. Neben dem Bett saßen drei Hunde und starrten ihn an.

Missmutig starrte er zurück. Er hatte ihre Anwesenheit schon fast vergessen gehabt. Es hatte sich ein wenig exhibitionistisch angefühlt zu wissen, dass sie zusahen, während Merry und er Sex hatten. Sobald er den Fehler machte, sie anzuschauen, sprangen die beiden Welpen auf und stürzten sich auf ihn.

»Jetzt aber!« Er schob sie weg und griff nach seiner Jeans, bevor sie ihm noch bleibenden Schaden zufügten.

Chip schnappte nach dem einen Hosenbein, Salsa nach dem anderen, und dann knurrten sie und zerrten daran. Verdammte Jungspunde!

Es gelang ihm, ihnen die Jeans zu entreißen und sie hochzuziehen und zuzuknöpfen, bevor Merry aus dem Badezimmer kam.

»Auf geht's, Hundemeute.« Sie scheuchte sie Richtung Treppe, wobei sie T. J. die ganze Zeit den Rücken zuwandte.

An der Hintertür holte er sie ein und drehte sie zu sich um. Sie hielt den Blick auf den Boden gerichtet, ihre Haltung war steif.

»Was ist los?«, fragte er.

Sie machte sich los und ging in die Küche, um Kaffee aufzusetzen. »Nichts. Du hast mich morgens noch nie gesehen. Bis ich einen Kaffee bekomme, bin ich ein Zombie.«

»Vor ein paar Minuten hast du noch nicht wie ein Zombie gewirkt.«

Sie lächelte ihn halbherzig an. »Nun, gut zu hören.«

»Ernsthaft – es ist schon alles in Ordnung zwischen uns, oder? Ich bin gesund, falls du dir deswegen Sorgen machen solltest. Ich hatte noch nie ungeschützt Sex.«

»Wirklich? Nie?«

»Nie.«

Sie sah ihn skeptisch an. »Nicht mal, als du ein sexbesessener Teenager warst?«

»Nicht mal da.« Und bis jetzt hatte er sich darüber auch kaum Gedanken gemacht. Aber jetzt, wo sie ihn fragte, konnte er nur noch daran denken, wie es sich wohl ohne diese Latexbarriere zwischen ihnen in ihr anfühlen würde, umgeben von ihrer feuchten Hitze. Sein Schwanz wurde steif.

»Na, du bist wirklich durch und durch Gentleman.« Sie klopfte ihm auf die Schulter und wandte sich dann zum Schrank, um zwei Becher herauszuholen.

Im Moment fühlte er sich nicht wie ein Gentleman, aber er würde daran arbeiten. Er sah ihr zu, wie sie Kaffee eingoss und dann Milch und Zucker holte. Sie reichte ihm einen Becher, auf den herumtollende Boxer aufgedruckt waren.

»Danke.« Er tat etwas Zucker in seinen Kaffee und trank einen Schluck. Nicht schlecht. Er trank weiter und genoss, wie das Koffein seinen Körper auf Touren brachte.

Merry öffnete die Vorratskammer und holte Blaubeermuffins heraus. »Tut mir leid, mehr habe ich nicht im Haus.«

Er nahm sich einen Muffin. »Sieht besser aus als das, was ich in meiner Vorratskammer habe.« Er biss ab und kaute.

Merry verschränkte die Arme vor der Brust und betrachtete ihre Schuhe. Sie verhielt sich seltsam. Aber wieso?

»Ich muss gleich los und ein paar Sachen erledigen«, sagte sie. »Und ich will nach Amber sehen. Sie müsste bald operiert werden. Fährst du heute zu Noah?«

»Habe ich vor. Ich hoffe, du kommst mit.«

»Vielleicht solltest du erst mal allein mit ihm reden.« Sie drehte sich um und holte die Hunde aus dem Garten.

Sie stürmten in die Küche wie ein Hurrikan. Reflexartig hob er seinen Kaffeebecher in die Höhe, damit nichts passierte. Mit Amber war es anders. Sie bewegte sich so leise durch das Haus, dass er ihre Anwesenheit beinahe vergaß. Aber diese hier? Absolutes Chaos.

Merry gab ihnen zu fressen, dann wandte sie sich zu T. J. um und sah ihn entschuldigend an. »Ich, ähm, schmeiße dich ja nur ungern raus, aber …«

»Erledigungen?« Er stellte seinen leeren Kaffeebecher auf dem Küchentresen ab.

Sie war eine ganz schlechte Lügnerin. Sie wollte ihn einfach aus dem Haus haben. Entweder hing ihr noch das geplatzte Kondom nach, oder sie konnte mit dem Morgen danach nicht so gut umgehen.

Wie auch immer, für ihn wurde es Zeit, sich auf den Weg zu machen. »Na gut. Ich rufe dich an, wenn ich etwas Neues von Amber höre. Vielleicht können wir heute Nachmittag gemeinsam zu Noah fahren?«

»Vielleicht.« Ihre Anspannung war deutlich spürbar.

Allmählich bekam er ein sehr ungutes Gefühl. »Gehst du heute Abend zum Feuerwerk?«

»Wie bitte?«

»Heute ist der 4. Juli.«

Sie starrte ihn ausdruckslos an. »Das hatte ich völlig vergessen.«

»Es ist schon ein paar Jahre her, seit ich in der Stadt war und es mir angeschaut habe. Hast du Lust hinzugehen?«

»Mal sehen.«

»Ich rufe dich an.« Er beugte sich vor, um ihr einen Abschiedskuss zu geben, dann ging er zur Tür. Sie würden sich später am Tag sehen, egal ob sie das wollte oder nicht, denn wie sie sich jetzt verhielt, machte ihm große Sorgen.

Seinen Pick-up fand er ein paar Häuser weiter, dort hatte Amy ihn am Vorabend auf dem Weg zur Arbeit abgestellt. Er stieg ein und stellte mit einem Blick auf die Rückbank erleichtert fest, dass die drei Hunde keine sichtbaren Schäden angerichtet hatten, als sie am Vortag nach dem Unfall dort untergebracht gewesen waren.

Er drehte den Zündschlüssel und ließ den Wagen im Leerlauf laufen, während er David anrief, um sich nach Amber zu erkundigen.

»Sie ist stabil. Sie hat ein paar Blutergüsse, mehr glücklicherweise nicht. In etwa einer Stunde beginne ich mit der Operation an ihrem Bein.«

»Danke, David. Ruf mich an, wenn du fertig bist, okay?«

Sein Freund kicherte. »Mache ich. Ich habe gehört, du hattest die Hündin in Pflege genommen. Merry kann außerordentlich überzeugend sein, wenn sie will.«

»Was du nicht sagst.« Er sah Merry zu ihrem SUV gehen und einsteigen.

Also hatte sie tatsächlich etwas zu erledigen. Vielleicht hatte er sich geirrt – nein, sie hatte sich wirklich seltsam verhalten, seit das Kondom geplatzt war. Sie war aufgewühlt, und er fühlte sich mies, weil er sie damit allein gelassen hatte – wobei er nicht wusste, was er sonst hätte tun sollen. »Ich muss los. Ruf mich an, sobald du kannst.«

»Mache ich.«

Der CR-V kam rückwärts aus der Einfahrt und fuhr dann nach rechts, stadtauswärts. T. J. traf keine bewusste Entscheidung, ihr zu folgen, er fuhr ihr einfach hinterher. Übersehen konnte sie ihn in seiner Riesenschleuder wohl kaum.

Merry fuhr bis zum Ende der Peachtree Lane, dann bog sie nach rechts auf die Route 221 ab und fuhr an die Stadtgrenze, wo sie erneut nach rechts abbog.

T. J. gefror das Blut in den Adern. Sie war mit ihrem SUV soeben auf den schattigen Parkplatz des Friedhofs des Bezirks Dogwood eingebogen.

Merry sah den Pick-up auf den Parkplatz kommen und schluckte die Tränen hinunter, die ihr bereits in den Augen standen. Er hätte nicht hier sein sollen. Ganz am Rand hatte sie wahrgenommen, dass er hinter ihr auf der Straße war, aber, verdammt, offensichtlich hatte sie nicht klar denken können.

Daran ließ sich jetzt nichts mehr ändern.

Er parkte, stieg aus und kam auf sie zu. Sein Blick durchdrang sie wie ein Laser, der sich in ihre Seele bohrte. Sie schlang die Arme um ihren Körper und reckte das Kinn vor. »Geh weg, T. J., ich muss jetzt allein sein.«

Er hob beschwichtigend die Hände. »Ich will mich nicht aufdrängen. Ich versuche nur zu verstehen, was hier los ist.«

Was hier los ist? Gute Frage. Sie spürte, wie die Hysterie von ihr Besitz ergriff, heftiger als seit Jahren, und sie konnte sie nicht mehr unter Verschluss halten.

Diesmal nicht.

»Bitte«, flüsterte sie. Sie war sich nicht sicher, um was sie bat.

T. J. trat auf sie zu, aber sie schüttelte den Kopf. Sie drehte sich um und ging den Weg zu ihrer Linken hinunter, zwischen den Grabsteinreihen hindurch, bis sie bei dem Grab angekommen war, zu dem sie wollte. An Tylers Grab sank sie zu Boden und erlaubte den Tränen zu fließen, die sie zu überschwemmen drohten.

Nur dass sie nicht fließen wollten. Der Schmerz füllte sie so vollkommen aus, dass nichts nach außen gelangen konnte. Auf einmal spürte sie, wie sich T. J.s Arme um ihre Taille legten und er sie an seine kräftige Brust zog. Sie vergrub die Fäuste in seinem T-Shirt und klammerte sich an ihn, bis die Welle aus Kummer abgeebbt war.

»Wessen Baby ist das?«, fragte er, aber als sie hochschaute, sah sie, dass er es bereits wusste.

»Meins«, flüsterte sie. Dieses eine Wort zerriss ihr die Seele.

»Himmel, Merry.« Er zog sie fester an sich. »Es tut mir leid. So leid.«

»Er fehlt mir.« So sehr, dass sie nicht wusste, wie sie sich jemals damit abfinden sollte. Sie vergrub das Gesicht an seiner Brust.

»Was ist passiert?«

Er hatte die Daten auf dem Grabstein gelesen. Er wusste, dass ihr Sohn nur zwei Monate gelebt hatte. So etwas sollte nicht passieren. Es war falsch, schrecklich falsch.

»Ich war alleinerziehende Mutter und in der Krankenschwesternausbildung. Ich wusste kaum noch, wo mir der Kopf stand – Unterricht, Arbeit im Krankenhaus, Lernen. In jener Nacht bin ich, als ich endlich zu Hause war, gleich eingeschlafen, und ich habe geschlafen …« Die Schuld überwältigte sie, so sehr, dass sie kaum noch Luft bekam. »Tyler hat die Nacht nicht überlebt.«

Ein Schauder lief durch ihren Körper, und T. J. zog sie noch ein wenig fester an sich.

»Als ich am nächsten Morgen wach wurde, war er tot. Kalt. Er war schon seit Stunden tot. Wäre ich doch bloß mal aufgestanden, um nach ihm zu schauen …« Ihr versagte die Stimme, aber ihre Augen blieben trocken.

Sie war so völlig am Ende, sie konnte nicht einmal mehr weinen.

»Meine Güte, Merry. Geh nicht so mit dir um. Plötzlicher Kindstod. Es war doch Plötzlicher Kindstod?«

»Zu dem Ergebnis sind sie letztendlich gekommen.«

»Und davor?«

Sie schloss die Augen. »Ich war eine überarbeitete Schwesternschülerin, die aus Versehen schwanger geworden war. Ich war total im Stress, und das wussten sie auch. Die Polizei kam und hat Fragen gestellt. Sie haben Fotos gemacht und Proben von seinem Kinderbett genommen, um zu sehen, ob ich ihm etwas angetan hatte. Aber sie konnten nichts finden, also …«

T. J. hob sie hoch, damit er ihr in die Augen sehen konnte. »Das müssen sie tun. Wenn du eine Hausfrau aus einem Vorort gewesen wärest, hätten sie das Gleiche gemacht. Aber du bist nicht schuld an seinem Tod.«

Sie machte sich los und richtete den Blick auf das winzige Grab, in dem ihr Baby lag. »Ich war so müde. Vielleicht hat er nach mir geschrien, und ich habe ihn nicht gehört. Ich war so sehr mit Lernen beschäftigt und damit, anderer Leute Kinder zu retten, aber meinen eigenen Sohn, den konnte ich nicht retten.«

T. J. hatte seinen Arm fest um Merrys Taille geschlungen. Unter ihnen schritt Tango behutsam über den Pfad. Nachdem sie den Friedhof verlassen hatten, hatte Merry überhaupt nichts mehr gefühlt, und doch war sie voll innerer Anspannung gewesen.

T. J. war ihr nach Hause hinterhergefahren, dann hatte er sie hierhergebracht, an den Ort, der ihn immer Ruhe finden ließ, wenn nichts anderes mehr half. Er hoffte, dieser Ort würde auch ihr helfen. Aber selbst auf Twilights Rücken war sie ihm noch zu weit weg gewesen, und so hatte er sie vor sich auf Tango gesetzt.

Schweigend ritten sie vor sich hin. Zu hören waren nur die gleichmäßigen Schritte des Pferds, das Summen der Insekten und das Rauschen des Flusses. Die herrliche Harmonie der Natur.

Er war auch vorher schon mit ihr am Fluss gewesen, aber heute würde er mit ihr weiter reiten, ihr sein privates Heiligtum zeigen. Sie lehnte sich im Sattel zurück, damit sie sich an seine Brust kuscheln konnte, während er sie weiterhin fest umschlungen hielt.

Es fühlte sich richtig an, sie hier bei sich zu haben, auf seinem Pferd, in seinen Armen. Alles fühlte sich mit ihr richtig an. An jenem ersten Nachmittag in Davids Praxis hatte er sie falsch eingeschätzt, hatte sie für eine oberflächliche Frau gehalten, die in seiner Welt nichts zu suchen hatte, aber da hatte er sich geirrt. Sie hatte sich auf seiner Farm bewährt, mit seinen Pferden und mit seinem Neffen. Und mit ihm.

Er wollte sie nicht gehen lassen. Nicht heute, nicht am Ende des Camps. Vielleicht niemals.

Tango schritt mit gesenktem Kopf nah am Ufer durch das seichte Wasser. Er wusste, wohin es ging, auch ohne dass T. J. ihn lenkte. Sie kamen oft hierher, aber es war das erste Mal, dass T. J. jemanden mit hierher nahm.

Auf der Rückseite seines Grundstücks wurde der Fluss schmaler, tiefer und schneller. Er führte weiter in ein Naturreservat. Ab und zu stieß T. J. hier auf einen Wanderer, ganz selten auch auf einen Wilderer, aber im Großen und Ganzen war dies eine von Menschenhand unberührte Gegend.

Tango trug sie über das sandige Flussufer und durch ein kleines Wäldchen zu dem versteckten Teich, den T. J. als sein Eigentum betrachtete.

Zur Linken erhob sich eine steile Felsnase, die ihn vor Blicken abschottete. Zur Rechten erstreckte sich ein Strand aus Sand und Kieselsteinen, und ihnen direkt gegenüber war ein Wasserfall, der den Teich speiste.

»Wow!«, sagte Merry.

»Genau.« T. J. stieg ab und hob sie hinunter. Er öffnete die Satteltasche und legte eine Decke für sie auf den Boden.

Während Merry sich umsah, löste er den Sattelgurt und nahm Tango den Sattel ab. Dann zog er ihm das Zaumzeug über den Kopf und ersetzte es durch ein Halfter, an dem er die Leine festmachte, die er schon vor Jahren hier angebracht hatte.

Merry stand mit hochgekrempelten Hosenbeinen bis zu den Knien im Wasser und starrte den Wasserfall an. T. J. ging ihr hinterher, legte den Arm um sie und zog sie an sich.

»Ist das schön!«, sagte sie.

»Hier komme ich hin, wenn ich wieder auftanken muss. Es ist unglaublich friedlich hier.«

Ihr stockte der Atem, und er drehte sie zu sich, um ihr ins Gesicht sehen zu können. Sie schaute mit tränenüberströmtem Gesicht zu ihm hoch.

»Danke, dass du mir von Tyler erzählt hast«, sagte er. »Dass du so viel Vertrauen zu mir hast.«

»Du hast mir ja kaum eine andere Wahl gelassen.« Sie versuchte sich an ihrem für sie so typischen angedeuteten Lächeln, aber es gelang ihr nicht. Dann brach plötzlich der Damm, und sie presste das Gesicht an seine Schulter und vergrub die Finger in seinem T-Shirt. Sie schluchzte, bis sie kaum mehr Luft bekam. Er hielt sie mit einer Hand fest und strich ihr mit der anderen über das Haar und versuchte, sie so gut er es vermochte zu trösten.

Jetzt verstand er, warum sie sich nicht auf Ehe und Familie einlassen wollte. Warum sie behauptete, keine Kinder zu wollen, obwohl sie mit ihnen arbeitete, ihnen half, sie heilte. Sie hielt sich für schuldig am Tod ihres Sohns, fühlte sich für etwas verantwortlich, das nur Gott höchstpersönlich hätte verhindern können.

Er verspürte den überwältigenden Wunsch, ihr diesen Schmerz und diese Schuldgefühle zu nehmen. Aber wie? Er hatte keine Ahnung. Aber wenn sie ihn ließ, würde er es versuchen, bis er es herausgefunden hatte.

Merry zog sich bis auf ihren BH und ihr Unterhöschen aus und stürzte sich kopfüber ins Wasser. Ja, vermutlich waren Schlangen und Krebse im Teich, und unter den rutschigen Steinen am Boden verbarg sich vermutlich noch allerlei sonstiges Getier, aber ihre übermütige Stimmung hatte gesiegt.

Irgendetwas in ihr zog sie ins Wasser und gab keine Ruhe, bis sie hineinlief und in die Mitte des Teichs schwamm, obwohl sie in dem kalten Wasser zitterte.

»Kommst du?«, rief sie T. J. zu, der am Ufer stand und sie beobachtete.

Vermutlich blieb ihm nichts anderes übrig. Er zog sich bis auf seine Boxershorts aus und schwamm ihr hinterher.

Sie schwamm zu dem Wasserfall und ließ ihn über sich hinwegfließen, bis ihre Tränen davongewaschen waren. T. J. tauchte neben ihr auf, und dann ließen sie gemeinsam das Wasser über ihre Köpfe und Schultern plätschern.

T. J. nahm ihre Hand und verschränkte die Finger mit ihren. Gemeinsam ließen sie sich vom Wasserfall zur Mitte des Teichs treiben. Ein Amselpärchen flog über sie hinweg.

So, wie sie im Wasser schwebte, fühlte es sich an, als würde sie mit den Amseln fliegen. Plötzlich musste sie lachen. Sie spürte, wie T. J. ihre Hand fester packte.

Etwas stieß gegen ihr Bein. Eine Schlange? T. J.s Fuß? Sie unterdrückte einen Schrei. »Was war das?«

Er sah sie ernst an. »Vermutlich ist das nicht der beste Moment, um dir zu erzählen, dass es in diesem Teich massenhaft Schnappschildkröten gibt.«

»Was?« Sie schlug um sich und warf sich ihm in die Arme, woraufhin sie beide untergingen. Prustend kam sie wieder hoch und zog schreiend die Füße an die Wasseroberfläche, um ihre Zehen in Sicherheit zu bringen.

T. J. lachte.

»Was ist daran so lustig? Schau lieber zu, dass du mich hier rausbringst.«

T. J. schüttelte den Kopf und bespritzte sie mit Wasser. »Ich mache doch nur Spaß. Soweit ich weiß, gibt es hier nur eine einzige Schnappschildkröte. Die ist allerdings riesig.«

Hektisch schwamm sie auf das Ufer zu. »Du glaubst doch wohl nicht, dass ich mich jetzt besser fühle?«

Er packte sie am Knöchel, und wieder ließ sie einen Schrei los. Meine Güte, wenn sich eine Schildkröte ihren Zeh schnappte, würde sie sich vielleicht nie wieder davon erholen.

»Ich ziehe dich doch nur auf. Hier drin gibt es keine Schnappschildkröten. Das hätte ich dir gesagt, bevor du ins Wasser gegangen bist.«

So, jetzt war er aber fällig! Er hatte ihren Knöchel losgelassen, war aber immer noch nah genug, dass sie ihm einen Schwall Wasser ins Gesicht treten konnte. Dann schwamm sie rasch ans Ufer, hangelte sich über die rutschigen Steine an Land, drehte sich um und starrte ihn mit vor der Brust verschränkten Armen böse an.

T. J. lachte noch immer.

Arroganter Mistkerl! Sie ging zu der Decke, die T. J. auf den Boden gelegt hatte, und setzte sich tropfnass und zitternd hin. »Vermutlich werde ich nie wieder schwimmen, alles nur wegen dir.«

Als T. J. aus dem Wasser kam, sich neben sie legte und die Augen mit dem Arm verdeckte, konnte er noch immer nicht aufhören zu lachen.

Sie schlang die Arme um ihre Knie. In dem Teich zu schwimmen, war eine blöde Idee gewesen. Jetzt waren sie und ihre Unterwäsche klitschnass, und weit und breit gab es kein Handtuch. Wütend starrte sie auf T. J. hinunter.

Er lugte unter seinem Arm hervor, dann lachte er noch lauter. Ihre Lippen zuckten. Das war *nicht* lustig. Sie seufzte, und der Seufzer verwandelte sich in Kichern. Dann ließ sie sich neben ihn sinken und lachte, bis sie Seitenstechen hatte und ihr die Tränen hinunterliefen.

Die Sonne wärmte ihre Haut. Merry lag neben T. J. und beobachtete, wie ihre Strahlen durch die Zweige auf den Teich fielen, während sie langsam sank. Merrys Energie sank mit ihr. Es war ein höllischer Tag gewesen. Eigentlich zwei höllische Tage.

»Amber müsste ihre Operation inzwischen hinter sich haben«, sagte sie. »Ich habe vergessen anzurufen.«

»Ich habe vorhin mit David telefoniert. Er hat gesagt, die Operation sei gut verlaufen. Morgen kann sie wieder nach Hause.«

»Das ist prima.« Merry seufzte erleichtert. Sie nahm es sich ein wenig übel, dass sie über den dramatischen Ereignissen des Tages die Hündin völlig vergessen hatte.

»Ja, das ist es«, stimmte T. J. ihr zu.

Erschöpft drehte sie sich auf die Seite, legte den Arm auf seinen Bauch und schloss die Augen.

Sie erwachte davon, dass sie ein Pferd schnauben und dann etwas plätschern hörte. Als sie die Augen öffnete, lag T. J. schlafend neben ihr auf dem Rücken, ihr Arm noch immer auf seinem Bauch. Tango stand im Wasser und planschte herum wie ein Kind in einem Planschbecken.

Dass T. J. jetzt von Tyler wusste, nahm Merry eine große Last von den Schultern. Sie war ihm dankbar, dass er sie hierhergebracht und ihr geholfen hatte, sich wieder besser zu fühlen. Er wusste mehr über sie als je ein Mann zuvor. Auch wenn sie sich ständig zankten und sich beim Thema Hunde im Haus niemals einigen würden, war er im Grunde ein großartiger Mann.

Das würde sie ab sofort nie mehr vergessen.

Sie sah ihm zu, wie er schlief, betrachtete das gleichmäßige Heben und Senken seiner Brust und sein viereckiges Kinn. Die Nachmittagssonne tauchte ihn in glänzendes Orange und ließ zwei seltsame Linien an seiner Kehle hervortreten.

Sie sahen aus wie Bissspuren.

Merry beugte sich hinunter. Narben. Über seine Kehle zogen sich Narben, die so glatt und verblasst waren, dass man sie kaum noch erkennen konnte. Verdammt.

T. J. hatte ein Auge halb geöffnet und blinzelte zu ihr hoch. Dann zog er sie zu sich hinunter.

Sie setzte sich auf. »Jetzt bist du an der Reihe. Erzähl mir deine größten, dunkelsten Geheimnisse.«

Sein Mundwinkel zuckte. »Ich habe keine Geheimnisse.«

»Erzähl mir von den Narben an deinem Hals.« Sie fuhr mit dem Finger darüber.

Er zuckte zusammen. »Das wird dir nicht gefallen.«

»Riskier es einfach.«

»Ich hatte an dem Abend noch spät auf der Farm gearbeitet und war auf dem Rückweg von der Reparatur eines kaputten Zauns bei einer etwas entlegenen Weide.«

»Auf deiner Farm?«

»Auf der meiner Eltern. Ich war achtzehn und noch im College. Aus dem Wald kamen ein paar streunende Hunde und fingen an, ein neugeborenes Fohlen zu jagen. Als ich versucht habe, sie zu verscheuchen, sind sie auf mich losgegangen. Bevor ich wusste, wie mir geschah, lag ich auf dem Boden. Sie hätten mir beinahe die Kehle durchgebissen.«

Merry schnappte nach Luft. »Himmel! Wie hast du es geschafft, sie zu verjagen?«

»Gar nicht. Mein Vater hatte gesehen, was sich abspielte, und kam mit der Schrotflinte angelaufen. Sobald er einen Schuss abgegeben hat, sind sie davongerannt.« Er wich ihrem Blick nicht aus.

»Tut mir leid, dass dir das passiert ist, T. J. Du kannst froh sein, dass du noch lebst.«

»Das denke ich auch.« Er zog die Stirn in Falten. »Du wirst

mir jetzt aber nicht erzählen, ich wäre selbst schuld, weil ich nicht mit den Armen hätte rumfuchteln sollen, oder?«

Sie gab ihm einen Klaps auf die Schulter. »Bist du wohl still!«

Dass er sich in der Tierarztpraxis an dem Tag, als sie sich zum ersten Mal begegnet waren, zwischen sie und jenen Hund gestellt hatte, fand Merry angesichts dieser Geschichte gleich noch viel mutiger. Kein Wunder, dass er Angst vor Hunden hatte, vor allem vor streunenden Hunden.

Sie senkte den Kopf und küsste ihn auf die Kehle. »Es tut mir leid, dass du so etwas durchmachen musstest und dass es deine Meinung über Hunde geprägt hat.«

»Ich habe nichts gegen Hunde.«

»Sie machen dir Angst.«

Er runzelte die Stirn. »Ich habe keine Angst vor ihnen. Ich traue ihnen nur nicht.«

Sie hob den Kopf und sah ihn lächelnd an. »Ach, Schatz, ich war deinem Geheimnis schon seit einiger Zeit auf der Spur. Ich wusste nur nicht, warum du Angst vor ihnen hast. Jetzt weiß ich es.«

Er sah sie missmutig an. »Ernsthaft, ich habe keine Angst vor Hunden.«

»Schon okay, du bist trotzdem mein großer starker Cowboy.«

»Du spinnst.«

Sie schüttelte den Kopf. Er war unter ihr hart geworden, und das lenkte sie kräftig vom Thema ab. »Tue ich nicht. Aber ich habe vor, dir diese Angst bis zum Ende des Camps auszutreiben.«

Sein Gesichtsausdruck wurde noch missmutiger. »Willst du wohl endlich mit diesem Blödsinn vom Ende des Camps aufhören?«

Ah, sie stritten schon wieder. Das konnten sie am besten. Zum Teufel damit. Sie küsste ihn, um ihn zum Schweigen zu bringen. Die Anziehungskraft zwischen ihnen von einem Moment zum anderen auflodern lassen? Ja, das konnten sie sogar noch besser.

Es dauerte nicht lange, und er griff in seine Jeans, holte ein Kondom heraus und zog es sich über. Dann liebte er sie, bis sie alles um sich herum vergaß, einfach dort auf einer Decke am Teich, sichtbar für die ganze Welt. Oder zumindest für sein Pferd.

Als sie schließlich befriedigt und atemlos eng umschlungen dalagen, sah sie ihm in die Augen. Er war ehrlich zu ihr gewesen, und jetzt schuldete sie ihm den Rest der Wahrheit. »Wegen heute Morgen …«

Er drehte sich zu ihr und sah sie liebevoll und ernst an. »Wenn du schwanger sein solltest, täte mir das nicht leid.«

Ihr Herz machte einen schmerzhaften Satz. Himmel, er brachte sie wirklich durcheinander. »Mir schon. Aber was ich dir erzählen wollte … als ich mit Tyler schwanger wurde, habe ich die Pille genommen.«

Einen Moment lang sah er sie schweigend an. »Dann meine ich das, was ich eben gesagt habe, umso mehr.«

»Hör auf.« Sie legte die Hand an seine Brust. »Schau, ich habe Panik bekommen. Aber inzwischen hatte ich Zeit, darüber nachzudenken. Als ich damals schwanger wurde, war ich ein Teenager, eine verantwortungslose Jugendliche in der Schwesternausbildung, die vermutlich – ganz bestimmt – die Pille nicht immer zur richtigen Tageszeit genommen hat, vielleicht nicht mal jeden Tag.«

»Verstehe«, erwiderte er.

»Aber heutzutage bin ich verantwortungsbewusst, und in ein paar Tagen müsste ich meine Periode bekommen, also brauchen wir uns eigentlich keine Sorgen zu machen.«

Verdammt, es sah fast so aus, als wäre er enttäuscht.

Merry wurde von allen möglichen Gefühlen überwältigt, die sie nicht haben wollte, und so stand sie rasch auf und suchte ihre Kleidung zusammen. Er tat es ihr gleich, dann ging er zu Tango, um ihn zu satteln und für den Rückweg fertig zu machen.

Mittag war lange vorbei, aber sie hatte noch kaum etwas gegessen. Inzwischen hing ihr der Magen bis zu den Kniekehlen. »Ich muss nach Hause und mich um die Hunde kümmern, aber sollen wir hinterher zusammen was essen?«

In dem Blick, mit dem er sie bedachte, lag so viel Unausgesprochenes, dass sie wegschauen musste. »Gern. Amy arbeitet heute Abend im Finnegan's. Wir könnten vorbeifahren und sie fragen, ob sie aus Noah irgendwas über den Unfall herausquetschen konnte.«

»Perfekt.« Sie rollte die Decke zusammen und steckte sie in Tangos Satteltasche.

»Hast du noch Lust auf das Feuerwerk heute Abend?«

Feuerwerk? Das zündete bereits jetzt in ihrer Brust, es reichte, wenn sie ihn ansah. »Ja, und vielleicht können wir auch nach Amber schauen.«

T. J. nickte.

»Ich bin froh, dass die Operation gut verlaufen ist.« Sie seufzte. »Wenn ich jetzt noch das Geld hätte, sie zu bezahlen …«

»Oh, David wird dir sicher einen Kredit geben.«

Sie lachte bitter auf. »Soll das ein Witz sein? Ich zahle seit Jahren nur in Raten. Das Problem ist, dass ich meine Kreditkarte bis zum Limit belastet habe.«

»Aha.« Er sah sie nachdenklich an. »Wie wäre es, wenn ich die Rechnung übernehme und wir das einfach als die zweite Hälfte meiner Spende betrachten?«

Sie starrte ihn an. »Das ist sehr viel mehr, als du mir schuldest.«

»Das schon, aber sie lebt in meinem Haus, und mein Neffe ist schuld, dass sie vor das Auto gelaufen ist.«

»Ich sage nie nein, wenn jemand unserer Rettungsorganisation helfen will, aber das wird eine ziemlich große Rechnung werden. Bist du dir sicher?«

»Völlig.«

»Danke.« Noch immer starrten sie sich an, und die Luft zwischen ihnen vibrierte von all den offenen Fragen.

»Also, machen wir uns auf den Weg und schauen wir, dass wir herausfinden, was mit ihr passiert ist.«

»Einverstanden.« Sie ließ sich von T. J. in den Sattel heben.

Sie hatte gelernt, auf dem Pferd ihr Gleichgewicht zu halten. Jetzt war es der Mann, der sie aus dem Gleichgewicht brachte. Sie hatte schreckliche Angst zu fallen, aber nicht vom Pferd.

19

Es wurde schnell Sonntagmorgen. Viel zu schnell. Merry drehte sich auf die Seite und stellte den Wecker aus, dann vergrub sie das Gesicht im Kissen. Sofort landeten diverse Füße auf ihrem Rücken. Feuchte Nasen wühlten sich in ihre Haare und verwickelten diese ineinander.

»Grrr, Welpen!« Sie sprang aus dem Bett, um ihnen zu entkommen. Wer hatte denn um fünf Uhr in der Früh schon so viel Energie?

Am Abend zuvor hatte sie T. J. unter dem Vorwand heimgeschickt, sie brauche Schlaf, aber sie hatte vor allem Abstand gebraucht, um ihr Gleichgewicht wiederzufinden. Als sie mit ihm auf der Decke gelegen und dem Feuerwerk zugesehen hatte, hatte sich das ein bisschen zu vertraut und kuschelig angefühlt.

Ein bisschen so, als wolle sie nicht, dass es aufhörte.

Heute Morgen würde er mit seiner Familie in der Kirche sein. Bei der Vorstellung wurde sie richtig kribbelig – vermutlich weil sie wusste, wie er in seinem Sonntagsstaat aussah, und Mann, war er heiß!

Sie schob das Bild zur Seite und machte sich für die Arbeit zurecht. Dann fütterte sie die Hunde, ging mit ihnen Gassi und sperrte sie in der Küche ein. Na gut, vielleicht gönnte sie sich den einen oder anderen Moment, in dem sie sich T. J. in seinem blauen Button-down-Hemd und der Khakihose vorstellte, die er letzten Sonntag getragen hatte.

Das war besser als Koffein. Fast.

Ein paar Minuten vor sieben kam sie im Krankenhaus an. Sie war schon gespannt, wie es ihren kleinen Patienten ging, wer seit Dienstag nach Hause gegangen war, wer neu war und wer auf dem Weg der Besserung.

Aus Zimmer 310 kamen Jaydens hohe Schreie, und sofort zog sich ihr die Brust zusammen. Schnell trat sie in sein Zimmer und eilte an sein Kinderbett. Er hatte die Arme aus dem Wickeltuch befreit und schlug sich beim Schreien ins Gesicht, das bereits ganz rot angelaufen war.

Merry griff nach ihrem MedLink-Telefon, aber dann fiel ihr wieder ein, dass sie Jessie eben im Flur getroffen hatte, auf dem Weg zu dem kleinen Mädchen in 304, das sie baden wollte. Jayden schrie lauter.

Sie griff in das Kinderbett und hob ihn hoch. Sein kleiner Körper war steif vor Schmerz. Sie überprüfte seine Windel, dann sein digitales Krankenblatt. Sein letztes Fläschchen hatte er erst vor dreißig Minuten bekommen. Er war sauber und satt. Er musste nur gehalten und getröstet werden.

Brauchte das nicht jeder von Zeit zu Zeit? T. J. hatte das erst gestern für sie getan. In seinen Armen hatte sie ihren Schmerz vergessen. Vielleicht konnte sie jetzt das Gleiche für Jayden tun.

»Ganz ruhig.« Sie drückte ihn an ihre Brust und wiegte und beruhigte ihn, wie es ihr früher einmal selbstverständlich gewesen war. Jayden schluchzte und schlug weiter mit den Ärmchen um sich.

Sie begann, ihn wieder in das Wickeltuch einzupacken, was sein Weinen jedoch noch verstärkte. Als sie ihn erneut auf den Arm nahm, hatte er sich so versteift, dass er sich sogar gegen ihre Berührung sträubte. Sie ging mit ihm auf und ab und wiegte ihn.

Jaydens Schreie wurden lauter.

Merry verzweifelte allmählich. Sie konnte das einfach nicht. Sie vergeudete ihre Zeit. Vermutlich gab es noch andere kleine Patienten, die sie brauchten und denen sie tatsächlich helfen konnte.

Jayden schaffte es erneut, die Arme aus dem Wickeltuch zu befreien. Er brüllte, die winzigen Hände zu Fäusten geballt, und das ging ihr so nahe, dass sie es kaum aushielt.

Das arme Baby brauchte Trost, aber alles, was es hatte, war Merry. Sie holte tief Luft und steckte seine Ärmchen wieder unter das Wickeltuch.

Sie wiegte ihn weiter und summte die Schlaflieder, die sie auch Tyler immer vorgesungen hatte. Es dauerte ziemlich lange, bis sich das Baby in ihren Armen beruhigte. Allmählich fielen ihm die Augen zu, und er kuschelte sich noch enger an ihre Brust.

Merry, die selbst mit den Tränen kämpfte, setzte sich in den Schaukelstuhl, wiegte ihn und summte, während er in ihren Armen schlief. Sein kleiner Körper fühlte sich so warm an, so herrlich, so perfekt. Sie hatte fast schon vergessen gehabt, wie es sich anfühlte, ein schlafendes Baby in den Armen zu halten.

Sie schloss die Augen, um sich ganz dem Moment hinzugeben. Etwas in ihr fühlte sich anders an, irgendwie gelöst. Es war eine Zeit lang her, dass sie es gespürt hatte.

Frieden.

Jayden würde bald nach Hause gehen können. Den schlimmsten Teil des Entzugs hatte er hinter sich, und bald würden ihn die krampflösenden Medikamente stabilisiert haben.

Sie stellte ihn sich zu Hause bei seiner Pflegefamilie vor, wie er geliebt und mit ihm in einem hellen Kinderzimmer gespielt wurde, und diese Vorstellung milderte ein wenig ihren Schmerz. Kostbare Babys wie Jayden gehörten nicht ins Krankenhaus, dürften eigentlich nie eine andere Abteilung als den Kreißsaal und die Neugeborenenstation sehen müssen.

Seine Mutter, Crystal, hatte ihn letzte Woche erneut besucht. Man hatte sie ins betreute Wohnen entlassen, und für ihren Sohn versuchte sie jetzt ihr Leben in den Griff zu bekommen. Sie nahm keine Drogen mehr, und sie wollte ihn zurück.

Die Tür ging auf, und Lavinia Thomas, Jaydens Pflegemutter, trat ins Zimmer. Sie kam fast immer morgens um diese Zeit auf dem Weg zur Arbeit vorbei. Heute trug sie ein hellrosa Kleid mit dazu passenden, vorne offenen hochhackigen Schuhen.

Merry sah hoch und lächelte. »Guten Morgen.«

»Hallo, Merry.« Lavinia stellte ihre Handtasche neben dem Kinderbett auf den Boden und küsste Jayden dann auf die Stirn.

»Sie kommen genau im richtigen Moment, ich muss nämlich mit meiner Runde weitermachen, aber der Kleine hier musste einfach eine Zeit lang gehalten werden.« Behutsam stand sie auf, um ihn nicht zu wecken.

Lavinia streckte die Arme aus, und Merry gab ihn an sie weiter. Lavinia setzte sich und schaukelte mit ihm. Merry griff nach ihrem Klemmbrett und kämpfte gegen das Gefühl der Leere an, das sie auf einmal verspürte.

»Hat er wieder Krämpfe gehabt?«, fragte Lavinia.

Merry schüttelte den Kopf. »Wenn es so bleibt, kann er Ende der Woche vielleicht nach Hause.«

»Glauben Sie, dass es so bleibt?«

»Schwer zu sagen. Dr. Lopez hat seine krampfverhindernden Medikamente Freitag noch einmal angepasst, und jetzt müssen wir erst einmal abwarten.«

Lavinia runzelte die Stirn. »Ich war nicht darauf gefasst, dass es so bald sein würde.«

»Nun ja, die Entscheidung trifft natürlich der Arzt.«

»Ich habe es dem Zuständigen noch nicht gesagt, aber ich werde nicht länger Jaydens Pflegemutter bleiben.« Lavinia sah gequält auf das Baby in ihren Armen hinunter.

Merry presste die Hand gegen die Brust. »Oh nein! Wieso nicht?«

»Diese Krämpfe, die machen mir Angst. Ich glaube, damit komme ich nicht klar. Ich bin selbst schwanger, in der achten Woche, und immer bin ich müde und mir ist übel. Er braucht mehr Fürsorge, als ich ihm im Moment geben kann.«

»Oh. Nun, Glückwunsch zu Ihrer Schwangerschaft.«

»Danke.«

»Vielleicht wird er völlig gesund sein. Man kann nicht sagen, wie viel an besonderer Zuwendung er langfristig brauchen wird.« Merrys Beschützerinstinkt arbeitete auf Hochtouren. Sie hätte die Frau am liebsten angefleht, Jayden nicht aufzugeben, nicht jetzt, wenn er sie am meisten brauchte. Ihr eigenes Kind würde Lavinia doch auch nicht aufgeben, wenn sich herausstellen würde, dass es besonderer Betreuung bedurfte, oder?

Vielleicht doch. Seit Merry als Krankenschwester arbeitete, hatte sie so etwas oft genug erlebt, und sogar Schlimmeres.

Und während sie selbst niemals einen Pflegehund aufgegeben hatte, wenn es schwierig wurde, kannte sie viele Pflegefamilien, die genau das getan hatten, und manchmal konnte sie es ihnen nicht mal verübeln. Der Rest der Familie und sonstige Verpflichtungen hatten Vorrang.

Merry hatte niemanden außer ihren Hunden.

»Ich fühle mich schrecklich dabei«, sagte Lavinia. »Ich habe bisher noch nie ein Pflegekind aufgegeben, aber es ist besser, wenn ich mich jetzt gleich zurückziehe, bevor er älter wird und eine Beziehung zu mir aufbaut. Ich bin für ihn da, bis das Jugendamt jemand Neuen gefunden hat.«

Merry rang sich ein Lächeln ab. »Das wird sich bestimmt alles klären lassen. Ich würde gern mit Ihnen weiterreden, aber ich muss wieder an die Arbeit. Drücken Sie den Knopf, falls Sie mich brauchen.«

Lavinia nickte.

Merry trat in den Flur. Jaydens Schicksal ging ihr unerträglich nahe. Sie hätte ihn niemals in die Arme nehmen dürfen. Jetzt quälte sie sich mit der Erinnerung herum, wie sich sein Gewicht in ihren Armen angefühlt hatte, sein Atem an ihrer Wange. Wie gern hätte sie ihn vor den Grausamkeiten des Schicksals beschützt!

Sonntagnachmittag bekam Jayden erneut einen Krampf. Wieder musste Merry hilflos mit ansehen, wie die Ärzte kämpften, um ihn zu stabilisieren, wie sich sein Krankenhausaufenthalt erneut verlängerte.

Es brach ihr das Herz.

Auch als sie Montagmorgen in das Camp kam, beschäftigte sie Jaydens Schicksal immer noch. Nachdem T. J. und sie praktisch von Mittwochnachmittag bis Samstagabend jede freie Minute miteinander verbracht hatten, hatte sie ihn nun seit über vierundzwanzig Stunden nicht mehr gesehen.

Es ging ihr kaum in den Kopf, in welchem Maß sich seit dem vorherigen Montag alles verändert hatte. Was hatten sie alles getan und geteilt! Er wusste sogar von Tyler.

Und das war für sie in Ordnung.

Amber war am Abend zuvor entlassen worden, und Merry konnte es kaum erwarten, sie zu sehen. Sie hatte Amber zu sich holen wollen, bis sie sich wieder erholt hatte, aber sie war mitten in ihrer Arbeitswoche, und so hatte sie zugestimmt, dass die Hündin stattdessen zu T. J. kam.

Sie öffnete die Haustür und legte ihre Handtasche wie immer in die Küche, dann machte sie sich auf die Suche nach Mann und Hund. Sie fand die beiden im Wohnzimmer.

Amber lag in ihrem Hundekorb und kuschelte mit zwei Stofftieren. Ihr rechtes Vorderbein war mit einem blauen Verband umwickelt, wie es Tierärzte üblicherweise gebrauchten. T. J. saß mit dem iPhone in der Hand auf der Couch. Er stand auf, nahm Merry in die Arme und küsste sie so ungestüm, dass ihr beinahe schwindelig wurde.

»Morgen«, sagte er.

»Guten Morgen. Wie geht es ihr?«

»Sie ist noch ziemlich empfindlich, aber ich hatte keine Probleme mit ihr.«

Merry löste sich aus seiner Umarmung und hockte sich neben Amber. Die Hündin schaute aus ihren warmen Augen zu ihr hoch und wedelte schüchtern ein wenig mit dem Schwanz. »Hat er sich auch gut um dich gekümmert?«

Amber leckte ihr die Hand.

»Hast du mit Noah geredet?«, fragte sie T. J. Ihre letzte Information war, dass der Junge noch immer nichts sagte. Vermutlich war er traumatisiert von dem, was passiert war.

»Ich habe die beiden gestern besucht«, erwiderte T. J. »Er sagt kein Wort.« Die Enttäuschung stand T. J. ins Gesicht geschrieben.

»Er fühlt sich bestimmt schuldig.« Auch Merry fühlte sich schrecklich. Ein Glück, dass Amber wieder gesund wurde und Noah nicht noch Schlimmeres auf seinen schmalen Schultern tragen musste.

Die Haustür wurde geöffnet, und Noah und Amy kamen herein.

»Guten Morgen«, sagte Amy. »Wir wollten noch schnell nachschauen, wie es Amber geht, bevor das Camp anfängt.«

»Es geht ihr bestens. Komm her, Noah. Sie hat dich vermisst.« Merry hielt ihm die Hand hin, aber Noah drehte sich weg. Amber ließ ihn nicht aus den Augen. Sie wedelte wie wild mit dem Schwanz, während sie darauf wartete, dass der Mensch, der ihr am meisten bedeutete, kam und sie begrüßte.

»Geh schon, Noah«, drängte Amy ihn.

Noah stand mit dem Rücken zu Amber und ruderte mit den Händen.

Merry brach es schier das Herz. »Wisst ihr was, ich muss in der Scheune noch Einiges vorbereiten. Noah, könntest du mir helfen?«

Er nickte, dann schoss er zur Haustür hinaus.

Amy sah Merry verzweifelt an. »Seit Freitag ist er so. Ich weiß nicht, was ich tun soll.«

Merry berührte sie an der Schulter. »Ich versuche heute mal, mit ihm darüber zu reden.«

Als sie den Blick auf T. J. richtete, sah sie, wie besorgt und frustriert er war. Rasch ging sie zur Haustür. Obwohl sie es eigentlich besser wusste, hoffte sie, sie würde etwas tun können.

Noah war bereits in der Scheune. Er wartete vor der Box, in der die Hunde untergebracht waren. Die Ärmel seines T-Shirts hatte er zu Fetzen zerpflückt, und jetzt stand er mit rudernden Armen da, aufgewühlter als Merry ihn je erlebt hatte.

Vorsichtig holte sie Ralph aus dem Stall, ohne die Welpen entwischen zu lassen, dann nahm sie Noahs Hand und ging mit ihm zu den Picknicktischen hinter der Scheune.

»Soll ich dir mal ein Geheimnis verraten?«, fragte sie.

Noah sah sie an. Unter seinen Augen hatte er lilafarbene Ringe. Der arme Junge schlief nicht. Was um Himmels willen war bloß geschehen, als sie ihm den Rücken zugewandt hatte? Warum hatte sie Amber und ihn nicht besser im Auge behalten? Sie hätte darauf bestehen sollen, ihn zu begleiten.

Der Fehler lag bei ihr, und sie musste ihn wiedergutmachen.

»Ralph kann ein klein bisschen zaubern«, sagte sie.

Noah sah sie skeptisch an. »Zaubern gibt es nicht.«

»Oh doch. Nimm Ralph mal in die Arme und schließ die Augen.«

Der Junge tat wie geheißen. Ralph legte den Kopf auf Noahs rechte Schulter. Er schloss die Augen und stieß einen tiefen Seufzer aus. Noah tat es ihm nach.

»Bleib einfach eine Minute so«, sagte sie leise und sah zu, wie Ralph seine Zauberkräfte entfaltete. Allmählich ließ Noahs Anspannung nach. Mehrere Minuten blieben die beiden so, und beide atmeten sie langsam und tief.

Als Noah die Augen öffnete und zu Merry hochschaute, wirkte er nicht mehr ganz so gequält.

»Siehst du? Er kann zaubern, nicht wahr?«

Noah nickte.

»Ich nutze seine Zauberkünste dauernd, immer wenn ich aufgewühlt bin. Also gönn dir ruhig so viele Zauberumarmungen, wie du während des Camps brauchst, okay? Ralph hat unendlich viel davon.«

Und das hatte er wirklich. Ralph hatte dem Jungen den Stress abgenommen und ihn aufgelöst, und er wirkte überglücklich in Noahs Armen. Er drehte den Kopf, um den Jungen auf die Wange zu küssen, und Noah lächelte.

»Du weißt schon, dass es nicht deine Schuld war, oder?«

Noah drehte sich weg.

»Amber liebt dich. Sie vermisst dich. Es ist nicht deine Schuld, dass sie verletzt wurde.«

Tränen traten ihm in die Augen.

»Wenn du mir erzählst, wie es passiert ist, kann ich dir vielleicht helfen.«

Er schüttelte den Kopf.

»In Ordnung, aber falls du es dir anders überlegst, bin ich jederzeit bereit, dir zuzuhören. Amber muss sich noch ausruhen, also lasse ich dich heute mit Ralph arbeiten. Aber wenn du dich hinterher dazu in der Lage fühlst, würdest du ihr wirklich eine große Freude machen, wenn du ins Haus gehst und sie besuchst. Sie liebt dich, Noah.«

Bei der Erwähnung eines Besuchs bei Amber spannte Noah sich sofort wieder an. Ralph lehnte sich mit der Schulter an ihn und holte tief Luft, und sofort machte Noah es ihm nach.

Noch nie war Merry so stolz auf ihren Hund gewesen. Ralph war wirklich ein Zauberer. Er schaute aus seinen warmen braunen Augen zu ihr hoch, begeistert, dass er Noah helfen konnte. Lautlos versprach sie ihm, ihn für den Rest seines Lebens nach Strich und Faden zu verwöhnen.

Er war schon etwas ganz Besonderes.

»Merry?«, ertönte Olivias Stimme von der Scheune her.

»Hier draußen«, rief sie zurück.

Olivia kam mit Bosley zu ihnen geschlendert. »Hallo, ihr beiden. Wie geht es Amber?«

»Gut. Sie erholt sich im Haus.«

»Das höre ich gern.«

Merry ging mit ihr in die Scheune, um alles für die anderen Kinder vorzubereiten. Noah kam ihnen mit Ralph hinterher.

Bald war die Scheune voller Kinder und Hunde. Salsa wirbelte um Jules herum und fiepte glücklich. Chip, dessen Verhalten sich sprunghaft verbessert hatte, saß brav neben Parkers Füßen und wartete auf seine nächste Belohnung. Lucy übte Sitzen bleiben mit Bosley und fuhr ihren Rollstuhl rückwärts über den harten Boden, während der Hund auf den nächsten Befehl wartete.

Es war ein schöner Anblick. Merry war unglaublich stolz darauf, wie weit sie bis zum Anfang der letzten Campwoche alle gekommen waren.

Noah hockte in der Ecke, die Arme um Ralph geschlungen, und sah zu. T. J. stand mit vor der Brust verschränkten Armen in der Tür und machte einen finsteren, brütenden Eindruck. Er ließ Noah nicht aus den Augen, aber wann immer Noah das merkte, wandte er den Blick ab.

Merry hätte am liebsten geweint. Sie musste das noch vor Ende des Camps in Ordnung bringen.

Aber eins nach dem anderen.

»Guten Morgen«, sagte sie. »Ich hoffe, ihr hattet alle ein schönes Wochenende. Lasst die Hunde sich jetzt bitte für ein paar Minuten hinlegen, damit wir besprechen können, was wir heute noch vorhaben.«

Merry musste lächeln, als vier Kinder den Befehl gaben und vier Hunde mit dem Bauch auf dem Boden landeten und glücklich ihre Belohnung zerkauten. »Das war perfekt. Wisst ihr eigentlich, wie weit ihr in den drei Wochen gekommen seid? Ich bin so stolz auf euch.«

»Ich bin auch stolz auf uns«, rief Jules und hüpfte vor Begeisterung auf und ab. Salsa sprang hoch, um sie zu küssen, legte sich aber gleich wieder hin, als Jules den Befehl wiederholte.

»Das solltest du auch.« Merry liebte das kleine Mädchen und seine völlig ungefilterte Ehrlichkeit. Merry hoffte, Jules würde immer so bleiben; niedlich, glücklich und hundert Prozent sie selbst.

Sie warf einen Blick auf Noah, der sich lautlos mit Ralph unterhielt. Der Hund schenkte ihm seine ungeteilte Aufmerksamkeit.

»Okay, meine Lieben, ich muss euch etwas erzählen. Amber

hatte Freitag einen Unfall. Sie hat sich das Bein gebrochen, und sie wird diese Woche nicht am Camp teilnehmen können.«

»Oh nein!« Jules schlug die Hände gegen die Wangen. »Arme Amber!«

»Die gute Nachricht ist: Sie wird wieder ganz gesund. Sie ist oben im Haus und ruht sich aus, und sie würde sich freuen, wenn ihr sie alle nach dem Mittagessen besuchen kommt. Klingt das gut?«

Alle nickten.

»Was ist passiert?«, fragte Lucy.

»Nun, sie wurde von einem Auto angefahren, aber …« Merry hob beschwichtigend die Hand, als die Kinder nach Luft schnappten. »Der Tierarzt hat sie wieder zusammengeflickt. Sie muss sich nur erholen und darf das Bein eine Zeit lang nicht belasten.«

»Ich habe mir mal den Arm gebrochen«, sagte Parker. »Das hat höllisch wehgetan.«

Merry sah zu Noah hinüber. Er stand mit dem Rücken zu ihnen und ruderte heftig mit den Armen. Bedauernswerter kleiner Kerl. Er fühlte sich für Ambers Unfall verantwortlich. Wie konnte sie ihm klarmachen, dass es nicht seine Schuld war, dass so etwas einfach manchmal passierte?

»Das glaube ich dir«, sagte sie zu Parker. »Der Tierarzt hat Amber etwas gegen die Schmerzen gegeben.«

T. J. ging zu seinem Neffen und redete mit ihm, allerdings so leise, dass Merry nichts verstehen konnte. Er legte ihm die Hände auf die Schultern und ließ sie dann an seinen Armen hinuntergleiten, um ihn daran zu hindern, sich mit seinen wild rudernden Armen zu verletzen.

Der Junge riss sich los und rannte aus der Scheune, wobei er schlimmer mit den Armen ruderte als je zuvor.

»Okay, meine Lieben. Zum Aufwärmen wird Olivia mit euch

üben, wie die Hunde an der Leine gehen. Ich komme dann und arbeite mit jedem von euch einzeln. Jeder von euch darf sich noch eine Fähigkeit oder einen Trick wünschen, den er seinem Hund beibringen möchte, also überlegt euch, was es sein soll. Bis zum Ende der Woche üben wir noch mal alles und bereiten uns für die Vorführung vor euren Eltern am Ende des Camps vor.«

»Herumrollen!«, rief Jules. »Ich will Salsa beibringen, sich herumzurollen.«

»Prima, Jules.« Merry lächelte dem Mädchen zu und verließ dann die Scheune, um T. J. und Noah zu suchen.

T. J. stand mit ausgestreckten Armen hinter ihm. »Hör auf, Kumpel. Du wirst dir noch wehtun.«

Noah ruderte noch heftiger mit den Armen. Er hatte sich überhaupt nicht mehr unter Kontrolle.

»He, Noah, erinnerst du dich noch, dass Ralph zaubern kann?«, sagte sie.

Noah schlang die Arme um den Hund. Merry stellte sich neben T. J. und legte ihm die Hand auf die Schulter. Gemeinsam beobachteten sie, wie der Junge den Kopf an Ralphs Schulter vergrub und sein Körper allmählich ruhiger wurde.

T. J. zitterte vor Anspannung.

»Das machst du super, Noah.« Sie zog T. J. zum Eingang der Scheune, damit Noah ein paar Minuten für sich hatte, in denen er sich wieder fangen konnte.

»Wie machst du das?«, knurrte T. J. »Und wieso kann Ralph zaubern?«

»Findest du nicht, dass das wie Zaubern ist?« Sie nickte in Richtung des Jungen und des Hundes. Noah saß da, die Arme um Ralph geschlungen. Er wirkte ruhig und ausgeglichen.

T. J. sah sie durchdringend an. »Vermutlich hast du recht.«

Wie Zaubern.

So war es doch, oder?

T. J. hatte alles versucht, um Noah zu beruhigen, und hatte doch alles nur schlimmer gemacht. Merry musste nur den Spruch murmeln, mit dem sie Noah und Ralph verzauberte, und schon war der Junge ruhig.

Er hätte nicht eifersüchtig sein sollen auf ihre Fähigkeit, mit dem Jungen zu reden, aber verdammt, er konnte das Gefühl nicht unterdrücken. Mehr als alles andere wünschte er sich eine Beziehung zu seinem Neffen. Er wollte wissen, was ihn derart aufwühlte, dass er völlig die Kontrolle über seinen Körper verlor. Warum er ihnen nicht erzählen wollte, was mit Amber passiert war.

Er wollte ihm helfen.

»Pass auf die beiden auf«, sagte Merry und kehrte in die Scheune zurück.

Und so stand er hilflos da und sah zu, wie Noah diesen verdammten Hund umarmte. Wie hatte er bloß jemals daran zweifeln können, dass Merry die Richtige für sein Camp war?

Schließlich stand Noah auf und ging wieder in die Scheune. Ralph lief neben ihm, die Aufmerksamkeit uneingeschränkt auf den Jungen gerichtet, der die Leine hielt. Hätte Noah ihm befohlen, vom Dach zu springen, hätte er es vermutlich getan. Er war ganz und gar darauf ausgerichtet, anderen zu helfen, vor allem Kindern. Genau wie seine Besitzerin.

T. J. folgte den beiden in die Scheune. Merry stand bei Jules und half ihr, dem Hund beizubringen, sich herumzurollen. Sie hatte eine besondere Gabe, mit Kindern wie mit Hunden.

Während Merry mit den Kindern arbeitete, nahm er sie eins nach dem anderen zu ihrer Reitstunde mit. Auch hier hatten sie alle riesige Fortschritte gemacht, was vor allem Pats langjähriger Erfahrung mit Reittherapie zu verdanken war. Sie alle, selbst Lucy, konnten ohne Unterstützung reiten und führten ihre Übungen voller Selbstvertrauen aus.

Das Camp war ein Erfolg. Nur sein eigentliches Ziel, das hatte er verfehlt. Er hatte Noah nicht geholfen.

Und das fraß ihn innerlich schier auf.

Nach dem Mittagessen gingen die Kinder ins Haus, um Amber zu besuchen. Sie lag in ihrem Hundekorb und wedelte selig mit dem Schwanz, als die Kinder sie streichelten und trösteten. T. J. musste zugeben, dass sie sich als wirklich zuverlässiger Hund erwiesen hatte. Selbst als sie völlig verängstigt und mit schlimmen Schmerzen auf der Straße gelegen hatte, hatte sie nicht versucht, irgendjemanden zu beißen.

Noah blieb im Flur. Er weigerte sich, zu Amber zu gehen. Morgen würde T. J. versuchen, mit dem Jungen allein ins Haus zu gehen und ihn zu überzeugen, dass Amber ihn unbedingt brauchte. Vielleicht konnte Merry ihn dabei unterstützen.

Sie blieb, bis alle Kinder abgeholt worden waren, obwohl sie hinterher zur Arbeit musste.

»Bosley wird adoptiert«, sagte sie.

»Echt? Mensch, wir verlieren einen Hund nach dem anderen.«

»Er bleibt noch bis zum Ende des Camps. Sie holen ihn nächstes Wochenende ab.« Merry kaute auf ihrer Unterlippe herum.

»Das ist gut.« Er wartete darauf, dass sie ihm erzählte, was ihr wirklich auf dem Herzen lag.

»Erinnerst du dich, dass ich dir erzählt habe, mir würde Geld aus meinem Geldbeutel fehlen?«

»Ist das noch mal passiert?«

Sie nickte. »Ja, und heute wieder.«

Er konnte nicht glauben, dass eins der Kinder sie bestahl. Das war einfach unlogisch. »Bist du dir sicher? Wie viel war es?«

»Fünf Dollar. Es sind immer fünf Dollar. Schau, ich habe jetzt keine Zeit, darüber zu reden, aber … behalt es einfach im Hinterkopf.« Sie sah ihn mit einer Mischung aus Angst und Bedauern an und ging dann, um ihre Hunde aus der Scheune zu holen.

Was zum Teufel sollte das nun wieder heißen?

Das konnte er sie erst am Mittwoch fragen. Er fand sie hinter der Scheune, wo sie saß und den Pferden beim Grasen zuschaute.

»Was geht dir gerade durch den Kopf?«, fragte er und setzte sich neben sie.

Sie zuckte leicht mit den Schultern. »Ich habe an einen Fall aus der Arbeit gedacht.«

»Magst du darüber reden?«

Sie schüttelte den Kopf. »Zu deprimierend.«

Er rückte näher an sie heran, sodass sich ihre Schultern berührten. »Versuch es trotzdem.«

Als sie ihm den Kopf zuwandte, sah er ihr sofort an, wie nahe ihr die Sache ging. »Es handelt sich um ein Baby. Es hat langwierige gesundheitliche Probleme, und seine Pflegemutter hat es soeben im Stich gelassen.«

»Verdammt. Wie hält man so etwas bloß aus?« Vor allem sie, die sie selbst ein Kind verloren hatte und nun zusehen musste, wie ein anderes verlassen wurde.

»Das Leben ist manchmal nicht fair.« Sie stand auf und ging zum Zaun.

Er folgte ihr, und als sie sich umdrehte, hatte sich ihr Gesichtsausdruck verändert. Sie packte ihn am T-Shirt und küsste ihn, bis er beinahe vergaß zu atmen. Er hob sie hoch und setzte sie auf die oberste Latte des Zauns, und sie schlang die Beine um seinen Rücken.

»Bleib heute Nacht hier«, sagte er und vergrub die Finger in ihren Haaren. Er hielt es kaum mehr aus, ohne sie zu sein.

»Das geht nicht. Ich springe heute Nacht ein paar Stunden für eine Kollegin ein, aber ich könnte auch sonst nicht. Die gute Nachricht ist, ich bin definitiv nicht schwanger.« Sie blinzelte ihm zu.

Was sie damit sagen wollte, ließ ihn die Stirn runzeln. »Du darfst nicht nur hierbleiben, wenn du mit mir schläfst.«

Sie sah ihn herausfordernd an. »Genau, wo wir doch so gut miteinander reden können.«

»Verdammt, Merry ...«

»Siehst du, was ich meine? Halt einfach die Klappe und küss mich.«

Sie ließ ihm keine Wahl. Sie grub ihm die Fersen in den Rücken und drückte ihn gegen sich und küsste ihn, bis er nicht mehr wusste, wieso er sich eigentlich geärgert hatte. Nachdem sie ihn völlig in ihren Bann geschlagen hatte, packte sie seine Schultern und sprang vom Zaun herunter.

»Tut mir leid«, sagte sie mit einem Blick auf seine Jeans.

»Ich werde es überleben.«

Sie trat ein wenig zur Seite, verschränkte die Arme vor der Brust und sah ihn wachsam an. Sie distanzierte sich von ihm, körperlich wie gefühlsmäßig, und das gefiel ihm nicht. Ganz und gar nicht. Verdammt, in zwei Tagen war das Camp zu Ende. Wenn sie glaubte, er würde sie nie mehr wiedersehen wollen ...

»Ich muss dir noch was sagen, bevor ich gehe.«

»Ach ja?«

»Wegen dem fehlenden Geld.«

»Darüber wollte ich mit dir auch reden. Komm, gehen wir rein und trinken was Kaltes.« Ihr Ton machte nämlich unmissverständlich klar, dass ihm nicht gefallen würde, was sie zu sagen hatte. Er brauchte einen Moment, um sich wieder zu sammeln, bevor er sich auf dieses Gespräch einließ.

Sie nickte und ging mit ihm ins Haus. Er schenkte zwei Gläser Eistee ein und reichte ihr das eine.

»Danke.« Sie trank gierig, und er konnte den Blick nicht von den Schluckbewegungen ihrer Kehle abwenden.

Er schüttelte den Kopf, um ihn freizubekommen. »Hast du eine Ahnung, wer der Übeltäter ist?«

Sie starrte ihn einen Moment lang schweigend an. »Ich habe eine Theorie.«

»Na gut, lass sie hören.«

»Das sind alles brave Kinder. Wer auch immer der Dieb ist, stiehlt nicht, um sich Süßigkeiten oder Videospiele zu kaufen.« Sie richtete den Blick auf ihren Tee.

Worauf wollte sie hinaus? »Jetzt spuck es schon aus.«

»Ich glaube, es ist Noah.«

Er stellte das Glas so heftig auf den Tisch, dass der Tee über den ganzen Boden spritzte. »Und wieso zum Teufel glaubst du das?«

Sie seufzte, dann sah sie ihn durchdringend an. »Er steckt in Schwierigkeiten, T. J. Das haben wir beide gesehen.«

Sein Herzschlag dröhnte ihm in den Ohren. »Alle Kinder waren diese Woche hier drinnen, um Amber zu besuchen. Es hätte jedes von ihnen sein können.«

»Ja, hätte es. Ich würde mich nur zu gern irren. Aber warum sollte mich eins von ihnen bestehlen? Kannst du dir die goldige Jules als Diebin vorstellen? Oder Lucy in ihrem Rollstuhl?«

»Parker hat immer wieder Probleme gemacht. Vielleicht ist er es.«

Sie schüttelte den Kopf. »Das glaube ich nicht. Er gerät wegen seiner Wahrnehmungsverarbeitungsstörung schnell aus der Fassung, aber er ist ein braver Junge. Er trägt Designerklamotten. Seine Mom fährt einen Mercedes. Ich kann mir nicht vorstellen, was er mit fünf Dollar aus meiner Geldbörse anfangen sollte.«

»Aber mein Neffe kann was damit anfangen? Sie sind vielleicht nicht reich, aber Amy sorgt für ihn. Noah ist kein Dieb.«

»Einmal, als ich hier reinkam, holte er sich gerade etwas zu trinken aus dem Kühlschrank. Er hat ausgesehen, als hätte er ein schrecklich schlechtes Gewissen, und dann ist er davongelaufen. Das war an einem der Tage, an denen mir Geld gefehlt hat.«

»Hast du gehört, was du gerade gesagt hast? Er hat sich was zu trinken geholt.«

»Und meine Handtasche stand ganz in der Nähe des Kühlschranks.«

»Wieso hast du mir das nicht gleich erzählt?« Ihm war bewusst, dass er schrie, aber er konnte es nicht ändern.

»Weil ich wusste, dass du dich aufregen würdest. Ich hatte gehofft, ich würde allein rausfinden, was dahintersteckt.« Merry schob trotzig das Kinn vor. »Er steckt in Schwierigkeiten. Du weißt es. Ich weiß es. Ich will das nicht schlimmer machen. Ich will nur helfen.«

»Helfen? Ihn als Dieb zu bezeichnen, dürfte wohl kaum hilfreich sein, meinst du nicht auch?«

»Ich möchte mit ihm darüber reden. Vielleicht kann ich ihn dazu bringen, sich mir gegenüber zu öffnen.«

T. J. stützte die Hände auf dem Küchentresen ab. »Auf gar keinen Fall. Du wirst meinen Neffen nicht beschuldigen, Geld gestohlen zu haben.«

»Er weiß nicht mal, dass mir das Fehlen des Gelds aufgefallen ist. Wenn ich nichts sage, werden wir nie erfahren, was passiert ist oder warum. Willst du denn nicht wissen, warum?«

»Oh doch, ich wüsste gern, warum du glaubst, mein Neffe sei ein Dieb.«

»Also wirklich!« Jetzt war auch sie wütend. »Er hat ein paar Dollar gestohlen! Er ist doch kein Krimineller. Er ist ein Kind, das in Schwierigkeiten steckt. Wenn wir nicht herausfinden, worum es sich dabei handelt, und ihm nicht helfen, wird es vielleicht noch schlimmer.«

»Nein. Auf gar keinen Fall wirst du ihn beschuldigen.« Noah war bereits völlig durcheinander und ganz in sich zurückgezogen. Er vertraute Merry. Wenn sie ihn beschuldigte, gestohlen zu haben, wäre dieses Vertrauen fort. Ein so sensibler Junge wie Noah würde darüber vielleicht niemals hinwegkommen.

Schlimmer noch, Noah würde auch ihm vielleicht nicht mehr vertrauen.

»Entweder redest du mit ihm darüber, oder ich«, sagte sie.

»Er ist mein Neffe, Merry. Es kommt nicht infrage, dass du mit ihm über so etwas redest.«

Sie verschränkte die Arme vor der Brust. »Ich könnte mit Amy reden.«

»Nein.«

Sie stöhnte frustriert auf. »Ich lasse die Sache nicht fallen. Das kann ich nicht.«

T. J. trat auf sie zu und starrte auf sie hinunter. »Und ob du das kannst. Ich habe deiner Rettungsorganisation eine riesige Summe gespendet, dafür dass du dieses Camp *zu meiner Zufriedenheit* beendest.«

Sie zuckte zurück, als hätte er sie geschlagen. »Mir war nicht bewusst, dass ich für dein Geld meinen freien Willen aufgeben muss. Das ist … das ist … zum Teufel mit dir!«

»Lass Noah in Ruhe.«

»Schon gut. Verstanden. Ich bin froh, dass wir dieses sehr sachliche und von gegenseitigem Verständnis geprägte Gespräch geführt haben. Wie ich schon sagte: Wir können ja *so* gut miteinander reden.«

Mit einem Blick, der Stahl zum Schmelzen gebracht hätte, stolzierte sie aus seiner Küche.

20

Merry drängte die Tränen zurück, die ihr ärgerlicherweise in den Augen brannten. Sie hatte gefürchtet, dass T. J. so reagieren würde, und vor allem deshalb hatte sie so lange gewartet, bis sie das Thema angeschnitten hatte.

Aber jetzt gab es kein Zurück mehr. Sie würde nicht lockerlassen. Das konnte sie nicht. Noah steckte in Schwierigkeiten, das spürte sie genau. Er brauchte ihre Hilfe, und sie würde vielleicht ein bisschen Druck machen müssen, um zu ihm durchzudringen.

Aber T. J.? Sie konnte ihm kaum vorwerfen, dass er zu seinem Neffen hielt. Dabei wollte sie Noah wirklich nicht noch mehr Probleme machen. Wieso konnte T. J. das nicht begreifen? Wieso verhielt er sich nicht wie ein vernünftiger, klar denkender Erwachsener und verstand ihre Besorgnis?

Und warum verhielt sie sich nicht wie eine vernünftige, klar denkende Erwachsene und machte mit dem weiter, was an diesem Tag noch anstand? Stattdessen saß sie in ihrem SUV auf dem Parkplatz eines McDonald's und versuchte, sich von einem weiteren belanglosen, unsinnigen Streit zu erholen. Nur dass sich dieser nicht so unsinnig anfühlte. Oder belanglos.

Verletzende Worte waren gefallen. Vorwürfe waren gemacht worden, die sich nicht so leicht zurücknehmen ließen.

Und ihr war schmerzhaft klar geworden, dass sie T. J. zu nah an sich herangelassen hatte, so nah wie noch nie einen anderen vor ihm. Dem Schmerz in ihrer Brust nach zu urteilen, hatte er es sogar bis in ihr Herz geschafft.

Wenn sie ihren Plan weiterverfolgte und Noah wegen des Gelds befragte, würde T. J. es ihr vielleicht brechen und sie als unrettbares Wrack zurücklassen. Wenn sie es nicht tat, würde sie Noah im Stich lassen, nur um seinen sturen Onkel nicht zu verärgern.

Wie sie sich kannte, würde sie wohl das Herz gebrochen bekommen.

Und in diesem Wissen würde sie jetzt nach Hause fahren und mit ihren Hunden spielen, bis es Zeit wurde, zur Arbeit zu fahren. Es war dumm von ihr gewesen, sich so weit auf ihn einzulassen, aber es war ja nicht so, dass sich das nicht wieder ändern ließ.

Sie konnte ihn gehen lassen. Herzen heilten im Allgemeinen. Auch ihres.

Mit hoch erhobenem Kopf fuhr sie den Rest des Weges nach Hause. Schluss mit dem Trübsal blasen. Das lag Merry Joy Atwater nicht. Sie machte einfach weiter mit ihrem Leben.

Merry saß ein paar Minuten mit den Hunden im Wohnzimmer, um ihre Mails zu lesen und sich um ein paar Sachen für ihre Rettungsorganisation zu kümmern. Der Rest von T. J.s Spende würde für Ambers Tierarztrechnung draufgehen, womit sie erneut eine Geldquelle auftun musste, um *TBR* am Leben zu erhalten.

Für das Camp hatte sie mehr Zeit und Energie aufwenden müssen, als sie erwartet hatte. Dadurch – und durch ihre Arbeit und ihre Beziehung mit T. J. – war sie nicht mehr dazu gekommen, sich um mögliche Geldquellen zu kümmern. Jetzt war es höchste Zeit. Ihr würden auch weiterhin Rechnungen ins Haus flattern, und sie hatte nach wie vor kein Geld, um sie zu bezahlen.

Ihr Handy kündigte eine neue SMS an.

Sie griff danach und lächelte.

Noch zwei Tage! Kann es kaum erwarten! Die SMS war von Cara.

Auch Merry konnte den Besuch ihrer besten Freundin kaum erwarten. *Als Erstes ins Red Heels*, simste sie zurück.

Ich habe Liv auch eingeladen, lautete Caras Antwort.

Super. Ich schulde ihr noch einen Drink oder zwei.

Es gibt eine Menge zu erzählen.

Oh ja, das gab es. Merry war bereit, ihrer Freundin alles anzuvertrauen. Noch nie hatte sie so sehr ihren Rat gebraucht.

Die nächsten beiden Tage versuchte T. J. die ganze Zeit, Noah und Merry voneinander fernzuhalten. Er traute ihr nicht, fürchtete, dass sie das Geld ansprach, obwohl er es ihr verboten hatte. Noah selbst schien ihr ebenfalls aus dem Weg zu gehen. Vielleicht lag es an den Schuldgefühlen, die er wegen Amber hatte.

Vielleicht hatte Merry aber auch schon etwas gesagt.

Bei der Vorstellung wurde ihm ganz mulmig. Noah war das goldigste und unschuldigste Kind, das er kannte. Er konnte Merry einfach kein Geld gestohlen haben, und T. J. würde nicht zulassen, dass Merry ihn fälschlicherweise beschuldigte.

Merry hatte das Thema nicht mehr angesprochen. Seit ihrem Streit am Freitag hatte sie mit den Kindern gearbeitet wie immer, war gestern aber sofort nach dem Camp nach Hause gefahren, und das trieb ihn in den Wahnsinn. Er musste unbedingt allein mit ihr reden und die Sache klären.

Heute war der letzte Camptag, und er war absolut nicht bereit, sie aus seinem Leben verschwinden zu lassen.

Solch eine Meinungsverschiedenheit konnte sie doch nicht auseinanderbringen, das wusste er. Aber wusste sie es?

Sie stand gerade vor der Gruppe und erklärte den Ablauf der Vorführung am Sonntag. Lucy, Jules und Parker hörten aufmerksam zu und wirkten überaus stolz und aufgeregt. Noah hockte in der Ecke, den Arm um Ralphs Hals geschlungen, und sah aus, als wünsche er sich, die Erde würde sich auftun und ihn verschlingen.

Und das überschattete alles andere.

»Also gut, üben wir die ganze Sache noch mal von Anfang an«, sagte Merry. Olivia und sie standen in der Mitte und ließen die Kinder mit den Hunden an ihrer Seite im Kreis um sich herumgehen. »So, alle stehen bleiben. Befehlt euren Hunden, sich zu setzen.«

Sie taten es, und vier Hundehintern landeten auf dem Boden.

»Und jetzt hinlegen.«

Vier Hunde legten sich auf die kühle Erde.

»Jetzt sitzen bleiben.«

Alle Kinder erteilen den Befehl. Langsam traten sie zwei Schritte zurück, dann erlösten sie die Hunde und überschütteten sie mit Lob.

T. J. war verdammt stolz auf die Kinder und auf die harte Arbeit, die sie im Camp geleistet hatten. Die Kinder selbst waren ebenfalls stolz auf sich, und das war das Beste daran: das Gefühl, etwas erreicht zu haben. Das Selbstvertrauen. Die Konzentration. Und die motorischen Fähigkeiten, die sie verfeinert hatten. Wenn es ihm gelungen wäre, Noah aus seinem Schneckenhaus herauszulocken, wäre das Camp ein überwältigender Erfolg gewesen.

Als Nächstes kam jedes Kind einzeln in die Mitte und führte seinen Spezialtrick mit seinem Hund vor. Lucy forderte Bosley auf, ihr die Hand zu schütteln. Jules befahl Salsa, sich herumzurollen. Der Welpe machte etwas, das wie eine Mischung aus einer Rolle und einem Purzelbaum aussah, und dann konnten Welpe wie Kind vor Begeisterung kaum an sich halten. Parker klatschte sich mit Chip ab. Noah, der den Vorteil eines schon vorab trainierten Hunds hatte, streckte den Arm aus und ließ Ralph hinüberspringen.

Alle klatschten. Merry und Olivia lobten die Kinder und gaben ihnen zusätzliche Kekse, damit sie ihre Hunde belohnen konnten. Auf der anderen Seite der Scheune applaudierten und jubelten Pat, Savannah und Madison.

Die letzte Aufgabe für die Hunde war ein Spiel mit dem Titel »Sitzen nach Musik«. Die Kinder führten ihre Hunde zu Musik im Kreis herum. Sobald die Musik aussetzte, musste jeder seinen Hund zum Sitzen bringen. Der Hund, der sich als Letzter setzte, schied aus.

Sie übten es ein paarmal, und jedes Mal gewannen Noah und Ralph. Merry sah es sich nachdenklich an und verkündete dann, dass sie am Tag der Aufführung die Hunde durchwechseln würden, sodass jeder mit jedem Hund drankam. Ralph würde dafür sorgen, dass alle eine Chance hatten zu gewinnen.

Anschließend brachten sie die Hunde in die Extrabox und machten die Pferde fertig. Parker und Jules ritten als Erste auf Twilight und auf Peaches. Pat führte sie durch eine Reihe von Übungen, die sie während des Camps gelernt hatten, und Savannah und Madison halfen ihnen und machten ihnen Mut. Zum Abschluss trabten sie einmal ganz um den Ring herum. Dann waren Lucy und Noah an der Reihe.

Schließlich waren alle erschöpft und verschwitzt in die Scheune zurückgekehrt. Die Kinder halfen, den Pferden Sattel und Zaumzeug abzunehmen, sie abzuspritzen und auf die Wiese zurückzubringen. Dann rannten sie zurück zur Scheune, um ihr letztes gemeinsames Mittagessen an den Picknicktischen einzunehmen.

Das war der Moment, in dem T. J. feststellte, dass zwei Autos auf dem Parkplatz fehlten. Olivia war wie üblich schon früh gefahren, um sich auf ihre Schicht im Café vorzubereiten. Aber Merry war ebenfalls gefahren und hatte nicht einmal Auf Wiedersehen gesagt.

Das Sommercamp war vorbei, und Merry war fort.

Merry hätte am liebsten Luftsprünge gemacht, als sie am Raleigh-Durham International Airport oben am Aufzug stand und auf Cara wartete. Sie fühlte sich wie Jules. Im Grunde beneidete sie die Kleine um ihre Fähigkeit, ihre Begeisterung so hemmungslos zeigen zu können.

Ein paar Minuten später erhaschte Merry einen Blick auf erdbeerblonde Haare, und dann war auch Caras strahlendes Gesicht zu erkennen. Kaum war sie an der Sicherheitskontrolle vorbei, ließ Merry alle Zurückhaltung fahren, umarmte Cara und ließ sie lange nicht wieder los.

Schließlich wand sich Cara lachend aus ihrer Umarmung. »Mensch, du hättest doch wenigstens so tun können, als hättest du mich vermisst.«

»Wirklich, du machst dir gar keine Vorstellung. Nur gut, dass ich Matt mag, sonst würde ich ihn bestimmt dafür hassen, dass er dich mir weggenommen hat.«

Sie gingen in Richtung der Gepäckbänder.

»Ach.« Cara lächelte. »Ich liebe Matt, und mir gefällt mein neues Leben in Massachusetts, aber ich habe dich auch vermisst. Ich vermisse North Carolina. Ich freue mich sogar auf die grässliche feuchte Luft da draußen.«

Merry sah sie ungläubig an. »Ernsthaft? Du vermisst die Luftfeuchtigkeit?«

»Ich weiß, das klingt verrückt. Danke noch mal, dass ich bei dir übernachten kann. Meine Mom wird mir das zwar vielleicht niemals verzeihen, aber so verliere ich wenigstens nicht den Verstand, und das ist es allemal wert.«

Sie standen am Gepäckband und warteten auf das Gepäck aus Boston. Cara musterte sie ein bisschen zu intensiv, und Merry wusste, ihr würde nichts anderes übrig bleiben, als ihr alles zu erzählen. Was im Grunde eine Erleichterung war. Sie musste jemandem ihre Probleme erzählen, und niemandem vertraute sie mehr als Cara.

»Da kommt meiner.« Cara nahm einen hellblauen Koffer vom Band, und sie machten sich auf den Weg zum Ausgang.

»Ralph wird ausflippen, wenn er dich sieht, und Salsa und Chip kennst du noch gar nicht.«

Cara sah sie wehmütig an. »Irgendwie habe ich jetzt, wo ich hier bin, sogar noch mehr Heimweh. Ich hatte ganz vergessen, wie vieles mir fehlt.«

Merry stieß ihr den Ellbogen in die Rippen. »Vielleicht wartest du nächstes Mal nicht so lange, bis du wieder herkommst.«

»Du klingst wie meine Mutter. Es war alles recht hektisch. Ich habe endlich meine Karriere als Fotografin gestartet, und Matts Detektei kann sich vor Aufträgen kaum retten. Aber glaub mir, diesen Winter werde ich so oft wie möglich hier sein. Ich weiß gar nicht, wie ich die Kälte und den ganzen Schnee überstehen soll.«

Merry verspürte ein bittersüßes Ziehen in der Brust. Ihre Freundin wirkte glücklich, strahlend glücklich. Und sosehr sie Cara auch vermisste, war Matt nun mal derjenige, der sie derart strahlen ließ, der sie überzeugt hatte, ihre Ängste loszulassen und ihre Träume zu verwirklichen. »Ich freue mich wirklich für dich. Das weißt du doch, oder?«

Cara stieß Merry mit der Schulter an. »Klar weiß ich das. Und Flugzeuge fliegen in beide Richtungen, nicht wahr? Komm uns besuchen. Angeblich ist der Herbst in New England wunderschön.«

»Okay. Du kannst mich einplanen. Ich finde bestimmt jemanden, der sich ein paar Tage um die Hunde kümmert.«

»Vielleicht kann dein scharfer Cowboy sie ja nehmen.« Caras Augen funkelten vor Neugier.

»Tja, habe ich schon erwähnt, dass er Angst vor Hunden hat? Und dass er nicht *mein* Cowboy ist?«

»Nein, aber du wirst mir dieses Wochenende alles erzählen, und damit meine ich wirklich *alles*?

Sie traten nach draußen, und Cara wandte das Gesicht mit einem seligen Lächeln der Sonne zu.

Merry rümpfte die Nase. »Wirklich? Die Feuchtigkeit?«

Ihre Freundin nickte. »Ich habe die Feuchtigkeit wirklich vermisst. Hoffentlich wird es ein schrecklich heißes Wochenende, so heiß, dass mein Haar kraus wird und ich einen Sonnenbrand bekomme und dann wieder bereit bin, nach Hause zu fahren.«

»Nach Hause?« Merry hatte nicht damit gerechnet, dass Cara Massachusetts ihr Zuhause nennen würde, aber vermutlich stimmte es. Ihre Freundin lebte nicht mehr in Dogwood.

»Ja«, erwiderte Cara nachdenklich. »Ich glaube, inzwischen ist es mein Zuhause.«

Sie redeten auf dem gesamten Weg zu Merrys Haus und erzählten sich alles, was in den vier Monaten seit Caras Wegzug passiert war.

Ralph überschlug sich beim Anblick seiner Lieblingsmenschen schier vor Freude, und die Welpen waren begeistert, eine neue Freundin kennenzulernen. Cara verdrehte die Augen, als sie ihre Namen hörte. Sie bevorzugte menschliche Namen für Hunde, während Merry kitschige Namen bevorzugte, die die Leute zum Lächeln brachten. In der Hälfte der Fälle änderten die Leute, die Hunde adoptierten, den Namen sowieso.

Nachdem sich die Hunde beruhigt hatten, verteilte Merry ein paar Leckerbissen, an denen sie lange zu kauen hatten, damit Cara und sie in Ruhe reden konnten. Sie ging zum Kühlschrank und holte eine Flasche Chardonnay heraus. »Feiern wir schon mal vorab?«

»Prima Idee.« Cara ließ sich auf die Couch fallen und legte die Füße hoch. Sie nahm das Glas Wein, das Merry ihr hinhielt, und stieß mit ihr an. »Auf beste Freundinnen.«

»Auf beste Freundinnen«, wiederholte Merry. »Weißt du noch, das letzte Mal, als wir angestoßen haben, war Neujahr, und ich habe dir eine heiße neue Liebe gewünscht.«

»Und der Wunsch ging in Erfüllung.« Cara nippte lächelnd an ihrem Wein.

Merry, die am anderen Ende der Couch saß, zog die Füße unter sich. »Und noch viel mehr.«

»Und jetzt, meine Liebe, bist du dran, glaube ich.«

»Ich sage dir, Cara, wir haben es mal wieder mit einem RST zu tun.« Olivia hielt Merry ihren Martini entgegen und klimperte dabei theatralisch mit den Wimpern.

»Wenn ich, bevor ich Sonntag nach Hause fahre, nicht einen Blick auf diesen Cowboy werfen kann, werde ich todtraurig sein.« Cara zog einen Schmollmund.

»Also wirklich!« Merry wäre gern wütend gewesen – eigentlich hätte sie es auch sein müssen –, aber sie war so glücklich, mit Cara und Olivia unterwegs zu sein, dass sie sich tatsächlich nichts daraus machte, wenn die beiden sie den ganzen Abend wegen T. J. aufzogen.

Sie würde fröhlich ertragen, womit auch immer die beiden sie aufziehen würden.

Mit seinem gedämpften Licht, der jazzigen Musik und einer großen Bandbreite köstlicher Martinis war das Red Heels ein

Muss, wann immer sie einen Mädelsabend miteinander verbringen wollten. Seit Cara weggezogen war, war Merry nicht mehr hier gewesen, und sie hatte diesen Ort sehr vermisst – und ihre Freundinnen noch mehr.

»Wie wäre es – ich denke jetzt einfach mal laut vor mich hin –, also wie wäre es, wenn wir uns alle so betrinken würden, dass wir nicht mehr fahren können und dann T. J. anrufen müssten, damit er uns abholt?« Cara fragte das mit einem Gesichtsausdruck blauäugiger Unschuld, doch dann brachen Olivia und sie in lautes Gelächter aus.

Etwas ganz Ähnliches hatten Cara und ihre Schwester bekanntermaßen vor ein paar Monaten gemacht. Cara hatte Matt angerufen, den scharfen Privatdetektiv, in den sie sich damals verliebt hatte, und ihn gebeten, sie abzuholen. Merry wusste nicht genau, was anschließend passiert war, aber kurze Zeit später hatten Matt und Cara nicht mehr voneinander lassen können.

»Haha«, sagte Merry. »Wir rufen uns ein Taxi.«

»Tja, nur zu deiner Information: Ab Mitternacht fährt in Dogwood kein Taxi mehr.« Cara trank einen weiteren Schluck von ihrem Martini. »Aber egal, zurück zu unserem RST …«

RST war ein Begriff, den Cara und Olivia damals im College erfunden hatten, um in Geheimsprache einen Mann zu beschreiben, der ein rattenscharfer Typ war. Auf T. J. passte diese Bezeichnung, nur dass Caras RST ihr schließlich einen Ring an den Finger gesteckt hatte. Und Merry gefiel nicht, was das eventuell für ihre eigene Beziehung mit T. J. bedeutete.

»Oh.« Olivia funkelte Cara an. »Kommst du zu der Vorführung am Sonntag? Da kannst du ihn kennenlernen.«

»Was für eine Vorführung?«, fragte Cara.

»Da führen die Kinder ihren Eltern vor, was sie im Camp

gelernt haben«, erwiderte Merry. »Ich habe es nicht erwähnt, weil du den Sonntag mit deiner Familie verbringen wolltest.«

»Wenn das meine einzige Chance ist, T. J. kennenzulernen, dann muss ich da wohl hin.«

»Oh, da musst du unbedingt hin«, redete Olivia ihr eifrig zu. »Wart es ab, bis du siehst, wie die beiden sich anschauen.«

»Echt?« Cara sah sie mit weit aufgerissenen Augen an. »Ich bin begeistert!«

Merry verdrehte die Augen. »Es knistert irgendwie zwischen uns, aber das haben wir schon ausgelebt, und damit ist es gut.«

Olivia verschluckte sich an ihrem Martini. Sie hustete und lachte, bis ihr Tränen über das Gesicht liefen. »Oh ja, ich habe alle diese feurigen Blicke gesehen. Aber in letzter Zeit waren sie eher schmachtend als erotisch.«

Jetzt war Merry diejenige, die sich verschluckte. »Schmachtend? Hast du den Verstand verloren?«

Cara saß da und sah aus wie ein Kind an Heiligabend. Ihre Begeisterung war fast schon mit Händen zu greifen.

Olivia grinste. »Jedenfalls wenn ihr euch nicht gerade streitet wie ein altes Ehepaar.«

»Himmel!« Cara drehte sich auf ihrem Hocker einmal um die eigene Achse. »Wusste ich es doch, dass irgendetwas an dir anders ist! Bist du wirklich richtig in ihn verliebt?«

Verliebt? Ihm verfallen traf es schon eher. »Es gab da so ein paar … Momente.«

»Momente?« Olivia zuckte mit den Augenbrauen und kippte den Rest ihres Martinis hinunter.

Cara berührte Merry an der Schulter. »Du schaust, als hätte ich dich gerade gefragt, ob du eine Geschlechtskrankheit hast. Was ist so schlimm daran, sich in jemanden zu verlieben?«

Merry schüttelte den Kopf. »Ich will weder heiraten noch Kinder bekommen. Das ist nun mal nichts für mich.«

»Du musst ihn ja nicht gleich heiraten«, erwiderte Cara. »Lass es einfach laufen und schau, wohin es führt.«

»Er mag nicht mal Hunde.«

Olivia schlug auf den Tresen. »Soll das ein Witz sein? Er liebt Hunde vielleicht nicht so wie Pferde, aber er kann großartig mit ihnen umgehen. Dir zuliebe hat er sogar Amber in Pflege genommen.«

»Also gut, er ist großartig. Aber jetzt reden wir von was anderem. Was machen deine Hochzeitsvorbereitungen?«, wandte sie sich an Cara.

Cara strahlte. »Oh, die laufen bestens. Matts Mom ist eine ganz liebe Frau und eine riesige Hilfe. Ich fühle mich schon als Teil der Familie. Ich kann es kaum erwarten, auch offiziell zur Familie zu gehören.«

Merry nahm sie spontan in die Arme. »Versprich mir, dass mein Brautjungfernkleid nicht kaugummirosa sein wird.«

»Das verspreche ich dir. Ich mag knalliges Rosa nicht.«

»Und du, Liv? Was gibt es bei dir Neues und Aufregendes?«, fragte Merry.

Olivia schüttelte den Kopf. »Ich hatte keine Zeit, mit jemandem auszugehen. Abgesehen vom Camp, meiner Arbeit und meinem Facebook-Krieg gegen Halverson Foods bin ich die absolute Langweilerin.«

Cara kicherte. »Ich glaube kaum, dass man jemanden, der einen Facebook-Krieg führt, als langweilig bezeichnen kann.«

»Wie steht es da jetzt eigentlich?« Merry trank ihren Martini aus und signalisierte dem Barkeeper, er möge ihr einen neuen bringen.

»Wir haben ein paar Leute eingeschleust, damit sie ein Video drehen, wie sie ihre Hühner misshandeln, aber offenbar war es nicht grausam genug, dass man die Farm geschlossen hätte. Sie haben eine lächerliche Geldstrafe bekommen und versprochen, sich zu bessern.«

»So ein Mist!« Merry starrte auf ihr leeres Glas. »Aber wenn überhaupt irgendjemand etwas bewegen kann, dann du, Liv.«

»Wo wir gerade von Facebook reden – hast du mit *TBR*s Seite irgendetwas erreicht?«, fragte Olivia.

Merry schnaubte. Ihr Martini kam, und sie trank dankbar einen Schluck. »Das ist reine Zeitverschwendung. Da melden sich mehr Leute, die ihren Hund abgeben wollen, als solche, die etwas spenden wollen.«

»Sind die Spenden zurückgegangen?«, fragte Cara.

Merry starrte in ihren Drink. »Im Moment kommen quasi überhaupt keine Spenden rein.«

Cara legte ihr die Hand auf die Schulter. »Was ist los?«

Merry seufzte und trank einen weiteren Schluck von ihrem Martini, um sich Mut zu machen. Wenn die Hunde etwas brauchten, hatte sie kein Problem damit, um Hilfe zu bitten. Aber für sich selbst? Das war deutlich schwieriger. »Die Rettungsorganisation ist pleite. Ich weiß nicht, was ich tun soll.«

»Meine Güte, Merry! Ich hatte ja keine Ahnung! Was ist passiert?«

»Ich bin zu bequem geworden. Etwa ein Jahr, nachdem ich *TBR* gegründet hatte, hat jemand angefangen, jeden Monat anonym tausend Dollar zu spenden.«

»Was? Wer?«, fragte Olivia.

Merry schüttelte den Kopf. »Ich weiß es nicht. Aber das Geld hat uns die ganzen Jahre am Leben erhalten, nur dass es seit ungefähr sieben Monaten nicht mehr kommt. Und ich musste feststellen, dass ich keine Ahnung habe, wie ich *TBR* ohne dieses Geld über die Runden bringen soll.«

Olivia gab ihr einen Klaps auf den Arm. »Sag mal, wieso hast du mir das nicht erzählt? Gib mir Zugang zu deiner Facebook- und Twitterseite, und dann kümmere ich mich darum.«

»So einfach ist das nicht. Ich habe es versucht.«

»Ich will dich ja nicht beleidigen, aber vermutlich weißt du gar nicht, was du da tust. Lass es mich versuchen.«

Merry zuckte mit den Schultern. »Na ja, schaden kann es vermutlich nicht. Danke.«

»Kein Problem. Das mache ich gern.« Olivia und Merry stießen miteinander an. »Lieber betreue ich deine Webseite als deine Pflegehunde, wenn ich das mal so offen sagen darf.«

Sie alle lachten.

»Zurück zu diesen anonymen Spenden«, sagte Cara.

Olivia ließ ihren Martini im Glas kreisen. »Ja, genau. Tausend Dollar im Monat? Das ist eine Menge Geld. Hast du eine Vermutung, wer es war?«

»Überhaupt keine. Ich habe jahrelang versucht, es rauszufinden. Vermutlich war es jemand, der von uns einen Hund adoptiert hat, vielleicht auch jemand, der einen Hund abgegeben und sich dann schuldig gefühlt hat.«

»Wie wäre es, wenn ich Jason das mal nachprüfen ließe?«, schlug Cara vor. »Ich bin mir sicher, dass er das Geld zurückverfolgen und herausfinden könnte, von wem es ist.« Jason war der Bruder ihres Verlobten und ein genialer Cyberspace-Schnüffler.

»Gern, wenn er nicht zu viel zu tun hat. Es wäre nett zu wissen, wer das war.«

»Ich kümmere mich drum.«

Merry trank noch einen Schluck von ihrem Martini und holte tief Luft. Sie hatte sich geöffnet, und ihre Freundinnen hatten sich bereiterklärt, ihr zu helfen. »Ihr seid wirklich gute Freundinnen, wisst ihr das?«

Olivia grinste. »Und ob wir das wissen.«

Alle drei hoben sie ihre Gläser und stießen an. Vielleicht, ganz vielleicht, konnten sie ihr sogar helfen, *Triangle Boxer Rescue* zu retten.

Merry und Cara kamen noch vor Mitternacht mit dem Taxi nach Hause. Sie zogen ihre Pyjamas an und machten es sich auf der Couch bequem, um den Alkohol vor dem Schlafengehen noch mit genügend Wasser zu verdünnen.

»Du strahlst heute Abend irgendetwas Seltsames aus, Merry.« Cara sah sie durchdringend an. »Was immer es ist, spuck es aus, solange du mich noch leibhaftig hier auf dieser Couch sitzen hast.«

Merry holte tief Luft. Cara und sie hatten sich über *Triangle Boxer Rescue* kennengelernt, mehrere Jahre nach Tylers Tod. Nie hatte sie jemandem von ihrem Verlust erzählt. Aber seit sie T. J. davon berichtet hatte, war ihr klar geworden, dass das ein Fehler gewesen war. »Da gibt es etwas, das hätte ich dir schon vor langer Zeit erzählen sollen. Ich weiß nicht, warum ich es nicht getan habe.«

Cara nickte. »Dann erzählst du es mir eben jetzt.«

Doch stattdessen ging Merry nach oben, holte Tylers Foto von ihrem Nachttisch und reichte es Cara. Ihre Freundin betrachte das Foto, dann richtete sie den Blick mitfühlend auf Merry.

So war das mit besten Freundinnen. Sie kannten einen so gut, dass man ihnen nichts erklären musste. Aber Merry tat es trotzdem. Sie erzählte Cara, wie sie während ihrer Ausbildung zur Krankenschwester ungewollt schwanger geworden war, wie sie versucht hatte, sich um ein an Koliken leidendes Baby zu kümmern, ohne ihre Ausbildung zu vernachlässigen. Wie sie eingeschlafen war und ihr Sohn das mit dem Leben bezahlt hatte.

»Ach, Süße.« Cara schloss sie in die Arme. »Das tut mir so schrecklich leid für dich. Ich kann mir nicht mal ansatzweise vorstellen, was du durchgemacht haben musst.«

Merry wischte eine Träne fort, die sich ihre Wange hinabgestohlen hatte. »Ich habe vermutlich gedacht, wenn ich nicht darüber rede, kann ich es leichter vergessen.«

»Du wirst ihn nie vergessen, Liebes. Er ist ein Teil von dir. Er wird immer ein Teil von dir sein.«

Merry schlang die Arme um ihre Knie. »Es tut mir leid, dass ich es dir nie erzählt habe.«

»Lass nur. Jeder trauert auf seine eigene Art.« Cara starrte nachdenklich in ihr Glas. »Wobei ich sagen muss, dass das eine Menge erklärt.«

»Inwiefern?«

»Ich habe gemerkt, dass dich irgendetwas zurückgehalten hat. Du hast dir viel zu lange Vorwürfe für etwas gemacht, das nicht deine Schuld war.«

»Aber es war meine Schuld. Ich bin eingeschlafen. Ich habe nicht nach ihm gesehen.«

Cara nahm ihre Hände und sah ihr in die Augen. »Er wäre auch gestorben, wenn du jede Stunde nach ihm geschaut hättest. Plötzlicher Kindstod passiert einfach.«

»Die Krankenschwester in mir weiß das, aber die Mutter in mir weiß auch, dass ich ihn im Stich gelassen habe. Mütterliche Intuition, oder wie immer du es nennen willst. Meine hat jedenfalls nicht funktioniert.«

Cara schüttelte den Kopf. »Du bist so eine Heuchlerin.«

»Wie bitte?«

»Die ganzen Jahre hast du mir Vorträge gehalten, dass ich Angst habe, mein Leben zu leben, dabei hast du genau das Gleiche gemacht.«

Merry schnappte nach Luft. »Das ist nicht das Gleiche.«

»Aber etwas sehr Ähnliches. Weißt du noch, ich habe dir davon erzählt: Ich habe Angst gehabt, ich werde wieder krank und lasse eine Familie zurück. Und du hast Angst, eine Familie zu gründen, weil du glaubst, bei deiner letzten versagt zu haben. Wenn du glücklich sein möchtest, musst du diese Schuldgefühle überwinden.«

21

Als Merrys SUV in die Einfahrt bog, war T. J. gerade auf dem Weg von der Scheune seiner Eltern zum Haus. Seine Mutter hatte alle am Camp Beteiligten vor der Vorführung zum Sonntagsbrunch gebeten, aber er war sich nicht sicher gewesen, ob Merry kommen würde, so wie sie auseinandergegangen waren.

Seine großherzige Mutter hatte sie sogar eingeladen, am Morgen mit ihnen in die Kirche zu gehen. Merrys Gesichtsausdruck war unbezahlbar gewesen, als er ihr das erzählt hatte.

Aber immerhin, jetzt war sie hier.

Und sie würde nicht gehen, bevor sie sich nicht bereiterklärte, sich noch einmal mit ihm zu treffen.

Sie trug ein knielanges rosafarbenes Sommerkleid mit weißen Blümchen, ihr Haar fiel ihr in ungebändigten Locken auf die Schultern, so wie es ihm am besten gefiel. Sein Blick wanderte zu ihren mit Schmucksteinen besetzten rosafarbenen Sandalen. Eigentlich hätte er ihr eine Standpauke halten müssen, dass man so etwas auf einer Pferdefarm nicht trug, aber sie hatte sich ja für den Brunch angezogen, und außerdem waren diese Sandalen höllisch sexy.

Sie sah wie der Inbegriff einer oberflächlichen Tussi aus, und noch nie war sie hübscher gewesen. Sie sah ihn an und lächelte, und ein paar Sekunden lang vergaß er zu atmen.

»Morgen«, sagte er, als es ihm endlich gelang, wieder Luft zu holen.

Sie zupfte an ihren Fingern herum, und er fand es goldig zu

sehen, wie nervös es sie machte, hier zu sein. »Ich kann mich nicht erinnern, wann ich das letzte Mal bei einem Sonntagsbrunch war. Normalerweise stopfe ich mir auf dem Weg zur Arbeit nur schnell einen Müsliriegel in den Mund.« Merry hatte sich den Tag wegen der Vorführung freigenommen.

»Freust du dich darauf?«

»Ich glaube schon. Vor allem freue ich mich auf heute Nachmittag. Die Kinder werden mich ja so stolz machen!«

Sie war ein paar Schritte von ihm entfernt stehen geblieben, aber er ging auf sie zu und nahm ihre Hand. »Das werden sie. Soll ich dich noch kurz rumführen, bevor wir nach drinnen gehen?«

»Gern.« Gemeinsam gingen sie auf die Scheune zu.

»Du bist Freitag ziemlich schnell gefahren«, sagte er.

»Tut mir leid.« Sie richtete den Blick auf die Weide zu ihrer Rechten. »Ich musste eine Freundin vom Flughafen abholen.«

»Dann ist also alles in Ordnung zwischen uns?«

Sie zog die Schultern hoch. »Wenn du mit ›in Ordnung‹ meinst, wir sind uns einig, dass wir uns über alle wesentlichen Dinge uneinig sind – ja, dann ist alles in Ordnung.«

Und da war es wieder, das Thema, das sie seit ihrem Streit über das fehlende Geld ausgeklammert hatten. »Schau, ich hätte das nicht sagen sollen, dass du das Camp zu meiner Zufriedenheit beenden musst. Du hast dir die Spende redlich verdient.«

»Gut zu wissen.« Ihre Augen verdüsterten sich. Ja, er wusste genau, was sie von ihm hören wollte, aber es führte kein Weg dahin, dass er ihr erlaubte, mit Noah über das Geld zu reden.

Sie entzog ihm ihre Hand und trat vor ihm in den Stall.

»Das hier ist der Stall der Zuchtstuten«, sagte er. »Die meisten von ihnen sind gerade auf der Weide. Dad bringt sie später am Nachmittag nach drinnen, um sie einzeln anzuschauen, vor allem die, die Fohlen säugen. Das hier ist Comet. Sie hat gelahmt, als sie gestern in den Stall kam, deshalb haben sie sie heute drinnen behalten.«

Die hübsche graue Stute reckte den Kopf aus der Box, um sich eine Streicheleinheit abzuholen. Dann beschnüffelte sie auf der Suche nach einer Leckerei T. J.s Taschen. Er fütterte sie mit einer Karotte.

»Sie ist schön.« Merry streichelte ihr Gesicht.

»Das ist sie, aber sie ist nicht die Schönste hier.« Jetzt, wo sie niemand sehen konnte, zog T. J. Merry an sich und küsste sie ausgiebig. Er ließ die Finger über den weichen Stoff ihres Kleids wandern und spürte, wie ein Schauder durch ihren Körper lief. »Ich hatte mich so daran gewöhnt, dich in Jeans zu sehen, dass ich ganz vergessen hatte, wie hübsch du in deinen mädchenhaften Kleidern aussiehst.«

»Du siehst auch ziemlich scharf aus.« Sie zupfte an seinem Hemdkragen.

Hier war sie nun also, gleich würden sie zum Sonntagsbrunch mit seinen Eltern gehen, und er hatte nicht die geringsten Zweifel, dass sie bestens dazu passen würde. Bei ihrem ersten Treffen hatte er sich völlig in ihr getäuscht, hatte vieles völlig verkehrt gesehen.

Sie in den Armen zu halten, fühlte sich richtig an. Zum ersten Mal in dieser Woche fühlte er sich wirklich ruhig, als hätte er mit ihr seinen inneren Frieden gefunden. Er hatte sich das immer viel dramatischer vorgestellt, wie einen Blitz oder wie einen Schlag auf den Kopf, stattdessen war es mehr wie ein allmähliches Bewusstwerden. Wie etwas, das er schon eine Zeit lang gespürt, aber nicht hatte einordnen können.

Ausgerechnet dort, in dem Stall, in dem er aufgewachsen war, mit Merrys Armen um seinem Hals und einem Pferd, das ihr über die Schulter linste, wusste T. J. plötzlich genau, dass er sich schwer in Merry Atwater verliebt hatte, mitsamt ihren kitschigen rosafarbenen Sandalen.

Er zog sie fester an sich. »Bleib heute Nacht bei mir. Bitte.«

Sie schüttelte den Kopf. »Das geht nicht. Meine beste Freundin ist aus Massachusetts zu Besuch da. Morgen fliegt sie wieder nach Hause.«

»Dann eben morgen Nacht.« Er würde nicht locker lassen, würde sie nach der Vorführung heute Nachmittag nicht einfach aus seinem Leben verschwinden lassen.

»Morgen und übermorgen arbeite ich jeweils eine Zwölf-Stunden-Schicht.«

»Dann lass mich morgen bei dir übernachten. Ich verspreche dir auch, dich ein bisschen schlafen zu lassen.«

»T. J. …« Sie löste sich aus seiner Umarmung.

»Ich lasse dich hier nicht eher raus, bis du zustimmst, dass wir uns noch mal treffen. Wie wäre es, wenn du am Mittwoch zu mir zum Essen kämst? Da können wir in Ruhe reden.«

»Okay«, stimmte sie zu, aber sie wirkte nicht glücklich.

Er lächelte, auch wenn sich der Sieg schal anfühlte. Er musste das wieder in Ordnung bringen, musste sie für sich gewinnen. Er konnte nicht zulassen, dass ihn die Frau, die er liebte, verließ.

T. J. hielt ihre Hand, als sie aus dem Stall traten und zu den dahinterliegenden Ställen gingen. »Diese drei Weiden sind für die Zuchtstuten. Siehst du die Fuchsstute da drüben? Das ist Jewel. Vor etwa einem Monat habe ich ihr bei der Geburt ihres Fohlens Ruby geholfen.«

»Ist die goldig!« Der Anblick des Fohlens, das neben seiner Mutter herumsprang, brachte Merry zum Lächeln.

»Der Stall auf der anderen Seite vom Haus ist für die Hengste und die Wallache. Die Hengste sind jetzt drin, solange die

Stuten draußen sind. Komm, ich zeige sie dir.« Er führte sie über die Einfahrt zu dem anderen Stall.

Eigentlich hätte sie ihn bitten sollen, mit ihr ins Haus zu gehen, denn in seinem Sonntagsstaat und zwischen all diesen herrlichen Pferden verdrehte er ihr schwer den Kopf. Sie traten in den Stall, und im ersten Moment konnte sie in dem plötzlichen Dämmerlicht kaum etwas erkennen. Sie hörte ein Pferd wiehern und sah einen langen Hals, der sich T. J. entgegenreckte.

»Das ist Blue Sierra Diamond, genannt Blue.«

»Oh, wow!« Vielleicht war es nur die Beleuchtung, oder ihre Augen hatten sich noch nicht auf die neuen Lichtverhältnisse eingestellt, jedenfalls war das Pferd weiß wie ein Gespenst, mit einer langen weißen Mähne. Es sah sie aus irritierend blauen Augen an.

»Hübscher Kerl, nicht wahr?« T. J. streichelte ihn liebevoll.

»Er ist umwerfend. So ein Pferd habe ich noch nie gesehen.« Sie konnte den Blick nicht von dem ätherisch wirkenden Wesen vor ihr abwenden. Sie erwartete fast, dass ihm Flügel wachsen und es davonfliegen würde.

»Er ist ein Cremello. Hübsche Farbe, nicht wahr? Er hat Peaches gezeugt. Wenn man einen Cremello mit einem Fuchs kreuzt, bekommt man einen Palomino.«

Merry hatte keine Ahnung, was das bedeutete, aber das Pferd war auf jeden Fall wunderschön. »Dann bist du also Peaches' Vater, wie?« Sie streichelte ihn, und er nickte zustimmend mit dem Kopf.

»Das ist er. Er hat ein paar wirkliche Hingucker gezeugt. Ich hoffe, ich kann ihn zu mir holen, wenn er hier nicht mehr gebraucht wird.«

»Ist er taub?«, fragte sie.

T. J. sah sie verblüfft an. »Nein. Wie kommst du da drauf?«

»Wegen dem weißen Fell und den blauen Augen.«

Er sah sie an, als würde sie dummes Zeug reden.

Sie schüttelte den Kopf. »Ein weißer Hund mit blauen Augen ist meistens taub. Anscheinend gilt das für Pferde nicht.«

»Nein, aber jetzt, wo du es sagst, fällt mir ein, dass ich das auch schon gehört habe. Komm, ich zeige dir Peppy.«

Sie folgte ihm den Gang entlang zu einer anderen Box, auf deren Namensschild Peppy's Outlaw stand. Als T. J. näher kam, streckte das Pferd den Kopf heraus. Es war das genaue Gegenteil von Blue, dunkelbraun mit schwarzer Mähne und schwarzem Schweif. Mit seinen wachen braunen Augen und seiner kräftigen und doch anmutigen Statur war es genauso beeindruckend.

»Peppy hat Twilight gezeugt«, sagte T. J.

»Oh ja, ich sehe die Ähnlichkeit in der Farbgebung. Und Tango?«

»Ach.« T. J. streichelte Peppy. »King's Blue Sky, der Augapfel meiner Eltern und Namensvetter der Farm. Er ist vor ein paar Jahren gestorben.«

»Wie traurig.« Sie tätschelte Peppys Hals, der im Dämmerlicht des Stalls wie gesponnene Seide glänzte.

»Hast du Hunger?«

Sie nickte. Eigentlich war sie schon kurz vorm Verhungern, aber sie hatte so gar keine Lust, ins Haus zu gehen und mit seiner Familie beim Sonntagsbrunch zusammenzusitzen. Das fühlte sich viel zu kuschelig an, vor allem nach dem Blick, mit dem T. J. sie vorhin gebeten hatte, über Nacht bei ihr zu bleiben.

Als wolle er, dass sie für immer blieb.

Er sah so unglaublich gut aus in seinem olivgrünen Buttondown-Hemd und seiner Khakihose. Ein kleiner, bedürftiger Teil von ihr hätte gern gewollt, dass er sie hielt und nie wieder losließ. Selbst wenn sie zu feige war, ihn zu heiraten und ihm die Kinder zu schenken, die er sich wünschte.

Dann blieb da noch die Tatsache, dass sie sich, wenn sie sich sahen, spätestens nach zehn Minuten zu streiten anfingen. Und das waren keine harmlosen Streits, denn sie sagten Dinge, die wirklich wehtaten und die Stimmung verdarben. Vermutlich würden sie sich nie einig werden, was das Beste für Noah war oder ob Hunde ins Haus gehörten.

Also würde sie Mittwochabend mit ihm essen, aber auf mehr konnte sie sich nicht einlassen, zu ihrer beider Bestem nicht. Diese Beziehung fortzuführen, würde ihnen beiden nicht guttun, und irgendwie würde sie es schaffen, ihm das klarzumachen.

Er schlang ihr die Arme um die Taille und küsste sie, bis sie alles vergaß, was sie gerade beschlossen hatte. Dann löste er sich gerade so weit von ihr, dass er sie auf seine unwiderstehliche Art angrinsen konnte. »Komm, gehen wir essen. Glaub mir, wenn du erst mal das Essen meiner Mutter probiert hast, willst du nächsten Sonntag garantiert wiederkommen.«

Aber sie wusste, das würde nicht passieren.

Der Sonntagsbrunch bei den Jamesons war völlig anders als alles, was Merry jemals erlebt hatte. Es ging laut und ausgelassen zu, und wow! Die Kochkünste seiner Mom waren wirklich umwerfend. Merry war es irgendwie gelungen, zwischen Noah und Pat O'Day zu sitzen, auch wenn T. J. ihr deswegen missmutige Blicke zuwarf. Amy saß auf der anderen Seite von Noah. Ihnen gegenüber saßen T. J., seine Eltern, Savannah und Madison.

Olivia konnte bei dem Brunch nicht dabei sein, weil sie im Café die Frühschicht hatte übernehmen müssen, und Merry hatte schon befürchtet, dass es ohne sie ein wenig seltsam werden würde. Aber die Sitzordnung half ihr, sich weniger wie

T. J.s Bekannte, sondern mehr als die Hundetrainerin aus seinem Camp zu fühlen, an die ja auch die Einladung ergangen war. Das verlieh ihr die nötige Sicherheit, diesen großartigen Brunch so zu genießen, wie sie das in jeder anderen Situation auch getan hätte – ohne einen vor sich hin brütenden Cowboy, der sie derart aus dem Gleichgewicht brachte, dass sie nicht einmal mehr wusste, warum eine Beziehung mit ihm eine schlechte Idee war.

»Nennen Sie mich Trace, wie der Countrysänger«, hatte sein Vater mit breitem Lächeln gesagt, als sie einander vorgestellt worden waren.

Emmy Lou hatte sie zur Begrüßung umarmt.

Sie hatte seine Eltern an dem Nachmittag nach Noahs Sturz im Krankenhaus kennengelernt, aber damals war sie nur eine Krankenschwester gewesen, die sie nie mehr wiedersehen würden. Doch jetzt war sie bei ihnen zu Hause, verzehrte sich nach ihrem Sohn und hoffte noch immer verzweifelt darauf, das Vertrauen ihres Enkels gewinnen zu können.

Die letzten Camptage hatte sie verstreichen lassen, hin und her gerissen zwischen T. J.s Wunsch und ihrem Instinkt. Noch immer sagte ihr ihr Instinkt, dass Noah ihre Hilfe brauchte. Vielleicht sollte sie Amy heute darauf ansprechen, falls sich die Gelegenheit ergab. Vielleicht sollte sie sich aber auch aus all dem raushalten und sich auf ihre eigenen Probleme konzentrieren.

Zu den Köstlichkeiten auf dem Tisch gehörten Brötchen, Bratensoße, Schinken, Wurst, Rühreier, Blaubeermuffins und eine Auswahl an frischem Obst. Sogar Noah lächelte, als er in eins der von seiner Großmutter gebackenen Brötchen biss.

»Esst ihr so etwas jeden Sonntag?«, flüsterte sie ihm zu.

Er grinste sie an, den Mund voller Brötchen und Bratensoße.

»Da bin ich echt neidisch.« Und nicht nur wegen des Essens. Es wurde so viel gelacht und freundlich miteinander geredet, und alle nahmen sich gern eine zweite Portion.

Trace erzählte unterhaltsame Geschichten von der Farm. »Und dann, gerade als ich ihn losmachen wollte, wurde mir klar, dass es ein Waschbär war und nicht die Katze vom alten Benny.«

»Trace, mein Schatz, ich glaube, du solltest mal deine Brille überprüfen lassen.« Emmy Lou klopfte ihm auf die Schulter, und alle am Tisch lachten.

Es fühlte sich gut an, an einem Tisch voll fröhlicher Leute zu sitzen, die sich mit sündhaft leckerem Essen vollstopften. Merry war in einem fröhlichen Zuhause aufgewachsen. Ihr Dad und sie hatten beim Essen viel miteinander gelacht und gewitzelt. Aber sie waren meistens nur zu zweit gewesen.

In den Ferien waren sie immer zu seinen Eltern nach Lexington in Kentucky gefahren, und dort hatte es ähnliche Essen gegeben, wenn auch in kleinerem Rahmen und mit nicht ganz so großartigem Essen. Auf die Besuche hatte sie sich schon Monate vorher gefreut. Dergleichen jeden Sonntag haben zu können, musste himmlisch sein.

Nachdem alles aufgegessen war, saßen sie hinten auf der Veranda und tranken Kaffee und Tee und redeten weiter. Schließlich warf Merry einen Blick auf ihre Uhr. Es war schon nach zwölf, und sie musste noch nach Hause und mit den Hunden Gassi gehen und üben, bevor die Vorführung losging.

»Vielen Dank, dass ich dabei sein durfte, Emmy Lou. T. J. hatte mir schon von Ihren Kochkünsten vorgeschwärmt, und er hat nicht übertrieben. Es hat großartig geschmeckt.«

»Oh, danke, Liebes. Wir haben uns sehr gefreut, dass Sie dabei waren. Sie dürfen jederzeit wiederkommen.«

»Danke.«

»Ich habe Ihnen noch ein paar Brötchen für Ihre Freundin aus Massachusetts eingepackt. Haben Sie sie schon unser gutes Südstaatenessen kosten lassen?« Emmy Lou stand auf und begleitete Merry zurück ins Haus.

»Oh, sie ist in North Carolina geboren und aufgewachsen. Sie ist erst vor ein paar Monaten in den Norden gezogen.«

Emmy Lou ging in die Küche und kam mit einer braunen Papiertüte zurück. »Dann wird sie etwas selbst Gebackenes um so mehr zu schätzen wissen.«

»Oh ja, das wird sie. Ganz herzlichen Dank.«

Emmy Lou blieb mit der Tüte in der Hand stehen. »Ich weiß, es geht mich nichts an, aber … Nun, jeder, der Augen im Kopf hat, kann sehen, dass Sie und mein Sohn verrückt nacheinander sind.«

Merry trat einen Schritt zurück. »Wie bitte?«

»Ich wollte euch beiden nur meinen Segen geben, das ist alles.« Emmy Lou reichte ihr die Tüte mit den Brötchen und drückte Merry kurz an sich. »Noch nie habe ich ihn glücklicher gesehen.«

»Nun ja …« Merry rang nach Worten.

»Schon gut, Liebes. Ich sehe, dass Sie sich noch nicht sicher sind. Trace hat auch eine Zeit lang gebraucht, bis er mich überzeugt hatte. Wenn es um Liebe geht, können wir Frauen ziemlich eigensinnig sein.«

Liebe? »Ähm …« Merrys Wangen brannten.

»Jetzt habe ich Sie in Verlegenheit gebracht. Tut mir leid.« Und während sie aus der Küche ging, rief sie noch über die Schulter zurück: »Vergessen Sie nur nicht, dass Sie hier jederzeit willkommen sind.«

Und doch wusste Merry, dass sie voraussichtlich nie wieder hierherkommen würde.

Die Vorführung klappte großartig. Die Kinder sahen umwerfend aus in ihren T-Shirts mit der Aufschrift Camp Blue Sky. Merry hatte sogar Salsa ein entsprechendes Hemd angezogen, einfach um Jules eine Freude zu machen. Die Hunde liefen, saßen, blieben sitzen und führten ihre speziellen Kunststückchen vor Freunden und Familien vor.

Pat hatte ein Zelt mitgebracht, das jetzt vorne auf dem Rasen stand, damit sie die Vorführung nicht in der prallen Sonne machen mussten. Merrys Brust schwoll, bis sie schon glaubte, sie müsse gleich platzen, als sie zusah, wie die Kinder voller Selbstbewusstsein ihre neu erworbenen Fähigkeiten vorführten.

Sogar Parker blieb erstaunlich konzentriert bei der Sache, obwohl das Zelt genügend Ablenkung bot. Chip ließ ebenfalls eine neue Reife erkennen und wartete aufmerksam auf Parkers Befehle.

Jules schlang verzückt die Arme um Salsa. Letzte Woche hatte ihre Familie einen Adoptionsantrag für Salsa eingereicht. Nach der Vorführung würde Salsa mit ihnen mitgehen. Das kleine Mädchen mit dem Welpen zu sehen, wärmte Merry das Herz.

Merry hatte auch mit Lucys Familie gesprochen, und zwar über die Möglichkeit, Lucy einen Assistenzhund zu besorgen. Lucys Mutter war gekommen und hatte ihrer Tochter im Camp zugeschaut, und dann unter Tränen zugestimmt, darüber nachzudenken. Das Selbstvertrauen und die Sicherheit, mit der Lucy mit den Hunden umging, hatte sie gerührt. Als sie Merry später gefragt hatte, ob sie ihr einen Hund empfehlen könne, hatte Merry vorgeschlagen, Chip prüfen zu lassen.

Der Welpe war energiegeladen, aufgeweckt und begeistert, wenn er helfen konnte. Lucy und er hatten bei mehreren Gelegenheiten während des Camps gut zusammengearbeitet. Am

Ende des Monats würde er bei *Carolina Therapy Dogs* getestet werden.

Wenn er den Test bestand, würde es für einen weiteren Camphund ein Happy End geben. Außer Amber hatten sie alle ein Zuhause gefunden.

Merry hatte T. J. nicht überzeugen können, Amber zu behalten, genauso wenig, wie sie Noah geholfen hatte. Beides hätte sie nur zu gern geändert. Am Vormittag, während des Brunchs, waren erneut fünf Dollar aus ihrer Geldbörse verschwunden, was nur bestätigte, dass Noah der Dieb war – schließlich war keines der anderen Kinder dort gewesen.

Er tat Merry unendlich leid. Was mochte geschehen sein, dass er glaubte, so etwas tun zu müssen? Und jetzt, wo das Camp vorbei war, würde sie da jemals die Ursache herausfinden?

Die letzte Runde des »Musikalischen Sitzens« endete mit einem Sieg für Lucy und Bosley. Die Kinder stellten sich mit ihren Hunden in einer Reihe auf, und Merry gab jedem von ihnen ein Zertifikat, mit dem sie zu Junior-Hundetrainern ernannt wurden. Als Freunde und Familien begeistert klatschten, strahlten die Kinder vor Stolz.

Cara sah ihnen lächelnd zu.

T. J. und Patrick kamen mit Twilight und Peaches aus dem Stall. Beide waren perfekt gestriegelt und hatten Bänder in ihre Mähnen geflochten bekommen. Die Kinder reichten Merry die Leinen und wechselten mitsamt Zuschauern in den Reitring hinüber.

Merry ging mit den Hunden in die Scheune, um ihnen Wasser zu geben und den Ventilator anzustellen, solange die Kinder draußen ritten. Olivia und Cara begleiteten sie.

»Sie haben das alle so toll hingekriegt!« Merry kniete sich hin und schloss alle Hunde auf einmal in die Arme.

»Ja, wirklich«, stimmte Cara zu. »Offensichtlich hatten sie klasse Lehrerinnen.«

Olivia verteilte Hundekekse an vier gierige Mäuler. »Nicht, dass es mir keinen Spaß gemacht hätte, mich hier jeden Tag halbtot zu schwitzen, aber ich bin froh, dass es rum ist.«

Cara lachte. »Ihr habt das ganz toll gemacht. Wollt ihr das wiederholen?«

»Wiederholen?« Merry starrte sie verblüfft an.

»Nächsten Sommer?«

Merry schüttelte den Kopf. »An nächsten Sommer habe ich noch keinen Gedanken verschwendet. Das Camp hat Spaß gemacht, aber es war viel Arbeit, und ich musste oft im Krankenhaus freinehmen.« *Und ich habe mich in den Leiter des Camps verliebt.*

Sie öffnete die Tür der Box und scheuchte die Hunde hinein.

Olivia zeigte mit dem Finger auf sie. »Ja, denn wenn du da schon mal drüber nachdenken würdest, müsstest du dir vielleicht auch Gedanken über diese Sache mit T. J. machen.«

»Typisch«, stimmte Cara zu. »Jetzt habe ich auch gesehen, was Liv mit diesem Anschmachten meint. Du wirst dich doch weiter mit ihm treffen, auch wenn das Camp vorbei ist, oder?«

»Mittwochabend essen wir zusammen, aber danach? Wer weiß?« Sie zuckte mit den Schultern.

»Wer weiß?« Cara gab ihr einen Klaps auf den Arm. »Er schaut dich an, als würde er dich am liebsten vernaschen. Und das am liebsten für immer.«

Merry starrte ihre für gewöhnlich so zimperliche Freundin an und fing an zu lachen. »Was hat Matt denn mit dir gemacht? Mädel, das ist ja abartig.«

Cara bekam ganz runde Augen, und ihre Wangen röteten sich. »Okay, konzentrier dich lieber auf das für immer, weniger auf das Vernaschen … Himmel, ich kann nicht glauben, dass ich das gesagt habe.«

Merrys Lächeln erstarb. »Ja, das ist das Problem. Er will für immer, und ich nicht.«

»Dann wird es vielleicht Zeit, dass du deine Einstellung änderst.«

Ihre Einstellung über eine dauerhafte Beziehung ändern? Am nächsten Morgen bei der Arbeit beschäftigte dieser Vorschlag Merry noch immer. Ihre Stimmung war bereits im Keller gewesen, als sie Cara auf dem Weg zum Krankenhaus am Flughafen hatte absetzen müssen, und ihre morgendlichen Runden hatten nicht dazu beigetragen, sie zu verbessern.

In Zimmer 304 war ein ungezogener Zehnjähriger, der sich von einer Kreuzband-Operation erholte, die nötig geworden war, nachdem er sein Quad unten bei dem alten Steinbruch zu Schrott gefahren hatte. Seine Mutter benutzte ein teures Parfüm, trug noch teurere Kleidung und erwartete von den Krankenschwestern, dass sie sie von vorne bis hinten bedienten.

Und dann war da immer noch Jayden. Seit sie ihn das erste Mal auf den Arm genommen hatte, fühlte sie sich verpflichtet, das jeden Morgen zu tun. Nachdem sie dem Jungen in 304 seinen Wasserkrug aufgefüllt hatte, nutzte sie ein paar ruhige Minuten, um Jayden sein Fläschchen zu geben, und dann wiegte sie ihn in ihren Armen in den Schlaf.

Um acht herum war Lavinia normalerweise immer vorbeigekommen, um ihn vor der Arbeit zu besuchen. Heute Morgen war sie nicht aufgetaucht. Sie begann sich bereits von dem Kleinen zu lösen, um Platz für ihr eigenes Kind zu machen. Am Nachmittag sollte die für Jayden zuständige Sachbearbeiterin kommen, und Merry war schon sehr gespannt, ob man für ihn bereits eine neue Pflegefamilie gefunden hatte.

Wieder hatte er es drei Tage ohne Krampfanfälle geschafft, und jetzt schwankte er in seinem Neugeborenenentzugstest zwischen sieben und acht. Wenn er sich im Laufe der Woche stabilisierte, würde er entlassen werden können.

Merry blieb noch ein paar Minuten in dem Schaukelstuhl sitzen und sah ihm zu, wie er schlief. Jetzt, wo die Entzugserscheinungen langsam nachließen, rundeten sich seine Wangen allmählich, und endlich hatte er auch Appetit. Er sah gesund und robust aus, wie ein sechs Wochen altes Baby aussehen sollte.

Vorausgesetzt, seine Krämpfe ließen sich unter Kontrolle halten, konnte er immer noch ein gesundes, normales Leben führen.

Sie strich mit dem Finger über seine Wangen, dann beugte sie den Kopf und küsste ihn auf die Stirn.

Das Telefon an ihrer Hüfte piepste, und sie stellte es rasch aus, damit Jayden nicht wach wurde. Allerdings hatte er während der Zeit hier im Krankenhaus gelernt, trotz aller Pieps- und Alarmgeräusche zu schlafen. Hoffentlich würde all das bald für ihn vorbei sein.

Sie stand auf und legte ihn in sein Kinderbett, dann verließ sie mit einem Gefühl von Leere und Erschöpfung sein Zimmer. Der Rest ihrer Schicht verlief ereignislos. Die Familie in 304 hielt sie die ganze Zeit mit irgendwelchen Wünschen auf Trab und verlangte immer wieder nach dem Arzt. Während ihrer Dreizehn-Uhr-Runde lächelte Jayden sie an, und Merry traten vor Freude Tränen in die Augen.

Trotz der ruhigen Schicht war sie todmüde, als sie abends nach Hause kam. In der Küche warteten nur Ralph und Chip auf sie. Bosley war gestern nach der Vorführung zu seiner neuen Familie gekommen, und Salsa war mit Jules mitgegangen.

Amber lag in ihrem Käfig in Merrys Wohnzimmer. T. J. hatte

alle seine Verpflichtungen gegenüber *Triangle Boxer Rescue* erfüllt.

Sie vermisste ihn. Sie vermisste das Camp und all die liebenswerten Kinder. Jetzt, wo es vorbei war, fühlte sich das Leben ein bisschen leer an. Sie hatte sogar schon eine neue Idee gehabt: ein eigenes Hundetherapieprogramm, dessen Erlös *Triangle Boxer Rescue* zugutekam. Aber das war nur eine von mehreren Ideen. Sie hatte sich auch für einen Online-Kurs zum Thema Spendensammeln angemeldet, denn es war höchste Zeit, dass sie endlich lernte, wie man das richtig machte.

Sie brauchte Hilfe, und vielleicht war das gar nicht so schlimm. Gestern Abend hatte sie an alle *TBR*-Freiwilligen eine Mail geschickt, und heute hatte sie in ihrem Postfach alle möglichen Ideen und Vorschläge vorgefunden, wie sich Geld für die Rettungsorganisation sammeln ließ.

Wieso hatte sie gedacht, sie müsse das alles ganz allein machen?

Sie war ein sturer Dummkopf gewesen.

Sie umarmte und küsste Ralph und Chip zur Begrüßung, dann ging sie zu dem Käfig im Wohnzimmer und half Amber heraus. Sie durfte sich nur in Maßen bewegen, solange ihr Bein heilte, aber sie verhielt sich ruhig genug, sodass sie nicht im Käfig zu bleiben brauchte, wenn Merry daheim war und ein Auge auf sie haben konnte.

Sie ließ die Hunde nach draußen in den Garten und schaute ihnen zu, um sicherzugehen, dass Amber nicht rannte. Dann holte sie sie wieder rein und fütterte sie. Sie öffnete den Kühlschrank und starrte hinein.

Leer.

Cara und sie hatten am Wochenende so gut wie alles aufgegessen. Und wie üblich hatte sie es versäumt, für ihre Arbeitswoche vorzusorgen.

Bevor sie sich einmal mehr mit einem Sandwich mit Erdnussbutter und Marmelade begnügte, trank sie erst mal ein dringend benötigtes Glas Wasser und setzte sich, um ihre SMS durchzuschauen. Eine war von Olivia. Sie schrieb ihr, sie solle ihre Facebookseite anschauen und den Kontostand überprüfen.

Merry konnte kaum glauben, was sie sah. Statt 132 »Gefällt mir« hatte ihre Seite jetzt über vierhundert. Olivia hatte die freiwilligen Helfer angemailt und um Neuigkeiten und Fotos gebeten. Sie hatte mehrere Happy-End-Geschichten von adoptierten Hunden eingestellt, eine Abstimmung begonnen, welchen Namen ein soeben aus dem Tierheim geretteter Hund bekommen sollte – und für jede Stimme zwanzig Dollar verlangt – sowie über einen Online-Lieferservice für Hundenahrung eine Spendenaktion gestartet.

Auf dem Konto von *Triangle Boxer Rescue* waren über zweihundert Dollar eingegangen, zweihundert dringend benötigte Dollar, mit denen sie Tierarztrechnungen bezahlen und noch mehr Hunde retten konnte.

Olivia war wirklich ein Genie, was die sozialen Netzwerke betraf.

Völlig überwältigt rief Merry sie an, bereit, sich ihr zu Füßen zu werfen und ihr alles zu versprechen, was sie wollte, wenn sie nur für den Rest ihres Lebens *TBR*s Facebookseite weiterbetreute. Sie erreichte nur den Anrufbeantworter und hinterließ eine lange und weitschweifige Nachricht, dann setzte sie sich in die Küche. Noch immer stand sie ziemlich neben sich.

Wenn Olivia weiter so überzeugend war, konnte das vielleicht der Anfang vom Ende ihrer finanziellen Probleme sein. Sie konnte die Rettungsorganisation nicht allein über Facebook am Leben erhalten, aber zusammen mit den Ideen, die sie gemeinsam mit ihren Freiwilligen weiterspann, und ihrem

Plan, mit Kindern vor Ort eine Hundetherapiegruppe zu gründen, standen ihre Chancen gut, doch noch die Kurve zu kriegen.

Sie konnte es schaffen.

Dann sah sie die SMS von Cara. *Ruf mich an.*

Sie wählte die Nummer ihrer besten Freundin, und schon beim zweiten Klingeln meldete sie sich.

»Ich habe einen Namen für dich«, sagte sie.

»Einen Namen?« Merry hatte keine Ahnung, wovon Cara sprach.

»Die Person, die dir all das Geld gespendet hat?«

»Oh.« Merry richtete sich kerzengerade auf. »Wirklich?«

»Ich habe dir doch gesagt, Jason ist ein Cybergenie. Er hat den Spender rausgefunden, hat allerdings gemeint, du solltest ihn nicht fragen, wie er das gemacht hat.«

»Kein Problem.«

»Also, deine anonyme Spenderin war Beverly Clarence. Sagt dir der Name was?«

Merry glitt aus dem Stuhl und sank auf den Boden. Ihr Herz raste. »Ja. Das ist meine Mutter.«

22

T. J.s Haus fühlte sich leer an, groß und unbelebt, wie es sich nie zuvor angefühlt hatte. Er vermisste Merry, sehr sogar, obwohl er sie erst vor vierundzwanzig Stunden zuletzt gesehen hatte – und am Mittwoch bereits wiedersehen würde.

Seine Einsamkeit ließ sich allerdings nicht nur durch ihre Abwesenheit erklären. So ungern er es zugab, er vermisste diese blöde Hündin. Amber war für ihn so etwas wie ein Kumpel geworden, der ihm leise durch das Haus gefolgt war und ihm Gesellschaft geleistet hatte, ohne viel dafür zu erwarten.

Falls er sich jemals einen Hund anschaffen sollte, wollte er einen wie Amber. Amber mit einem Stammbaum. So einen Hund musste es doch geben. Aber verdammt, sogar ein Mischling wie Amber war gar nicht so schlecht.

Er wollte nicht mehr allein sein.

Er starrte in die Ecke, in der den letzten Monat über ihr Hundekorb gestanden hatte. Amber um sich zu haben war gar nicht so schlecht gewesen. Vielleicht sollte er sie zurückverlangen, Merry beeindrucken und sich für alle Zeiten zu Noahs liebstem – wenn auch einzigem – Onkel machen.

Ja, das könnte er tun. Er warf einen Blick auf die Uhr. Merry sollte inzwischen von der Arbeit zurück sein.

In dem verzweifelten Wunsch, seinem leeren Haus zu entkommen, griff er nach Schlüsseln und Brieftasche und machte sich auf den Weg.

Dreißig Minuten später drückte er ihre Klingel, bewaffnet mit einer reich belegten Pizza und einem Sechserpack Bier.

Sie öffnete die Tür, bekleidet mit rosa gestreiften Pyjamashorts und einem passenden Oberteil, und sah ihn verblüfft an. »Was willst du denn hier?«

»Hast du schon was gegessen?«, fragte er zurück.

Sie schüttelte den Kopf und betrachtete sehnsüchtig die Pizzaschachtel, die er auf der Hand balancierte.

»Das ist prima. Ich bin am Verhungern.« Sein Magen knurrte, aber sein Herz war übervoll, nur weil er vor ihr stand.

»Was tust du hier?«, fragte sie, als sie zur Seite trat und ihn hineinließ.

Er ging zu ihrem Couchtisch und stellte Pizza und Bier ab. Ralph und Chip sprangen um ihn herum und bettelten um Aufmerksamkeit, aber er hatte Amber entdeckt, die in ihrem Hundekorb in der Ecke lag. Sie blickte zu ihm hoch, und dann schlug ihr Schwanz glücklich auf den Boden des Korbs.

Er ging zu ihr und streichelte ihr den Hals. Sie leckte ihm über die Wange, während sie weiterhin mit dem Schwanz wedelte. Schließlich stand er auf und wandte sich wieder zu Merry um. »Also, wenn du die Wahrheit wissen möchtest – ich war heute Abend ein bisschen einsam, also habe ich einfach gehofft, dass du da bist.«

»Sie hat dir gefehlt«, erwiderte Merry süffisant.

»Ein bisschen«, gab er zu. »Aber du hast mir mehr gefehlt.« Er zog sie an sich und küsste sie.

»Sie hast du zuerst geküsst.«

»Ich habe die verdammte Hündin nicht geküsst.«

»Hast du wohl.« Sie küsste ihn leicht auf die Lippen, dann machte sie sich von ihm los. »Eigentlich kommst du gerade richtig. Ich war kurz davor, in meiner leeren Küche zu verhungern.«

Sie kramte in verschiedenen Schränken und holte einen Flaschenöffner, Teller und Servietten. Dann öffnete sie zwei Bierflaschen, reichte ihm die eine und trank einen großen Schluck aus der anderen. Kurz hatte er den Eindruck, sie wolle noch etwas sagen. Ihr Gesichtsausdruck verdüsterte sich, doch dann schüttelte sie den Kopf und setzte sich auf die Couch.

Als er sich neben sie setzte, schaltete sie den Fernseher ein und suchte den Sportsender, auf dem diesmal ein Baseballspiel zwischen den Reds und den Braves übertragen wurde. Schweigend machten sie sich über die Pizza her.

»Ich hoffe, du hast keine schlechte Meinung von mir, wenn ich so viel Pizza esse, wie ich wiege«, sagte sie zwischen zwei Bissen.

»Ganz und gar nicht. Ich hätte eher eine schlechte Meinung von dir, wenn du wegen mir nicht essen würdest, was dir schmeckt.«

»Gut zu wissen.« Sie nahm sich ein weiteres Stück.

Sie aßen in freundschaftlichem Schweigen und vertilgten gemeinsam die gesamte Pizza. Merry aß, als hätte sie die ganze Woche noch nichts bekommen, aber er wusste, wie es nach einem langen Tag in der Arbeit war. Zwölf Stunden auf den Füßen zu sein und sich um andere zu kümmern, kostete eine Menge Kraft.

Merry trank ihr Bier aus und lehnte sich dann zufrieden seufzend zurück. Sie zog die Füße an und legte den Kopf an seine Schulter, und er legte den Arm um sie, damit sie in dieser Position blieb.

Er stellte sich vor, wie es wäre, wenn jeder Abend so sein würde. Ein erster Schritt in diese Richtung wäre, dass er sie bat, ihm Amber zurückzugeben. Eigentlich ganz einfach, aber es auszusprechen, war schwieriger, als er gedacht hatte.

Er sah auf Merry hinunter, sah sie auf ihrer Unterlippe herumbeißen, wie sie das immer tat, wenn sie über etwas nachgrübelte. »Was ist los?«

Sie zog die Stirn in Falten. »Was soll sein?«

»Deine Gedanken kreisen in einem Tempo, dass ich sie schon fast hören kann.«

»Oh.« Es dauerte eine Zeit, bis sie hinzufügte: »Ich habe heute etwas Seltsames erfahren, das ist alles.«

»Etwas Unangenehmes?«

Sie zuckte mit den Schultern. »Nein, unangenehm nicht, eher … unerwartet.«

»Willst du es mir erzählen?«

Sie seufzte. »Kurz nachdem ich *Triangle Boxer Rescue* gegründet hatte, kam jeden Monat Geld von einem anonymen Spender herein. Und dann, vor sieben Monaten, hörten die Spenden einfach auf. Ich hatte schon immer wissen wollen, von wem das Geld war.«

»Und heute Abend hast du es herausgefunden.«

Merry nickte. Er konnte spüren, dass ihre Schultern ganz steif geworden waren. »Wie sich herausgestellt hat, war es meine Mom.«

»Deine Mom«, wiederholte er. »Die Frau, die nach deiner Geburt abgehauen ist.«

Merry hielt den Blick auf das Baseballspiel gerichtet. »Ja. Als Teenager habe ich sie mal ausfindig gemacht, habe herausgefunden, dass sie als Modedesignerin in Chicago arbeitet. Vermutlich hat sie mich auch im Auge behalten.«

»Dann hat sie also anonym Spenden an deine Rettungsorganisation geschickt. Wieso hat sie aufgehört?«

»Offenbar war sie wegen Steuerhinterziehung im Knast. Vor ein paar Wochen ist sie wieder rausgekommen.«

»Interessant.« Kein Wunder, das Merry heute Abend so komisch war. Das war bestimmt nicht leicht zu verarbeiten.

»Wie es aussieht, können wir beide nicht mit Geld umgehen.«

Aha. Er schaute auf sie hinunter. »Du hast finanzielle Probleme?«

»Die Rettungsorganisation, nicht ich persönlich. Nachdem ihre Spenden nicht mehr kamen, ist alles ziemlich den Bach runtergegangen.«

»Was willst du tun?«

Sie entwand sich seinem Arm. »Ich habe mich für einen Kurs zum Thema Spenden sammeln angemeldet, und ich habe ein paar Ideen, die ich demnächst ausprobieren werde. Außerdem habe ich Olivia unsere Facebookseite übernehmen lassen. Wir werden es schaffen.«

»Gut. Und was machst du mit deiner Mom?

Merry strich ihre Pyjamashorts glatt. »Das weiß ich auch nicht.«

»Hattest du jemals Kontakt mit ihr?«

Sie schüttelte den Kopf. »Ich habe in meinem Leben nicht ein einziges Mal mit ihr gesprochen.«

»Meinst du, es wäre an der Zeit, das zu ändern?«

War es das? Diese Frage beschäftigte Merry, seit sie erfahren hatte, dass ihre Mutter hinter den anonymen Spenden steckte. War es an der Zeit, dass sie miteinander redeten?

»Ich weiß es noch nicht«, beantwortete sie T. J.s Frage. »Ich muss erst darüber nachdenken.«

»Klingt sinnvoll. Es gibt keinen Grund, irgendwas zu überstürzen.«

Nein, den gab es nicht. Letztes Jahr hätte sie sich noch strikt geweigert. Ihre Mutter hatte sie verlassen, und das war es. Aber inzwischen war alles nicht mehr so eindeutig. Sie hatte gesehen, wie Crystal im Lauf der letzten Monate gekämpft hatte, um ihr Leben in den Griff zu bekommen und Jayden eine Mutter zu sein.

Menschen versagten manchmal, das wusste Merry nur zu gut.

Vielleicht hatte ihre Mom eine zweite Chance verdient.

Vielleicht.

Sie stieß T. J. in die Seite. »Da redet der Richtige – der Mann mit den unveränderlichen Ansichten.«

»Erwischt. Aber sogar ein Sturkopf wie ich kann sich ändern. Ich möchte Amber zurück.«

Sie wäre beinahe von der Couch gefallen. »Wie bitte?«

»Ich möchte sie zurück.« Er sah sie unverwandt an.

»Du willst sie adoptieren?«

Ein leichter Anflug von Panik huschte über sein Gesicht. »Muss ich das sofort entscheiden?«

Kurz war sie versucht, es ihm leicht zu machen, denn sie wusste, dies war ein großer Schritt für ihn. Aber sie musste auch an Amber denken. »Ja, das musst du. Amber ist diesen Sommer viel herumgeschubst worden. Sie lernt gerade erst, jemandem zu vertrauen, also musst du versprechen, sie zu behalten, wenn du sie nimmst.«

Er starrte Merry einen Moment lang an, dann nickte er. »Na gut. Ich adoptiere sie.«

Merry schlug sich die Hand vor den Mund.

Er stöhnte entnervt auf. »So was Besonderes ist das nun auch nicht.«

»Und ob das was Besonderes ist! Du … du adoptierst einen Hund, noch dazu einen Streuner.«

»Ja, ich weiß. Eine verdammte Promenadenmischung.« Aber der Blick, den er Amber zuwarf, war voller Zuneigung. T. J. Jameson war ein zuverlässiger Mensch, jemand, der Wort hielt. Wenn er sagte, er würde Amber adoptieren, sie behalten und für sie sorgen, dann würde er das auch tun.

Amber hatte ein Zuhause.

Und falls Merry noch irgendeine Hoffnung gehegt hatte, diesem Mann ohne gebrochenes Herz zu entkommen, dann war diese nun endgültig gestorben. Er war über sich selbst hinausgewachsen. Er hatte seine Angst besiegt und sich auf Amber eingelassen. Er hatte sich verändert.

Könnte sie das auch?

Vielleicht. Aber erst musste sie ihrem Gewissen folgen und mit Noah reden. Danach würde sie sehen, ob zwischen T. J. und ihr noch irgendetwas zu retten war.

Am Mittwoch lud T. J. Noah ein, nachmittags dabei zu sein, wenn Merry mit Amber kam. Vielleicht würde der Junge die Schuldgefühle, die er wegen ihres Unfalls hatte, leichter überwinden – und auch das, was ihm sonst noch zu schaffen machte –, wenn er sah, wie gut es Amber ging.

Vielleicht würde T. J. dann endlich die Chance bekommen, seine Beziehung zu seinem Neffen auszubauen.

Noah saß still in der Ecke und baute aus Legosteinen ein Raumschiff, das T. J. sprachlos machte. Der Junge hatte Talent. Er könnte eines Tages ein großartiger Architekt werden.

Später, wenn Noah wieder zu Hause sein würde, plante T. J., Merry mit einem romantischen selbst gekochten Abendessen zu umwerben und sie zu überzeugen, dass ihre Beziehung zu wichtig war, um sie einfach wegzuwerfen. Er wollte sie auch weiterhin treffen. Zum Teufel mit allem anderen.

Er warf einen Blick aus dem Fenster. Am Horizont braute sich ein Unwetter zusammen. Hoffentlich würde es ein wenig Abkühlung nach all der schwülen Hitze bringen, in der er bei seinen Stallbesuchen heute Morgen alles durchgeschwitzt hatte.

Die Wolken wurden dunkler, und er musste an jenen Nachmittag denken, als Merry zum ersten Mal mit ihm ausgeritten war. An das Gewitter, das sie hatte umkehren lassen, an ihre Küsse im strömenden Regen und an alles, was danach gekommen war.

Vielleicht konnten sie später am Abend dort weitermachen, wo sie damals aufgehört hatten.

Ihr CR-V bog in die Auffahrt.

»Sie ist da«, sagte T. J. zu Noah.

Noah befestigte einen letzten Legostein auf seinem Raumschiff und kam dann zum Fenster. Als er Amber hinten im Auto sitzen sah, lächelte er.

»Sie wird hier bei mir wohnen, aber sie ist dein Hund. Du kannst so oft kommen und mit ihr spielen, wie du magst, und mit mir zu ihren Tierarztterminen gehen. Wenn du da bist, schläft sie bei dir im Zimmer. Einverstanden?«

Noah nickte. Er fummelte an seinen Ärmeln herum und zupfte an einem Faden. T. J. schob die Hände in die Taschen, um dem Drang zu widerstehen, ihn davon abzuhalten.

Merry kam mit Amber auf die Haustür zu.

»Hallo«, sagte sie lächelnd, als er öffnete. »Da draußen braut sich ein kräftiges Gewitter zusammen.«

»Oh ja. Willkommen zu Hause, Amber.«

Amber wedelte begeistert mit dem Schwanz.

»Ihre Sachen sind noch im Auto«, sagte Merry.

»Ich hole sie.« Er wandte sich zur Tür.

»Ich komme mit. Noah, bist du so lieb und bleibst mit Amber hier?«

Der Junge nickte.

Merry ging mit T. J. zum Wagen und öffnete die Kofferraumklappe. »Sonntag ist schon wieder Geld aus meiner Geldbörse verschwunden.«

Er sah sie genervt an. »Dafür ist es jetzt zu spät. Das Camp ist vorbei. Soll ich dir das Geld ersetzen, oder was willst du?«

Sie zog die Augenbrauen zusammen. »Natürlich nicht. Es geht nicht um das Geld. Es ist im Haus deiner Eltern passiert. Wenn du nicht derjenige bist, der mir Fünfer aus der Geldbörse klaut, dann ist es Noah.«

Er holte den Hundekorb aus dem Kofferraum. »Verdammt, Merry!«

»Er steckt offensichtlich irgendwie in Schwierigkeiten. Vielleicht kann ich ihn dazu bringen, sich mir anzuvertrauen, wenn ich ihm sage, dass ich Bescheid weiß.«

»Auf gar keinen Fall.«

Sie seufzte genervt. »Hör zu, ich werde mit ihm reden. Ich muss. Und ich hatte gehofft, dass du mir deinen Segen gibst.«

»Niemals. Du wirst ihn nicht beschuldigen, ein Dieb zu sein.«

»Ich habe nicht vor, ihn als Dieb zu bezeichnen. Ich will nur herausfinden, was da schiefläuft, und ihm helfen.«

Sie richtete den Blick auf das Haus, und T. J.s Blick folgte ihrem. Noah stand am Fenster und beobachtete sie. Hatte er irgendetwas von ihrem Gespräch mitbekommen?

»Wir reden später darüber.« Er nahm Ambers Sachen und trug sie nach drinnen.

Merry folgte ihm ungewöhnlich kleinlaut.

»He, Noah, ich habe dir was mitgebracht.« Sie hielt ihm eine kleine, in blaues Papier eingewickelte Schachtel hin.

Noah kam und nahm sie ihr ab, wobei er sie fragend ansah.

»Nur ein kleines Andenken an den Spaß, den wir diesen Sommer zusammen im Camp hatten.«

Noah entfernte das Geschenkpapier, stellte die Schachtel auf den Tisch und öffnete sie.

Lächelnd hob er die Lego-Krankenschwester heraus, die Merry und er sich an jenem Tag im Krankenhaus in dem Legofigurenbuch angeschaut hatten. In der anderen Hand hielt er einen braunen Lego-Hund. »Danke.«

»Gern geschehen. Jetzt, wo du einen Hund hast, brauchst du doch auch einen Lego-Hund, nicht wahr?«

Noah lief zu seinen Legosteinen in der Ecke, und Merry folgte ihm.

»Wow, hast du das gebaut?« Sie setzte sich neben ihn auf den Boden und betrachtete das Raumschiff. Amber kam dazu und legte sich vorsichtig zwischen sie, ließ den Kopf auf die Vorderpfoten sinken und schloss die Augen. Sie war entspannt und zufrieden.

Noah zeigte Merry all die Details, die er seinem Raumschiff hinzugefügt hatte, die Raketen, die Einstiegsluke, die Hilfstriebwerke, sogar ein Badezimmer für die Astronauten. Sie blieb bei ihm sitzen und spielte Lego mit ihm, während T. J. Ambers Sachen aufräumte.

Wenig später kam T. J. mit der Kiste mit den Spielzeugen, die Noah in der Zoohandlung ausgesucht hatte, in das Wohnzimmer und stellte sie in der gewohnten Ecke ab. Dann brachte er Ambers Näpfe in die Küche und füllte einen mit Wasser, um anschließend ihren Hundekorb zu nehmen und nach oben zu tragen.

Sein Telefon klingelte, und er blieb oben im Flur vor seinem Schlafzimmer stehen, um das Gespräch anzunehmen. Eine von Tom Hairstons Stuten war heute lahmend von der Weide zurückgekommen. T. J. sah auf den Kalender in seinem Handy, um einen Termin zu vereinbaren.

»Wie wäre es morgen früh um neun?«, fragte er.

»Prima. Dann bis morgen«, erwiderte Tom.

Nachdem T. J. das Gespräch beendet hatte, ging er die Treppe hinunter. Als er in das Wohnzimmer trat, erlebte er gerade noch mit, wie Noah heulend aus dem Raum rannte.

»Was hast du getan?« Seine Stimme zitterte vor Wut.

Merry stand langsam auf. »Ich habe ihm gesagt, dass ich von dem Geld weiß.«

»Verdammt, du …«

Sie hob abwehrend die Hand. »Nicht jetzt. Ich muss ihm hinterhergehen.«

»Das übernehme ich.« Sein Gesicht war vor Wut rot angelaufen, die Arme hatte er abweisend vor der Brust verschränkt.

»Nein, das muss ich selbst machen.« Merry schob ihn zur Seite und lief die Treppe hinauf, bevor er sie aufhalten konnte. Sie fand Noah in dem Gästezimmer am Ende des Flurs. Offensichtlich war es sein zweites Zuhause. Es war in einem kräftigen Blau gestrichen, und hinten in der Ecke stand ein großer Eimer mit Legosteinen. Aus der unteren Schublade der Kommode hing eine Trainingshose in Kindergröße heraus.

Er saß mit dem Rücken zu ihr auf dem Bett und schluchzte so sehr, dass sein ganzer Körper bebte. Er ruderte wild mit den Armen, wie ein verletzter Vogel, der nicht mehr fliegen kann.

Sie setzte sich neben ihn und legte ihm die Hand auf die Schulter. »Du weißt, dass ich nicht wütend bin, nicht wahr? Wenn du mich um das Geld gebeten hättest, hätte ich es dir gegeben. Ich will nur mit dir reden.«

Noah unterdrückte ein Schluchzen und schüttelte den Kopf.

»Wenn du in irgendwelchen Schwierigkeiten steckst, kann ich dir helfen.«

Nichts.

»Und selbst wenn ich nicht helfen kann, tut es dir vielleicht trotzdem gut, darüber zu reden.«

Er drückte das Gesicht in die Bettdecke. »Geh weg.«

»Bitte, Noah. Rede mit mir.« Ein paar Minuten saß sie da und bat ihn immer wieder, mit ihr zu reden. Äußerlich blieb sie ruhig, aber ihre Angst wurde immer größer. Sie war sich so sicher gewesen, dass sie zu ihm durchdringen könnte.

Sie war Noah nicht gerecht geworden, und das würde T. J. ihr vielleicht niemals vergeben.

Sie blieb neben ihm auf dem Bett sitzen, den Arm um seine schmalen Schultern gelegt, bis T. J. schließlich in der Tür auftauchte. Er winkte sie zu sich. Als sie ihm über die Treppe nach unten folgte, wurde ihr das Herz von Stufe zu Stufe schwerer.

»Du gehst jetzt besser.« Seine Stimme klang ruhig, aber die Botschaft war eindeutig. Er vibrierte schier vor Wut, und er konnte ihr nicht einmal in die Augen sehen.

»Bitte …«

Er drehte den Kopf weg und schüttelte ihn. »Ich muss mich jetzt um Noah kümmern. Geh.«

»Lass mich bleiben und mit ihm reden, wenn er herunterkommt. Bitte.«

»Du hast für heute genug angerichtet. Geh nach Hause, Merry.«

Merry öffnete den Mund, um zu protestieren, aber als sie seinen Blick sah, ließ sie es lieber bleiben. Sie schluckte den Kloß hinunter, der sich in ihrem Hals gebildet hatte, und ging zur Haustür hinaus. Es fühlte sich an, als würde ihre Würde auf seiner Veranda zurückbleiben.

Zu Hause angekommen saß sie eine Zeit lang auf der Couch, zu beiden Seiten einen Hund, und starrte auf den Teppich hinunter. Hatte T. J. recht? War es falsch gewesen, Noah zu sagen, dass sie Bescheid wusste? Konnte es jemals richtig sein, ein Kind, das offensichtlich in Schwierigkeiten steckte, nicht anzusprechen, um ihm zu helfen?

Vielleicht hätte sie lieber mit Amy reden und ihr das Ganze überlassen sollen.

So viele »Vielleicht«.

Das Klingeln des Telefons riss sie aus ihren Grübeleien. Auf dem Display wurde T. J.s Nummer angezeigt.

»T. J.? Ist alles in Ordnung?«

»Noah ist weg«, erwiderte T. J. mit Panik in der Stimme. »Und er hat Amber mitgenommen.«

23

»Was meinst du mit weg?« Merry sank das Herz in die Hose.

»Er ist davongelaufen und ist jetzt bei diesem Unwetter irgendwo da draußen unterwegs. Er ist *weg*.«

»Um Himmels willen! Ich bin sofort da. Ich bringe Ralph mit, vielleicht kann er seine Spur aufnehmen.«

»Beeil dich.«

Es klickte in der Leitung. Merry starrte das Telefon noch einen Moment lang ungläubig an, bevor sie in den Flur rannte, um ihre Turnschuhe und Ralphs Signalweste zu holen. Ralph lief ihr hinterher, gefolgt von einem leicht verwirrten Chip.

Sie zog das Gitter zur Küche zu, hob den Welpen hoch und setzte ihn dahinter ab. »Tut mir leid, Schatz. Wir sind so schnell wie möglich wieder da.«

Sie griff nach ihrer Handtasche, die auf dem Tisch neben der Tür lag, nahm Ralph an die Leine und rannte mit ihm zu ihrem Wagen. Am Himmel türmten sich dunkle Wolken. Ein paar Regentropfen schlugen auf ihre Windschutzscheibe, und in der Ferne hörte man es donnern.

Als sie in T. J.s Einfahrt bog, war es draußen bedrohlich dunkel geworden. Amys Auto stand bereits dort, außerdem einige weitere, die sie nicht kannte. Meine Güte, es war also wirklich wahr, und das war alles ihre Schuld. Hätte sie doch bloß auf T. J. gehört und nichts über das Geld gesagt …

Jetzt waren ein autistischer Junge und seine kranke Hündin irgendwo dort draußen allein im Wald, während ein Gewitter aufzog.

T. J. kam hinter dem Haus hervor und starrte auf ihren CR-V.

Ich sollte gar nicht hier sein. Sie schob den Gedanken beiseite und stieg aus. Dann zog sie Ralph die Weste über und machte sie fest. Das würde helfen, ihm klarzumachen, dass es jetzt Arbeit für ihn gab. Er hatte keine Ausbildung als Spürhund, aber er kannte Noah, und er kannte Amber, und vielleicht konnte sein Instinkt helfen, die beiden zu finden.

»Meine Eltern sind zum Fluss hinuntergeritten. Amy bleibt im Haus, für den Fall, dass er zurückkommt. Wenn wir ihn nicht innerhalb der nächsten Stunde finden, ruft sie die Polizei an. Du und ich, wir durchsuchen den Wald.« T. J. starrte sie ausdruckslos und kalt an.

Sie nickte. »Gut. Hast du irgendwas von Noah, und auch von Amber, an dem ich Ralph schnüffeln lassen kann?«

T. J. sah zweifelnd auf den Hund mit seiner Weste hinunter. »Er ist kein Spürhund.«

»Nein, aber wir spielen oft Verstecken mit seinen Spielsachen. Vielleicht kann er uns helfen.«

T. J. ging ins Haus und kam mit einem von Noahs T-Shirts zurück, dessen Ärmel von Noahs dauerndem Zupfen ganz zerschlissen waren. Er reichte Merry das T-Shirt und Ambers Stoffstachelschwein.

Merry ging in die Hocke und hielt Ralph das T-Shirt hin, damit er daran schnüffeln konnte. »Ralph, such Noah. Such ihn.«

Ralph schnüffelte an dem T-Shirt herum und wedelte mit dem Schwanz.

Sie hielt ihm das Spielzeug hin. »Amber. Los, such Amber. Such Amber und Noah.«

Erneut ließ sie ihn an dem Spielzeug und an dem T-Shirt schnüffeln. Ralph bellte, begeistert von dieser neuen Variante des Spiels. Sie nahm ihm die Leine ab. »Los. Los, such Amber. Such Noah.«

Ralph schoss Richtung Wald davon.

T. J. sah sie entnervt an. »Wieso hast du ihn losgemacht? So kommen wir doch nicht hinterher.«

»Keine Sorge. Er läuft nicht weit weg.«

Aber T. J. machte sich Sorgen, und sie sich auch. Nicht wegen Ralph. Aber wegen Noah, der sich vermutlich irgendwo in diesem Wald verlaufen hatte. Und wegen Amber, die ihren Kumpel begleitet hatte, obwohl ihr Bein noch längst nicht fertig verheilt war.

T. J. sah sie nicht an, während sie sich einen Weg durch die Bäume bahnten. Ihr Herz fühlte sich schwer wie Blei an. Sie hatte Noah im Stich gelassen. Falls ihm etwas zustieß – wie sollte sie damit leben?

In dem Moment öffnete der Himmel seine Schleusen, und in kürzester Zeit waren sie völlig durchnässt. Merry zog einen Gummi aus ihrer Hosentasche und band ihr bereits durchgeweichtes Haar zum Pferdeschwanz.

T. J. drehte den Kopf und starrte sie böse an. »Du konntest es einfach nicht lassen.«

»Es tut mir leid.«

»Ich wollte … ich dachte …« Er schüttelte den Kopf. Offensichtlich war es ihm nicht möglich, seinen Verdruss in Worte zu fassen. Das brauchte er auch nicht. Sein Gesichtsausdruck und seine Stimme sprachen Bände.

»Es tut mir leid, T. J.« Ihre Kehle war wie zugeschnürt.

Ralph kam fröhlich bellend und durchnässt zu ihnen zurück. Er lief einmal um Merry herum, dann schnüffelte er erneut an dem T-Shirt und an dem Spielzeug, die sie noch immer in der Hand hielt. Suchte er nach den beiden, oder spielte er nur? Sie wusste es beim besten Willen nicht.

Sie blieb einen Moment stehen und hielt ihm die Sachen noch einmal unter die Nase. Wieder ließ sie ihn an beidem schnüffeln und wiederholte den Befehl. »Such Noah. Such Amber.«

Er reckte die Nase in die Luft und witterte, dann rannte er zurück in den Wald.

Direkt über ihm blitzte es, sofort gefolgt von lautem Donner. Ralph kam mit angelegten Ohren aus dem Wald geschossen. Fragend sah er sie an, als wundere er sich, warum sie bei dem Wetter im Wald spielten.

Er schüttelte sich, und die Wassertropfen flogen in alle Richtungen davon, ohne dass er deshalb trockener geworden wäre. Dann drückte er sich gegen Merrys Beine und winselte.

»Schon gut, Ralph. Komm jetzt. Such Noah. Such Amber.«

Ralph schnüffelte erst an dem T-Shirt, dann an dem Spielzeug und trottete schließlich wieder in den Wald.

»Amber hat panische Angst vor Gewitter«, sagte T. J. »Wenn sie nun ausflippt und Noah etwas tut?«

»Das wird sie nicht. Vielleicht läuft sie ihm weg, um sich irgendwo zu verstecken, aber sie wird ihm nichts tun.«

»Menschen und Tiere tun seltsame Dinge, wenn sie Angst haben oder verletzt sind.« Er sah sie lange durchdringend an.

Sie antwortete nicht, stattdessen ging sie Ralph hinterher.

»Wehe, dein verdammter Hund führt uns in die Irre«, knurrte er.

»Ehrlich gesagt habe ich keine Ahnung, ob er eine Spur hat oder nicht. Wenn du allein suchen möchtest, mach das ruhig.«

Er ging weiter neben ihr her. Irgendwie war es wie in der Nacht, als Amber aus ihrem Halsband geschlüpft und verschwunden war und Merry in Tanktop und mit Flipflops an den Füßen hier draußen herumgelaufen war und T. J. zum ersten Mal geküsst hatte.

Vielleicht, wenn sie damals nicht so blöd gewesen wäre, ihn

zu küssen, wäre all das nicht passiert. Sie konnte nur hoffen, dass Amber an diesem Abend genauso leicht zu finden sein würde wie damals und dass Noah bei ihr sein würde.

Dass es beiden gut ging und sie unverletzt waren.

Lieber Gott, bitte lass ihnen nichts zugestoßen sein.

Regenwasser lief ihr den Rücken hinunter und durchweichte ihre Jeansshorts. Es tropfte ihr in die Augen, und ihre Schuhe quietschten bei jedem Schritt. Über ihnen blitzte und krachte es.

Ralph kam wieder und wieder zu ihnen gelaufen, roch jedes Mal an den Sachen, die Merry in der Hand hielt und die inzwischen ebenfalls klatschnass waren. Manchmal änderte er die Richtung, und Merry fragte sich, was bloß werden sollte, wenn er keine Ahnung hatte, was er tat.

»Die Polizei dürfte inzwischen da sein«, sagte T. J.

»Das ist gut.« Der Regen lief ihr wie Tränen über die Wangen.

Er blieb stehen und starrte sie an. »Vielleicht sollten wir umkehren.«

»Du solltest das vermutlich. Ich gehe weiter Ralph hinterher.« Sie hoffte, ihr Instinkt riet ihr das Richtige. Ralph kam gerade wieder angeflitzt, bellte aufgeregt und rannte in die entgegengesetzte Richtung davon.

»Ich glaube nicht, dass dein Hund weiß, was er tut.«

»Das kann durchaus sein. Geh ruhig zurück, wenn du willst.«

Sie gingen weiter. Es war immer dunkler geworden, vor allem hier im Wald und unter den Wolken, die die untergehende Sonne verdeckten. T. J. knipste seine Taschenlampe an und ließ den Lichtstrahl über die Bäume gleiten.

Ralph kam auf sie zugelaufen. Er setzte sich vor Merry, bellte und rannte erneut davon, auch diesmal in die entgegengesetzte Richtung.

»Das ist doch Zeitverschwendung.« T. J. blieb stehen und stemmte die geballten Fäuste in die Taille.

Merry sah Ralph hinterher. Wenn sie zu Hause mit seinem Spielzeug Verstecken spielten, lief er immer los und kam mit dem Spielzeug zurück. Was würde er tun, wenn er fand, was er gesucht hatte, es aber nicht mitbringen konnte?

»Gib ihm noch einen Moment«, sagte sie.

Er war nach rechts und nach links gelaufen, häufiger aber noch geradeaus. Vielleicht hatte er die beiden längst gefunden und wusste nun nicht, wie er ihr das mitteilen sollte. Vielleicht suchte er aber auch im Wald nach seinen Spielsachen. Wer konnte das schon wissen?

Während sie Ralph beobachtete, lief er vor ihr zwischen den Bäumen hindurch, bis sie ihn kaum mehr erkennen konnte. Er steckte die Schnauze unter einen Busch, bellte und kam zurück zu T. J. und Merry. Wieder bellte er, dann lief er erneut in die entgegengesetzte Richtung davon.

Aber dann rannte er zu dem Busch zurück. Und der Busch bewegte sich.

»T. J.«, flüsterte sie. »Sieh mal.«

Ralph lief um den Busch herum, dann zu ihnen. Er bellte, schnüffelte an dem T-Shirt und verschwand wieder im Wald.

»Der Busch da.« Sie deutete mit dem Finger. Er war groß und dicht und durchaus ein Ort, an dem sich ein verängstigter Junge und sein Hund während eines Gewitters versteckt haben mochten.

»Warte hier.« T. J. stapfte durch das nasse Unterholz, ging in die Hocke, linste in den Busch und gab ihr dann das Daumen-hoch-Zeichen.

Merry bekam vor Erleichterung ganz weiche Knie. Ralph kam hechelnd auf sie zu gerannt. »Du hast es geschafft! Du hast sie gefunden! Ich bin ja so stolz auf dich! Du bist der beste Hund, den ich je hatte, weißt du das?«

Ralph schaute lächelnd zu ihr hoch und wedelte selig mit seinem Schwanz.

»So ein braver Hund!« Sie kraulte ihn hinter den Ohren und gab ihm ein paar durchweichte Hundekekse aus ihrer Hosentasche. »Braver Hund! Du hast sie gefunden!«

Ralph bebte vor Stolz am ganzen Körper.

T. J. stand auf und kehrte zu ihr zurück. »Er will mit dir reden.«

»Geht es ihm gut?«

»Ja. Ambers Bein sieht ein bisschen mitgenommen aus.«

Merry schob sich eine nasse Haarsträhne hinter das Ohr. »Und er will mit mir reden?«

T. J. nickte grimmig. »Er kommt erst raus, wenn er dich sieht.«

Oh, Noah. Sie hatte dies ausgelöst, sie konnte es auch beenden. »Hältst du ihn mal?«

Merry legte Ralph die Leine an und gab sie T. J., dann bahnte sie sich einen Weg zu dem Busch. Sie ging in die Hocke, um Kind und Hund besser sehen zu können, die sich darunter zusammenkauerten.

Noahs Augen waren rot, sein Gesicht von Tränen und Schlamm überzogen. Amber lag heftig hechelnd und mit weit aufgerissenen Augen neben ihm. Sie sah Merry an wie eine Bärin, die ihr Junges verteidigt.

»Bist du eine brave Hündin, bleibst bei deinem Jungen.« Merry hielt ihr die Hand hin und wartete, bis Amber daran gerochen und zustimmend mit dem Schwanz gewedelt hatte, bevor sie sich näher herantraute. »Ist es in Ordnung, wenn ich zu euch reingekrochen komme?«

Noah nickte, und Amber leckte ihr die Handfläche.

Merry ging auf alle viere und kroch in den Busch hinein. »Irgendwie richtig nett hier. Geht es euch beiden gut?«

Noah schüttelte den Kopf. Trotz der feuchten Hitze klapperten ihm die Zähne. »A… A… Amber … Ihr F…fuß.«

Merry sah sich das verletzte Bein an. Es war geschwollen, schien aber sonst keinen größeren Schaden genommen zu haben. Sie drückte vorsichtig daran herum, und die Hündin winselte. »Da ist nichts, was der Tierarzt nicht wieder heilen könnte. Und du, Noah?«

»Ich … ich … ich.« Er war nur noch ein stotterndes, heftig mit den Armen ruderndes Häufchen Elend. Seine Ärmel hatten sich gänzlich aufgelöst. Er starrte mit glasigen Augen vor sich hin.

»Erinnerst du dich noch an den Zauber, als du Ralph umarmt hast? Magst du das mal mit Amber ausprobieren?«

Noah schlang Amber die Arme um den Hals und schluchzte. Amber leckte ihm die Wange, dann sah sie Merry ernst an.

Noah hatte einen Schluckauf. »Ich … ich … ich komme in den Knast.«

»Knast?«, wiederholte Merry, weil sie dummerweise glaubte, sich verhört zu haben.

»Da kommen Jungs hin, wenn sie stehlen«, sagte er.

Merry setzte sich auf und stieß mit dem Kopf gegen einen Ast. Sie fasste sich an die Stelle und unterdrückte einen Fluch. »Du meinst, Gefängnis? Nein. Oh, Schatz, nein. Ich habe dir doch gesagt, dass ich dich nicht in Schwierigkeiten bringen will, nicht einmal mit deiner Mutter und ganz gewiss nicht mit der Polizei. Ich wollte nur mit dir reden.«

Noah schloss die Augen und schluchzte. »N…nicht du …«

Na gut, vielleicht kamen sie jetzt endlich einen Schritt weiter. »Erzähl mir doch einfach, was passiert ist. Wieso hast du das Geld genommen? Ich weiß, du hattest einen guten Grund dafür.«

»Steven. Er hat gesagt, wir kommen in den Knast.« Noah zitterte am ganzen Körper. Amber schmiegte sich an ihn und legte ihm das unverletzte Bein behütend auf den Schoß.

»Wer ist Steven?«

»Brendans großer Bruder. Er weiß eine Menge über Knast und so.«

Ach herrje. In was waren die Kinder da nur hineingeraten? »Schatz, du kommst nicht in den Knast. Wieso hat Steven das behauptet?«

Er hat gesagt, w… wir hätten sein iPad gestohlen und müssten es ihm ersetzen. F…fünfzig Dollar.« Noah vergrub das Gesicht in Ambers Fell und schluchzte.

»Ach, Schatz. Ach, Noah, komm her.« Sie zog ihn an sich und nahm ihn fest in die Arme. »Ihr habt Stevens iPad doch gar nicht gestohlen, oder?«

Noah schüttelte den Kopf.

»Hat Brendan es gestohlen?«

Wieder schüttelte Noah den Kopf, diesmal sogar noch heftiger. »N…nein. Brendan ist mein bester Freund.«

»Und Steven? Ist der auch ein netter Junge?« Sie war sich ziemlich sicher, dass sie die Antwort darauf bereits kannte.

»Nein«, flüsterte Noah mit erstickter Stimme.

»Wieso hast du niemandem davon erzählt?«

»Weil er gesagt hat, dass er es dann der Polizei erzählt und wir in den Knast kommen. Und dass Brendan und ich dann nie wieder zusammen spielen dürfen. Er ist mein b…b…bester Freund.«

»Noah, sieh mich an.« Merry wartete, bis er den Kopf hob. »Du kommst nicht in den Knast. Und Brendan auch nicht. Wir gehen jetzt zurück und erzählen deiner Mom, was passiert ist, und sie sagt es Brendans Mom, und dann wird Steven deswegen hoffentlich eine Menge Ärger bekommen. Aber du, Noah, bekommst gar keinen Ärger, hörst du?«

Er schniefte. »Ich w…wusste nicht mal, was ein iPad ist. Ich musste es erst nachschauen.«

Deshalb hatte Amy ihn also erwischt, wie er auf ihrem Laptop iPads angesehen hatte. Wie kam ein Kind wie Steven, das in einer Familie mit geringem Einkommen aufwuchs, überhaupt zu einem iPad? »Ich glaube dir.«

Noah vergrub die Hände in Ambers Fell. »Ich habe dir Geld gestohlen.«

»Ich weiß, mein Schatz. Ich bin dir nicht böse.«

»Ich z…z…zahle es dir zurück.« Wieder meldete sich sein Schluckauf.

»Gut.« Sie strich ihm eine Locke aus dem Gesicht.

Noch immer liefen ihm die Tränen über die Wangen. »Was ist mit Brendan? Dürfen wir weiter zusammen spielen?«

»Das müssen Brendans und deine Mom entscheiden. Lass uns erst mal nach Hause gehen, sie ist schon ganz krank vor Sorge um dich.«

»Ich habe sie eben angerufen«, ertönte T. J.s Stimme. »Sie weiß, dass du in Sicherheit bist.« Erst jetzt wurde Merry bewusst, dass er jedes Wort hatte hören können. Das Herz schlug ihr bis zum Hals.

Noah packte sie am Handgelenk. »Ich habe Amber wehgetan.«

»Wann?« Sie ahnte bereits, was er sagen wollte, aber sie wollte es ihn selbst erzählen lassen.

»An dem Tag vor Brendans Haus. Steven hat mich angeschrien, und da habe ich Angst bekommen und bin davongerannt. Ich habe nicht geschaut, wo ich hinlaufe. Wir sind direkt vor das Auto gelaufen.«

»Ein Glück, dass dir nicht auch etwas passiert ist. Das war gedankenlos, aber du bist acht, Noah. Niemand erwartet von dir, dass du immer das Richtige tust. Himmel, ich bin achtundzwanzig, und ich mache auch nicht immer alles richtig. Amber wird wieder gesund. Das war bloß ein Unfall, hörst du?«

Noah schluchzte. »N…nein. Ich bin schuld, dass sie verletzt worden ist.«

»Ach, Schatz.« Erneut nahm sie ihn in die Arme. Ihr brach schier das Herz, wenn sie an all den Schmerz und all die Gewissensbisse dachte, unter denen er seit dem Unfall litt. »Es ist nicht deine Schuld. Manchmal passiert so etwas einfach, ohne dass jemand Schuld daran hat. Du darfst dir deswegen keine Vorwürfe machen.«

»Ich f…f…fühle mich so schrecklich. Jedes Mal, wenn ich sie ansehe, hasse ich mich.« Noahs Stimme klang heiser und gequält.

»Mein Schatz, ich verspreche dir, dass Amber dir nicht die Schuld gibt. Sie liebt dich. Sie würde alles für dich tun. Sie hat entsetzliche Angst vor Gewittern, und trotzdem ist sie heute Abend mit dir hierhergekommen, damit du nicht allein bist. Bitte, mach dir keine Vorwürfe.«

»H…hast du auch schon mal so etwas Schlimmes gemacht wie ich?« Verzweifelt sah er sie aus seinen feuchten Augen an.

»Ich …« Ihr schnürte sich die Kehle zu, und ihr Herz fing an zu hämmern.

Vor ihr teilten sich die Zweige, und T. J. kam hindurchgekrochen. »Das haben wir alle, Noah. Jeder tut Dinge, die er später bereut. Manchmal wünschen wir uns, wir könnten sie ungeschehen machen, selbst wenn sie eigentlich gar nicht unsere Schuld waren. Das ist ganz normal.«

Er sah sie in stummem Verständnis an, und etwas in ihr zerbarst. Die Schleusentore öffneten sich, und die ganze Schuld, der Schmerz und der Kummer flossen einfach aus ihr heraus. Sie presste die Hand gegen die Augen und versuchte verzweifelt, die Tränen zurückzuhalten.

T. J. zog sie an seine Brust und schlang den einen Arm um Merry, den anderen um Noah. Der Regen vermischte sich auf ihren Wangen mit ihren Tränen. Sie biss sich auf die Unterlippe, damit sie aufhörte zu zittern.

Sie waren sich ganz ähnlich, Noah und sie. Nur dass sie jetzt die Kraft hatte, ihm zu helfen, ihn davon abzuhalten, den gleichen Fehler zu machen wie sie. Keine Schuldgefühle. Keine Selbstvorwürfe.

»Dein Onkel hat recht«, sagte sie. Ihre Stimme klang genauso heiser wie Noahs. »Vor langer Zeit ist jemandem, den ich sehr geliebt habe, etwas zugestoßen, und ich habe mir die Schuld daran gegeben. Ich habe mich so lange dermaßen schuldig gefühlt … es war nicht meine Schuld, und ich konnte es nicht ändern. Du hast Amber nicht wehgetan. Es war einfach ein Unfall. Wenn du dir Vorwürfe machst, ändert das nichts an dem, was passiert ist.«

»Ist er wieder gesund geworden?«, fragte Noah und sah sie mit weit aufgerissenen Augen an. »Der, den du geliebt hast?«

»Nein.« Ihr versagte die Stimme, und sie spürte, wie T. J. sie fester an sich zog. »Nein, ist er nicht, aber wenn ich mir dafür die Schuld gebe, ändert das auch nichts daran. Und Amber wird wieder gesund werden. Sie liebt dich so sehr. Sie braucht dich, Noah.«

»Ich brauche sie auch.« Er löste sich aus Merrys und T. J.s Armen und umarmte die Hündin, die genüsslich die Augen schloss.

T. J. zog Merry wieder an sich, und sie presste das Gesicht an seine Brust und atmete seinen Geruch ein. Er hielt sie fest, bis der Schmerz in ihrer Kehle nachließ und sie wieder Luft bekam und nicht mehr das Gefühl hatte, sich in Millionen Teile aufzulösen.

Sie hob den Kopf, konnte seinen Gesichtsausdruck unter der Krempe seines Huts allerdings nicht erkennen. Dann ließ er die Hand hinauf in ihren Nacken gleiten, beugte sich hinunter und legte die Stirn an ihre.

»Alles in Ordnung?«, flüsterte er kaum hörbar.

Sie nickte. Noch immer hielt sie sein T-Shirt fest gepackt und klammerte sich verzweifelt an ihn.

Er küsste sie so zärtlich, so liebevoll, dass sie in diesem Moment endgültig ein Stück ihrer selbst an ihn verlor, etwas, das sich ohne ihn nie wieder ganz anfühlen würde.

Ihr Herz.

Schließlich ließ er sie los und streckte Noah die Hand hin. »Komm, Kumpel, gehen wir nach Hause.«

Noah nickte. Er stand auf und schob eine Hand in T. J.s, die andere in Merrys. Amber humpelte ihnen auf drei Beinen hinterher. Ralph kam herbeigestürzt, um sie zu begrüßen, und beschnüffelte das kranke Bein seiner Kameradin.

»Sie ist verletzt.« Noah klang verzweifelt.

»Ich glaube, sie hat das Bein nur zu lange belastet.« Merry sah auf die arme Hündin hinunter und fragte sich, wie sie bloß den weiten Weg zum Haus schaffen sollte.

In dem Moment bückte sich T. J. und hob sie hoch. »Komm, gehen wir.«

Und so machten sie sich auf den unwegsamen Rückweg. Noah war geistig und körperlich so erschöpft, dass er sich nur noch mühsam dahinschleppte. Das Gewitter hatte sich verzogen, aber es regnete noch immer. T. J. mussten längst die Arme wehtun, aber er setzte Amber kein einziges Mal ab.

Während sie ihm zusah, wie er den Hund im strömenden Regen nach Hause trug, wurde ihr klar, dass sie sich unrettbar in ihn verliebt hatte. Sie konnte nur hoffen, dass sie sich nicht endgültig zur Idiotin machte. Vielleicht war es falsch gewesen, Noah so direkt anzusprechen, wie sie das getan hatte, aber wenn T. J. ihr vertraut hätte, wäre das so auch nicht nötig gewesen. Würden sie darüber jemals hinwegkommen können?

Als sie sich der Farm näherten, kamen rotierende rote und blaue Lichtbalken in Sicht. Im und vor dem Haus war alles in Bewegung. Familienmitglieder kamen auf sie zugerannt, umringten Noah und umarmten ihn immer wieder aufs Neue.

Merry blieb ein Stück entfernt stehen und beobachtete das Ganze. Ihr tat das Herz weh, und ihre Augen brannten. Würde T. J. ihr jemals verzeihen können, dass sie Noah – wenn auch ohne böse Absicht – in Gefahr gebracht hatte? Und seine Familie?

Trotz ihres Ratschlags an Noah – würde sie sich selbst verzeihen können?

Sie unterdrückte einen Schluchzer und eilte mit Ralph zum CR-V. Er musste nach Hause und sich ausruhen. Zumindest redete sie sich das ein. Nein, sie lief nicht feige davon, anstatt sich der Auseinandersetzung zu stellen und zu versuchen, den Mann zurückzugewinnen, den sie liebte.

24

T. J. sah Merry davonlaufen, und es fühlte sich an, als hätte ihm jemand einen Schlag in die Magengrube versetzt. Wenn es schwierig wurde, haute Merry ab. Hatte sie ihn nicht gewarnt?

Vielleicht sollte er sich aber auch einfach aufraffen und ihr hinterhergehen. Immerhin schuldete er ihr eine ausführliche Entschuldigung. Sie hatte die ganze Zeit recht gehabt, und vielleicht, wenn er auf sie gehört und sie unterstützt hätte, wäre es gar nicht erst zu diesem Fiasko gekommen. Aber das hatte er nicht, und jetzt gerade konnte er seine Familie nicht im Stich lassen. Er folgte ihnen ins Haus.

Alle weinten. Amy hielt Noah in den Armen, während ihr die Tränen über die Wangen liefen. Noah schluchzte und sah sehr viel jünger aus als acht. Emmy Lou wischte sich die Tränen aus dem Gesicht, und sogar Traces Augen glänzten verdächtig.

Die Polizei vervollständigte ihre Notizen und fuhr dann fort. T. J. untersuchte Amber, fand aber keinen Hinweis darauf, dass sie sich das Bein erneut gebrochen hatte. Sie brauchte ein paar Tage Ruhe, dann würde sie vermutlich wieder ganz die Alte sein. Er gab ihr eine entzündungshemmende Schmerztablette, trocknete sie ab und trug sie zu ihrem Hundekorb.

Die meisten Familienmitglieder saßen im Wohnzimmer und wechselten ab zwischen Weinen, Reden und Umarmen. T. J. folgte seiner Mutter in die Küche, wo sie in seinen Schränken nach Essbarem suchte.

»In Krisenzeiten muss eine Familie essen«, sagte sie.

»Die Krise ist vorbei, Mom.«

Sie lachte und klopfte ihm auf die Schulter. »Genau, und jetzt haben wir alle Hunger. Wo ist Merry?«

»Sie ist nach Hause gefahren.«

»Ach, wirklich, du hast sie nach Hause geschickt? Sie muss sich ja schrecklich fühlen! Schäm dich, dass du sie nicht überredet hast zu bleiben.« Sie sah ihn vorwurfsvoll an.

Er fuhr sich mit der Hand durch das Haar. »Ich wollte, dass sie bleibt. Sie ist einfach gefahren.«

Seine Mom schwieg einen Moment, dann nickte sie. »Nun, das müsst ihr beide dann wohl unter euch ausmachen.«

Sie wandte sich von ihm weg, um sich wieder der Vorbereitung des Abendessens zu widmen.

T. J. knurrte der Magen. Er hatte für diesen Abend ein romantisches Essen mit Merry geplant. Wie anders doch alles gekommen war! Ihre Abwesenheit ließ das Haus entsetzlich leer wirken. Dabei gab es so unendlich viel, was sie sich zu sagen hatten.

Es war Folter, hierzubleiben und sich mit seiner Familie unterhalten zu müssen, wenn er eigentlich nur bei ihr sein wollte. Er musste unbedingt herausfinden, ob es für ihre Beziehung noch eine Zukunft gab.

Noah gestand Amy unter Tränen alles. Sie hielt und tröstete ihn ganz ähnlich, wie Merry das getan hatte, versicherte ihm das Gleiche und bot ihm ihre Unterstützung an. Aber nichts kam an Merrys tränenreiches Geständnis im Wald heran. Sie hatte Noah einen tiefen Blick in ihre Seele gewährt, und damit war sie zu ihm durchgedrungen.

T. J. fiel auf, dass Noah sich jetzt ganz anders verhielt, als wäre eine große Last von ihm abgefallen.

Noch lange nachdem seine Familie nach Hause gefahren

war, saß T. J. da, Amber in ihrem Korb zu seinen Füßen. Eins musste er ihr lassen: Sie war mit Noah durch Dick und Dünn gegangen. Allein dafür würde sie hier bei ihm immer ein Zuhause haben.

Schließlich stand er auf und ging ins Bett. Er wälzte sich unruhig hin und her. Noch immer war er aufgewühlt, teils von der angespannten Suche nach Noah, teils wegen seiner verwirrenden Gefühle für Merry.

Als es zu dämmern begann, stand er auf und ging in den Stall. Er sattelte Tango und ritt mit ihm zum Fluss. Zum Teich zu reiten, brachte er nicht über sich; er wollte sich nicht an das erinnern, was Merry und er dort erlebt hatten.

Er musste sich heute unbedingt mit ihr treffen. Er schuldete ihr eine Entschuldigung, und die hätte sie gestern Abend auch von ihm bekommen, wenn sie nicht einfach davongestürmt wäre. Vielleicht sollte er diesmal aber auch erst abwarten, ob sie nicht von sich aus zurückkam.

Im Moment musste das alles sowieso zunächst warten, denn er hatte den ganzen Morgen Termine. Er untersuchte Tom Hairstons verletzte Stute, eine schwangere Ziege und einen älteren Esel mit Arthritis.

Als er kurz nach zwölf in seine Einfahrt bog, stand dort der silberfarbene CR-V, und sein Herz machte einen Satz.

Dann entdeckte er die Frau, die zu dem Auto gehörte. Sie trug eine enge Blue Jeans und ein kurzärmeliges rosafarbenes Oberteil, aber das war nicht, was ihm ins Auge sprang. Unter ihrer Jeans schauten Lederstiefel mit rosa Nähten hervor, und auf ihrer ungebändigten lockigen Mähne thronte ein echter Cowboyhut.

Merry Atwater hatte sich doch tatsächlich in ein Cowgirl verwandelt.

»Hallo, Cowboy.« Merry tippte an ihren Hut und blinzelte ihm zu. Zur Belohnung durfte sie mit ansehen, wie T.J. beinahe über seine eigenen Füße stolperte.

Einige Schritte vor ihr blieb er stehen und sah sie misstrauisch an. »Du bist gestern Abend sehr schnell verschwunden.«

Ihr forsches Auftreten fiel in sich zusammen, und ihre Schultern sackten nach unten. »Ich hatte gehofft, das hiermit wiedergutmachen zu können.«

Er starrte sie so lange an, bis ihr ganz unwohl war, dann nickte er und sagte: »Gehen wir nach drinnen.«

Mit zitternden Knien folgte sie ihm ins Haus. Im Flur blieb er stehen und nahm ihr den Hut vom Kopf. Seine Augen blitzten, und sie spürte, wie sie immer konfuser wurde.

In dem Moment hörte sie Zehennägel auf dem Boden klacken und drehte sich um. Amber war in den Flur gehumpelt.

»Hallo, Schätzchen. Ja, schau, T.J. hat sich gut um dich gekümmert, nicht wahr?« Merry beugte sich hinab, um ihr den Kopf zu streicheln. Die Hündin wedelte glücklich mit dem Schwanz, dann humpelte sie ins Wohnzimmer zurück. »Sie sieht heute schon viel besser aus.«

»Sie wird wieder gesund.« T.J. nahm Merrys Hand und zwang sie, ihn anzuschauen. »Bevor du mir erzählst, wieso du in diesem Aufzug hierhergekommen bist, möchte ich mich erst einmal bei dir entschuldigen. Ich hätte auf dich hören sollen, als du mich wegen Noah angesprochen hast, aber ich war zu starrköpfig.«

Ihre Unterlippe zitterte, und sie zwickte sie zwischen den Zähnen ein. »Das stimmt.«

»Ich habe deiner Einschätzung nicht getraut, und das hätte ich tun sollen. Amy sagt, jetzt, wo die Wahrheit ans Licht gekommen ist, ist er ein ganz anderer Junge. Natürlich hat er Hausarrest, weil er gestohlen hat, aber er hat den ganzen Morgen ununterbrochen geredet und immer wieder gefragt, wann er herkommen und mit Amber spielen kann.«

Sie presste die Hand auf ihr Herz. »Oh, das ist großartig! Ich freue mich so!«

»Ich habe so verzweifelt versucht, ihm zu helfen, dass ich völlig aus den Augen verloren habe, wie man das macht. Verzeihst du mir?«

Ihre Kehle war wie zugeschnürt, und Tränen traten ihr in die Augen. »Natürlich. Du wolltest doch nur das Beste für ihn. Ich hätte nicht einfach hinter deinem Rücken handeln sollen. Noah hätte durchaus etwas Ernsthaftes zustoßen können.«

T. J. schüttelte den Kopf. »Ich habe dir gar keine andere Wahl gelassen. Außerdem war ich derjenige, dem er davongelaufen ist. Amy hat heute Morgen mit Brendans Mutter geredet. Das ist kein einfaches Viertel, und das sind auch keine einfachen Kinder, aber seine Mutter scheint es ernst genommen zu haben. Sie hat gesagt, das wird für Steven Konsequenzen haben. Noah darf weiter mit Brendan spielen, aber erst mal nur in Amys Wohnung.«

»Das klingt vernünftig.«

Er nahm ihre Hände in seine. »Bevor ich dich kennengelernt habe, war ich ziemlich engstirnig. Ich dachte, ich wüsste, was ich brauche, aber ich lag völlig daneben.«

»Okay.« Ihre Lippe zitterte schon wieder. Sie hatte schreckliche Angst, was er als Nächstes sagen würde.

»Ich brauche dich, Merry Joy Atwater, samt Kleinmädchenschuhen und allem. Ich liebe dich.«

Herrje, ihr dummes Herz platzte ihr schier aus der Brust, und die Tränen flossen ihr unaufhaltsam über die Wangen. Sie warf sich ihm in die Arme, und er wirbelte sie im Kreis herum. Sie klammerte sich an ihm fest, denn sie konnte noch gar nicht glauben, dass er ihr gehörte. »Ich liebe dich auch. So sehr.«

Er strich ihr die Tränen fort. »Gut zu hören.«

Sie lachte, und dann fing sie erneut an zu weinen. »Ja, wirklich.«

Er hob ihr Kinn an, sodass sie ihm in die Augen schauen musste. »Wir können es gern langsam angehen, wenn du möchtest, aber hör auf, so zu tun, als wäre es nicht, was es ist. Von mir aus könntest du schon morgen hier einziehen.«

»Meine Hunde …«

Er zog eine Grimasse, und sie gab ihm einen Klaps auf den Oberarm. »Schon gut, schon gut, du *und* alle deine Hunde. Bring sie ruhig mit. Ralph ist wirklich in Ordnung, und die anderen kommen und gehen.«

»Aber es wird immer wieder andere geben.« Sie presste die Lippen auf seine.

»Deine Hunde sind meine Hunde.«

Das war vermutlich das Romantischste, was ein Mann jemals zu ihr gesagt hatte.

»Wo wir gerade von anderen reden …« Merry löste sich aus seinen Armen. Sie war an diesem Morgen sehr aktiv gewesen, befeuert von dem frisch geweckten Bedürfnis, das nachzuholen, was sie die letzten acht Jahre verpasst hatte. Wiedergutzumachen, was sie versäumt hatte, weil sie sich in Selbstmitleid gesuhlt hatte.

Um zu einer Frau zu werden, die es wert war, dass ein Kind wie Noah zu ihr aufsah.

Als Erstes hatte sie ihre Mutter angerufen und ihr eine Nachricht hinterlassen. Vielleicht würde Beverly sie zurückrufen, vielleicht auch nicht. Aber wenn, dann war Merry bereit, ihr zuzuhören und zu schauen, in welche Richtung sich das entwickelte.

Danach war sie zum Jugendamt gegangen und hatte einige Formulare ausgefüllt.

»Ich muss dir etwas erzählen.«

»Nur zu.« Er legte den Arm um ihre Taille und zog sie an sich.

»Ich habe mich als Pflegemutter beworben, für Jayden, das Baby aus dem Krankenhaus.«

T. J. lächelte, ein ehrliches Lächeln, das sich auch in seinen Augen widerspiegelte und ihr das Herz wärmte. »Das ist großartig.«

»Wirklich? Er braucht besondere Aufmerksamkeit. Er hat Krampfanfälle und Drogenentzugserscheinungen, schreit bisweilen stundenlang, und wer weiß, was noch kommt, wenn er älter wird.«

Er legte den Kopf auf die Seite. »Glaubst du etwa, das schreckt mich ab?«

»Nein, vermutlich tut es das nicht.« Sie stellte sich auf die Zehenspitzen und legte die Stirn an seine. »Seine Mutter ist gerade erst aus dem Gefängnis entlassen worden, und sie möchte ihn zurück. Ich will ihr helfen.«

»Und das wirst du auch. Auf den ersten Blick wirkt das sehr selbstlos, solch ein Kind in Pflege zu nehmen, aber ich habe das Gefühl, das tust du auch für dich, stimmt's?«

Wieder kamen ihr die Tränen, und sie nickte.

»Dann kümmern wir uns gemeinsam um ihn, einverstanden?«

Ihr schwoll das Herz so stark an, dass es kaum noch Platz in ihrer Brust fand. »Einverstanden.«

In dem Augenblick fiel ihr jene Nacht wieder ein, vor weniger als zwei Monaten, als sie Gott um Hilfe angefleht hatte. Sie hatte ihn verflucht, weil er ihr eine verwahrloste Streunerin geschickt hatte, statt sich ihrer finanziellen Probleme anzunehmen, aber sie hatte sich geirrt. Amber hatte sie zu T. J. geführt, und jetzt hatte sie gefunden, was sie so viele Jahre lang immer wieder für ihre Pflegehunde gesucht hatte: ein endgültiges Zuhause.

T. J. hatte ihr gezeigt, was Liebe wirklich bedeutete. Und er gehörte ihr, für immer.

Epilog

Merry betrachtete die violetten Gewitterwolken, die sich am Horizont zusammenballten. Sie presste Twilight die Fersen in die Seiten. Die Stute fiel in einen leichten Trab. Merry lehnte sich zurück, um nicht das Gleichgewicht zu verlieren. Ihr Körper bewegte sich harmonisch im Einklang mit Twilights regelmäßigem Schritt.

Seit sie zu T. J. gezogen war, ritt sie Twilight fast an jedem Tag, an dem sie nicht zur Arbeit musste. Allein auszureiten, hatte ihr am Anfang Angst gemacht, aber es machte Spaß. Richtig Spaß, vor allem jetzt, wo die Sommerhitze allmählich nachließ. Der September brachte kühlere Abende mit sich, eine geringere Luftfeuchtigkeit und montagabends Football, und all das machte das Farmleben noch erfreulicher.

»Gut siehst du aus da oben.« T. J. stand an der Scheunentür, die Daumen in die vorderen Hosentaschen seiner Jeans eingehakt. Mit Cowboystiefeln und Cowboyhut und dem Babytragetuch vor der Brust sah er unglaublich sexy aus. Rechts und links von ihm saßen Amber und Ralph, die beide sehr darauf bedacht waren, das neueste und kleinste Mitglied ihres Rudels zu beschützen.

Merry ließ Twilight wieder langsam gehen und ritt auf sie zu. »Danke. Heute habe ich es beim ersten Versuch geschafft, sie zum leichten Galopp zu bringen.«

»Du bist ein Naturtalent.« Er tippte sich an den Hut.

Sie deutete lächelnd auf das Baby. »Du aber auch.«

Jedes Mal, wenn sie ihn mit Jayden sah, schwoll ihr das

Herz. Er würde eines Tages einen großartigen Vater abgeben. Manchmal stellte sie sich ein Baby mit ihren Locken und seinen Augen in winzigen Cowboystiefeln vor.

»Der Knirps genießt es, mir in der Scheune zu helfen.« T. J. zauste Jaydens samtiges blondes Haar. »Wie lief es heute mit seiner Mama?«

»Ziemlich gut, fand ich.« Merry hatte Jayden am Morgen zu seinem ersten beaufsichtigten Besuch bei Crystal gebracht. »Sie arbeitet wirklich hart, um ihn zurückzubekommen. Ich glaube, sie wird es schaffen.«

»Das sind tolle Neuigkeiten.«

»Ja.« Sie sah auf Jayden hinunter, der so gemütlich an T. J.s Brust ruhte. Das Baby lächelte zu ihr hoch. Mit seinen runden Wangen sah es so robust aus, dass man sich kaum noch vorstellen konnte, wie krank es einmal gewesen war. »Ich glaube, die beiden bekommen noch ihr ›glücklich bis an ihr Lebensende‹.«

»Ich habe heute Morgen mit Amy gesprochen. Noah hat seiner Klasse gestern eine Geschichte vorgelesen. Sie sagte, als er aus dem Bus gestiegen sei, habe er immer noch von einem Ohr zum anderen gegrinst.«

»Das ist großartig! Ich bin ja so stolz auf ihn!« Seit Noah in die dritte Klasse gekommen war, war er richtig aufgeblüht. Seine Freundschaft mit Brendan – und mit Amber – hatte sein Selbstbewusstsein und seine sozialen Fähigkeiten im Umgang mit Gleichaltrigen deutlich gestärkt.

In der Ferne donnerte es. Twilight schnaubte und warf den Kopf in den Nacken. Merry streichelte ihr den Hals. »Ruhig, Mädchen.«

»Mach sie lieber fertig und bring sie nach draußen, bevor das Gewitter losbricht«, sagte T. J.

»Gute Idee.«

»Ich bringe den kleinen Kerl ins Haus und bade ihn. Ruf mich, wenn du mich brauchst.« T. J. ging mit dem Baby an der Brust Richtung Haus, gefolgt von zwei Hunden.

Merry spritzte Twilight ab, machte sie los, bürstete sie und brachte sie nach draußen zu Tango und Peaches. Als Merry zum Haus ging, frischte der Wind kräftig auf. Ihre Haut verströmte den warmen, erdigen Geruch der Scheune, der ihr inzwischen so vertraut war wie der Mann, der sie hierher geholt hatte. Sein Zuhause, und ihres.

Sie öffnete die Haustür und wurde freudig von drei Hunden begrüßt – Amber, Ralph und Tank, ihr neuester und irgendwie zu groß geratener Pflegehund. Oben hörte sie Wasser laufen und Jayden fröhlich quietschen.

Sie ging in die Küche, um eine Flasche warm zu machen, dann folgte sie den fröhlichen Lauten nach oben. T. J. stand in dem zum Kinderzimmer umfunktionierten Gästeschlafzimmer und zog gerade den Reißverschluss an Jaydens Stramplerschlafanzug hoch. Als er fertig war, nahm sie das Baby auf die Arme. »Hallo, Schätzchen.«

Jayden rieb sich die Augen und gähnte, dann schmiegte er sich an sie.

»Du hattest heute einen anstrengenden Tag.« Sie setzte sich mit ihm in den Schaukelstuhl und gab ihm die Flasche. »Da wirst du heute Nacht hoffentlich gut schlafen.«

T. J. gab ihm einen Gutenachtkuss, dann knipste er das Licht aus und verließ das Zimmer.

Merry saß in dem halb dunklen Zimmer und wiegte Jayden, während er trank. Sie genoss diese letzten Minuten des Tages, wenn er so goldig und müde in ihren Armen lag. Als er die Flasche ausgetrunken hatte, fielen ihm bereits die Augen zu. Sie legte ihn in sein Kinderbett und summte ihm zum Einschlafen ein Lied vor.

Nachdem sie auf Zehenspitzen aus dem Zimmer geschlichen war, traf sie auf T. J., der im Flur auf sie gewartet hatte. Verschwunden war der stolze Pflegevater, der sein Kind bei den abendlichen Arbeiten im Stall mit sich herumgetragen hatte, stattdessen stand jetzt dort der sexy Cowboy mit den gierig funkelnden Augen.

»Ich dachte, ich helfe dir bei den Vorbereitungen für deine Dusche.« Er zog sie an sich und küsste sie leidenschaftlich.

»Du hast heimlich geschaut«, flüsterte sie atemlos.

»Es ließ sich einfach nicht übersehen, als ich dir auf Twilight hinaufgeholfen habe.« Er legte die Hände an ihren Hintern und schob sie näher an sich heran. »Du weißt ja, wie ich zu rosa Spitze stehe.«

Sie stellte sich auf die Zehenspitzen, um ihn zu küssen. »Das hier ist neu. Ich glaube, es wird dir gefallen.«

»Bestell ruhig einen lebenslang ausreichenden Vorrat.« Mit diesen Worten hob er sie hoch und trug sie zu ihrem Schlafzimmer.

Danksagung

Riesigen Dank an meine Familie, die mich so fantastisch unterstützt. An meinen Mann, der immer an mich glaubt, und an meinen Sohn, der allen Leuten stolz erzählt, dass seine Mom Bücher schreibt.

Dank an meine Schwester, Juliana, die einfach großartig ist, die beste Schwester der Welt, eine nie versiegende Quelle an Wissen über Hundeerziehung und Westernreiten und zudem meine wichtigste Testleserin. Ich kann mir nicht vorstellen, dies ohne dich hinzubekommen.

Dank an meine Agentin, Sarah Younger. Danke für alles, was du tust. Du hast selbst auf die verrücktesten Fragen eine Antwort, und ich bin unglaublich froh, Teil von #TeamSarah zu sein. Kurz gesagt: Du bist umwerfend!

Dank an meine Lektorin, Alex Logan. Ich bin unendlich dankbar für deine Hilfe und deine Unterstützung. Und großes Lob für den Titel dieses Buchs, der mir ausgesprochen gefällt. Dank auch an alle anderen bei Grand Central Publishing, die ihr Können eingebracht und dieses Buch so gut haben werden lassen, wie es nur werden konnte.

Dank an meine Lehrerin und Mentorin, Lori Wilde. Ich finde gar nicht genug Worte, um auszudrücken, wie sehr ich zu schätzen weiß, was du alles für mich getan hast. Du bist eine außergewöhnliche Lehrerin und Schriftstellerin und ein außergewöhnlicher Mensch, und ich bin unendlich dankbar, dich kennen zu dürfen.

Dank an meine Mädels, Annie Rains, Nancy LaPonzina und

Eleanor Tatum. Annie, wenn wir die Köpfe zusammenstecken, passieren magische Dinge! Danke für deine Hilfe bei der Erschaffung von Merry und T. J. und für deine unschätzbare kritische Begleitung der Geschichte.

Dank an meine #girlswritenight-Crew, Sidney Halston, Violet Henry, Tif Johnson und Annie Rains. Die Nächte, in denen ich schreibe, sind so viel lustiger und produktiver, wenn ihr dabei seid! Danke, dass ihr mir helft, nicht den Verstand zu verlieren, und danke, dass ihr mir einen Tritt verpasst, wenn ich ihn brauche – ich liebe euch!

Dank an Will Goodwin und Violet Henry für ihre Antworten auf meine medizinischen Fragen und an Violet dafür, dass sie dieses Manuskript gegengelesen hat. Dank auch an Jennifer Oshnock für die Antworten auf meine Fragen zu Wahrnehmungsverarbeitungsstörungen und den Ablanf einer Bewerbung als Pflegemutter.

Dank an all die Freundinnen und Freunde, die mich unterstützt haben, und ein besonders lautes Danke an die liebenswürdigen Ladys vom Bücherclub alias »mein Bücherclub kann mehr trinken als dein Bücherclub«. Ihr seid einfach die Besten!

Dank auch an meine Leserinnen und Leser: Danke, dass ihr mir eine Chance gegeben habt. Ich hoffe, ihr lest meine Bücher so gern, wie ich sie schreibe. Ich bin euch allen so dankbar!

Wenn Sie wissen wollen, wie es Cara und Matt nach Massachusetts verschlagen hat, denn lesen Sie *Kein Plan für die Liebe*

Leseprobe

RACHEL LACEY
Kein Plan für die Liebe

Cara Medlen spürte das Knurren, ehe sie es hörte. Der Hund an ihrer Seite hatte alle Muskeln angespannt, und seine Erregung übertrug sich auf ihr Bein. Um ihn abzulenken, wackelte sie mit der Leine. »Ruhig, Casper! Auch wenn du es nicht weißt, aber heute ist dein Glückstag.«

Aus stumpfen Augen, eins braun, eins blau, schaute er zu ihr hoch. Über sein Gesicht lief eine gezackte Narbe. Rippen und Hüftknochen standen deutlich aus seinem räudigen weißen Fell hervor. Und, Mannomann, er stank nicht schlecht. Cara fand Boxer nicht generell hässlich, aber Casper … der hatte ein Gesicht, dass die Passanten rasch auf die andere Straßenseite wechselten.

Dieses Gesicht hatte sie sofort für ihn eingenommen.

»Welch ein Segen, dass *Triangle Boxer Rescue* ihn übernehmen kann«, sagte die Frau hinter dem Schreibtisch, eine Ehrenamtliche namens Helen. »Das Leben hier im Tierheim ist ihm nicht gut bekommen.«

Cara nickte und reichte Helen das unterschriebene Formular zurück. »Ich hatte schon mit Hunden wie Casper zu tun. Den haben wir in null Komma nichts so weit, dass er zur Adoption freigegeben werden kann.«

Aber die Warnung, die ihr die Hausbesitzervereinigung im

Sommer erteilt hatte, lastete schwer auf ihren Schultern: Sorgen Sie dafür, dass sich Ihre Pflegehunde benehmen, sonst muss der Vorstand entsprechende Maßnahmen ergreifen.

Die Tür zum Zwingertrakt öffnete sich, und sofort drang heiseres Gebell ins Büro. Casper blickte um sie herum auf den Mann, der durch die Tür hereinkam. Er legte die Ohren an, und seine Nacken- und Rückenhaare stellten sich auf.

Ja, mit diesem Hund würde es Probleme geben.

Cara verstellte ihm mit einem Schritt die Sicht. »Danke, Helen. Einen guten Rutsch!«

Schnell scheuchte sie Casper zur Eingangstür hinaus. Als er in die kalte Luft kam, zog er sofort den Schwanz ein, doch bald schon hob er die Schnauze und schnüffelte den süßen Duft der Freiheit. Er schlich auf die Büschel braunen Grases zu, die den Vorgarten zierten, und hob an einem Baum das Bein.

Als er fertig war, packte sie ihn auf die Rückbank ihres kleinen schwarzen Mazdas. Danach strich sie mit beiden Händen über ihr schwarzes Kleid, das durch die lange Autofahrt nach der Beerdigung zerknittert und jetzt auch noch von Caspers weißen Haaren übersät war. Das Herz wurde ihr schwer. In ihrem Hals bildete sich ein Kloß. Beides verdrängte sie.

Trauern würde sie später. Erst musste sie Casper nach Hause bringen.

Sie setzte sich hinter das Steuer und ließ den Motor an. »Jetzt bist du offiziell aus dem Hundeknast befreit.«

Er schaute sie argwöhnisch an, drehte dann den Kopf zum Fenster und starrte hinaus. Sie fuhr auf die High Street und nahm die nächste Abfahrt zur Interstate 85 in Richtung Dogwood, ein Städtchen am Rand von Raleigh, North Carolina.

»Ab jetzt keine Mätzchen mehr, hörst du?«

Casper warf ihr aus seinen ungleichen Augen einen trübseligen Blick zu.

»Einer meiner Pfleglinge hat den Hund einer Nachbarin angeknurrt, und die hat sich gleich bei der Hausbesitzervereinigung beschwert. Deshalb musst du dich von deiner besten Seite zeigen.«

Er seufzte bühnenreif, streckte sich dann auf der Rückbank aus und schloss die Augen. Na, sie würde das als »Einverstanden« interpretieren. Um aber ganz sicherzugehen, würde sie ein paar Stunden Verhaltenstraining investieren. Die nächste Stunde der Fahrt zu Caras Reihenhaus verschlief Casper.

Die neueste Single von Taylor Swift dudelte fröhlich aus ihrer Handtasche. Sie holte ihr Handy heraus und schaute auf das Display. Merry Atwater.

»Hi, Merry.«

»Hi! Wollte mich nur mal erkundigen, wie es dir geht«, sagte Merry. »Ich habe den ganzen Tag an dich gedacht.«

Cara umklammerte das Lenkrad so fest, dass ihre Fingerknöchel weiß hervortraten. Sie versuchte, den Anblick von Ginas bleichem Gesicht, wie sie so im Sarg lag, auszublenden. »Ganz gut. Es wird schon wieder.«

»Ach, Schätzchen, es tut mir so leid. Gib Bescheid, wenn ich irgendwas für dich tun kann. Hast du immer noch vor, heute Abend was zu unternehmen?«

»Ja, ich komme. Vielleicht ein bisschen später. Casper und ich müssen uns erst noch ein wenig besser kennenlernen.«

»Wie ist er denn?« Jetzt klang Merry ganz geschäftsmäßig. Als Gründerin von *Triangle Boxer Rescue* hatte sie ein ureigenes Interesse an jedem Hund, den sie retteten. Cara hatte keine Ahnung, wie sie ihre Tätigkeit als Rescue-Managerin und ihren eigentlichen Beruf als Kinderkrankenschwester zeitlich unter einen Hut brachte, aber irgendwie schaffte Merry es.

»Na ja, bis jetzt hat er zweimal geknurrt.« Lächelnd schaute

Cara kurz nach hinten. Casper, den Kopf zwischen den Pfoten, beobachtete sie.

»Was war los? Das Tierheim hat nichts von aggressivem Verhalten erwähnt.«

Cara setzte den Blinker und verließ den Highway Richtung Fullers Church Road. »Ich glaube, es ist nur der Stress. Kein Grund zur Sorge. Wann soll ich ins *Red Heels* kommen?«

»Vorschlag: Ich komme zu dir und helfe dir, Casper an die neue Umgebung zu gewöhnen. Und wir können reden.«

»Großartig, Merry. Danke.«

»Alles klar. Dann bis sieben.«

Cara schob das Handy wieder in die Handtasche zurück. Wenn sie ehrlich war, hatte sie auf eine Silvesterparty heute Abend eigentlich keine Lust, aber sie wollte keinesfalls allein zu Hause herumsitzen und Trübsal blasen. Nein, sie würde losziehen, und es würde ihr sogar Spaß machen, verdammt noch mal.

Das wäre ganz in Ginas Sinn.

Sie fuhr auf den Parkplatz von Crestwood Gardens, dem Viertel, in dem sie wohnte, und stellte den Mazda auf dem für sie reservierten Platz ab, direkt neben dem schwarzen Jeep Grand Cherokee ihres sexy Nachbarn. Besagter Nachbar stand in seinem Vorgarten und unterhielt sich mit einer munteren Brünetten in enger Jeans und tief ausgeschnittenem Sweater.

Cara spürte einen Stich von Eifersucht, was insofern lächerlich war, als sie nicht einmal seinen Namen kannte. Und wenn es nach ihr ging, würde sich daran auch nichts ändern. Sie stellte den Motor ab und ging dann rasch zur hinteren Wagentür. »Willkommen zu Hause, Casper.«

Mit eingezogenem Schwanz sprang der Hund aus dem Wagen. Es war für sie beide ein langer, anstrengender Tag gewesen. Höchste Zeit für ein wenig Ruhe.

Ein anderer ihrer Nachbarn – Chuck Soundso – kam vorbei und nickte Cara zu. Sie lächelte höflich zurück, behielt aber Casper im Auge. Der Hund schaute zu dem älteren Mann hoch, ihre Blicke trafen sich. Sofort stellten sich die Rückenhaare des Boxers auf, und er stieß ein tiefes, kehliges Knurren aus. Chuck sah zu, dass er zu seinem Auto kam. Cara fluchte leise vor sich hin. Sie schob den Schlüssel ins Schloss und sperrte die Haustür auf.

So viel zum Thema »Guter erster Eindruck bei den Nachbarn«.

Matt Dumont kratzte sich die Wange. Die Maklerin schoss ein letztes Foto von der Vorderseite seines Hauses. Flüchtig nahm er wahr, wie seine merkwürdige Nachbarin und ihr räudiger, kläglich ausschauender Hund, der gerade noch Chuck Sawyer angeknurrt hatte, im Haus verschwanden.

Es war nicht derselbe Köter, den er letzte Woche in ihrem Garten gesehen hatte.

Überhaupt: Soweit er feststellen konnte, spazierte eine wahre Hundemeute bei ihr ein und aus. Der Großteil der Tiere machte einen raubeinigen Eindruck, aber dieser da setzte dem Ganzen die Krone auf. Mit Hunderassen kannte sich Matt nicht sonderlich gut aus, aber für ihn sah diese Töle gefährlich wie ein Pitbull aus.

Langsam drängte sich ihm der Verdacht auf, nebenan gehe nicht alles mit rechten Dingen zu.

»Spätestens heute Abend ist Ihr Angebot online. Ihr Haus lässt sich gut präsentieren, deshalb bin ich zuversichtlich, dass wir relativ schnell einen Käufer finden.« Stephanie Powell steckte den Fotoapparat ein und holte ein rot-weißes Zu-Verkaufen-Schild aus dem Kofferraum ihres Wagens.

Matt konzentrierte sich wieder auf näherliegende Dinge. »Was dagegen, wenn ich das übernehme?«

»Nur zu.« Sie hielt ihm das Schild hin.

Matt drückte es ächzend durch das Gras in die harte rote Lehmschicht darunter. Zumindest kam er hier in North Carolina Ende Dezember überhaupt noch in den Boden. An die eiskalten Winter in Boston würde er sich erst wieder gewöhnen müssen.

Aber dort konnte er wieder snowboarden. Ja, Snowboarden und Skifahren hatte er hier im Süden vermisst, dazu die selbst gemachten Fleischklöße seiner Mom. Er war bereit, nach Hause zurückzukehren.

Er stupste das Schild an und ruckelte es noch etwas tiefer in die Erde. So, das würde nicht mehr weglaufen. Zufrieden wandte er sich zu Stephanie um. »Alles erledigt, oder?«

Sie nickte. »Ich melde mich. Vielleicht können wir nächste Woche schon den einen oder anderen Besichtigungstermin vereinbaren.«

»Wunderbar, Stephanie. Danke.« Er schüttelte ihr die Hand und ging zur Haustür. Seine Gedanken wanderten erneut zu dieser Frau nebenan und ihrer merkwürdigen Hundesammlung.

Die meisten seiner Nachbarn kannte Matt, und er vertrug sich mit allen. Nur sie war ihm ein Rätsel. Er wusste nicht einmal ihren Namen. Vielleicht beschäftigte ihr Gesicht ihn deshalb so sehr in den langen Nächten, die er auf Beobachtungsposten verbrachte.

Sein Handy klingelte. Er zog es aus der Gesäßtasche. Felicity Prentiss. Scheiße!

»Mrs Prentiss«, sagte er zur Begrüßung, während er weiter auf seine Haustür zuging.

»Ich habe es mir anders überlegt.« Ihre Stimme klang nervös und angespannt.

Matt verkniff sich ein Stöhnen. Als er sie gestern kennengelernt hatte, war ihm gleich klar gewesen, dass sie seine Nerven strapazieren würde. Wahrscheinlich hätte er sie abweisen sollen, aber dieser Auftrag bedeutete eine Menge Stunden, die er ihr in Rechnung stellen konnte, eine Menge Geld, das ihm helfen würde, die Zeit zu überbrücken, bis er in Boston Fuß gefasst hatte.

Aber ehrlich gesagt, Felicity Prentiss war eine der ängstlichsten Klientinnen, für die er je gearbeitet hatte. Seit er ihren Auftrag gestern übernommen hatte, hatte sie ihn bereits fünfmal angerufen, entweder weil sie auf den neusten Stand gebracht werden wollte oder er sie beruhigen oder ihr gute Ratschläge geben sollte.

Die Frau brauchte jemanden, der ihr die Hand hielt. Aber sein Job war das nicht.

Offenbar auch nicht der ihres Manns, da sie Matts Dienste in Anspruch nahm, um Beweise seiner Untreue für ein Scheidungsverfahren zu liefern.

»Ich will ehrlich sein, Mrs Prentiss. Ich habe noch nie einen Fall gehabt, wo ein Ehepartner den anderen nicht betrogen hätte. Sie wollen Beweise, ich werde sie Ihnen liefern. Wenn Sie das Ganze abblasen möchten, sagen Sie es mir, bevor es kein Zurück mehr gibt.«

»Ich will es wissen … ich *muss* es wissen.« Ihre Stimme klang zittrig. »Aber was ist, wenn er Sie sieht? Er bringt mich um, wenn er herausfindet, dass ich ihn beschatten lasse.«

Matt zog die Haustür hinter sich zu und sperrte ab. »Er sieht mich nicht. Neigt ihr Mann zu Gewalttätigkeiten, Mrs Prentiss?«

»Nein.« Nach einer kurzen Pause hörte Matt einen Seufzer. »Er ist ein lieber und netter Kerl. Zumindest dachte ich das, bis ich ihn dabei ertappte, wie er mitten in der Nacht ins Haus schlich und nach dem Parfüm einer anderen roch.«

»Also gut. Lassen Sie mich meine Arbeit tun. Ich besorge alles, was Sie für eine Klage brauchen, ohne dass Ihr Mann auch nur das Geringste mitbekommt. Keine Bange.«

»Es ist nur … wegen Neujahr und so, ich bin einfach so weit, ein neues Leben anzufangen, wissen Sie?«

Das war ja mal ganz was Neues. Matt schaltete das Licht ein und ließ sich in den Ledersessel fallen. »Ja, ich weiß, und das können Sie auch. Da Sie den heutigen Abend mit ihm verbringen, beginne ich morgen mit der Observation. Länger als eine Woche dürfte es nicht dauern, höchstens zwei.«

Felicity Prentiss hatte vor, eine Klage wegen »Entfremdung ehelicher Zuneigung« einzureichen. Ein längst nicht mehr zeitgemäßes Gesetz in North Carolina ermöglichte es ihr, die Geliebte ihres Mannes zu verklagen. Die Scheidung von ihrem Schürzenjägergatten konnte sie allerdings erst einreichen, wenn sie die erforderlichen Beweise hatte.

Matt hatte vor, ihr die Beweise für die Klage und die Scheidung so schnell wie möglich zu verschaffen. Denn wenn dieser Fall abgeschlossen war, würde er nach Hause zurückkehren.

Er beendete das Telefonat und ging nach oben, um in seinem Büro diverse Hintergrundinformationen über das Ehepaar Prentiss zu recherchieren. Es lohnte sich immer, genau zu wissen, in wessen Keller man nach Leichen suchte, bevor man das große Teleobjektiv in Stellung brachte. Lautes Gebell lockte ihn zum Fenster im Flur, von dem aus er einen recht guten Blick in den Garten seiner Nachbarin hatte.

Jedenfalls war er gut genug, dass er sie jetzt mit dem weißen und einem größeren braunen Hund sah. Sie hatte sich umgezogen, und statt des schwarzen Kleids und der Pumps trug sie eine eisblaue Jacke und eine dunkle Jeans, die ihre wohlgeformte Figur betonte. Ihr Haar hatte die Farbe seiner Fantasien, irgendetwas zwischen blond und rot, ein grandioses

Apricot, das ihre knapp schulterlangen weichen Wellen in der Sonne hell leuchten ließ.

Der weiße Hund fletschte die Zähne, der braune zögerte einen Moment, dann gingen die beiden knurrend und wie wilde Bestien nacheinander schnappend aufeinander los. Dabei gaben sie Geräusche von sich, dass sich ihm die Nackenhaare aufstellten.

Blut spritzte auf das Fell des weißen Hunds.

Heilige Muttergottes! Richtete seine bildhübsche Nachbarin etwa Kampfhunde ab?

Angewidert trat Matt vom Fenster zurück. Höchste Zeit, dass er sich mit ihr bekannt machte, denn wenn sie diese Hunde misshandelte, würde er keinesfalls wegschauen.

Die Hunde kämpften miteinander.

»He!« Cara klatschte in die Hände, schrie und machte so viel Lärm wie möglich. Casper verkroch sich hinter einem Busch, und Mojo trottete zu ihr herüber und schaute sie verlegen an.

Cara kniete sich neben ihn und suchte seinen Körper nach Wunden ab. Sie nahm zwar an, das Ganze habe mehr mit Bellen als mit Beißen zu tun gehabt, aber bei Mojos dunklem Fell war das schwer zu sagen, und an Casper hatte sie Blut gesehen. Während sie Mojo untersuchte, saß der mit heraushängender Zunge und wedelndem Schwanz da. Blut sickerte aus dem Zahnfleisch hinter seinem linken Schneidezahn. Mit ein wenig Glück stammte das Blut an Casper daher. Sie scheuchte Mojo ins Haus, dann lockte sie den verängstigten weißen Boxer hinter dem Busch hervor.

»Ganz ruhig, Casper.« Sie fuhr über das Blut in seinem Fell, und es blieb an ihren Fingern kleben. Er beobachtete sie aus diesen zermürbend ernsten, ungleichen Augen. Abgesehen von Mojos blutigem Schlabber hatte er nichts abbekommen.

Gott sei Dank! Mit wackligen Beinen und Herzklopfen setzte sich Cara zu Casper ins Gras. »Du bist gar nicht gut für meinen Adrenalinspiegel, weißt du das?«

Der Boxer würde sie einige Mühe kosten. Er war als Streuner ins Tierheim gekommen, und es würde dauern, bis er sich in einer Familie wieder wohlfühlen würde. Falls er dieses Gefühl denn überhaupt je gekannt hatte. Er war keineswegs bösartig, nur ängstlich und wehrhaft. Jetzt lag er neben Cara, den Kopf auf den Vorderpfoten, die müden Augen trübe.

Im Nachhinein gesehen war es ein Fehler gewesen, beiden Hunden gleichzeitig Leckerbissen anzubieten. Mojo hatte Caspers Hundekuchen beschnüffelt, und der hatte sein Eigentum verteidigt. Nicht ungewöhnlich für einen Hund wie Casper, der eine Weile auf sich allein gestellt gewesen war. Cara war ein Anfängerfehler unterlaufen. Sie war heute nicht recht bei der Sache, aber das war keine Entschuldigung.

Mojo heulte auf der anderen Seite der Tür. Casper verfolgte das Ganze entspannt.

Cara stand auf und ließ Mojo in den Garten, behielt die beiden Raufbolde aber fest im Blick. Mojo kam herausgetrottet, schnupperte an Caras Hand und marschierte dann auf der Suche nach einem Ball weiter. Kurz danach stand auch Casper auf und folgte ihm. Mojo drehte sich um, stemmte die Vorderpfoten auf den Boden und reckte den Schwanz in die Höhe. Auf diese Weise lud er Casper ein, mit ihm zu spielen.

Das kommt der Sache schon näher. Erleichtert seufzte Cara auf. Sie schob die Hände in die Taschen, weil ihr kalt war, und sah den beiden zu.

Mojo war ein lustig aussehender Hund mit braunen Streifen, die entlang des Rückens immer dunkler wurden und zum Schwanz hin schließlich schwarz waren. Er hatte einen kräftigen Körper, sein Schwanz war nicht kupiert und der Schädel massiger als der jedes reinrassigen Boxers. Kein Mensch wusste, welche Gene da zusammengefunden hatten, aber nach Färbung und Haltung zu urteilen, musste irgendwann ein Deutscher Schäferhund mitgemischt haben. Aber wer immer seine Vorfahren auch waren, er machte einfach Spaß. Er war der gelassenste, besterzogene Pflegehund, den sie je gehabt hatte.

Nachdem sie einige Minuten zugesehen hatte, wie Mojo vergeblich versuchte, Casper zum Spielen zu animieren, ging sie zum Haus zurück. Nur mit der dünnen Jacke war es ihr draußen zu kalt. Die Hunde sprangen ihr voraus und warteten an der Schiebetür auf sie.

»Zeig uns den Weg, Mojo«, sagte sie zu dem braunen Hund. Dessen Schwanz schlug gegen die Kunststoffverkleidung der Wand, als sie die Tür aufschob, dann lief er quer durch die Küche zu seiner Schüssel, als hätte die Hundefutterfee sie gefüllt, während sie sich draußen tummelten. »Bald. Erst muss sich Casper ein bisschen eingewöhnen.«

Trotz des ausgemergelten Eindrucks, den er machte, war Casper die drei Tage im Tierheim gut versorgt worden. Sie wollte vermeiden, dass ihm vom Fressen übel wurde, ehe sich sein nervöser Magen beruhigt hatte. Cara schaltete den Gaskamin ein und ging dann hinauf in den ersten Stock.

Mit eingekniffenem Schwanz folgt ihr Casper ins Schlafzimmer.

»Ich fürchte, es dauert noch ein Weilchen, bis wir es uns heute Abend hier gemütlich machen können. Es ist Silvester, und ich gehe aus. Aber ich wollte, dass du das Zimmer schon mal bei Tageslicht gesehen hast. Du kannst mit Mojo und mir in dem großen Bett schlafen.« Sie musterte sein dreckiges Fell, packte ein altes Tuch und breitete es über ihre pinkfarbene Steppdecke. Bevor sie heute Abend loszog, musste sie ihn dringend baden.

Sie redete weiter. Ihre ruhige Stimme und ihre gelassene Art würden dafür sorgen, dass sich Casper schneller wohlfühlte. Auch Mojo trug seinen Teil dazu bei. Sie setzte sich aufs Bett und klopfte einladend auf die Matratze. Mojo sprang hinauf und machte es sich bequem, während Casper ängstlich zu ihren Füßen hocken blieb. Sie kraulte ihn am Kinn, erzählte ihm so lange alles Mögliche über die Party, bis er schließlich mit einem schüchternen Wackeln seines Stummelschwanzes neben sie auf das Bett sprang.

»Braver Junge.« Sie legte sich auf den Rücken und schloss die Augen, zu jeder Seite ein Hund.

Was gab es Schöneres? Vielleicht sollte sie ein Nickerchen machen, bevor Merry eintraf. Ginas Beerdigung hatte sie doch sehr mitgenommen.

Als es an der Tür klingelte, bekam Casper einen hysterischen Bellanfall. Er schoss vom Bett und rannte im Zimmer hin und her. Auch Mojo hüpfte auf den Boden und rannte zum Flur. Sein Bellen mischte sich mit dem Caspers, als beide die Treppe hinunterjagten.

Cara schaute auf die Uhr, während sie den beiden nacheilte. Merry würde erst in zwei Stunden kommen. Wer immer das war, bewies ein miserables Timing.

Sie sprintete in die Küche und schnappte sich vom Tresen eine Handvoll Erdnussbutter-Hundekuchen.

»Komm, Casper!« Der Kuchen als Lockmittel funktionierte. Der Hund kroch in seine Box, schaute aber weiter argwöhnisch zur Tür. Sie belohnte ihn mit einigen Leckereien, legte dann eine dicke Decke über die Box und hoffte, die Dunkelheit werde helfen, ihn zu beruhigen.

Es läutete erneut. Caspers dröhnendes Gebell füllte den Raum, außerdem warf er sich mit voller Wucht gegen die Metallstangen. So viel zum Thema Beruhigung.

»Schschsch«, sagte Cara leise, dann rannte sie zur Tür. »Komme schon.«

Mojo wartete schwanzwedelnd und voller Vorfreude auf den Besucher im Flur.

Ohne vorher durch den Spion zu linsen, riss sie die Tür auf und blieb mit offenem Mund stehen, als sie sah, wer da vor ihr stand. Er passte gerade so durch den Türrahmen, groß und kräftig in abgetragenen Jeans und schwarzer Lederjacke. Sein dunkelbraunes Haar war aus der Stirn gekämmt. Er schaute sie aus braunen Augen an, die ihr ein leicht wohliges Kribbeln durch die Adern jagten.

»Matt Dumont. Ich wohne eins weiter.« Mit dem Kopf deutete er in Richtung des Hauses links von ihrem.

Cara nickte. Oh ja, sie wusste, wer er war, und sie hatte im ablaufenden Jahr alles getan, ihm aus dem Weg zu gehen. Tja, jetzt konnte sie dem Guten, den sie im Stillen nach einer Abkürzung, die sie gemeinsam mit ihrer Freundin seinerzeit im College für rattenscharfe Typen geprägt hatte, »RST« nannte, einen Namen zuordnen. Matt fiel definitiv in diese Kategorie, auch wenn sie keine Absicht hatte, daraus irgendetwas zu machen.

Sie blickte an sich hinab. Der blutige Sabber an ihrem Hemdärmel war ihr ebenso peinlich wie ihr Gekeuche, das sie ihren Bemühungen verdankte, einen unkooperativen, gut fünfzig Pfund schweren Hund in seiner Box zu verstauen. War ja klar. Wenn sie sich nach so langer Zeit offiziell kennenlernen mussten, dann zu einem Zeitpunkt, wo sie aussah wie ein Schwein.

Sie setzte ihr nettestes Lächeln auf, während Casper in der Küche wütend knurrte. »Freut mich, Sie kennenzulernen. Cara Medlen.«

»Wird auch langsam Zeit, dass ich erfahre, wie Sie heißen, meinen Sie nicht?« Seine Mundwinkel zuckten leicht spöttisch.

Aus der Nähe sah er noch besser aus, zumal wenn er sie so anstarrte, dass sie beinahe das Atmen vergaß.

»Ich denke schon.«

»Dann erzählen Sie mal, was es mit Ihren Hunden auf sich hat, Cara.«

Sie holte tief Luft. »Was soll es damit auf sich haben?«

Er kniff die Augen zusammen, und sein Tonfall wurde deutlich weniger freundlich. »Das will ich von Ihnen hören.«

Sie verschränkte die Arme vor der Brust. Was war nur mit ihren Nachbarn los? Diese Engstirnigkeit, was ihre Pflegehunde betraf! »Wir haben gegen kein Gesetz verstoßen, Mr Dumont, wenn es Ihnen also nichts ausmacht …«

Sie schickte sich an, die Haustür zu schließen, doch er trat einen Schritt vor und blockierte sie. »Doch, ich habe was dagegen.«

Cara spürte die Kraft seines Blicks jetzt bis in ihre korallenblau lackierten Zehennägel.

»Der weiße Hund … wird er irgendwie ärztlich behandelt?«

Er war ihr jetzt so nah, dass sie den Duft seines Aftershaves riechen konnte. Zu nah, aber sie wollte ihm nicht die Genugtuung verschaffen zurückzuweichen. Sie streckte den Rücken durch und wünschte sich ein paar Zentimeter an Körpergröße dazu, damit sie ihm in die Augen schauen könnte, ohne zu ihm hochblicken zu müssen. »Was wollen Sie damit sagen?«

»Von meinem Flur im ersten Stock kann ich in Ihren Garten sehen.« Er neigte den Kopf auf die Seite. »Ich glaube, ich weiß, was sich bei Ihnen abspielt.«

Cara rümpfte die Nase. Was in aller Welt würde er ihr vorwerfen? Dass sie den Rasen in der falschen Richtung mähte? Mist, hatte er beobachtet, wie sie letzte Woche über Mojo gestolpert und in einen Hundehaufen gefallen war? Sie hatte sich noch im Garten die Jeans ausgezogen und war halb nackt ins

Haus gerannt. Ihre Wangen brannten. »Vielleicht sollten Sie sich etwas präziser ausdrücken.«

Er schaute auf den Hund zu ihren Füßen. Mojo hatte die Ohren angelegt und drückte seine Schulter gegen Caras linkes Bein. In der Küche krachte es, als Casper in seiner Box zu toben anfing. »Richten Sie hier Kampfhunde ab, Ms Medlen?«

Sie konnte nicht anders; sie prustete lauthals los, so absurd war dieser Vorwurf. »Soll das ein Witz sein?«

Matts Augen funkelten sie wie zwei Laserstrahlen an. Ihm war es todernst. »Ist das ein Pitbull?«

»Ein Boxer. Danke der Nachfrage, aber vielleicht sollten Sie sich nächstes Mal lieber um Ihre eigenen Angelegenheiten kümmern.«

Und mit diesen Worten knallte sie ihm die Tür vor der Nase zu.

Amy Reichert

Kommt Kuchen, kommt Liebe

Roman

Liebe geht durch den Magen

Ausgerechnet am schlimmsten Tag ihres Lebens besucht der Restaurantkritiker Wodyski Lous Lokal – und natürlich geht so ziemlich alles schief. Seine verheerende Kritik macht eine Zukunft für ihr Restaurant unmöglich. Doch trotz dieser bitteren Erfahrungen gibt es einen Lichtblick für Lou: Die Treffen mit dem Briten Al Waters, den sie von dem Charme und dem kulinarischen Glanz Milwaukees überzeugen möchte. Was Lou nicht weiß: Al ist in Wahrheit der Kritiker Wodyski …

Ein Roman zum Schmunzeln und Wohlfühlen über eine Köchin, einen Restaurantkritiker und ein riesengroßes Missverständnis …

384 Seiten, kartoniert mit Klappe
€ 9,99 [D]
ISBN 978-3-8025-9905-7

www.egmont-lyx.de

LYX
EGMONT